DER BUNDESBRIEF

Dieses Buch ist ein Roman. Dennoch sind einige Personen nicht frei erfunden, sondern existierten wirklich. Ihre Handlungen beruhen auf einem historischen Hintergrund. Im Anhang befinden sich ein Personenverzeichnis und ein Glossar.

PETER BEUTLER

DER BUNDESBRIEF

Kriminalroman

emons:

Bibliografische Information der Deutschen Nationalbibliothek
Die Deutsche Nationalbibliothek verzeichnet diese Publikation in der Deutschen Nationalbibliografie; detaillierte bibliografische Daten sind im Internet über http://dnb.d-nb.de abrufbar.

FSC
www.fsc.org
MIX
Papier | Fördert gute Waldnutzung
FSC® C083411

Umschlagmotiv: mauritius images/Patrick Frischknecht/imageBROKER, shutterstock.com/Jaro68
Umschlaggestaltung: Nina Schäfer, nach einem Konzept von Leonardo Magrelli und Nina Schäfer
Umsetzung: Tobias Doetsch
Gestaltung Innenteil: DÜDE Satz und Grafik, Odenthal
Druck und Bindung: CPI – Clausen & Bosse, Leck
Printed in Germany 2022
ISBN 978-3-7408-1616-2
Originalausgabe

Dieser Roman wurde vermittelt durch die Agentur Altas, Bern.

Die handgreifliche Geschichtslüge

Es ward gedacht eines neuen Astrologi, der wollte beweisen, dass die Erde bewegt würde und umginge, nicht der Himmel oder das Firmament, Sonne und Monde; gleich als wenn einer auf einem Wagen oder einem Schiffe sitzt und bewegt wird, meinete, er sässe still und ruhet das Erdreich aber und die Bäume gingen um und bewegten sich. Aber es gehet jtzt also: wer da will klug seyn, der soll ihm nichts lassen gefallen, was Andere machen, er muss ihm etwas Eigens machen, das muss das Allerbeste seyn, wie ers machet. Der Narr will die ganze Kunst Astronomiae umkehren. Aber wie die Heilige Schrift anzeiget, so hiess Josua die Sonne still stehen, und nicht das Erdreich.

Martin Luther

1

Benjamin Am Bach sass am Küchentisch und blätterte in der Zeitung. Draussen war es bitterkalt, ein leichter Nebel lag über Ringgenberg, dem grossen Dorf am unteren Ende des Brienzersees, dessen nördlichste Häuser am Steilhang der Roteflue bis fast zweihundert Meter über dem Wasser reichen. Jemand klopfte ans Fenster. Das war ungewöhnlich. Benjamin sah erstaunt auf. Warum ging der Besucher nicht zur Haustür und betätigte die Glocke? Das Licht der starken Lampe, die unter dem Dach angebracht war, erhellte dessen Gesicht. Es war ein nicht mehr junger Mann, ungefähr im Alter wie er. «Den kenne ich doch. Aber warum taucht er zu dieser Unzeit auf und klopft ans Fenster?», brummte Benjamin. Er machte mit seiner Rechten eine Bewegung, um den Mann aufzufordern, an der Stelle um Einlass zu bitten, die dafür vorgesehen war. Doch der Mann schien das nicht zu verstehen. Als Benjamin aufsah, schaute er unvermittelt in den Lauf einer Pistole, der genau zwischen seine Augenbrauen gerichtet war.

***

Die Polizisten vom Posten Interlaken trafen ein, nachdem ein Nachbar gemeldet hatte, vier Schüsse aus der Richtung des Hauses Am Bachs gehört zu haben. Kurz vorher war eine Rauchmeldung eingegangen, darum kümmerte sich ein Kollege, der morgen in die Skiferien wollte, und derweil die Feuerwehr.

Die Polizisten stellten an der Leiche drei Einschusslöcher fest. Eines an der Stirn, zwei an der Schädeldecke. «Plausibel», sagte der Streifenpolizist gegenüber Pressevertretern zwei Stunden später. Die erste Kugel sei in die Stirn eingedrungen und wahrscheinlich bereits tödlich gewesen. «Der Kopf ist danach auf die Tischplatte gefallen. Um sicherzugehen, dass das

Opfer nicht mehr lebt, hat der Täter zwei weitere Schüsse abgefeuert, die sich vom mittigen Scheitel in sein Gehirn bohrten. Über die Todesursache besteht also kein Zweifel. Vom Täter fehlt derzeit noch jede Spur. Weitere Zeugen, die etwas vom Vorfall mitbekommen haben, gibt es offenbar nicht. Man hat die Umgebung weiträumig abgesucht und alle Anwohner der Gartenstrasse, an der das Opfer wohnte, befragt. Gehört habe man die Schüsse schon, gaben mehrere an, doch etwas gesehen haben wollte niemand.»

Wie es nun weitergehe, wollte eine Journalistin der Lokalzeitung wissen. «Der Fall wird an die Kriminalpolizei in Bern weitergereicht und dort dem Dezernat ‹Leib und Leben› zugeteilt. Die Spurensicherung wird ausgewertet, eine Mordkommission zusammengestellt und Weiteres.»

Ein anderer Journalist gab sich noch nicht zufrieden. Er fragte, ob die Mithilfe der Bevölkerung erwünscht sei.

«Natürlich dürfen sich Leute, die etwas beobachtet haben oder Informationen über das Umfeld des Opfers geben können, auf der Polizeiwache Interlaken melden.»

Am nächsten Morgen erschien in den Medien folgende Meldung:

Die Kriminalpolizei des Kantons Bern teilt mit: Am Donnerstagabend, 8. Februar 2018, wurde kurz vor neunzehn Uhr in Ringgenberg ein Mann in seiner Wohnung erschossen. Am 9. Februar, 11:00 Uhr, findet im Schloss Interlaken eine Medienkonferenz über dieses Verbrechen statt.

Etwas ausführlicher wurde in der lokalen Presse über diesen Mord berichtet. Dass der Täter, von dem vorläufig noch jede Spur fehle, vom Garten aus Schüsse auf einen älteren Mann abgefeuert habe. Der Streifenpolizist, der als Erster am Tatort eintraf, wurde zitiert. Den Namen des Opfers nannte er nicht, erklärte aber, seine Identität sei bekannt.

Ab halb zwölf am Mittag wurde in den Onlinemedien Näheres über das Tötungsdelikt veröffentlicht.

«Beim Opfer handelt es sich um den 74-jährigen Benjamin Am Bach, gelernter Holzbildhauer, Kunstrestaurator, Schauspieler, ehemaliger Radioredaktor und Fernsehmoderator. Die Suche nach dem Täter hat noch keine brauchbaren Ergebnisse geliefert», gab der Sprecher der Berner Kantonspolizei bekannt.

***

Im Dezernat «Leib und Leben» liefen bereits am Freitag die Ermittlungen auf Hochtouren. Ein Mordbüro mit dem Namen «Benjamin Am Bach» wurde eröffnet. Mit der Leitung wurde Luca Bassi betraut. Er war bereits fünfundzwanzig Jahre bei der Kriminalpolizei Bern.

Bassi standen zehn Fahnder aus dem Berner Oberland zur Seite.

Die erste Sitzung fand um vier Uhr nachmittags in der Staatsanwaltschaft Berner Oberland, an der Scheibenstrasse 11 in Thun, statt. Zugegen war auch Staatsanwältin Rosa Baer. Es war unfreundliches Wetter, der Himmel war wolkenverhangen, eine Bise fegte durch die Gassen der Stadt.

Bassi begrüsste mit knappen Worten die Anwesenden. «Meine Damen und Herren, ich habe euch bereits heute Mittag in einer Mail das, was wir über diesen Mord wissen, mitgeteilt. Neues ist seither nicht dazugekommen. Das Wesentliche kurz zusammengefasst: Wir haben noch keine Ahnung, wer der Täter ist. Die Vermutung liegt auf der Hand, dass er und das Opfer sich gekannt haben. Benjamin Am Bach war eine bekannte Persönlichkeit, die eine Ausstrahlung weit über das Oberland hinaus hatte.»

Die Fahnder bekamen ihre Aufgaben. Zwei wurden mit der Auswertung der gesicherten Spuren betraut. Eine andere Gruppe, bestehend aus Polizisten der näheren Umgebung von

Ringgenberg, wurde beauftragt, Leute aus der Nachbarschaft des Opfers zu befragen. Ortskundige Polizisten mussten sich mit dem persönlichen Umfeld Benjamin Am Bachs befassen und mit seiner Biografie vertraut machen. «Liebe Leute, beginnt gleich heute mit eurer Arbeit. Wir treffen uns am kommenden Donnerstag zur gleichen Zeit wieder hier.»

Nicht nur in Ringgenberg, auch um den ganzen Brienzersee samt den Bödeligemeinden Interlaken, Unterseen, Matten, Bönigen und Wilderswil war der Mord an Benjamin Am Bach das dominierende Gesprächsthema. Dadurch erfuhren die Stammtische eine vorübergehende Aufwertung. Fahnder besuchten sie: einer in Ringgenberg, einer in Oberried, zwei an Treffpunkten in Brienz und je einer in Iseltwald und in Bönigen.

Im «Bären» in Ringgenberg wurde enorm viel erzählt. Sozusagen alle wollten Benjamin Am Bach gekannt haben. Einige mochten ihn und gaben an, mit ihm befreundet gewesen zu sein.

Eigentlich sonderbar, dachte Polizist Krenger, denn Benjamin Am Bach war kein geselliger Typ. Im Gegenteil. Er sass ganz sicher nie am Stammtisch, in Ringgenberg nicht, auch in den Nachbargemeinden nicht.

Es gab auch welche, die an Benjamin Am Bach keinen guten Faden liessen. Ein arroganter, abweisender, von sich eingenommener Kerl sei er gewesen, der die einfachen Leute verachtete und eine tiefe Abneigung hatte, sich unters Volk zu mischen, der gegen Publikumsmagnete wie das Greenfield- oder Trucker-Festival wetterte, sich nicht zu schade war, die Schweizer Luftwaffe mit dem Militärflugplatz Meiringen in den Dreck zu ziehen. «So einer muss sich nicht wundern, wenn einem aufrechten und patriotischen Schweizer einmal der Kragen platzt und er zur Waffe greift», lallte ein ziemlich betrunkener Gewerbler und Vorstandsmitglied des örtlichen Schützenvereins.

Sein Nebenmann zupfte ihn am Ärmel und zeigte auf Krenger. Doch der Wutbürger liess sich von seinen Hasstiraden nicht abbringen. «Was macht plötzlich dieser Schafseckel hier? Verpiss dich, Krenger, du Sauhund!»

Das kam nicht bei allen gut an. Einige wehrten sich für den Polizisten und zählten von da an den Oberschützen zum Kreis der Verdächtigen.

Krenger zweifelte, dass der Schützenvereinsvorstand zu einer solchen Tat fähig wäre. Um sicherzugehen, liess er den Wirt rufen. Der tauchte sofort auf, bot Krenger an, den Stammtischsäufer aus dem Lokal zu weisen. «In den letzten Tagen sass er jeden Abend hier und liess sich volllaufen.»

«Auch am Donnerstag, den 8. Februar?», erkundigte sich Krenger.

«Ja, vom späten Nachmittag bis zur Polizeistunde um halb eins.»

Damit war für Krenger klar: Der Oberschütze konnte nicht der Mörder sein. Krenger ging mit leeren Händen nach Hause. Keiner am Stammtisch im «Bären» hatte die geringste Ahnung, wer Benjamin Am Bach erschossen hatte.

So ähnlich lief es an den anderen Stammtischen – mit einer Ausnahme: dem im «Rössli» von Oberried. In Oberried war Benjamin Am Bach aufgewachsen. Seine Eltern betrieben dort einen kleinen Bergbauernhof. In der Gemeinde kannten alle eingesessenen Familien die Am Bachs und Benjamin, auf den viele immer noch stolz waren.

Adrian Brawand, Leiter der Fahndung im Fall Benjamin Am Bach, kannte sich in Oberried gut aus. Er war ebenfalls dort aufgewachsen. Und wenn es sich machen liess, besuchte er seine Heimatgemeinde, traf sich mit alten Freunden und Bekannten im «Rössli». Das tat er auch am 14. Februar 2018, einem Mittwoch. An diesem Tag besuchten viele Einheimische die Gaststube, denn Montag und Dienstag war das Restaurant geschlossen.

Aus unerfindlichen Gründen für Brawand schnitt kein Stammtischteilnehmer das Thema Mord an Benjamin Am Bach an. Brawand musste ein wenig nachhelfen. Er sah Arnold Krummen mit zusammengekniffenen Augen an. «Du, Dachdecker, bist du nicht froh, dass dein Intimfeind von uns gegangen ist?»

Fast schien es Brawand, Krummen sei bleicher geworden. «Halt doch deinen Latz, Tschugger. Diese Geschichte interessiert mich nicht.»

«Wo warst du am Donnerstagabend um neunzehn Uhr?»

«Das geht dich gar nichts an. Dieses Zimmer hier ist kein Vernehmungsraum der Schmier.»

«Stimmt. Aber –»

«Du scheinst nicht zu verstehen. Ich will von der ganzen Sache nichts hören. Lass mich in Ruhe damit.» Krummen stand auf und verliess schwankend das Lokal. Als er die Tür hinter sich zugeschmettert hatte, meldete sich ein anderer, der auch schon zünftig über den Durst getrunken hatte. «Das scheint unser Kripomann noch nicht zu wissen. Krummen sass am Donnerstagabend von fünf bis sechs hier. Er kam so gegen acht zurück.»

«Tatsächlich?», fragte Brawand.

Zwei weitere Stammtischler bestätigten diese Aussage.

«Danke, wir werden der Sache nachgehen», versprach Brawand. Dann blickte er auf die Uhr. «Das hätte ich fast vergessen. Ich habe in einer halben Stunde noch einen Termin auf dem Bödeli und muss mich deshalb verabschieden.»

«Mit einer Runde kannst du das wiedergutmachen», erwiderte, die hohle Hand machend, einer der Tischgenossen und erntete Beifall.

Brawand legte dreissig Franken darauf und bemerkte: «Das dürfte gerade knapp reichen.»

Brawand rief Bassi an, und dieser gab Rosa Baer Bescheid. Die Staatsanwältin fand, die Meldung aus Oberried sei es wert, sofort zu handeln. Eine Stunde später waren Bassi und Brawand an der Scheibenstrasse in Thun, wo Baer sie erwartete. Sie stellte einen Haftbefehl gegen Krummen aus, der gleich zu vollziehen sei.

Um zehn Uhr abends wurde Krummen in seiner Wohnung in Oberried festgenommen. Die beiden Polizisten, die mit dieser Aufgabe betraut wurden, mussten den stark Alkoholisierten zwischen sich nehmen und ihn stützend zum Streifenwagen schleppen. Als sie ihn eine Dreiviertelstunde später im Regionalgefängnis Thun ablieferten – Bassi, Baer und Brawand waren auch zugegen –, war allen klar, dass man mit einer Vernehmung bis frühestens am kommenden Morgen warten musste.

Eine Woche nach der Tat, um acht Uhr, begann das Verhör im Regionalgefängnis Thun. Bassi leitete es. Zunächst machte er Krummen darauf aufmerksam, dass er Anrecht auf einen Anwalt habe. Ob er einen Vorschlag habe. Krummen zuckte mit den Achseln, dann schüttelte er den Kopf.

«Kein Problem, wir werden Ihnen einen Anwalt zur Verfügung stellen. Das kostet Sie nichts.»

«Muss das sein?»

Bassi sah zu Baer hinüber. Diese nickte.

«Ja, Herr Krummen, seit dem 1. Januar 2011 haben Beschuldigte das Recht auf einen ‹Anwalt der ersten Stunde›, Sie sollten darum ersuchen. Das ist zu Ihrem Schutz. Üblicherweise wird von diesem Recht nicht Gebrauch gemacht. Der Anwalt darf mich darauf hinweisen, wenn ich Fragen stelle, die Sie einschüchtern könnten, oder solche, die man als Vernehmer nicht stellen darf. Wir sind angehalten, uns fair gegenüber den Verhafteten zu benehmen.»

Krummen sah Bassi nur hilflos an. Dann kamen ihm die Tränen. «Ich gebe es zu. Ich habe den Schopf angezündet. Ich war sternhagelvoll.»

«Wie bitte?», fragte Bassi.

«Es stimmt, ich habe das Häuschen abgefackelt. Es war wertlos, hätte ohnehin abgerissen werden sollen.»

«Wo?»

«An der Hagenstrasse in Ringgenberg, ganz in der Nähe des Parkplatzes.»

Bassi warf Brawand einen Blick zu. «Kannst du mir da helfen?»

Brawand begann zu lachen. «Es gibt dort ein Gartenhäuschen. Ein ziemlich neues. Am besten ist es, wenn ich gleich bei der Polizeiwache Interlaken nachfrage. Die können mir genau sagen, wann sie am Donnerstag, 8. Februar, nach Ringgenberg ausgerückt sind. Brandmeldungen gehen immer auch an die Polizei.»

Er ging in einen Nebenraum und kam nach knapp zwei Minuten zurück. «Der Brand wurde um achtzehn Uhr neunundvierzig gemeldet, um neunzehn Uhr elf war die Polizei vor Ort, Momente danach die Feuerwehr. Das kleine Gebäude stand im Vollbrand. Man entschloss sich, es abbrennen zu lassen. Die Asche wegzuschaffen sei einfacher, als eine verkohlte Hütte zu entsorgen.»

Baer grinste zufrieden. Sie sah Krummen an. «Wie viel kostet ein Bahnbillet von Thun nach Ringgenberg?»

Krummen wusste es nicht.

Baer fuhr ihren Laptop hoch. Tippte etwas ein. «Haben Sie ein Halbtags-Abo?»

Krummen fragte zurück: «Warum sollte ich so etwas haben?»

Baer griff wieder in die Tasten.

Dreiundzwanzig Franken kostete dieser Spass. Baer zog ihr Portemonnaie aus der Gesässtasche, öffnete es, zog daraus eine Zwanzigernote und drei Einfränkler, legte das Geld neben ihren Laptop. Sie schrieb in Blockschrift auf ein A4-Blatt eine Quittung und reichte sie Krummen zur Unterschrift.

Krummen unterschrieb mit zittrigen Händen.

Baer sah Krummen abschätzig an. «Das kommt vom Saufen. Nehmen Sie das Geld und verlassen Sie den Raum.»

«Danke», brummte Krummen und machte sich schnell davon.

Bassi und Brawand sahen mit erstaunten Mienen zu. «Sind Sie sicher, Frau Staatsanwältin, dass Krummens Unschuld schon feststeht?»

«Es ist überhaupt nicht sicher. Aber ich kann die Untersuchungshaft nur anordnen, wenn der Verdacht, dass Arnold Krummen Benjamin Am Bach erschossen hat, genügend erhärtet ist. Das ist keineswegs der Fall. Wenn Sie mir den nächsten Kunden anliefern, überprüfen Sie ihn bitte vorher sorgfältiger.»

Baer erhob sich ächzend, schritt zur Tür, riss sie auf und schmetterte sie hinter sich zu.

Brawand und Bassi sahen einander verdutzt an.

«Warum ist sie so eingeschnappt? Sie hat doch ohne Rückfrage den Haftbefehl ausgestellt», fragte Bassi.

«Baer weiss eben nicht alles. Sie traut Krummen nicht zu, dass er kurz nacheinander einen Schopf anzündet und dann Benjamin Am Bach erschiesst. Aber Krummen wäre dazu durchaus imstande.»

«Wirklich?»

«Ja, Krummen ist nicht dumm. Er ist ausgebildeter Primarlehrer, Bergführer, Skilehrer ...»

«Und Dachdecker ...»

«Dass er nicht mehr unterrichtet, ist auf einen Vorfall, der schon vor mehreren Jahrzehnten stattfand, zurückzuführen. Was damals geschehen ist, entzieht sich meiner Kenntnis. Er hat überraschend gekündigt, und von da an hat er jede Schulstube gemieden.»

«Dachdecker ist sicher nicht seine Lieblingsbeschäftigung. Nachdem er den Lehrerberuf an den Nagel gehängt hatte, wollte er Schauspieler werden. Er wurde in der Schauspielschule Zürich aufgenommen, doch nach anderthalb Jahren verliess er sie wieder – ohne Abschluss.»

«Und seine Alkoholsucht?»

«Er hatte schon immer eine Schwäche dafür. Aber zum Alkoholiker ist er erst geworden, als er Dachdecker zu seinem Hauptberuf machte.»

«Was sollen wir jetzt tun?», fragte Bassi.

«Wir müssen ihn weiter im Auge behalten.»

«Genau. Aber das ist von nun an deine Aufgabe.»

Die Büros von Bassi und Brawand waren an der Allmendstrasse 18 in Thun. Sie arbeiteten fast jeden Tag dort, waren allerdings oft auf Achse. Hielten sich bisweilen in Bern bei der Kantonspolizei am Waisenhausplatz oder auf dem Posten Interlaken, direkt gegenüber dem Bahnhof Ost, auf.

Heute waren sie beide in Thun. Brawand trat in Bassis Büro. «Du hast mich zu dir gerufen. Steht etwas Dringendes an?»

«Nichts Besonderes, das Übliche.»

Auf Bassis Schreibtisch schrillte das Telefon. Seufzend hob er ab. «Guten Tag, Frau Staatsanwältin, danke, dass Sie anrufen ...»

Telefonate mit der Staatsanwaltschaft waren nie kurz. So ging Brawand zum Büchergestell. Ihm fiel ein grosses, dickes Buch mit einem alten Einband auf.

VIKTOR GUGGISBERG
DIE GESCHICHTE DER AM BACHS
MARKTGASSE-VERLAG
Bern, 1910

Brawand zog den alten Schmöker heraus. Er war grossformatig und schwer. Brawand blätterte darin. Das Buch war reich bebildert mit Zeichnungen und Schwarz-Weiss-Fotos, umfasste etwa fünfhundert Seiten.

Endlich war Bassi mit dem Gespräch zu Ende. «Tut mir leid, Adrian, nun hast du fünf Minuten warten müssen ...»

«Es waren fünfzehn. Aber das Warten war keines. In dieser Zeit habe ich unendlich viel erfahren.»

«Aus diesem verstaubten Wälzer? Ich habe noch gar nicht hineingeschaut.»

«Hättest aber sollen. Wie bist du eigentlich zu ihm gekommen?»

«Das fragst du? Ich dachte, du hättest ihn mir zugehalten. Ein Spurensucher brachte ihn mir am Tag nach dem Mord.»

«Das war eine Abkürzung des Dienstwegs. Gut, dass ich dieses Buch nun in Händen halte. Die Geschichte der Am Bachs. Der umgebrachte Benjamin war der Letzte dieser Dynastie. Dynastie ist vielleicht hoch gegriffen. Aber immerhin, der Stammvater lebte in der zweiten Hälfte des 13. Jahrhunderts.» Brawand ging zum Schreibtisch und legte das Buch vor Bassi.

Bassi las den Umschlag. «Viktor Guggisberg? Sagt dir dieser Name etwas?»

«Nein. Doch ich habe dem Nachwort entnommen, dass der Autor, ein Dr. phil.-hist., Privatdozent an der Universität war.»

«Und der Marktgasse-Verlag?»

«Davon habe ich nie etwas gehört.»

«Wenn du möchtest, nimm diesen Band mit.»

«Das werde ich liebend gerne tun.»

«Glaubst du, diese Lektüre könnte zur Aufklärung des Mordfalles Am Bach beitragen?»

«Ich weiss es nicht, aber zum Vornherein möchte ich das nicht ausschliessen.»

Brawand nahm das Buch mit nach Hause und las die halbe Nacht darin. So spannend fand er es.

2

Der Stammvater der Familie Am Bach wurde im Sommer 1250 geboren.

Jeremias wuchs in Trub auf. Trub war wegen des um 1100 eröffneten Klosters der bedeutendste Ort im oberen Emmental. Jeremias fiel dort dem Abt als aufgeweckter und intelligenter Junge auf. Er verschaffte ihm einen Platz in der Klosterschule Disentis, wo er Griechisch und Latein erlernte. Er sollte Geistlicher werden, was sich zerschlug, da er ein Mädchen schwängerte. Der Konvent des Klosters Disentis liess den jungen Jeremias nicht fallen. Sein Wissen und seine Talente sollten weiterhin einer kirchennahen Institution dienen. Kirchennah war Werner II. von Attinghausen-Schweinsberg, der viele Ländereien besass und sowohl zum Kloster Disentis wie zu dem von Trub enge Beziehungen pflegte. So bekam Jeremias die begehrte Stelle des Kammerschreibers des Freiherrn im Turm zu Attinghausen im Kanton Uri.

Jeremias stürzte sich in die ihm zugeteilte Arbeit und erlangte damit viel Einfluss und Macht. Das Verfassen von Texten war nur ein Teil seiner Tätigkeit. Der andere: Die Fäden der Verwaltung der Landgüter Attinghausens liefen in seinen Händen zusammen. Die Landgüter befanden sich im Oberwallis, im westlichen Teil Rätiens, in Uri und im Emmental. Ganze Familien standen als Leibeigene im Dienste Attinghausens. Jeremias lehnte zwar das Halten von Leibeigenen ab, doch in den ersten Jahren seiner Tätigkeit als Kammerschreiber wagte er es noch nicht, seinem Herrn diese Bedenken vorzutragen.

Das Schreiben war sowohl geistig wie körperlich anspruchsvoll. Das Handwerk hatten ihm die Mönche und die Patres in Disentis beigebracht. So gut, dass er darin ein Geschick entwickelte, das das seiner Lehrer übertraf. Er schrieb an einem steil geneigten Stehpult. Die Hand bewegte er frei, allenfalls an der Tischfläche auf den kleinen Finger gestützt. Er hielt die Feder zwischen Mittel-, Zeigefinger und Daumen. Der ganze Arm bewegte sich bei starr gehaltenem Handgelenk.

Seine Familie wuchs stetig. 1280 bestand der zehnjährige Hausstand aus den Eltern und sechs Kindern. Dann starb Ehefrau Irmgard am Kindbettfieber.

Ein halbes Jahr später vermählte sich Jeremias erneut. Die Mädchen und Buben brauchten schliesslich eine Mutter. Und eine Frau fand sich schnell, denn Jeremias lebte in guten Verhältnissen, in einem grossen, noblen Haus, und sein Amt als Kammerschreiber des mächtigsten Herrn im Lande Uri war ehrenvoll und gut entlohnt. Die neue Angetraute, Hedwig, entstammte einer einflussreichen Grossbauernfamilie. Äusserlich reichte sie nicht an ihre Vorgängerin, aber sie brachte eine beachtliche Mitgift mit. Weitere Kinder wurden geboren, jedes Jahr eines. Bei ihrer fünften Geburt ereilte Hedwig das gleiche Schicksal wie Irmgard.

1286 heiratete Jeremias seine dritte Frau, ebenfalls aus gutem Haus. Die Kinderschar wuchs auf dreizehn an. Doch Jeremias hatte längst keine Zeit mehr, sich um seinen Nachwuchs zu kümmern. Die Arbeitsbelastung steigerte sich stetig, doch nicht sein Einfluss. Immer mehr hinterfragte er den Sinn seines Lebens. Trotz seiner angesehenen Stellung blieb er der Diener des mächtigen Werner von Attinghausen.

Ein Jahr nach seiner dritten Heirat, im Wonnemonat Mai, zitierte der Freiherr Jeremias in sein Gemach, im Wohnturm zu Attinghausen. Vor knapp fünfzig Jahren hatte sich Freiherr Ulrich von Schweinsberg, der Vater Werner von Attinghausen-Schweinsbergs, hier niedergelassen. Der war ein Spross einer adeligen Familie aus dem oberen Emmental, das zum Einflussbereich der Zähringerstadt Bern zählte. Und weil dem Zuzüger von Schweinsberg aus dem Bernbiet der Name Attinghausen gut gefiel, nannte er sich nach dem Domizilwechsel selbst von Attinghausen.

Die Besitzungen im Oberwallis drohte Werner von Attinghausen-Schweinsberg zu verlieren, da die Bischöfe von Sitten sich daranmachten, ihre Hand darauf zu legen. Sie stammten alle aus Adelshäusern, hatten eine eigene Truppe und führten auch Kriege innerhalb des Reichs, das intern heillos zerstritten war. Um seine Ansprüche in Erinnerung zu rufen, entschied sich Attinghausen, mit einer Hundertschaft Landsknechte seinen Ländereien westlich der Furka einen «Besuch» abzustatten, auch um den Zehnten einzutreiben, der im vergangenen Jahr nicht eingegangen war. Die Truppe anführen musste einer, der unter Umständen mit dem Bischof verhandeln konnte, einer, der der deutschen und lateinischen Sprache mächtig war – in Wort und Schrift. Attinghausen konnte nicht schreiben, lateinische Texte verstand er auch nicht. Es gab in Uri nur eine Person, die in der Lage war, einen solchen Zwergfeldzug anzuführen, war Attinghausen überzeugt: Jeremias Am Bach.

Anfang Juli 1287 verliess der Tross unter Jeremias Am Bach Attinghausen in Richtung Gotthardpass. Mehrere Dutzend Reiter, eine Handvoll einachsiger Wagen, ein halbes Hundert Landsknechte, insgesamt an die hundertfünfzig Mann. Bewaffnet mit Hellebarden, Morgensternen, Wurfspeeren, Dolchen und Armbrüsten. Zu überwinden war zuerst die Schöllenenschlucht. Das war gemäss mehreren Überlieferungen der Walser, die das obere Wallis besiedelten, möglich. Diese hatten in der ersten Hälfte des letzten Jahrhunderts zwei wichtige Reussübergänge geschaffen. Die Twärrenbrücke und die Teufelsbrücke.

Jeremias brauchte mehrere Tage, bis er die Passhöhe der Furka erreichte, ohne nennenswerte Zwischenfälle. Es folgte der Abstieg entlang des Rhonegletschers nach der kleinen Häusergruppe Gletsch. Man kam nun ins Einzugsgebiet der Ländereien Attinghausens. Weiter unten im Tal der Rhone, die in ihrem obersten Teil Rotte heisst, stiess der Tross auf die Siedlung Superiori Waldt.

Jeremias erschrak, als er die ersten Bewohner erblickte. Die

Nacht brach an, vor den Häusern brannten Holzfeuer. Die Menschen erwärmten sich daran, denn es herrschte für die Jahreszeit eine ungewöhnliche Kälte. Die meisten von ihnen, vor allem die Kinder, waren abgemagert. Sie hatten offensichtlich Hunger. Mit müden, fast teilnahmslosen Blicken betrachteten die Einheimischen die Landsknechte und die Reiter.

Jeremias fragte: «Wo ist der Dorfälteste?»

Sie wiesen auf eine Hütte, etwa hundert Meter weiter unten im Tal.

Ein betagter Mann stand davor. Jeremias begrüsste ihn freundlich und erklärte, wer er sei.

«Herr, seid gegrüsst.» Der Alte deutete einen Bückling an. «Sie kommen wohl wegen dem Zehnten. Doch wir haben nichts.»

Jeremias sah den Dorfältesten unschlüssig an. Überlegte einige Augenblicke. «Wo ist das Gotteshaus, ich möchte mit dem Priester dort sprechen.»

«Herr, da müsst Ihr weiter das Tal hinunterreiten, erst in Musterium findet ihr eine Pfarrkirche. Der Geistliche reitet wöchentlich einmal zu uns herauf, um die Toten auf dem Gottesacker zu segnen, damit sie begraben werden können. Es sterben derzeit viele Menschen. Das vergangene Jahr war schlecht, auch das vorangegangene. Wir konnten keine Vorräte anlegen. Jetzt verhungern wir. Fast alle Kühe und Geissen sind geschlachtet. Sie gaben keine Milch mehr.»

«Wer hat das Schlachten angeordnet?»

«Ich», antwortete der Alte.

Jeremias biss sich auf die Lippen. Fast kleinlaut stellte er die nächste Frage. «Wer hat euch das erlaubt?»

«Niemand. Ich sehe es als meine Aufgabe an, zu verhindern, dass hier alle Menschen sterben. Und übrigens: Wen hätte ich fragen sollen?»

«Den Geistlichen natürlich, er ist der Einzige, dessen Leib nicht dem Herrn von Attinghausen gehört.»

Ein Lächeln überzog das Gesicht des Alten. «Hätte ich das

getan, wäre der Priester in eine unangenehme Lage gekommen. Hätte er Nein gesagt, wäre er wohl von der darbenden Bevölkerung Superiori Waldts gelyncht worden. Hätte er meinem Vorschlag zugestimmt, wäre er mit Sicherheit von den Schergen Attinghausens in Ketten gelegt worden.»

«Betrachtet Ihr mich als Schergen Attinghausens?»

Der Alte streckte sein Kinn nach vorn. Sein böser Blick durchbohrte Jeremias. «Unsere Vorfahren vor hundert Jahren waren noch dem König direkt unterstellt. Wir hatten ihm zu gehorchen. Doch der tauchte nie auf. Wir fühlten uns frei. Dann kamen die von Schweinsberg, rissen sich unser Land unter den Nagel und haben uns versklavt. Sklaven halten ist ein Verbrechen. Doch von Attinghausen wird dereinst auch seinen Richter finden.»

«Alter, Ihr redet gefährlich. Von Attinghausen ist ein Herr von Gottes Gnaden.»

Angewidert schüttelte der Alte den Kopf. «Da ist weder etwas von Gott noch von Gnade vorhanden. Ihr habt, Herr Jeremias Am Bach, die Macht, mich zu fesseln, mich zu foltern und zu töten. Ich werde sowieso nicht mehr lange leben. Aber ich möchte in Würde, nicht als Leibeigener sterben.»

Jeremias stieg auf das Pferd und ritt davon. Das Tal hinab. Die Truppe folgte ihm. Vor einer flachen Wiese hielt er. «Hier errichten wir ein Lager, stellt die Zelte auf und bereitet das Mahl zu.»

«Gut, wir werden Vieh aus den Ställen treiben und es schlachten, die Häuser nach Essbarem durchsuchen und es beschlagnahmen.»

«So nicht, Hauptmann. Die Truppe wird aus den mitgebrachten Vorräten verpflegt. Diese reichen noch für viele Tage. Das ist ein Befehl.»

Der Hauptmann fluchte leise, drehte sich auf dem Absatz um.

Jeremias wies ihn an zu warten. «Der Hauptmann sorgt dafür, dass die Landsknechte nicht auf die Idee kommen, Frauen und Mädchen zu vergewaltigen. Keiner Menschenseele hier wird ein Härchen gekrümmt.»

Hämisch grinste der Hauptmann. «Warum denn? Das sind doch Leibeigene. Und überhaupt, warum habt Ihr den Dorfvorsteher nicht umgebracht? Der Freiherr würde diese Milde niemals gutheissen.»

«Will mir der Hauptmann etwa Verhaltensregeln erteilen? Er gehe jetzt zur Truppe und führe meine Befehle aus.»

Als Führer der Truppe stand Jeremias ein eigenes Zelt zu. Es wurde für einige Tage eingerichtet. Eine schwere Kiste mit Kleidern, Seife, Nachttopf, ein grosses Becken für Wasser, Tücher, Schreibzeug, Pergament, ein grosser, mit Stroh vollgestopfter Sack, als Nachtlager bestimmt, und ein Tisch mit einem Sessel wurden hineingetragen.

Vor dem Eingang schichteten die Knechte einen Holzstoss auf und entzündeten ihn. Jeremias kniete davor, um seine vor Kälte erstarrten Hände zu wärmen. Danach schrieb er einen Brief an den Bischof in Sitten. Darin bat er um ein Gespräch. Zwei Meldereiter bekamen den Auftrag, ihn dem Kirchenfürsten zu überreichen. Sie brachen am späten Abend auf, hoffend, im Laufe des kommenden Tages den Bischofssitz zu erreichen. Um die ganze Nacht durchreiten zu können, wechselten sie im Marktflecken Briga die Pferde.

Im Laufe des Vormittags erreichten die Meldereiter den Bischofspalast. Sie wurden sogleich zu Pierre d'Oron, einem würdigen Herrn im fortgeschrittenen Alter, vorgelassen. Er schlug ein Treffen für den übernächsten Tag um die Mittagszeit in der Kirche Glis, einen Kilometer südwestlich von Briga, vor. Im Morgengrauen des kommenden Tages waren die Reiter im Lager unterhalb von Superiori Waldt zurück.

Jeremias machte sich auf den Weg und traf zum vereinbarten Zeitpunkt in Glis ein. Der Bischof erwartete ihn bereits.

Jeremias überreichte d'Oron ein Schreiben mit der Unterschrift Werner von Attinghausens. Jeremias war über den Inhalt informiert, hatte er ihn doch im Auftrag des Freiherrn zu Pergament gebracht. Er machte darin das Angebot, dem Gottesmann seine Leibeigenen aus Superiori Waldt für Frondienste zur Verfügung zu stellen. D'Oron war das zu wenig, womit Attinghausen und Jeremias auch gerechnet hatten. Er brauche die Leute in Sitten, in Goms nützten sie ihm wenig.

Das könne er gut nachvollziehen, meinte Jeremias und machte den zuvor mit Attinghausen abgesprochenen Vorschlag, dem Bischof zwanzig Leibeigene zu schenken. Unter der Bedingung allerdings, dass Attinghausen alle Ländereien im Oberwallis weiterhin unbehelligt bewirtschaften könne.

Das gefiel d'Oron schon besser, doch auch er knüpfte eine Bedingung daran. «Ich mag die Habsburger nicht. Das dürfte ebenso für meine Nachfolger gelten. Und ich weiss aus zuverlässigen Quellen, dass auch der Freiherr nichts von ihnen hält. Bald wird König Rudolf, der habsburgische Herrscher des Heiligen Römischen Reiches, das Zeitliche segnen. Er ist in meinem Alter. Richtet Attinghausen aus, bei der nächsten Königswahl soll er seine Beziehungen spielen lassen. Es muss vermieden werden, dass der nächste König wieder ein Habsburger sein wird.»

Jeremias nickte und lächelte. D'Oron erfasste Jeremias' Rechte und bestätigte, es solle gelten.

Aufgeräumt ritt Jeremias mit seiner Entourage ins Lager von Superiori Waldt zurück, blieb dort noch einige Tage, bis sich das Wetter besserte, und machte sich mit seinem Tross auf den Weg nach Attinghausen zurück.

In Attinghausen berichtete Jeremias dem Freiherr vom Treffen mit dem Bischof und musste eingestehen, dass er keinen Zehnten der Gomser Güter heimbringe. Mit dem ersten Bescheid war der Freiherr höchst zufrieden, das mit dem Zehnten ärgerte ihn, doch er liess es durchgehen, da er den erfolgreichen Handel mit dem Bischof als weit wichtiger einstufte.

Die Eindrücke seiner Reise ins Wallis liessen Jeremias nicht los. Die Leibeigenschaft seines Herrn machte ihm zu schaffen.

Es war nicht nur die in Goms, auch die im Gebiet um Disentis. Dessen Reichsfürst war der Abt des Klosters. Dieser liess allerdings den Besitzern von Ländereien grosse Freiheiten. Von Attinghausen unterhielt auch in Uri zahlreiche Leibeigene. Für Jeremias bestand kein Zweifel, dass er sie schamlos ausbeutete. Für den Freiherrn waren diese menschlichen Wesen auf der Stufe von Haustieren. Als besonders bedauerlich empfand er, dass es im Lande mehrere Gutsbesitzer gab, einheimische, nicht adeligen Ursprungs, die ihre Knechte und Mägde zu Sklaven machten. Sie nahmen offensichtlich den Freiherrn als Vorbild und stellten vor ihren Namen oft ein «von».

Jeremias war auf dem besten Weg, selber Gutsbesitzer zu werden. Er hatte ein Beziehungsnetz aufgebaut, das ihm mit der Mitgift seiner verstorbenen Frauen und der noch lebenden erlaubte, grosse Landstücke zu erwerben. So würde auch er zu Leibeigenen kommen. Doch das ging ihm wider den Strich. Er erinnerte sich an seine Kindheit als Spross eines grossen Bauern in Trub. Auch dort im Emmental gab es Gutsbetriebe, deren Eigner Leibeigene hielten. Sein Vater hatte von seinen Knechten und Mägden allerdings nie verlangt, dass sie ihn um Erlaubnis baten, um heiraten zu dürfen. Er gestattete ihnen auch, von seinem Hof wegzuziehen und bei einem anderen Bauern anzuheuern. Es wäre ihm zudem nie in den Sinn gekommen, seine Bediensteten für Frondienste einzuspannen oder sie körperlich zu züchtigen. Jeremias hatte den Eindruck, die Knechte und Mägde arbeiteten gerne auf dem Hof seines Vaters.

Anders auf dem Gut Attinghausens. Die grimmigen Mienen der Dienstboten verrieten, dass sie nicht aus freien Stücken hier waren, dass sie in ständiger Angst vor Schlägen der Aufseher lebten. Was nach Beobachtungen von Jeremias zur Folge hatte, dass sie weniger gut arbeiteten. Er brachte diesen Missstand in einer der wöchentlichen Zusammenkünfte mit von Attinghausen zur Sprache.

Von Attinghausen sprach: «Jeremias Am Bach, nehme er sich in Acht. Es steht ihm nicht zu, solche aufrührerischen Vorschläge zu machen. Er ist von mir, dem Freiherrn von Gottes Gnaden, eingesetzt, um meine Güter zu verwalten. Er soll sich um diese Angelegenheiten kümmern.»

Von Attinghausen beäugte Jeremias mit stechendem Blick. «Ich will doch hoffen, der Jeremias Am Bach hat verstanden, was ich meine.»

Von Attinghausen hielt inne, den Blick nicht von Jeremias abgewandt. «Wir in Uri sind frei. Das Land Uri wie die anderen Waldstätte sind Teil des Heiligen Römischen Reichs. Wir anerkennen den König. Das fällt uns leicht. Er lässt uns walten und schalten. Es muss ja nicht immer ein Habsburger sein. Das Sagen in Uri hat der Landammann. Gewählt von der Landsgemeinde. Die Landsgemeinde besteht aus den Grundbesitzern. Wir, von Attinghausen, besitzen die grössten Ländereien und haben den grössten Einfluss in der Landsgemeinde. Aber kein Grundeigentümer schreibt dem anderen vor, wie er seine Untergebenen zu behandeln hat. Und erst recht geht das einen Verwalter einen Dreck an.»

Niedergeschlagen ging Jeremias in sein Haus, unweit vom Turm zu Attinghausen. Er besprach das Anliegen, das er von Attinghausen vorgebracht hatte, mit seiner Frau. Sie antwortete: «Schreib doch ein Buch, in dem du deine Erkenntnisse und Anliegen festhältst. Dies überlässt du dem Kloster Einsiedeln als Leihgabe. Das Kloster Einsiedeln steht im Gegensatz zum Freiherrn von Attinghausen auf gutem Fuss mit König Rudolf von Habsburg, was bedeutet, dass von Attinghausen keinen Zugriff auf dieses Buch haben wird.»

Jeremias fand diesen Vorschlag gut und begann zu schreiben. In zwei Exemplaren. Im Dezember 1290 war er damit zu Ende. Ein Buch bewahrte er an einem sicheren Ort zu Hause auf, das andere übergab er dem Fürstabt von Einsiedeln.

Dass Jeremias ein Buch schrieb, hängte er nicht an die grosse Glocke. Doch dieses Unterfangen blieb auch nicht geheim. Einige Bedienstete im Haus Am Bach hatten Kontakt zu Bediensteten im Turm zu Attinghausen. Und so erhielt von Attinghausen davon Kenntnis.

Von Attinghausen erfuhr schliesslich, dass ein Exemplar des Buches von Jeremias in den Beständen der Bibliothek des Klosters Einsiedeln war. Jedem Geistlichen aus den Waldstätten war es erlaubt, den Lesesaal des Klosters Einsiedeln zu besuchen, um dort ein Buch aus der Bibliothek zu lesen.

Von Attinghausen liess den Priester der Pfarrkirche von Altdorf zu sich kommen, der ihm freundschaftlich verbunden war. Er bat ihn, einen schreib- und lesekundigen Geistlichen zu engagieren, dieses Buch zu lesen und davon Notizen zu machen.

Im März hielt Attinghausen eine Abschrift des lateinisch geschriebenen Buches in Händen. Die Abschrift war eine alemannische Übersetzung, sodass von Attinghausen sie verstehen konnte. Nach der Lektüre war er empört. «Ein umstürzlerisches Manifest», schimpfte er. «Ich will noch in diesem Jahr Jeremias Am Bach am Galgen hängen sehen.» Danach schickte er einen Boten zum Präsidenten des Landgerichts, Doctor iuris von Reding. Dieser bat um ein Treffen am Sitz des Gerichts in Altdorf und legte das in Leder eingebundene Buch unsanft auf den Besuchertisch in Redings Suite.

Reding vertiefte sich in das gut hundertseitige Dokument. Es war mit winzigen Buchstaben, aber gestochen scharf geschrieben. Dann hatte er sich ein Urteil darüber gebildet und liess von Attinghausen zu sich kommen.

Das Treffen kam Anfang April 1291 zustande. Von Attinghausen wurde in das Gästezimmer geleitet, wo ihm Wein, Wurst, Käse und Brot aufgetischt wurden, um eine kleinere Wartezeit zu überbrücken.

Als Attinghausen hereingebeten wurde und im Türrahmen auftauchte, schüttelte Reding sein Haupt. «Ein heller Kopf, dieser Jeremias Am Bach. In seinem Innersten ein Rebell. Wir müssen ihm Einhalt gebieten.»

Attinghausen stierte Reding an. «Einhalt gebieten? Nur Einhalt gebieten?»

Reding schmunzelte. «Es wäre nicht ratsam, Jeremias Am Bach wegen dieses Pamphlets in Ketten zu legen. Gäbe es einen Prozess deswegen, würden sich die unfreie Bauernschaft und sämtliche Leibeigenen hinter ihn stellen. Das könnte zu einem Aufstand führen. Wir müssen einen anderen Weg finden.»

«Einen anderen Weg? Welchen denn?», fragte Attinghausen gereizt.

«Mein lieber von Attinghausen, das Schriftstück Jeremias Am Bachs ist durchaus interessant. Natürlich ist es gefährlich, und ich möchte so wenig wie Sie, dass es irgendwann umgesetzt wird. Aber das kann es auch, sollte Jeremias Am Bach mit dem Tod bestraft werden, denn die im Kloster Einsiedeln werden Ihnen ganz sicher nicht den Gefallen tun, Ihnen das lateinische Original auszuhändigen. Nein, als Freunde der Habsburger haben die Klosterbrüder von Einsiedeln ihre helle Freude daran, dass es in Uri Leute gibt, die Ihnen, von Attinghausen, Probleme machen könnten. Kommt dazu, dass einige vom Schlage König Rudolfs durchaus nicht daran interessiert sind, wenn Lokalfürsten Leibeigene halten. Sie mögen es nicht, wenn der niedere Adel zu fest im Sattel sitzt. Das bedeutet einen Machtverlust der Herzöge und des Königs.»

Attinghausen wurde zunehmend ungeduldiger. «Das kann ich ja alles nachvollziehen. Aber was raten Sie mir?»

«Eigentlich wäre es an Ihnen, diesen Vorschlag zu machen.»

Attinghausen zuckte mit den Schultern.

«Gut, ich hätte eine Lösung, Jeremias Am Bach stillzulegen.» Von Reding zog ein Stück beschriebenes Pergament aus seiner Rocktasche und reichte es Attinghausen. «Lesen Sie es zu Hause, in aller Ruhe. Ich fasse Ihnen den Vorschlag in gesprochenen Worten zusammen: Erstens. Ich werde vorläufig keinen Haftbefehl gegen Jeremias Am Bach ausstellen. Zweitens. Ich schicke Ihnen einen Doctor des Handels und der Geldwirtschaft. Er wird die von Jeremias Am Bach geführten Bücher unter die Lupe nehmen. Auch der beste Gutsverwalter kann kein Buch ohne Gesetzesübertretung führen. Er wird zwangsläufig gegen das kirchliche Recht verstossen. Die christliche Lehre verbietet zum Beispiel, Zinsen einzufordern. Das ist nur bei Juden toleriert. Klar doch, von Attinghausen, auf Ihren Gutsbetrieben werden Pachtzinsen erhoben. Damit der Doctor ungestört seinen Ermittlungen nachgehen kann, müssen Sie Jeremias Am Bach auf eines Ihrer Güter ausserhalb Uris schicken. Am besten nach Disentis.»

Attinghausens Miene wurde immer zufriedener. Plötzlich verfiel er in ein lautes Gelächter. «Von Reding, wer hätte das gedacht? Sie sind ein abgebrühter Halunke. So etwas wäre mir nie eingefallen. Ich bin Ihnen zu grossem Dank verpflichtet.»

«Drittens. Ich werde aufgrund des Berichts des Doctors eine Anklage gegen Jeremias Am Bach erheben. Wegen Betrugs oder Wucher zulasten der unfreien Pächter. Das wird gelingen und erlaubt, ihn dem Volkszorn auszusetzen. Kein Bauer wird wegen des Todesurteils gegen Am Bach auch nur den Mund verziehen.»

Noch am selben Tag kehrte von Attinghausen auf seinen Wohnturm zurück.

Am folgenden Morgen liess Attinghausen Jeremias Am Bach zu sich kommen und erkundigte sich in freundlichem Ton nach den Geschäften.

«Da müsste ich Ihnen die Bücher bringen. Ich habe nicht alle Zahlen im Kopf.»

So genau wolle er das gar nicht wissen. Eine ungefähre Übersicht genüge ihm. Jeremias unterbreitete ihm diese mündlich. Attinghausen gab sich hochzufrieden.

«Wenn es die Wetterverhältnisse zulassen, wäre eine Inspektion des Gebiets von Disentis fällig.»

«Gerne», antwortete Jeremias. «Ich werde Ihnen Bescheid sagen, wenn es so weit ist.»

Anfang Mai brach Jeremias in Begleitung von mehreren Dutzend Landsknechten nach Disentis auf und erstattete nach der Rückkehr Attinghausen in dessen Turm Bericht.

Als er wieder zurück in seinem Arbeitszimmer war, erwarteten ihn zwei bewaffnete Gerichtsdiener. «Jeremias Am Bach, Sie sind verhaftet.»

Jeremias wurde kreidebleich. «Wie bitte? Was soll ich denn verbrochen haben?»

Der eine reichte ihm ein beschriebenes Pergament. «Sehen Sie es sich selbst an. Ich bin des Lesens unkundig.»

Jeremias wurde in Handfesseln gelegt, auf ein Pferd gesetzt, dort festgebunden und mit einem Trupp von berittenen Soldaten nach Altdorf gebracht. Seiner Bitte, sich noch von seinen Angehörigen verabschieden zu dürfen, wurde nicht entsprochen.

Wie ein Lauffeuer verbreitete sich in Attinghausen die Kunde von der Festnahme des Kammerschreibers Jeremias Am Bach. Dass eine wichtige Persönlichkeit, wie er es war, in die Mühlen der Justiz geriet, war nicht alltäglich. Eine Flut von Gerüchten folgte, die sich über allen Waldstätten ausbreitete.

Der Prozess gegen Jeremias Am Bach wurde auf Mitte Juli 1291 festgesetzt. Er war nicht öffentlich. Jeremias erhielt keinen Verteidiger. Er wurde vom Landgericht unter dem Vorsitz von Redings schuldig gesprochen und zum Tode durch den Strang verurteilt. Die Anklagepunkte: Verstoss gegen die kirchliche Strafbestimmung und Selbstbereicherung zulasten des Freiherrn von Attinghausen. Die Hinrichtung wurde für den 1. August 1291 auf der Rütliwiese angesetzt.

Der Vollzug des Todesurteils war öffentlich. Eine Ansammlung von gut tausend Menschen, Alte, Junge und Kinder, wohnten dem Spektakel bei. Vor der Exekution wurde der Verurteilte am Rad, einem Folterinstrument, festgebunden. Mit einer Kurbel drehte der Scharfrichter das Rad auf eine hohe Geschwindigkeit. Man hörte dabei, wie die Knochen brachen. Danach wurde das sich vor Schmerzen windende und stöhnende Opfer zum Galgen gezerrt und nach allen Regeln der Kunst aufgeknüpft. Wie lange der Gehängte noch lebte, interessierte niemanden.

Die Festgemeinde wurde zu einem Gelage eingeladen und tat sich an Würsten, Brot und Wein gütlich und war des Lobes voll über den Landammann, das Landgericht und die Noblen Uris.

Die wenigsten hatten ihn bemerkt. Ein Mönch aus dem Orden der Benediktiner in einer schwarzen Kutte. Er kniete vor einer Steinplatte, die er als Schreibunterlage benutzte. Neben sich ein Tintenfass, einen Gänsekiel und ein grosses rechteckiges Stück Pergament, auf das er Skizzen und Notizen machte.

Einer der Wache haltenden Landsknechte mit einem umgehängten Schwert trat auf ihn zu und klatschte mit gereizter Miene in die Hände. Der Benediktiner runzelte die Stirn und schüttelte den Kopf.

«Wir mögen die Leute aus dem Kloster Einsiedeln nicht», raunzte der Aufseher.

«Gott vergebe Euch und Euren Freunden», offenbarte der Benediktiner. Sein Gesichtsausdruck verriet beissenden Spott.

«Ich möchte sehen, was Ihr da auf das Pergament hingeschmiert habt.»

«Das ist Euch unbenommen. Tretet hinzu und seht es Euch an.»

Der Wächter tat das und wollte das Pergament an sich nehmen. Doch der Mönch war schneller, er schob das Schriftstück behände unter seine Kutte. «Wäscht er sich zuerst die Hände. Aus ihnen tropft immer noch Blut, das Jeremias Am Bach vergossen hat, als er ihn an den Galgen zerrte.»

Zornig drehte sich der Landsknecht auf dem Absatz um und entfernte sich raschen Schrittes. Die Augen des Ordensmanns folgten ihm. Der Landsknecht eilte zu Landammann Arnold von Silenen, der sich gerade mit dem Freiherrn von Attinghausen unterhielt.

Dann kicherte der Mönch. Nicht sehr laut, aber gut vernehmbar für von Attinghausen und seinen Gesprächspartner.

Der Wächter berichtete den beiden Herren wortreich vom Frevel des Benediktiners. Danach berieten sich Attinghausen und Silenen. Silenen befahl: «Landsknecht, lege den Benediktiner in Ketten und schlepp ihn zu uns.»

Es dauerte eine Weile, bis der Wächter sich zurückmeldete, mit leeren Händen. Die angeordnete Suche nach dem Mönch blieb erfolglos.

Drei Stunden später trafen sich von Attinghausen, der Landammann von Silenen und Gerichtspräsident von Reding in der nobelsten Schenke von Altdorf. Nicht in der Gaststube, sondern in einem separaten Zimmer.

«Ich bin Euch beiden verpflichtet, Herr Landammann und Herr Präsident des Landgerichts. Alles geht heute auf meine Kosten.»

«Wir nehmen das gerne an, Freiherr von Attinghausen. Aber ein gespendetes Essen genügt uns noch nicht. Was sind Eure Pläne bezüglich der Unabhängigkeit der Waldstätte von den Habsburgern?»

«Ich wünsche die Habsburger zum Teufel. Aber noch sind wir nicht so weit. Die Waldstätte sind nach wie vor Hoheitsgebiet der Habsburger. Und diese Hochadeligen scheuen sich nicht, zu perfiden Machenschaften zu greifen, um ihre Macht über Uri, Schwyz und Unterwalden zu erhalten und allenfalls sogar noch auszubauen. Sie machen sich daran, die Leibeigenen und die unfreien Bauern gegen uns aufzuhetzen. Leibeigene und Unfreie garantieren Wohlstand und innere Stabilität.»

Von Silenen und von Reding nickten heftig.

«Doch wie wollt Ihr den Habsburgern die Stirn bieten?», warf Reding ein.

«Die Feinde unserer Feinde sind unsere Freunde. Die aufkommenden Städte Bern, Luzern, Zürich und die Savoyer stehen auf Kriegsfuss mit den Habsburgern. Wir schliessen Allianzen mit den Städten und den Savoyern. Doch das reicht nicht. Wir in den Waldstätten müssen die Anzahl der Gutsbesitzer vergrössern, ihnen Adelsrechte verleihen. Eine neue Elite heranziehen. Deren Repräsentanten wählen den Landammann. Wenn wir stark genug sind, brauchen wir keinen König mehr.»

Silenen lachte spitzbübisch und stellte eine Frage in den Raum. «Brauchen wir vielleicht auch noch Untertanengebiete?»

Attinghausens Augen wurden glänzend. «Klar doch. Ich sage Euch, in absehbarer Zeit werden die Waldstätte Untertanengebiete haben, die das Mehrfache ihrer derzeitigen Fläche ausmachen.»

«Mein lieber von Attinghausen», warf Silenen ein. «Mir scheint, Ihr seid vom Grössenwahn befallen.»

Attinghausen streckte den Finger in die Höhe. «Das braucht natürlich Zeit. Doch ich sage Euch voraus, in einigen Jahrzehnten wird Uri die Leventina erobern. Schwyz und Unterwalden werden uns folgen und weiter nach Süden vorstossen, so lange, bis die Waldstätte sich das gesamte Tessin unter den Nagel gerissen haben.»

Da kam ein Meldeläufer und überreichte dem Landammann ein Schreiben. Dieser las es, was ihm offensichtlich Mühe bereitete. Nach einigen Minuten reichte er es Attinghausen. Der hatte den Inhalt wesentlich schneller erfasst und gab es Reding weiter. Dieser las das in Alemannisch verfasste Dokument laut vor.

Die Kreuzritterstadt Akkon im Heiligen Land ist am 18. Mai 1291 gefallen. Akkon war die noch letzte verbleibende Bastion des Königreichs Jerusalem …

Der Text ging noch zwanzig Zeilen weiter. Doch damit konnten die Zuhörer kaum etwas anfangen.

***

Der erste Sohn von Jeremias Am Bach, Jeremias der Jüngere, liess sich von der erlittenen Unbill nicht kleinkriegen. Er zog sich in seine angestammte Heimat, nach Trub, zurück. Er übernahm das grosse Bauerngut seines Grossvaters, gründete eine Familie und war ein geachteter Mann. Das Emmental war habsburgisches Hoheitsgebiet unter den Grafen von Neu-Kyburg.

Werner von Attinghausens Verwandte, die Herren von Schweinsberg, hatten kaum mehr Einfluss im Emmental und mussten Jeremias Am Bach junior unbehelligt lassen.

Jeremias der Jüngere war bei der Hinrichtung seines Vaters anwesend gewesen. Dabei war ihm das Tun des Einsiedlermönches nicht entgangen. Er sah in ihm einen Verbündeten gegen die Feudalherren von Uri. Jeremias der Jüngere wusste, dass das Buch seines Vaters in den Beständen der Stiftsbibliothek des Klosters Einsiedeln sicher verwahrt war. So begab er sich im Sommer 1295 dorthin, sprach beim Abt vor und fand Gehör. Das Buch könne er ihm nicht ausleihen, aber er dürfe es abschreiben. Ein Unterfangen, das gut und gerne ein Jahr beanspruchen würde. Dabei wäre es von Vorteil, meinte der Abt, wenn der Kopist des Lateinischen mächtig sei. Jeremias der Jüngere beherrschte Latein, allerdings fehlte ihm die Zeit, ihm oblag die Aufgabe, das Gut zu bewirtschaften. Die beiden Brüder seines Vaters lebten nicht mehr und hatten keine männlichen Nachkommen, sein Grossvater war gebrechlich geworden und ausserstande, das Landgut zu führen. Angepflanzt wurden Weizen, Hafer, Gerste, Hirse, Bohnen, Kraut, Rüben und Hanf. Doch in höheren Lagen, das waren in den Waldstätten, dem Oberwallis, dem Emmental die meisten Gebiete, gab es nur spärlich Getreide und Gemüse.

Im Emmental hatten sich zunehmend Landadelige und freie Bauern gegen die Habsburger erhoben. Die Am Bachs standen im Ruf, den Habsburgern treu zu sein.

Der Abt, ein Verbündeter der Habsburger, hatte Verständnis für Jeremias und anerbot ihm, das Buch durch einen schreibkundigen Mönch seines Klosters gegen ein Entgelt kopieren zu lassen. Jeremias der Jüngere stimmte zu. Überglücklich kehrte er nach Trub zurück. Ein Jahr später brachte ihm ein Bote die Abschrift. Jeremias übersetzte sie mit seiner sauberen Handschrift in den altalemannischen Dialekt. Das Buch wurde neben der Kopie des lateinischen Originals zum Herzstück der Familienchronik der Am Bachs.

Jeremias der Jüngere hatte viele Bekannte und Freunde in Uri. Sie informierten ihn über das Geschehen in den Drei Waldstätten. Ihre Schilderungen widersprachen teilweise den Nachrichten der örtlichen Adeligen, der Herren von Signau, Sumiswald und Lützelflüh. Sie standen auf keinem guten Fuss mit den Grafen von Neu-Kyburg, die mit den Habsburgern verwandt und von ihnen abhängig waren. Die von Neu-Kyburg waren die offiziellen Herrscher des Emmentals und schützten im Grossen und Ganzen diese Region gegen die Angriffe ihrer Widersacher.

1315 fand die «Schlacht am Morgarten» statt. Nach den örtlichen Adligen endete sie mit einem grossen Sieg der Schwyzer. Jeremias der Jüngere wurde anders unterrichtet. In Wirklichkeit sei es ein Hinterhalt einer Gruppe von Söldnern gewesen, bei dem der habsburgische Herzog Leopold I. hätte getötet werden sollen. Dieser entkam unverletzt. Ein Teil seines Gefolges, zwei-, dreihundert Mann, wurde allerdings hingemetzelt. Die Angreifer am Morgarten handelten aber nicht im Auftrag des Landammanns von Schwyz und auch nicht in dem der anderen Waldstätte, Uri und Unterwalden. Von einem Krieg der Eidgenossen gegen die Habsburger konnte also keine Rede sein. Die Oberhoheit der Habsburger über Schwyz, Uri und Unterwalden blieb unangetastet. Jeremias der Jüngere konnte sich sicher fühlen.

1294 hatte Werner von Attinghausen Arnold von Silenen, gegen dessen Willen, im Amt des Landammanns abgelöst. Werner von Attinghausen übte dieses Amt einunddreissig Jahre lang aus. Ihm folgte sein Sohn, Johannes von Attinghausen, der bis 1357 regierte, zweiunddreissig Jahre lang. Beide wirkten als Feudalherren unter ihren verhassten habsburgischen Fürsten. Danach gab es keine männliche Linie mit dem Namen Attinghausen mehr. Die Pest, die von 1247 bis 1253 in der Innerschweiz wütete, raffte alle Nachkommen noch während der Amtszeit des Freiherren dahin.

3

Am Mittwoch, 21. Februar 2018, erhielt Brawand von Bassi den Auftrag, die in Am Bachs Wohnung sichergestellten Unterlagen zu durchforsten.

Gleich zu Beginn dieser Recherchen fiel Brawand ein vor nahezu fünfzig Jahren verfasster Brief des Gerichtspräsidenten des Amtsbezirks Thun in die Hände. Er war datiert auf den 27. Juni 1968 und betraf einen Vorfall im Justistal vom 26. Mai desselben Jahres, der Benjamin Am Bach beinahe das Leben gekostet hätte. An den Brief angeheftet waren handschriftliche Notizen Am Bachs, die seine Sicht der Dinge festhielten.

Brawand zog aus diesen Papieren seine Schlüsse. Ein veritabler Mordanschlag auf Benjamin Am Bach, gar keine Frage.

Brawand fielen die Initialen des mutmasslichen Täters auf. A. K. – Arnold Krummen? Brawand entschied sich, dem nachzugehen. Im Archiv des Amtsgerichts wurde er fündig. Sein Verdacht bestätigte sich. Es war tatsächlich Krummen. Warum hatte die Justiz damals den Täter geschützt? Brawand fand nach weiterem Suchen die Antwort. Krummens Vater amtete als Vizegemeindepräsident von Oberhofen am Thunersee und war Jurist, Notar oder Fürsprecher oder beides. Er gehörte der dominierenden Bauern-, Gewerbe- und Bürgerpartei an. Und der Richter, der über die strafbare Handlung seines Sohnes zu urteilen hatte, ebenfalls.

Arnold Krummen musste ein Motiv gehabt haben. Doch es ging aus den Gerichtsakten nicht hervor. Ohne dieses war es unmöglich, einen Zusammenhang zwischen ihm und der Ermordung Benjamin Am Bachs herzustellen. So machte sich Brawand auf die Suche danach.

Es war später Nachmittag. Er begab sich ins «Rössli» von Oberried, an den Stammtisch. Zu seiner Erleichterung war

Krummen nicht dort. Krummen, der Quartalssäufer, der zwischendurch seine abstinenten Wochen hatte.

Brawand setzte sich zwischen zwei alte Männer. Immer wenn Brawand dort erschien, hingen ihm die meisten Anwesenden an den Lippen. Denn er kam nie ohne besonderen Grund.

«Krummen», sagte Brawand fast flüsternd, «seit wann hasste Arnold Krummen Benjamin Am Bach so sehr?»

Der Alte zu seiner Rechten überlegte. «Ich vermute, es war schlicht Neid.»

Der Weisshaarige zu seiner Linken schien es besser zu wissen. «Neid? Das kam wohl noch dazu. Doch sein Groll gegen Am Bach hatte eine andere Ursache. Es war eine Frau.»

Brawand horchte auf. «Wie bitte? Was für eine Frau? Wann?»

«So genau kann ich das nicht mehr sagen. Das ist nun», er rechnete nach, «tatsächlich schon fünfzig Jahre her. Ich glaub es nicht.»

Brawand nickte verständnisvoll. «Alles muss ich ja nicht wissen. Sehr geholfen wäre mir, wenn du mir den Namen der Frau sagen könntest.»

Der Weisshaarige scherzte. «Eine so Hübsche hat früher ihren Mädchennamen nicht lange getragen. Ich kann mich nur an ihren Vornamen erinnern. Christine, glaube ich, hiess sie. Sie stammte aus einem gut betuchten Haus. Der Vater war, da bin ich fast sicher, etwas Höheres in einer Seegemeinde – Oberhofen oder Hilterfingen.»

Brawand zog ein kleinformatiges Heft aus seiner Westentasche und notierte etwas darin.

«Ist das denn so wichtig, dass du das jetzt aufschreibst? Ich habe seit jeher ein komisches Gefühl, wenn jemand meine unausgegorenen Worte zu Papier bringt.»

Brawand sah den Weisshaarigen vielsagend an. «Unausgegoren, sagst du. Da stellst du dich schlechter dar, als du bist. Nein, was du soeben gesagt hast, tönt glaubwürdig. Und denk daran: Ich bin Polizist. Das, was mir Zeugen anvertrauen, hänge ich nicht an die grosse Glocke. Die Personen, denen ich das sage, sind – wie übrigens auch ich – verpflichtet, diesen Hinweis vertraulich zu behandeln. Dabei wird die Identität des Informanten – also deine – nicht gelüftet. Niemand erfährt etwas, ohne dass ich dir zuvor dessen Namen nenne.»

«Mit wem sprichst du als Nächstem darüber.»

«Mit meinem Chef, Luca Bassi.»

Der Weisshaarige war beruhigt. Brawand spendierte ihm ein Bier, danach verzog er sich diskret. Als er in seinem Wagen sass, konnte er es sich nicht verkneifen, gleich Bassi anzurufen. Dieser nahm die Nachricht dankbar auf. Er habe diesem Krummen schon vom ersten Moment an, als er ihn zu Gesicht bekommen habe, nicht getraut. «Nun beeil dich und mache diese Dame ausfindig, sofern sie noch lebt – die Jüngste kann sie nicht mehr sein.»

Brawand hatte nichts anderes erwartet. Als er nach Hause, ins Stedtli Unterseen, fuhr, war er nicht so ganz zuversichtlich, dass der Mordfall Benjamin Am Bach rasch aufgeklärt werden könnte. Dass aber der Weg dazu, den er jetzt einschlug, wohl verheissungsvoll war, davon ging er aus. Der Schlüssel zur Lösung des Falls musste irgendwo in der Vergangenheit liegen – vielleicht viele Jahrzehnte zurück.

Adrian Brawand genoss das Abendessen mit Silvia. Obwohl ans Amtsgeheimnis gebunden, besprach er den Fall, der ihn gerade beschäftigte, mit ihr.

«Glaubst du wirklich, dass Krummen einer alten Flamme wegen einen Mord begeht?», fragte sie.

Brawand zuckte ein bisschen gekränkt mit den Schultern.

«Das war nicht als Tadel gemeint. Du bist ja der Fahnder. Ich habe nur –»

«Schon gut. Ganz unrecht hast du wohl nicht. Doch wenn ich möglichst viel aus Benjamin Am Bachs Lebenslauf herausholen kann, gelingt es mir vielleicht, etwas zu finden, das hilft, den Mord aufzuklären.»

«Das kann ich gut nachvollziehen. Doch ist das nicht wie die Suche nach der Stecknadel im Heuhaufen?»

«*So* knifflig ist es hoffentlich nicht. Doch wir bei der Polizei machen uns keine Illusionen. Wollen wir Erfolg haben, müssen wir unsere Arbeit auf viele Leute verteilen. Es gibt anders als bei den Fernsehkrimis nicht die Kommissarin oder den Kommissar, die ihrer Intuition folgend Geistesblitze haben und gleichsam im Alleingang das Verbrechen aufklären.»

Silvia schmunzelte. «Bist du belehrend. Das weiss ich doch, schliesslich bin ich schon lange deine Frau. Das wäre dann das Mordbüro?»

«So ist es.»

«Können alle mithalten?»

Brawand lachte. «Jede und jeder möchte erfolgreicher als der andere sein.»

«Gibt es auch Frauen darin?»

«Sicher. Zwei, drei Polizistinnen und zehn, zwölf Polizisten, die Staatsanwältin und die Psychologin, so weit der derzeitige Stand.»

Silvia sah Adrian Brawand ein bisschen schräg an. «Du bist also eines der vielen Rädchen im Getriebe?»

«Tja, damit muss ich mich abfinden.»

«Ein bisschen scheinheilig, mein Lieber. Bei euch etabliert sich wie anderswo eine Hierarchie. Genau wie im Lehrkörper unserer Schule.»

Einen Tag danach fand Brawand mit seinem Team heraus, wer die Frau war, wegen der Arnold Krummen Benjamin Am Bach derart hasste, wie der Stammtischler zu wissen glaubte. Nur hiess sie nicht Christine, sondern Amelie und wuchs weder in Hilterfingen noch Oberhofen, sondern im Sigriswiler Dorf Gunten auf, wo sie heute noch wohnte. Ihr Mädchenname war Rindlisbacher. Ihr Vater war ein hoch angesehener Notar. Er starb, als sie Mitte zwanzig war. Kurz danach heiratete sie den fünfzehn Jahre älteren Herbert Fankhauser, ebenfalls ein

Notar. Er übernahm das Büro Rindlisbachers und verschied vor zwanzig Jahren.

Brawand rief die Witwe Fankhauser an. Sie nahm das Telefonat auffallend freundlich an. Als Brawand sich erkundigte, ob sie bereit wäre, ein paar Fragen zu beantworten, bejahte sie. Sie fragte nicht nach, um was es gehe.

Als Brawand sie darauf ansprach, bekannte sie lachend, sie habe ein unverkrampftes Verhältnis zur Polizei. Selbstverständlich gebe sie über alles Auskunft, was sie wisse. Auch das Finden des Gesprächstermins verlief problemlos.

Bevor sich Brawand aufmachte, Amelie Fankhauser zu besuchen, schrillte sein Handy. Es war Bassi. «Adrian, etwas kriege ich nicht auf die Reihe. Eben lag in meiner Postablage ein Brief des Amtsarztes. Er enthielt das Ergebnis von Krummens Blutprobe. Er wurde offenbar angezapft, nachdem er von uns verhört werden sollte. In solchen Fällen wird auch der Amtsarzt avisiert, um ihn auf Hafttauglichkeit zu überprüfen. Da der Atemtest auf keine Anzeichen von massiver Trunkenheit schliessen liess, ordnete er eine eingehende Untersuchung im Bezirksspital an. Nun liegen die Ergebnisse vor: Drogentest: negativ, Blutalkoholgehalt: null Komma vier Promille. Krummen hat uns also reingelegt, indem er einen Suff vortäuschte. Hast du eine Erklärung dafür?»

«Nein. Wie sollte ich? Das überrascht mich ja auch. Doch vielleicht erfahre ich mehr von Amelie Fankhauser aus Gunten.»

«Amelie Fankhauser?»

«Das ist die Dame, über die ich mit dir gestern gesprochen habe.»

«Die einstige Flamme von Krummen?»

«Genau.»

«Da bin ich ja gespannt. Du scheinst dich im Fall Benjamin Am Bach wirklich ins Zeug zu legen.»

Als Brawand am Eingang der Liegenschaft von Amelie Fankhauser stand, war er tief beeindruckt. Eine herrschaftliche Anlage mit Villa im Stil der Neunzehnzwanziger: grosser, parkähnlicher Garten, mit vielen Bäumen, Hecken und Sträuchern, gepflegt.

Die Herrin des Hauses kam die grosse steinerne Treppe herab. Brawand konnte sich vorstellen, dass sie in jüngeren Jahren manchen Mann verrückt gemacht hatte. Doch das Alter war nicht spurlos an ihr vorbeigezogen, stellte er fest, als sie sich ihm näherte. Der Neuanstrich der Haare vermochte einen Hauch von Jugendlichkeit noch etwas herbeizuzaubern. Dass sie aus der Form geraten war, liess sich offenbar kaum mehr rückgängig machen.

«Guten Tag, Wachtmeister ... ähm ... wie war Ihr Name?»

«Brawand. Das mit dem Wachtmeister: Bern ist einer der wenigen Kantone der Schweiz, die in ihrem Korps die militärischen Dienstgrade abgeschafft hat. Doch ganz falsch liegen Sie nicht. Mein Job entspricht etwa dem des früheren Wachtmeisters.»

Madame Fankhauser, so wünschte sie angesprochen zu werden, führte Brawand in ihr grosszügiges dreistöckiges Zuhause. Schon der Eingangsbereich hätte von den Ausmassen her als stattliches Zimmer gelten können. Im Korridor wäre Platz genug für einen Zweispänner gewesen.

«Bitte treten Sie ein», anerbot Amelie Fankhauser. Sie öffnete die Doppeltür zu einem beeindruckend ausgestatteten Raum. In der Mitte ein antiker Eichentisch. Die Wände behangen mit Bildern.

«Die sehen wertvoll aus», fand Brawand, auf sie zeigend.

«Sind sie auch», erwiderte Amelie Fankhauser mit einem Anflug von Stolz. «Tee oder Kaffee?» Sie sah Brawand fragend an.

«Danke, ich möchte Ihnen nicht zusätzliche Arbeit aufbürden.»

«Das tun Sie nicht ... Anna», rief sie.

Gleich ging eine Seitentür auf, und eine kleine, verhutzelte Frau trat ein. Sie hatte eine blaue Schürze umgebunden und trug eine weisse Haube.

«Tee oder Kaffee?», fragte Amelie Fankhauser noch mal. Brawand entschied sich für Tee. «Anna, bringen Sie zwei Tassen Tee.»

Anna drehte sich um, verschwand erstaunlich behänd wieder im Nebenzimmer.

Amelie Fankhauser lächelte Brawand an. «Was möchten Sie denn von mir wissen?»

«Es geht um den Mord an Benjamin Am Bach. Ich gehe davon aus, dass Sie bereits davon gehört haben.»

Ihre Miene wurde traurig und ihre Augen glasig. Mit beiden Händen wischte sie einige Tränen ab. «Und ob ich davon gehört habe. Ich kann es immer noch nicht glauben. Dass Benjamin nicht alle gewogen waren, wusste ich ja. Dass einer von denen zum Äussersten gehen würde, das hätte ich nicht für möglich gehalten.»

«An wen denken Sie dabei?»

Sie sah Brawand verdutzt an. «Sie kommen ganz schön rasch zur Sache. Natürlich, Sie sind ja Polizist.»

Die Seitentür ging auf, Anna balancierte ein Tablett mit zwei dampfenden Tassen und zwei Stück Schwarzwälder Torte.

«Lassen Sie es sich schmecken. Junge Männer haben doch immer Hunger, und alte Frauen gelüstet es nach Süssigkeiten.»

Brawand griff leicht zögernd zu. «Sie verwöhnen mich, Madame, danke sehr.»

Sie lachte. «Ich mich auch. Nicht einmal die Aussicht auf die nächste Hungerkur kann mich von dieser Köstlichkeit abhalten.»

Brawand sah Amelie Fankhauser forschend an. «Sie haben eben angedeutet, dass Benjamin Am Bach Feinde hatte. Können Sie mir verraten, an wen Sie dabei denken?»

Sie seufzte. «Es fällt mir nicht leicht, Namen zu nennen.»

«Verstehe. Ich kann Ihnen versichern, dass Ihre Aussagen vertraulich behandelt werden.»

Sie wiegte den Kopf hin und her. «Ich denke spontan an jemanden. Aber wahrscheinlich sagt Ihnen dieser Name nichts. Arnold Krummen.»

Brawand setzte eine Unschuldsmiene auf. «Wo wohnt dieser Mann? In welcher Beziehung stand er zu Benjamin Am Bach?»

«Eine komplizierte Geschichte. Ich war in jungen Jahren mit Krummen befreundet.»

«Kannten Sie damals auch Benjamin Am Bach?»

«Ich lernte ihn kennen. Das war wohl der Anfang des Zerwürfnisses zwischen den beiden.»

«Hatten Sie eine Beziehung mit ihm … ähm … darf ich das überhaupt fragen?»

Amelie Fankhauser schmunzelte. «Ich brauche Ihnen ja nicht zu antworten. Doch es macht mir nichts aus, es zu tun. Ich habe nichts zu verbergen.» Sie stand auf. «Nur einen Moment. Ich bin gleich zurück.»

Als sie zurückkehrte, trug sie auf den Unterarmen einen dicken Stoss von Papieren zwischen kartonierten Aktendeckeln. «Ich werde Ihnen jetzt etwas zeigen.»

Sie legte die Mappe auf den Tisch, schnürte sie auf und reichte Brawand einige alte Fotos, leicht vergilbt, schwarzweiss. «Das sind Benjamin Am Bach und Krummen im zarten Alter von nicht ganz fünfundzwanzig Jahren. Welche Bilder zeigen Benjamin Am Bach?»

Brawand hob zwei Fotos in die Höhe.

«Richtig», erklärte Amelie Fankhauser.

Sie griff wieder in die Beige und zog ein Foto hervor, auf dem beide nebeneinanderstanden. «Rechts sehen Sie Krummen. Er ist gut einen Kopf grösser als Benjamin Am Bach. Beide waren damals ansehnliche Männer.»

«Und Sie haben zunächst den grösseren bevorzugt?»

«Sie stellen eine falsche Frage. An meinem zwanzigsten Geburtstag wurde ich mit Krummen – er ist zwei Jahre älter als ich – bekannt gemacht, und zwar durch meine Eltern. Sie kannten Krummens Vater, der wie meiner Fürsprech und Notar war. Arnold, so hiess der junge Krummen zum Vornamen, fand gleich Gefallen an mir. Ich war mir nicht so sicher, ob ich mit ihm meinen Zukünftigen vor mir hatte. Das liess ich ihn gleich spüren, was mir von Papa und Mama ziemlich übel genommen wurde. Doch ich sagte nicht einfach Nein, hielt ihn hin. Manchmal holte er mich an einem schönen Nachmittag ab. Wir gingen zusammen nach Thun, in den Schadaupark oder in ein Kino. Natürlich versuchte er, mich zwischendurch zu küssen. Ich wusste das meist zu verhindern. Mit dem Ergebnis, dass er nie Anstalten machte, mir an die Wäsche zu gehen.»

Brawand zog die Augenbrauen hoch. «Und das ging über Jahre so weiter?»

«Ja, ganze zwei Jahre. Meinen Eltern war es ernst, ebenso den seinen. Arnold wurde unter Druck gesetzt, ein Studium der Rechtswissenschaften an der Universität zu beginnen. Das konnte er. Mit dem Lehrerpatent, das er am Berner Lehrerseminar Muristalden erworben hatte, hatte er auch das kantonale Maturitätszeugnis bekommen. Da Latein dort nicht angeboten wurde, musste er noch eine Zusatzprüfung in diesem Fach ablegen, um sich an der juristischen Fakultät zu immatrikulieren. Das schaffte er ohne Probleme. Er verriet mir, er mache das nur meinetwegen, eigentlich interessiere ihn die Juristerei gar nicht.»

Das Gesicht von Amelie Fankhauser hatte ernste Züge angenommen. Sie trank einige Schlucke Tee, der inzwischen ziemlich kalt geworden war.

«Und Sie hatten kein schlechtes Gewissen deswegen?»

«Nein. Aber ich war wütend. Wütend über mich selbst, dass ich mich nicht endlich habe aufraffen können, meinen Eltern klarzumachen: Zwischen mir und Arnold wird das nie etwas.»

«Damals herrschten wohl andere Sitten?»

«Natürlich. Besonders in den Kreisen, in denen auch ich aufgewachsen bin. Die Töchter aus gutem Haus konnten in der Regel nicht nach Belieben ihren Ehemann auswählen. Da hatte der Vater gelegentlich ein gewichtiges Wort mitzureden.

Ich versuchte – auf meine Art – mich dagegen zu wehren. Dann geschah etwas, das meiner eigenartigen Beziehung zu Arnold Krummen ein abruptes Ende bereitete.»

Sie griff wieder in die grosse Mappe, suchte einige Zeit, nahm schliesslich ein Wachstuchheft heraus. Darauf stand mit dickem violetten Filzstift auf dem gelben Einband: «TAGEBUCH 1968».

Sie blätterte darin. «Da … lesen Sie. Ich habe alles aufgeschrieben.»

Sonntag, 5. Mai 1968
Dieser Tag sollte mein Leben verändern. Morgens um halb neun schrillte das Telefon. War ich zu Hause, gehörte es zu meinen Pflichten, den Anruf entgegenzunehmen. Tante Hulda aus Ringgenberg war am Draht.

Brawand hielt inne. Er warf Amelie einen fragenden Blick zu. «Wer ist Tante Hulda?»

«Die Schwester meiner Mutter, zehn Jahre älter als sie. Sie war verwitwet seit den Neunzehnfünfzigern und entsprechend einsam. In Oberried, direkt am See, bewohnte sie ein Haus mit zehn Zimmern. Zur Hand ging ihr Maria, eine Italienerin, die in der Mansarde im Dachstock logierte.»

«Amelie, Herzchen, heute ist so wunderbares Wetter. Der See glitzert strahlend blau. Komm mich doch besuchen. Maria bereitet uns ein köstliches Mittagessen zu. Aber nur unter der Bedingung, dass du mir endlich deinen Freund vorstellst.»

«Ist dir denn so sehr daran gelegen? Wir sind nicht einmal verlobt», gab ich zu bedenken.

«Mach endlich vorwärts, Kleine. Deine längst verstorbenen Grosseltern haben keine Nachkommen ausser dir.»

Ich liess mich erweichen und stimmte zu. Da Arnold bei uns zum Mittagessen eingeladen war, kam ich sowieso nicht um ihn herum. Meine Eltern fanden den Vorschlag von Tante

Hulda gut. Vater rief gleich die Krummens an. Ich erinnere mich noch gut, wie er ausgesprochen aufgeräumt war und im Befehlston offenbarte: «Mach dich schön, in einer Viertelstunde holen wir zusammen Arnold ab und fahren nach Oberried. Dann verziehe ich mich. Zurückkommen könnt ihr mit Zug und Bus.»

Das Mittagessen war wirklich gut. Arnold brachte kaum einen Bissen hinunter, er war ziemlich aufgeregt. Mir verging der Appetit, als ich zusah, wie er sich abkämpfte. Etwas Ungutes lag in der Luft. Ich spürte, dass er endlich eine Entscheidung von mir erwartete.

Meine Tante schien von der Spannung wenig mitzubekommen. Sie geizte nicht mit Komplimenten. So ein schönes Paar seien wir. Sie freue sich schon auf ihre Neffen und Nichten. Ich hätte ihr die Augen auskratzen können.

Dann machte sie eine Ankündigung, die mich zunächst beruhigte. «Am Nachmittag findet in Oberried eine Chilbi statt. Da gehen wir hin. Dann könnt ihr beide so richtig schön das Tanzbein schwingen.» Ich verschluckte mich. Wusste ich doch, dass Arnold ein erbärmlicher Tänzer war.

Es war zwei Uhr nachmittags, als wir auf dem Schulhausplatz eintrafen. Die Kapelle – zwei Handörgeler, ein Violinist und ein Saxofonspieler – spielte einen schmissigen Marsch. Als die ersten Klänge über die Festgemeinde schmetterten, übertönte eine Lautsprecheransage die Musik. «Jugend von Oberried, hebt eure Hintern und stampft auf der Bühne mit.» Und das taten sie denn auch, in Scharen. Tante Hulda klatschte in die Hände. «Arnold und Amelie, um Himmels willen, geht endlich, und zeigt es denen.»

Im wilden Gehopse fiel die Ungeschicklichkeit von Arnold kaum auf. Er war sozusagen in bester Gesellschaft. Als die Musik verstummte, zog er sein Taschentuch, strich die dicken Schweisstropfen von der Stirn, gab mir einen Kuss auf den Mund und flüsterte: «Das war doch wunderschön.»

Dann dröhnte es wieder aus dem Lautsprecher. «Die zweite

Runde ist Damentour. Bitte, bitte, wechselt eure Partner, alle, wirklich alle.»

Ich schaute mich um und fixierte einen Jungen. Er gefiel mir, obwohl er ein bisschen kleiner als ich war. Nicht nur sein Aussehen bezauberte mich. Er war ein guter Tänzer, das war mir aufgefallen, als er mit einer anderen jungen Frau, die auf mich einen ziemlich ungelenken Eindruck machte, mehrmals an uns vorbeigewedelt war. Ich ging auf ihn zu, ergriff seine Hände. Er flüsterte mir ins Ohr: «Benjamin heisse ich.» Die Kapelle intonierte «An der schönen blauen Donau». Das war eine Überraschung. Jeder seiner Schritte war im Takt, präzis und graziös. Mir entging nicht, dass viele aus der Zuschauerschar bewundernde Blicke auf uns warfen, was dem Tätschmeister aufgefallen sein musste. Als die letzten Töne des berühmtesten Strauss-Walzers verklungen waren, griff er zum Mikrofon.

«Habt ihr gesehen, das schöne Paar, die Dame in dem blauen Kleid, mit den blonden, langen Zöpfen, und der junge Mann mit den etwas wirren dunklen Haaren, im weissen Hemd, mit dem schwarzen Gilet und den grauen Hosen? Alle ausser diese beiden verlassen jetzt die Bühne. Dann spielt die Kapelle nochmals auf, und wir bewundern, wie man Wiener Walzer vollkommen tanzt.»

Aus den Augenwinkeln musterte ich Arnold. Sein Gesicht war wutverzerrt, käsebleich, die Hände zu Fäusten geballt. Mir schwante Ungemach.

Benjamin stand mit mir allein auf der Bühne. Die Leute applaudierten. Dann wurde es plötzlich totenstill. Aus dem Publikum hörte ich einen entsetzten Schrei. Es war die Stimme meiner Tante. Ehe ich mich's versah, sprang Arnold auf die Bühne und rannte auf uns zu. Er, der mehr als einen Kopf grösser als Benjamin war, ergriff ihn, warf ihn zu Boden und traktierte ihn mit Fusstritten.

Der Landjäger vom Polizeiposten, bei solchen Anlässen offenbar immer präsent, war innert Sekunden am Ort des Geschehens, hielt aber nicht auf Arnold, sondern auf mich zu.

Nahm mich am Arm und zog mich eilends zu den Zuschauern hinunter. «Zuallererst muss ich Sie in Sicherheit bringen», bemerkte er so nebenbei. Wie recht er hatte, ging mir in den nächsten Augenblicken auf. Mit wildem Geschrei stürmte mindestens ein Dutzend junger Burschen den Tanzboden. Fast schien es, als hätten sie gerade auf einen Vorfall dieser Art gewartet. Danach war richtig der Teufel los. Eine wilde Schlägerei entspann sich.

Der Mann am Lautsprecher, der sich Momente zuvor noch selbstsicher in Szene gesetzt hatte, erklärte mit weinerlicher Stimme. «Nicht schon wieder. Hört bitte sofort auf.»

Es dauerte nicht lange, bis fast alle sich in das Kampfgetümmel stürzten und dreinschlugen.

Tante Hulda flossen die Tränen in Strömen über die Wangen.

Ich nahm sie in die Arme. «Jetzt erfährst du hautnah, was für einen Arsch mir meine Alten als Zukünftigen aufdrängen wollten.»

Voller Abscheu sah sie mich an. «Versündige dich nicht! Arnold ist ein echter Kavalier. Er wehrt sich dagegen, dass du in die Fänge eines Unterschichtmenschen gerätst.»

Brawand hielt inne, legte den Finger auf diese Textstelle und sah Amelie Fankhauser betroffen an.

Ihre Augen wurden feucht.

«Sie können mir glauben, Herr Brawand, ich hätte meiner Tante am liebsten eine runtergehauen. Aber eben, meine Erziehung verbot mir einen solchen Befreiungsschlag. Immerhin rang ich mich durch, ihr ins Gesicht zu schreien.»

«Kavalier? Ein hundsgemeiner Dreckskerl. Ich hatte nie die Absicht, einen solchen Versager zu meinem Ehemann zu machen.» Dann klatschte die Ohrfeige doch noch. Nicht auf ihre, sondern auf meine Backe.

Ich stand auf, entfernte mich grusslos von der Tante, ging zum Bahnhof, harrte dort fast eine Stunde aus, bis der Zug Richtung Interlaken einfuhr. Anderthalb Stunden später war ich zu Hause in Gunten. Dort erwartete mich bereits mein Vater am Eingang des Gartens. Er war schneeweiss vor Wut. «Was hast du Grauenhaftes angestellt? Tante Hulda ist aufgelöst vor Scham. Du hast unserer Familie Schande gebracht. Eine gute Partie, die wir mit viel Mühe, Umsicht und Liebe zu dir eingefädelt haben, einfach zunichtegemacht.»

Das war zu viel. Ich war fest entschlossen, solche Vorwürfe nicht mehr widerspruchslos hinzunehmen. Ich richtete mich bolzengerade vor meinem Vater auf. «Das ist mein Leben. Arnold ist ein Ekel, ein Versager. Ich hätte ihm längst den Schuh geben sollen.»

Papa geriet ausser sich. Er zerrte mich am Nacken ins Haus. In der Garderobe suchte er nach einem Schlaginstrument. Der Stiefelknecht fiel ihm gerade in die Hände. Damit schlug er auf mich ein. Erst als meine Mutter hysterisch zu schreien anfing, hielt er inne. Ich blutete stark. Mama verarztete mich.

Amelie Fankhauser blickte Brawand an und enthüllte: «Seither sprach ich kein Wort mehr mit meinem Vater. Drei Wochen später starb er an einem Herzstillstand. Ob sein plötzlicher Tod mit dem Zerwürfnis zwischen mir und ihm zusammenhing, blieb für mich ein Geheimnis.»

Brawand sah Amelie Fankhauser einige Augenblicke anteilnehmend an. «Einige Fragen dazu hätte ich noch.»

«Dann reden Sie bitte.»

«Trafen Sie nach dem Vorfall in Oberried Benjamin Am Bach nochmals?»

«Ja, aber erst viele, viele Jahre später. Er war ein berühmter Mann geworden und ich längst verheiratet. Zu einer Liebesbeziehung zwischen uns kam es nie. Das wollten Sie doch fragen?»

Ein Lächeln huschte über Brawands Gesicht. «Sie machen es mir leicht. Danke.»

«Vielleicht noch das: Wir hätten sowieso nicht zusammengepasst. Das heisst aber nicht, dass wir uns gleichgültig waren.

Wir trafen uns in den letzten Jahren immer wieder – zum Kaffee, zum Mittagessen. Ich schätzte Benjamin sehr und er mich auch. Sein tragisches Ableben bedauere ich zutiefst.»

«Sie werden verstehen, dass es mir jetzt um Arnold Krummen geht. Hatten Sie nach der Chilbi in Oberried endgültig mit ihm gebrochen?»

«Ja. Ich wusste es einzurichten, ihm nie mehr ins Gesicht sehen zu müssen.»

«Und wie sein Leben weiterging, haben Sie darüber etwas erfahren?»

Amelie Fankhauser lachte. «Für mich existiert er nicht mehr. Aber irgendwie konnte ich mich ihm nicht ganz entziehen. Als ich mich viele Jahre später ab und zu mit Benjamin Am Bach traf, war Arnold Krummen bisweilen schon ein Thema.»

Brawand horchte auf. «Darf ich hoffen, dass Sie mir vielleicht helfen könnten, den Mord an Benjamin Am Bach aufzuklären?»

Amelie Fankhauser seufzte. «Als Kriminalistin, so scheint mir, bin ich nicht geeignet. Wenn Sie mich nach etwas fragen, an das ich mich noch erinnern kann, gebe ich Ihnen gerne Auskunft. Bei den Gesprächen mit Benjamin habe ich dies und das mitbekommen. Doch darüber Buch geführt habe ich nicht.»

«Das ist sehr nett von Ihnen. Wir stehen mit unseren Ermittlungen noch am Anfang. Krummen ist nur einer von möglicherweise vielen, die für diese Tat in Frage kommen.» Brawand warf Amelie Fankhauser einen Blick aus zusammengekniffenen Augen zu. «Glauben Sie, Krummen wäre zu einem Mord fähig?»

«Das fragen Sie mich? Ich bin doch befangen wegen der schlechten Erfahrungen, die ich mit ihm gemacht habe.»

«Als Ermittler stellen wir diese Befangenheit in Rechnung. Doch wir müssen oft im Umfeld des Opfers und des mutmasslichen Täters recherchieren. Mein Eindruck, den ich von Ihnen eben bekommen habe, stimmt mich hoffnungsvoll. Ich billige Ihnen ein objektives Urteilsvermögen zu. Aber im Moment möchte ich Sie nicht weiter behelligen. Denken Sie darüber nach. Ich werde mich später noch mal bei Ihnen melden. Es sei denn, wir haben in der Zwischenzeit dieses Verbrechen aufgeklärt.»

Als Brawand wieder in seinem Büro war, rief er Bassi an und erzählte ihm vom Treffen mit Amelie Fankhauser.

«Du leistest gute Arbeit. Danke. Doch mein Bauchgefühl sagt mir, dass wir an diesem Fall noch lange zu knacken haben», stöhnte Bassi. «Falls du noch weitere Leute benötigst, werde ich Mittel und Wege finden, sie dir zuzuschanzen.»

4

Lukas Am Bach, geboren um 1440, gehörte der grösste Bauernhof in Trub. Für einen Gutsbesitzer war er ausserordentlich gebildet. Sein Vater hatte ihn zum Lateinschulmeister der Stadt Bern geschickt.

Nach sechs Jahren in Bern beherrschte Lukas Griechisch und Latein. Das erlaubte ihm, alte Dokumente und Urkunden, die nur in den alten Sprachen vorlagen, zu verstehen. Seine Fähigkeiten waren für die Mächtigen von Bern Gold wert. Als die Alte Eidgenossenschaft 1481 in die Drei Waldstätte sowie Glarus und die Stadtstaaten Bern, Zürich, Luzern und Zug zu zerfallen drohte, kam Lukas Am Bach wie gerufen. Er wurde in diplomatischer Mission zur Tagsatzung nach Stans geschickt, wo die acht alten Stände einen letzten Versuch machten, sich zu einigen.

Er traf dort in der Delegation von Unterwalden seinen ehemaligen Schulkollegen aus der Berner Zeit, Ursus von Moos. Beide wussten von einem Schriftstück, das in ihrem Geschichtsunterricht für heisse Diskussionen gesorgt hatte. Es handelte sich um einen Vertrag aus der Gründerzeit der Alten Eidgenossenschaft. Dass zwischen 1290 und 1310 ein solcher zwischen den Drei Waldstätten unterzeichnet wurde, war unbestritten. Wann das genau geschah und was dieses Dokument beinhaltete, war unbekannt, weil es verschollen war. Ursus von Moos und Lukas Am Bach wussten, dass es darin nicht um die Gründung eines eigenständigen Staatsgebildes ausserhalb des Heiligen Römischen Reiches Deutscher Nation ging. Darin waren sie sich einig. Die beiden besprachen eine ganze Nacht hindurch, was in diesem Dokument hätte stehen können. Sie kamen zum Schluss, dieses Dokument müsste man neu erfinden. Sie schrieben es.

In Gottes Namen. Amen. Das öffentliche Ansehen und Wohl erfordert, dass Friedensordnungen dauernde Geltung gegeben werde.

Darum haben alle Leute der Talschaft Uri, die Gesamtheit des Tales Schwyz und die Gemeinde der Leute der untern Talschaft von Unterwalden im Hinblick auf die Arglist der Zeit zu ihrem besseren Schutz und zu ihrer Erhaltung einander Beistand, Rat und Förderung mit Leib und Gut innerhalb ihrer Täler und ausserhalb nach ihrem ganzen Vermögen zugesagt gegen alle und jeden, die ihnen oder jemand aus ihnen Gewalt oder Unrecht an Leib oder Gut antun. Und auf jeden Fall hat jede Gemeinde der andern Beistand auf eigene Kosten zur Abwehr und Vergeltung von böswilligem Angriff und Unrecht eidlich gelobt in Erneuerung des alten, eidlich bekräftigten Bundes, jedoch in der Weise, dass jeder nach seinem Stand seinem Herren geziemend dienen soll. Wir haben auch einhellig gelobt und festgesetzt, dass wir in den Tälern durchaus keinen Richter, der das Amt irgendwie um Geld oder Geldeswert erworben hat oder nicht unser Einwohner oder Landsmann ist, annehmen sollen.

Entsteht Streit unter Eidgenossen, so sollen die Einsichtigsten unter ihnen vermitteln und dem Teil, der den Spruch zurückweist, die anderen entgegentreten. Vor allem ist bestimmt, dass, wer einen andern böswillig, ohne Schuld, tötet, wenn er nicht seine Unschuld erweisen kann, darum sein Leben verlieren soll und, falls er entwichen ist, niemals zurückkehren darf. Wer ihn aufnimmt und schützt, ist aus dem Land zu verweisen, bis ihn die Eidgenossen zurückrufen.

Schädigt einer einen Eidgenossen durch Brand, so darf er nimmermehr als Landmann geachtet werden, und wer ihn in den Tälern hegt und schützt, ist dem Geschädigten ersatzpflichtig.

Wer einen der Eidgenossen beraubt oder irgendwie schädigt, dessen Gut in den Tälern soll für den Schadenersatz haften.

Niemand soll einen andern, ausser einen anerkannten

Schuldner oder Bürgen, pfänden und auch dann nur mit Erlaubnis seines Richters.

Im Übrigen soll jeder seinem Richter gehorchen und, wo nötig, den Richter im Tal, vor dem er zu antworten hat, bezeichnen.

Gehorcht einer dem Gericht nicht und es kommt ein Eidgenosse dadurch zu Schaden, so haben alle andern jenen zur Genugtuung anzuhalten.

Entsteht Krieg oder Zwietracht zwischen Eidgenossen und will ein Teil sich dem Rechtsspruch oder der Gutmachung entziehen, so sind die Eidgenossen gehalten, den andern zu schützen.

Diese Ordnungen sollen, so Gott will, dauernden Bestand haben. Zu Urkund dessen ist auf Verlangen der Vorgenannten diese Urkunde gefertigt und mit den Siegeln der drei vorgenannten Gemeinden und Täler bekräftigt worden.

Geschehen im Jahre des Herrn 1291

Der in Mittelhochdeutsch verfasste Text musste nun ins Lateinische übersetzt werden. Kein Problem für die beiden Fälscher. Mehr Sorgen bereitete ihnen, wie er auf Pergament zu bringen war, und das in einer Ende des vorletzten Jahrhunderts üblichen Schrift.

Am Tag nach den ersten Gesprächen fand eine Sitzung mit allen Delegationen statt. Von Moos ergriff das Wort und sprach von einem wichtigen Dokument, das die Landammänner der Drei Waldstätte 1291 zusammen erarbeitet und schriftlich festgehalten hätten. Er wisse, sagte von Moos, wo sich dieses Schriftstück befinde. Er benötige allerdings einige Tage Zeit, bis er es so herrichten könne, dass es lesbar sei.

Nach einigen Momenten der Stille sprach der Vorsitzende, es war der Landammann von Zug: «Wir sind alle gespannt, was Herr von Moos uns da vorlegt. Einige Tage darauf warten lohnt sich.»

Drei Tage später unterbreitete von Moos den «Bundesbrief von 1291» den Delegierten der Acht Alten Orte. Die rund fünfzigköpfige Versammlung drängte sich um das Rednerpult, an dem von Moos das beschriebene Pergament in die Höhe hielt und kommentierte: «Ein Pergamentblatt, einen Fuss hoch und sieben Zoll breit. Darauf steht der Text in Latein. Siebzehn Zeilen mit gestochen scharfer Schrift. Angeheftet das Siegel von Uri und Unterwalden. Das von Schwyz fehlt leider, es scheint im Laufe der Zeit abgefallen zu sein.»

Lukas Am Bach setzte eine ernsthafte Miene auf.

Da die wenigsten Tagungsteilnehmer des Lateinischen mächtig waren, verlas er nach der «Originalversion» auch die mittelhochdeutsche Übersetzung. Die Vorstellung kam gut an.

Die Delegationen zogen sich zur Beratung zurück. Als sie eine Stunde danach wieder im Plenarsaal erschienen, gab der Sprecher eines jeden Ortes seine Stellungnahme ab.

Sie unterschieden sich stark voneinander. Aber in einem waren sich alle einig: «Als Gründungsdokument eines Staatenbundes eignet sich das, was uns da Herr von Moos präsentiert, wirklich nicht. Das ist auch nicht notwendig. Man anerkennt den habsburgischen Kaiser, wenn er sich nicht in die inneren Angelegenheiten der Eidgenossenschaft mischt.»

Einige räumten ein, dass es sich um einen bemerkenswerten Vertrag handle, dessen Hauptmerkmal eine Ordnung im Rechtswesen sei. Sozusagen die Zusammenfassung eines Strafgesetzes.

Der Berner Sprecher meldete sich: «Dass man sich 1291 zu diesem Übereinkommen zusammengerauft hatte, ist ein Wink. Man müsste auch heute dasselbe versuchen. Wir wollen doch nicht mehr sein als ein lockeres Gebilde. Jeder Partner behält seine Eigenständigkeit. Wir tolerieren, dass die Waldstätte das Tessin als Untertanengebiet behalten.»

Gelächter von der Zürcher Seite, mit dem Zwischenruf: «Wären wir Berner, würden wir das auch so darstellen.»

Man einigte sich in Stans auf den kleinsten gemeinsamen Nenner. Die Alte Eidgenossenschaft blieb bestehen – als Teil des Heiligen Römischen Reichs.

Am Tag danach wurde gefeiert. Man war zufrieden. Die von

Bern, Zürich, Luzern und Zug fanden sich damit ab, dass die Drei Waldstätte und Glarus weiterhin nach Gutdünken in ihren Hoheitsgebieten schalten und walten konnten. Die Landstände waren erleichtert, dass die Städte sie gewähren liessen.

Lukas Am Bach und Ursus von Moos setzten sich von der Festgemeinde ab, um selber eine Feier zu veranstalten – im kleinen Kreis. Der Mönch und Chronist Sebastian sowie Oswald Am Bauen aus Beckenried stiessen dazu. Die beiden hatten einen Anteil am «Bundesbrief». Sebastian als Lieferant des Pergaments, Oswald als Spezialist für alte Schriften.

«Wir haben damit die Teilnehmer der Tagsatzung hereingelegt. Ein Club von unfreiwilligen Narren.» Mit diesen Worten eröffnete Lukas Am Bach die Zusammenkunft im Séparée einer Stanser Schenke.

Ursus hob hervor: «Ohne Sebastian und ohne Oswald wäre der Coup nicht gelungen. Ganz herzlichen Dank.» Er ging auf die beiden zu und umarmte sie.

«Eine Frage liegt mir auf der Zunge. Was habt ihr für ein Pergament genommen, Sebastian und Oswald? Kenner können rasch feststellen, ob das Pergament alt oder noch ganz frisch ist», fragte Lukas.

«Wie wahr», antwortete Sebastian. «Ich habe immer alte Pergamentbögen bei mir. Im Kloster wurde mir eine auf den ersten Blick langweilige Arbeit zugeteilt: die Schrift auf nicht mehr gebrauchten Dokumenten mit einem feinen, scharfen Messer wegzukratzen. Was tut ein Mönch, der sich Latein angeeignet hat? Er liest alles, was ihm in die Hände fällt. Das bildet und macht einen im Klosterbetrieb unentbehrlich. Pergament ist teuer. Um eine grosse Bibel zu kopieren, muss zuvor eine ganze Herde von Schafen geschlachtet, die Haut abgezogen und zu Pergament verarbeitet werden.»

Lukas setzte eine bedauernde Miene auf. «Dann kam Gutenberg und erfand den Buchdruck. Und dich braucht es nicht mehr?»

Sebastian seufzte. «Zehn Jahre sind es her, dass bei uns eine

Druckerpresse erworben wurde. Es sieht ganz danach aus, dass sich der Buchdruck durchsetzt. Eben hat der Abt eine Gutenbergbibel angeschafft. Auf dem ganzen Erdenkreis gibt es hundertachtzig davon, jeweils in zwei Bänden, in Latein. Immerhin sind dreissig auf Pergament gedruckt. Pergament hat also noch nicht ausgedient. Wichtige Dokumente werden wohl noch lange Zeit darauf hergestellt.»

«Ich weiss», ergänzte Oswald. «Eben erhielt ich den Auftrag, das Schlussprotokoll der zu Ende gegangenen Tagsatzung auf Pergament festzuhalten. Handschriftlich. Sebastian wird mir dafür einen Bogen Pergament beschaffen.»

«Stossen wir jetzt auf den ‹Bundesbrief› an.»

Sie stiessen an.

«Was habt ihr euch gedacht, Lukas und Ursus, als ihr den Text aufgesetzt habt?», fragte Sebastian.

«Ein Gesetzesdokument für die Eidgenossenschaft war vonnöten. Und das galt es vorzudatieren. Dass es den Anschein machte, Leute aus Uri, Schwyz und Unterwalden hätten es verfasst», antwortete Lukas.

«Wir haben das festgehalten, was wir schon lange wussten. Dass in der Zeit um 1290 niemand an ein souveränes Staatsgebilde dachte», sagte Ursus. «An der Schwelle des 14. Jahrhunderts herrschte in den Drei Waldstätten, was das Recht anbelangte, ein Chaos. Die Richter eines jeden Landes sprachen ihre Urteile nach Gutdünken aus, ohne nur einen Blick über die Grenzen zu werfen.»

«Noch schlimmer», fügte Lukas bei. «Auch unter sich in der Gemeinde sprachen sie sich nicht mit ihren Kollegen ab. Vom Recht hatte die Mehrheit keine Ahnung. Latein verstanden die wenigsten, was unbedingt erforderlich gewesen wäre. Das römische Recht existierte ja schon seit anderthalbtausend Jahren, und es gab weit und breit kein ebenbürtiges.»

«Hat sich das jetzt zum Besseren gewendet?», erkundigte sich Oswald.

Lukas rollte die Augen. «Nein, wirklich nicht …»

Sebastian musterte zuerst Oswald, dann Lukas. «Wird euer Bundesbrief etwas daran ändern?»

Die Angesprochenen zuckten mit den Schultern.

Oswald ereiferte sich: «Gesteht es doch ein, wir haben in unseren Landen kaum Gebildete. Unseren Fürsten, denen die Landammänner unterstellt sind, ist es gleichgültig, wenn wir uns gegenseitig massakrieren. Solange wir die Verkehrswege offen halten und ihnen hin und wieder den Zehnten abliefern, lassen sie uns in Ruhe. Was die Wissenschaft betrifft, leben wir in einer Einöde. Auf dem ganzen Kontinent gibt es beinahe hundert Universitäten, in der Eidgenossenschaft keine einzige.»

Ursus nickte und lenkte das Thema wieder auf die eben beendete Konferenz. «Es hatte jahrzehntelang einen gemeinsamen Feind gegeben, das waren die Habsburger, ein weitverzweigtes Adelsgeschlecht. Als um 1440 zwischen Zürich und den noch verbliebenen sieben alten Orten ein Konflikt ausbrach und zu einer militärischen Auseinandersetzung ausartete, kam es 1442 zu einem Bündnis zwischen Zürich und Habsburg gegen die Eidgenossenschaft.»

«Ja, ja, der Alte Zürichkrieg, und was hat diese abstruse Episode mit der heutigen Tagsatzung zu tun?», wollte Sebastian wissen.

«Schon etwas. An der Konferenz wurde eine Stellungnahme des nun weitherum bekannten Mystikers Niklaus von Flüe verlesen. Er ist aber mehr als ein Mystiker, mehr als ein Asket und mehr als ein in sich gekehrter Meditierender.»

Ursus hielt inne. Die anderen sahen ihn ratlos an. Dann kamen ihm die Worte über die Lippen: «Von 1440 bis 1444 nahm Niklaus von Flüe als junger Offizier am Alten Zürichkrieg teil. Dort hat er sich am Massaker von Greifensee beteiligt. Am 27. Mai 1444, nach vier Wochen Belagerung, mussten sich die zweiundsechzig Überlebenden, zur Hauptsache bäuerliche Verteidiger, ergeben. Bis auf zwei wurden sie von den siegreichen Innerschweizern auf der ‹Blutmatte› in Nänikon mit dem Schwert enthauptet. Mit den zuvor Gefallenen wurde, so berichten Chronisten, der Grossteil der Bevölkerung des Amts Greifensee im Mannesalter niedergemacht. Und nun meldet sich dieser Niklaus von Flüe und gibt den Ratschlag: ‹Machet den zun nit zuo wit!› Was meint er wohl damit?»

«Stimmt so nicht», protestierte Oswald. «Das hat Niklaus von Flüe gar nicht gesagt. Ich kenne den Abgesandten, der den Einsiedler im Ranft besuchte. Es war ein Ratsherr aus Unterwalden. Er habe etwas ganz anderes gesagt.»

«Was hat er denn gesagt?», wollte Ursus wissen.

«Der zum Ranft pilgerte, hat es mir nicht verraten, sondern gesagt: ‹Was von Flüe wirklich gesagt hat, tut nichts zur Sache. Es war eine irre Wortmeldung. Man musste der Tagsatzung etwas vorlegen, das zu einer Einigung führen würde. Und wenn wir es dem überall hofierten Bruder Klaus in den Mund legen konnten, umso besser.›»

Lukas schlug sich mit den flachen Händen auf die Schenkel. «Es hat funktioniert, und wie. Die Tagsatzungsteilnehmer aus Uri, Schwyz und Unterwalden glaubten wirklich, der Spruch stamme von diesem Mystiker. So kamen sie zum Schluss, man solle sich auf die Urschweiz und Glarus beschränken, die Eidgenossenschaft nicht mit weiteren Ständen vergrössern und die Städte Zürich, Bern, Luzern und Zug sich selbst überlassen.»

Es herrschte einen Moment Stille.

Ursus schüttelte den Kopf. «Niklaus von Flüe? Niemand weiss, was im Kopf dieses Mannes vorgeht. Ich weiss nur, dass er nicht der Held, nicht der Heilige ist, als der er hierzulande herumgeboten wird. Durch sein langjähriges Fasten scheint er mir abgehoben und sieht wohl Geister. Vielleicht hängt das mit seinem traumatischen Erlebnis am Greifensee zusammen.»

Sebastian fixierte einen nach dem andern mit ernster Miene. «Ist er Täter oder ist er Opfer, frage ich mich. Er ist wohl beides. Das Massaker von Greifensee war ohne Frage ein furchtbares Verbrechen. Wir wissen alle nicht, ob er aktiv mitgetan hatte oder einfach Befehle ausführte.»

«Von Bedeutung ist ja nicht, was wir in kleinem Kreis für Schlüsse daraus ziehen», sagte Ursus. «Man scheint es an der Tagsatzung, und das allein zählt, so verstanden zu haben: Einigt euch und bleibt unter euch. Aber was heisst das? Die Urner eroberten vor noch nicht allzu langer Zeit das Bleniotal und die Leventina. Das obere Tessin ist seitdem Untertanengebiet der Waldstätte. Unterwalden und Schwyz haben Uri dabei tatkräftig unterstützt. Der Zaun ist bereits sehr weit gezogen, und es sieht ganz danach aus, als ob er noch erweitert werden soll.»

«Das war alles, was man von Flüe in den Mund legte?», fragte Lukas.

Oswald und Ursus sahen sich an. Ursus wiegte den Kopf unschlüssig hin und her. «Von Flüe war entgegen den Gerüchten nicht im Tagsatzungssaal, nicht in Stans. Das schon seit Jahren nicht mehr. Der Ratsherr aus Unterwalden soll in der Klause vom Ranft mit dem Eremiten einige Worte gewechselt haben, ohne ihn überhaupt über den Zweck seines Besuches zu unterrichten. Ganz sicher sei der Satz, den Zaun betreffend, nie gesagt worden.»

«Das Stanser Verkommnis, der Beschluss, den die Tagsatzung nach langer Beratung guthiess, ist kein Freiheitsbrief, sondern eine Urkunde, die diejenigen schützt, die das Sagen haben», folgerte Lukas. «Das Stanser Verkommnis sollte als eine Art Fortsetzung des von uns erfundenen Bundesbriefs in die Geschichte eingehen.» Lukas sah Oswald an und bat ihn, nochmals das Grundsätzliche vorzulesen.

Wir sind auch übereingekommen und haben gesetzt, dass förderhin unter uns und in unserer Eidgenossenschaft, weder in Städten oder Ländern, niemand besonders gefährliche Versammlungen oder Anstiftungen, davon jemandem Schaden, Aufruhr oder Unfug entstehen möchte, weder heimlich noch öffentlich, veranstalten noch tun soll ohne Willen und Erlauben seiner Herren und Oberen, bestraft werde.

Lukas schlug die Hände über dem Kopf zusammen. «Mein erster in der Familienchronik verzeichneter Vorfahre, Jeremias der Ältere, hat ein Buch geschrieben, in dem er diese Unfreiheit, Knechtschaft und gar Sklaverei anprangerte, was er mit seinem Leben bezahlte. Er würde sich im Grab umdrehen, wüsste er, dass an die zweihundert Jahre nach seinem frevelhaften Tod auf der Rütliwiese es einen Bund der Waldstätte mit zwei weiteren Landorten und drei Städten gibt, der um keinen Deut mehr Freiheit bedeutet, als die damaligen Oberen von Uri, Schwyz und Unterwalden ihren Untertanen zugestanden.»

Oswald wiegelte etwas ab. «So ist es. Allerdings gibt es keine Leibeigenen mehr.»

«Und wem haben wir diese kleine Verbesserung zu verdanken? Den Habsburgern, ausgerechnet den Habsburgern. Sie waren es, die die Abschaffung der Leibeigenschaft angeordnet haben», hielt Lukas entgegen.

«Das Stanser Verkommnis macht die Eidgenossenschaft zu einem Gebilde im Heiligen Römischen Reich Deutscher Nation, das den verschiedenen Despoten darin von grossem Nutzen ist. Es schützt die Alpenübergänge, macht sie begehbar wie einst zu Zeiten des alten Rom. Dann exportiert es Söldner in alle Länder des Reichs.»

«Es gibt unter den zwölf Satzungen des Stanser Verkommnis noch andere, die einem das Blut in den Kopf schiessen lassen», fügte Ursus bei. «Das sechste Gebot etwa: *Und wenn jemand unter uns die Seinen widerspenstig sein wollten oder ungehorsam würden, so sollen wir einander mit guten Treuen beförderlich helfen, dieselben ihren Herren wieder gehorsam machen.*»

«Ich schliesse daraus», meinte Ursus, «sollten Untertanen sich zusammenraufen und rebellieren, bieten die nicht betroffenen Stände ihre Hilfe an. Sie mobilisieren Landsknechte, um die Aufstände niederzuschlagen. Die Herrschenden in den Waldstätten stehen den Aristokraten der Städte bei, wenn deren Bevölkerung aufmuckst, als Gegenleistung bieten die Herren von Bern, Zürich, Luzern und Zug an, Söldner zu mobilisieren, sollte die rechtlose Landbevölkerung auf die Idee kommen, die Macht der Gutsbesitzer und Klöster zu beschneiden.»

Lukas Am Bach gab zu bedenken: «Der Bundesbrief wird in Stans archiviert werden. Er wird über viele Jahrhunderte unbeachtet liegen bleiben. Und das Stanser Verkommnis? Die Tagsatzung hat es beschlossen, nicht wir. Es wird als Dokument, das die Alte Eidgenossenschaft wiederbelebte, in die Geschichte eingehen. Das war der Auftrag des Kleinen Rats zu Bern an mich. Ich konnte nicht anders, als ihm nachzukommen. Damit wird fürs Erste ein Krieg innerhalb der Eidgenossenschaft vermieden. Und das ist gut, denn Kriege sind das Schlimmste. Ich fürchte aber, dass dieser Frieden nicht von langer Dauer sein wird.»

5

Anfang März 2018 sah Brawand sich noch einmal Benjamin Am Bachs hinterlassene Papiere durch. Da stiess er auf eine Klarsichtmappe, mit dickem schwarzen Filzstift angeschrieben. «REDE 1. AUGUST 2016, BEATENBERG».

Er las die zwei mit Schreibmaschine getippten A4-Seiten durch. Fast hätte er sie in den Korb mit der Etikette «KEIN ZUSAMMENHANG MIT DEM MORD» geworfen. Dann fiel ihm ein Post-it auf der letzten Seite des Manuskripts auf. «Eine Kopie davon an Otto Wagemann schicken».

Das veranlasste Brawand, Wagemann gleich anzurufen. Er hatte Glück. Wagemann hob ab. Brawand vereinbarte noch für denselben Tag ein Treffen mit dem Schriftsteller und Gemeinderat von Beatenberg.

Es war für Brawand gar nicht einfach, den Mann zu finden. In diesem Höhenkurort mit mehreren Hotels war die Strassen- und Hausnummerierung für Aussenstehende kaum nachvollziehbar.

Wagemann hauste mit seiner Frau zusammen in einem kleinen Chalet, das nur über einen steil ansteigenden Fussweg zu erreichen war. Er empfing ihn vor der Haustür. «Bitte, kommen Sie in die Stube. Meine Frau macht uns gerade Kaffee. Oder möchten Sie Tee?»

«Einen Kaffee gern.»

«Immer noch weiss ich den Grund Ihres Besuchs nicht. Nur, dass Sie Kriminalpolizist sind.»

«Ich möchte Ihre knapp bemessene Zeit nicht über Gebühr beanspruchen. Am besten scheint mir, ich beginne mit meinen Fragen.»

Wagemann nickte.

«Es geht um den Mord an Benjamin Am Bach. Kannten Sie diesen Mann?»

«Ich kannte ihn sehr gut. Wir diskutierten in den letzten Jahren häufig miteinander.»

«Wir haben herausgefunden, dass Sie für die 1.-August-Ansprache 2016 Benjamin Am Bach engagierten.»

Wagemann konnte ein hintersinniges Schmunzeln nicht unterdrücken. «Haben Sie von seiner Rede gehört?»

«Ich habe sie gelesen. Benjamin Am Bach hat sie in seinen Unterlagen aufbewahrt.»

«Und? Was haben Sie sich dabei gedacht?»

«Tja, er hat den Leuten nicht nach dem Mund geredet. Für den Bundesfeiertag aussergewöhnlich.»

Wagemann hob den rechten Daumen in die Höhe. «Ins Schwarze getroffen, Herr Brawand.»

«Wie wurde diese Ansprache von den Beatenbergern aufgenommen?»

«Durchzogen. Einige waren begeistert – ich will es nicht verhehlen –, die Mehrheit empörte sich darüber.»

«Ich hätte nichts anderes erwartet. Benjamin Am Bach hat diesen Berglern ihren St. Beatus weggenommen. Das dürfte für viele so schwer wie Gotteslästerung wiegen. Auch wenn dieser Heilige eigentlich katholisch gewesen war. Und Beatenberg ist zum überwiegenden Teil reformiert, ja sogar evangelikal. Aber was hat man hier oben zu Ihrer Rolle gesagt?»

«Zu mir hat niemand etwas gesagt. Über mich allerdings schon, das ist mir jedenfalls zu Ohren gekommen. Ich hätte den frommen, patriotischen Menschen der Gemeinde einen erbärmlichen Nestbeschmutzer untergejubelt. Irgendwann würde ich das büssen müssen. Ich nehme solches Gerede auf die leichte Schulter.»

«Sie wurden weder physisch noch verbal behelligt?»

«Nein, da fehlte es den Leuten, die sich über mich entrüsten, an Mut.»

«Haben Sie zuvor den Inhalt der Rede gekannt?»

«Ja, Benjamin hatte mir eine Kopie zugestellt.»

«Dann hätten Sie also genügend Zeit gehabt, ihn darauf hinzuweisen, dass er mit diesem Referat viele vor den Kopf stossen würde.»

«Das wusste er selber. Aber von der Sache her waren wir uns einig. Es gibt keinen einzigen Beweis, keinen noch so vagen Hinweis, dass Beatus vor fast zweitausend Jahren auf dem Gebiet des heutigen Beatenbergs gewirkt hat. Nach einer Legende soll er im 1. Jahrhundert in England gelebt haben. Er sei nach Rom gereist, dort von Urchristen bekehrt und von Petrus zum Priester geweiht worden. Nach einer Weisung des Papstes sei er in eine Höhle am Thunersee unterhalb des Beatenbergs gezogen und habe das Berner Oberland christianisiert. Dass es zu dieser Zeit bereits Päpste gab, wird von Historikern bezweifelt. Fest steht, dass die Innerschweiz und das Berner Oberland frühestens im 7. Jahrhundert missioniert wurden.»

«Könnten Sie sich vorstellen, dass einige Besucher der Bundesfeier Rachegedanken gegenüber Benjamin Am Bach hegten?»

Wagemann zuckte mit den Achseln. «Wegen dieser Rede? Eher nicht.»

«War Benjamin Am Bach bekannt in Beatenberg?»

«Nicht sehr. Aber einige wussten schon, wer er war. Ein Radio- und Fernsehmann, der sich mehrmals lustig über die Tracht der Jodler machte, der die Schweizer Luftwaffe wegen ihrer Einsätze über dem Thuner- und Brienzersee mit bösen Worten brandmarkte. Das nahm man ihm übel.»

«Sie gehen davon aus, dass Am Bach Feinde in Beatenberg hatte.»

«Das mag sein. Aber dass ihm jemand nach dem Leben trachtete – wohl eher nicht. Doch wer kann schon in die Köpfe der Menschen hineinsehen?»

«Würden Sie mir einige Namen von Beatenbergern nennen, von denen Sie annehmen, dass sie Benjamin Am Bach feindlich gesinnt waren?»

Wagemanns Blick wurde eisig. «Ganz sicher nicht.»

Brawand verzog das Gesicht. «Ich bin weit davon entfernt, Sie zu verleiten, Einwohner Ihrer Gemeinde anzuschwärzen.

Aber sollten Sie wirklich einen dringenden Verdacht gegen jemanden haben, am Mord an Benjamin Am Bach beteiligt gewesen zu sein, erwarte ich, dass Sie mir das sagen.»

«Sie missverstehen mich. Ich würde Ihnen keine Personen melden, weil ich sie verdächtige, etwas Böses vorzuhaben. Ich melde allenfalls Handlungen, die begangen worden sind und die mit der Tat in Zusammenhang stehen könnten.»

«Das soll heissen, Sie wären unter Umständen bereit, mir zu helfen?»

«Unter Umständen, ja. Haben Sie einen Moment Geduld. Ich gehe kurz in mein Arbeitszimmer und hole etwas, das Sie interessieren könnte.»

Er kam zurück und erklärte: «Es ist eine eigenartige Botschaft, die mir nach Ankündigung des Namens des 1.-August-Redners persönlich zugeschickt wurde. Da lesen Sie.» Wagemann hielt Brawand das Schriftstück, das altertümlich aussah, unter die Nase. Ein Pergament.

«Tut mir leid, ich kann das beim besten Willen nicht lesen», bemerkte Brawand.

Wagemann lachte. «Mir ging es auch so. Ich wandte mich an einen Kunsthistoriker, den ich während meines Studiums an der Universität kennengelernt hatte – vor fünfzig Jahren. Er übersetzte den Text. Er ist übrigens in mittelalterlichem Latein verfasst. Und mit den gleichen Schriftzeichen wie im Bundesbrief von 1291, wie mir der Kollege enthüllte.»

«Wie bitte?» Brawand war wie vom Donner gerührt. «Wie im Bundesbrief?»

«Ja», verdeutlichte Wagemann. Er reichte Brawand die maschinengetippte deutsche Übersetzung.

Werter Herr Wagemann,
ich bin enttäuscht von Ihnen. Wie können Sie es wagen, zu Ehren des Geburtstages der Eidgenossenschaft den Traditionsverächter und Geschichtsfälscher Benjamin Am Bach als Festredner einzuladen?

Ich bin ein guter Schütze und ein vaterlandsliebender Bürger von Beatenberg. Bitte verstehen Sie mich richtig, im Fadenkreuz werden freilich nicht Sie stehen, sondern Benjamin Am Bach.

Brawand runzelte die Stirn.

«Ein Riesentheater. Der Autor muss ja das antike Geschreibsel erst vor zwei Jahren auf Pergament gebracht haben. Haben Sie eine Ahnung, wer das gewesen sein könnte?»

«Natürlich nicht. Ich kann nicht mal erraten, ob es sich um eine ortsansässige Person handelt. Aber das wäre doch eine Aufgabe für Sie, das herauszufinden. Ein lateinkundiger Kalligraf, der treffsicher schiessen kann? Mir fällt jedenfalls niemand ein, der auf dem Beatenberg wohnt und beide Bedingungen erfüllt.» Wagemann fiel der missmutige Gesichtsausdruck Brawands auf. «Offenbar haben Sie wenig Freude an dieser Information. Sie könnte Ihnen viel Arbeit bescheren und wenig Ergebnisse bringen. Möchten Sie das Original dieses eigenartigen Dokuments überhaupt zu Ihren Akten legen?»

«Aber sicher möchte ich das. Wie gross der Arbeitsaufwand sein wird, wird sich zeigen. Aber das gehört zu unseren Ermittlungsmethoden. Es dürfte tatsächlich schwierig werden, den Autor dieses Schreibens ausfindig zu machen. Doch etwas verblüfft mich an diesem Dokument: der Zusammenhang mit dem Bundesbrief. Und dem möchte ich nachgehen.»

«Oh, ein Spinner, den man nicht ernst nehmen sollte.»

Brawand überlegte einige Augenblicke. «Nicht auszuschliessen. Aber vielleicht ist an dieser Nachricht doch etwas dran, das uns auf die Fährte des Mörders bringen könnte. Ich werde es unserem Labor schicken. Dem Polizeichemiker stehen die modernsten Geräte zur Verfügung. Und: Ich werde mich beim Bundesbriefmuseum in Schwyz nach einer Liste der Besucher vor dem 1. August 2016 erkundigen.»

Wagemann sah Brawand irritiert an. «Ich verstehe zwar

nicht, warum Sie dort nachfragen wollen, aber vielleicht wissen die einiges mehr über diese Sache als wir.»

«Mit diesem absonderlichen Schreiben haben Sie mir eine knifflige Hausaufgabe gegeben. Ich werde mich daranmachen.» Brawand streckte Wagemann die Hand entgegen und verabschiedete sich. «Sie werden von mir hören.»

Was Brawand aus dem Bundesbriefmuseum erfuhr, war zwiespältig. Zunächst wollte man von einer Besucherliste nichts wissen. Als Brawand beharrlich darauf hinwies, er vermute, dass es eine solche Liste durchaus gebe, wurde er mit der Direktorin verbunden. «Eigentlich bin ich nicht verpflichtet», sagte sie, «mit Leuten aus einem anderen Kanton über Besucher unserer Institution zu reden. Aber da Sie Polizist sind, könnte ich mir eine Ausnahme vorstellen. Doch das geht nur, wenn ich mich an meine vorgesetzte Stelle wende. Warten Sie einen Moment. Ich rufe zurück.»

Der Rückruf kam früher als erwartet. Er stellte das Gespräch auf Lautsprecher. «Eben konnte ich unseren Polizeikommandanten erreichen. Ein Gesuch um Einsichtnahme in die Besucherliste des Bundesbriefmuseums läuft nur über die Regierungen beider Kantone, in diesem Fall die von Schwyz und Bern. Dazu kommt, dass keine Person, die das Museum besucht, verpflichtet werden darf, ihre Identität preiszugeben. Etwas anders ist es bei Kursen, die wir anbieten. Dafür gibt es tatsächlich verbindliche Listen.»

Brawand bedankte sich freundlich. Als er den Hörer auflegte, warf er Bassi einen fragenden Blick zu. «Lass das, Adrian», war die Antwort seines Chefs. «Warte die Untersuchung im Labor ab.»

Was man im Labor einige Tage später aufspürte, war interessant. Zwar gelang es nicht, zu eruieren, wer der anonyme Verfasser war. Doch wie er in die Lage versetzt wurde, das antike Dokument zu gestalten, fand man heraus. Es war einem eigenartigen Zufall zu verdanken. Der mit der Untersuchung betraute Polizeichemiker besuchte vor noch nicht allzu langer Zeit einen Kurs im Bundesbriefmuseum. Das Inserat dafür hatte er glücklicherweise aufbewahrt. Er legte es dem Bericht, den er Brawand zustellte, bei.

BUNDESBRIEFMUSEUM SCHWYZ
Workshop: Schreiben im Mittelalter
Erstellen einer Urkunde. Infos zur Herstellung von Pergament und Tinte.
Dauer: ca. 2 Stunden.
Durchführung jederzeit möglich. Voranmeldung erforderlich.
Preis: Fr. 100.- pro Klasse; Fr. 150.- pro Gruppe
Anmeldung und Information:
Bundesbriefmuseum
Bahnhofstrasse 20
6430 Schwyz
Tel.: 041 819 20 64
E-Mail: bbm.jd@sz.ch

Das war Gold wert für Brawand. Er rief die Nummer an und gab sich als Berner Polizist zu erkennen. Er bat um eine Liste der Kursteilnehmer der vergangenen zehn Jahre. So lange gebe es diesen Workshop noch nicht, beschied man Brawand. Es seien bislang drei davon angeboten worden. Doch die Teilnehmerlisten, die müssten sie in ihrem Archiv heraussuchen.

Die Stimme der Frau, die mit Brawand sprach, tönte plötzlich unsicher. «Ich glaube aber nicht, dass ich über die Entscheidungsbefugnis verfüge, Ihnen Kopien von Archiveinträgen zuzustellen. Da muss ich bei meiner Chefin, der Museumsdirektorin, nachfragen.»

Brawand hielt die Hand vor den Mund, sodass die Frau ihn nicht mehr hören konnte. «Heiliger Strohsack, von dieser Weibsperson werde ich diese Liste nie bekommen», fluchte er. Er versuchte, die Frau am Draht umzustimmen, es gehe um die Aufklärung eines Kapitalverbrechens, da habe die Kripo

Bern Anspruch auf Hilfe von Amtsstellen, auch von solchen aus anderen Kantonen.

Die Frau liess sich nicht erweichen. Ob die Frau Direktorin das auch finde? Solle er sie doch anrufen. Sie diktierte Brawand die Nummer.

Brawand besprach sich mit Bassi. Der reagierte genauso darauf, wie es sich Brawand vorgestellt hatte. «Die Direktorin kannst du nicht umgehen. Es wird dir kaum weiterhelfen. Dir bleibt nichts anderes übrig, als sämtliche sichergestellten Akten von Benjamin Am Bach durchzuackern.»

Mit dem Durchackern war es nicht getan. Wollte das Team Brawands allen Hinweisen in Benjamin Am Bachs Hinterlassenschaften nachgehen, war das eine Tätigkeit, die sich auf Wochen erstrecken konnte. Brawand machte sich keine Illusionen.

Er suchte und suchte und liess suchen. Doch in den Unterlagen fand sich nicht die dürftigste Andeutung auf den Bundesbrief.

Da traf ihn ein Geistesblitz. Warum sich nicht zum Workshop anmelden? Er konnte nur hoffen, dass die Frau, die seine Anrufe entgegengenommen hatte, nicht auch die Anmeldungen zum Lehrgang für mittelalterliches Schreiben verarbeitete. Oder zumindest, dass sie sich nicht mehr an ihn erinnerte.

Brawand meldete sich elektronisch für den Workshop an. Minuten später erhielt er Antwort. Am Freitag, den 16. März 2018, um vierzehn Uhr, finde ein Kurs statt. Es habe noch Plätze frei. Er mailte gleich zurück, er werde um die vereinbarte Zeit dort eintreffen.

6

Roman Am Bach, geboren am 13. September 1478, war der älteste Enkel von Lukas Am Bach. Er war damit der Verwalter des Am-Bach-Archivs. Um 1496 entschloss sich sein Grossvater, der Vater war bereits 1485 verstorben, Roman in die Militärschule von Bern zu schicken. Zwei Jahre später war er Leutnant der bernischen Truppen. Danach diente er als eidgenössischer Söldner.

Romans erster Einsatz als Söldner des französischen Königs war Mitte März 1499 im Tessin und in der Lombardei. In der zweiten Märzwoche zog eine Truppe von fünftausend Mann von Uri über den Gotthard. Der Hauptharst bestand aus Landsknechten des ländlichen Teils des Stadtstaates Bern: des Emmentals, des Oberlands, des Oberaargaus, des Seelands, und einer Hundertschaft des Standes Uri. Die etwa hundert Offiziere wurden vorwiegend aus den Städten, den Marktgemeinden und ein gutes Dutzend aus Altdorf rekrutiert. Die Hauptleute und Leutnants ritten auf Pferden, die zwei Obristen wurden in Sänften getragen. Die Mannschaften, Landsknechte und Unteroffiziere, gingen zu Fuss. Der Passübergang bestand aus einem bis zu drei Meter breiten Saumweg, über den jährlich circa fünfzehntausend Menschen zogen.

Nach der Passhöhe bewegte sich die Karawane den kurvenreichen Weg die steile Tremola hinunter nach Airolo und weiter die Leventina hinab bis nach Bellinzona. Die Söldner trugen rot-blau-gelbe Beinkleider und reichlich verzierte Wämser, überall gepufft, geschlitzt und mit farbigen Bändern unterlegt. Das Söldnerheer hatte von Ludwig XII., dem König Frankreichs, den Auftrag, Bellinzona, das zum Herzogtum Mailand gehörte, zu erobern. Das war die Feuerprobe für Roman. Er hatte sich diese Kampfhandlung ganz anders vorgestellt: einige Schüsse, Widerstand der mailändischen Soldaten und der örtlichen Bevölkerung. Doch die Honoratioren und der von den Mailändern eingesetzte Statthalter hatten sich bereits vor dem Einzug der Eidgenossen abgesetzt.

Die Söldner plünderten die Häuser der Geflohenen, schlitzten den männlichen Bediensteten, die geblieben waren, die Hälse auf und vergewaltigten die Mägde. Als Trophäe besonderer Art schnitten einige Landsknechte den geschundenen Frauen die Brüste ab.

Als Roman in Begleitung eines Berner Hauptmanns gerade dazukam, wie Urner die Villa eines Mailänder Kaufmanns plünderten, befahl er den Eindringlingen, unverzüglich mit diesem Frevel aufzuhören. Was er als Folge seines Eingreifens erlebte, hielt er schriftlich fest.

Der Hauptmann klopfte mir freundschaftlich auf die Schulter. «Das Plündern steht den Söldnern zu. Kriegsbeute ist Teil ihres Verdienstes.»

«Doch Vergewaltigen und Massakrieren ist keine Kriegsbeute», gab ich meinem Vorgesetzten zu bedenken.

«Da irrst du dich. Das macht diesen Männern eben Spass.»

Nach dieser Antwort übergab ich mich.

Eigentlich hätte ich gleich wieder nach Bern zurückkehren sollen. Aber als eidgenössischer Söldneroffizier ohne Eskorte wäre ich nicht einmal bis zur Stadtgrenze gekommen. Mir wurde plötzlich bewusst, dass die Menschen in Bellinzona und den umliegenden Dörfern die Bergler nördlich der Alpen fürchteten und hassten. Geriet ein Söldner unbegleitet in ihre Fänge, würden sie ihn umbringen.

Was die Eidgenossen in Bellinzona anrichteten, wiederholte sich beim Marsch bis nach Mailand immer wieder. Ganze Städte, Dörfer und Weiler wurden geplündert, zahlreiche Häuser standen in Flammen, die Reisläufer fielen über Frauen und Mädchen her und spalteten mit ihren Hellebarden Männern und halbwüchsigen Burschen die Köpfe.

Meine Versuche, diese Gewalttaten zu unterbinden, schei-

terten meistens. In den Rotten, die ich anführte, bekam ich die Leute allmählich in den Griff. Doch das waren höchstens einige Dutzend. Wie unbedeutend mein Einfluss war, zeigte sich, als eine kleine Siedlung im Norden der Lombardei heimgesucht wurde. Ein grosser Gutsbetrieb wurde verwüstet, das schöne Haus des Besitzers gebrandschatzt, nachdem er sich geweigert hatte, den Eindringlingen Geld und Wertgegenstände auszuhändigen. Doch einige unserer Landsknechte gingen noch weiter. Sie legten den Gutsherrn auf ein Brett im Morast der Jauchegrube, stiessen ihm einen Trichter in den Mund und schütteten Gülle hinein, bis nichts mehr hineinlief.

Das war aber noch nichts gegen das, was sie sich beim Einmarsch in Mailand leisteten. Die Sprache fehlt noch, die die Grausamkeiten beschreiben könnte, die dabei verübt wurden.

Mailand war eine blühende Handelsstadt. Viele Bewohner waren zu materiellem Wohlstand gekommen. Die Bewässerung der lombardischen Ebene steigerte die Ernten und bereicherte die Auswahl an erlesenen Speisen. Ein Grossteil der Bevölkerung war gebildet, gesittet, vornehm und kunstbeflissen. Die Einwohner lebten in palastartigen, marmornen, drei-, vier-, fünfstöckigen Gebäuden mit Säulen davor.

Und nun kamen wir von jenseits des Gotthards, wo Blutrache und Sippenhaft noch nicht durch zivilisiertere Massnahmen ersetzt waren. Burschen, die grösstenteils weder lesen noch schreiben konnten, die stanken und sich in einer primitiven, wortschatzarmen Sprache verständigten. Sie fielen über die gepflegten, fein gekleideten Frauen her und köpften deren Gatten und Söhne. Sie schlugen alles kurz und klein, eine unaufhaltsame Orgie der Zerstörung und Gewalt.

Eigentlich hasse ich das Söldnerwesen. Als ich mich für die Offizierslaufbahn in der Republik Bern entschied, wusste ich nicht, dass der Kleine Rat, die Regierung von Bern, mit dem König von Frankreich einen Vertrag aushandelte, der die Berner Armeeangehörigen verpflichtete, Louis XII. gegen Entgelt Soldaten zu schicken, sollte er in kriegerische Auseinanderset-

zungen verwickelt werden. Ich wusste ebenfalls nicht, dass ein solcher Vertrag schon mit dem Vorgänger von Louis bestanden hatte.

Hätte ich mich dem widersetzt, drohte mir ein Gerichtsverfahren, das mich als vogelfrei erklärt hätte. Als Vogelfreier hätte ich also zeit meines Lebens damit rechnen müssen, ohne Weiteres umgebracht zu werden.

Ich recherchierte in verschiedenen Bibliotheken, was es mit dem Söldnerwesen eigentlich auf sich hatte. Dass ein Söldner für seinen Einsatz gut entlöhnt wurde, wusste ich schon, bevor ich mich zum Militärdienst meldete. Mir war aber nicht bekannt, was die eidgenössischen Söldner in fremden Ländern für ein Unwesen trieben. Nun erfuhr ich, dass, wenn sie eine Stadt eingenommen hatten, sie diese plündern durften. Dass es dabei auch erlaubt war, Frauen zu vergewaltigen und ihre Männer, Brüder und Väter umzubringen.

Louis XII., der sich in einer Auseinandersetzung mit dem Herzog von Mailand, Ludovico Sforza, befand, befahl seiner Armee, die Stadt Novara im Osten des Piemonts, unweit von Mailand, einzunehmen. Beide Armeen, die der Mailänder und die der Franzosen, bestanden zu einem beträchtlichen Teil aus eidgenössischen Söldnern. Rund neuntausend Eidgenossen verteidigten im Auftrag Sforzas die Stadt Novara gegen zehntausend unter Louis XII., der sie belagerte. Die Tagsatzung versuchte zu vermitteln. Sie ging davon aus, dass die französische Seite den Mailändern überlegen war. Deshalb schlugen die Eidgenossen dem französischen König vor, die eidgenössischen Söldner beider Lager aus dem Kampfgebiet abzuziehen, damit sie nicht gegeneinander kämpfen mussten. Louis XII. stimmte unter der Bedingung zu, dass ihm Novara kampflos übergeben würde. In der Stadt befand sich aber noch Sforza. Er suchte Schutz bei den eidgenössischen Söldnern, die aufseiten der Mailänder standen. Er verkleidete sich als einfacher Landsknecht, um nicht erkannt zu werden.

Ein Plan wurde ausgehandelt: Am 10. April 1500 sollten die Novara belagernden Kämpfer von Louis XII. ein Spalier bilden, durch das die Söldner Sforzas kontrolliert die Stadt verlassen konnten.

Im Fähnlein, der Untereinheit eines Regiments, führte Leutnant Roman vier Rotten, circa vierzig Landsknechte. Seine Untergebenen waren mehrheitlich Eidgenossen, und mehrere Männer aus dem Balkan, Nordafrika und Russland waren dabei.

Als Offizier mit eidgenössischen Rangabzeichen und einem französischen Barett war es mir erlaubt, unbehelligt die Stadt Novara, die derzeit Sforza beherbergte, zu betreten. Ich musste lediglich angeben, wen beziehungsweise welche Einheit ich zu besuchen gedachte.

Ich suchte die Rotte auf, in der der Urner Ruedi Turmann diente. Turmann war mir von einem meiner Männer genannt worden. Er wisse über Sforza genau Bescheid. Bei ihm erkundigte ich mich nach Sforza. Er lächelte und nahm mich beiseite. «Dieser Sforza ist ein hochnäsiger Affe. Ich weiss genau, wo er sich versteckt hält. Alle meine Mitknechte wissen das, denn wir haben den Auftrag, ihn zu beschützen, und neuerdings, ihn unbehelligt aus der Stadt zu bringen», informierte mich Turmann.

«Vielen Dank für diese Mitteilung. Mein Dienstherr, Louis XII., wünscht, Sforza beim Verlassen der Stadt abzufangen, ihn zu verhaften, um ihn hinter Schloss und Riegel zu bringen. Du bist doch mein Freund. Hilfst du mir, Sforza abzufangen?»

Turmann biss sich auf die Lippen und überlegte hin und her. «Unentgeltlich tue ich das nicht. Ich gehe dabei ein grosses Risiko ein. Wie viel gibst du mir dafür?»

«Hundert Kronen. Das sind immerhin dreissig Monatslöhne eines Söldners.»

«Unter zweihundert tue ich gar nichts.»

«Danke, du sollst zweihundert haben.»

Eigentlich hätte ich erwartet, Turmann würde diesen Preis noch weiter hochtreiben. Ich hätte ihm sogar das Zehnfache gegeben. Ich gab Turmann einen Vorschuss von fünfzig Kronen. Dann schlug er mir bereitwillig die Modalitäten der «Übergabe» Sforzas vor.

Der 10. April 1500 kam. Um neun Uhr morgens schritten mehrere tausend Söldner Sforzas durch die Gasse, die Romans Rotten für diesen Abzug bildeten. In der letzten Gruppe, im hintersten Glied, marschierte Sforza als Schwyzer Söldner verkleidet. Turmann hätte ihn gar nicht verraten müssen. Sforza überragte die gedrungenen Schwyzer um zwei Köpfe. Auch seine feinen Gesichtszüge fielen den französischen Häschern auf. Unter seinem Barett quollen gepflegte schwarze Locken hervor. Sforza wurde festgenommen, in Handschellen gelegt und abgeführt. Ihn ereilte acht Jahre später der Tod in einem französischen Gefängnis.

Diese Episode ging als Verrat von Novara in die Geschichte ein, was beim jungen Leutnant Roman Am Bach keine Gewissensbisse auslöste, denn er war im Gegensatz zu den Innerschweizern, die seinen Vorfahren Jeremias hingerichtet hatten, frankophil und fühlte sich Louis XII. verpflichtet.

1512 war das Tessin vollständig in der Hand von Uri, Schwyz und Unterwalden. Es wurde zu einer Gemeinen Herrschaft der Waldstätte und als Vogtei verwaltet.

Roman wurde nach Novara vorläufig nicht mehr als Söldner eingezogen. Er diente als Offizier weiter in der Armee des Stadtstaates Bern und stieg bis zum Hauptmann, dem höchsten Offiziersrang, auf. Bern brauchte eine starke Armee. Es hatte Untertanengebiete, die die eigene Bevölkerung um das Doppelte überstiegen.

Die Republik Bern entwickelte sich besonders erfolgreich. Schon vor dem Stanser Verkommnis hatte sich eine machtbewusste Aristokratie herausgebildet, die der ländlichen Bevölkerung keine Rechte zugestand. Die Macht lag beim Kleinen Rat, dessen Mitglieder sich wie Adelige benahmen.

Die Gnädigen Herren rissen sich die noch vorhandenen Schlösser unter den Nagel und bauten neue. Roman war sich dieses Ausbaus der feudalen Strukturen wohl bewusst.

Louis XII. zeigte sich wenig dankbar gegenüber den Eidgenossen. 1509 erneuerte er das Soldbündnis mit der Tagsatzung nicht; die Übereinkunft, die seit 1500 die Voraussetzung für die Erfolge Frankreichs in Italien gewesen war.

Dies nutzte Papst Julius II., der sich den französischen Interventionskriegen in Norditalien widersetzte, aus. Er setzte sich mit dem Bischof von Sitten, Kardinal Matthäus Schiner, zusammen und erreichte einen Beschluss der Tagsatzung zugunsten eines Soldbündnisses, das ihm die Anwerbung von sechstausend Söldnern aus der Eidgenossenschaft und dem Wallis, das eine eigene Republik war, gestattete. Kurz bevor die Truppen aus den Vier Waldstätten, Zürich und dem Wallis gegen die Franzosen in Marsch gesetzt werden sollten, verhinderte die Tagsatzung mit einem erneuten Beschluss diesen Einsatz.

Doch die Gegner Frankreichs gaben nicht auf und schlugen den Eidgenossen attraktivere Soldbündnisse vor. Der Papst übernahm abermals die Initiative dafür. Unter dem Namen «Heilige Liga» schmiedete er ein Bündnis mit dem römisch-deutschen Kaiser Maximilian von Habsburg. Dieses Bündnis schlug der Tagsatzung vor, Truppen in die Lombardei zu schicken. 1511 war das ein Heer von zehntausend Söldnern. Die kommandierenden Offiziere brachen den Feldzug jedoch ab, da die Franzosen weit mehr aufmarschieren liessen, als ihre eidgenössischen Gegenspieler erwarteten.

Ein Jahr später kam ein stärkeres eidgenössisches Kontingent zum Einsatz. Eine Streitmacht von rund achtzehntausend eidgenössischen Landsknechten fiel in die Lombardei ein, vertrieb die Franzosen und setzte den Sohn von Ludovico Sforza, Massimiliano Sforza, als Herzog von Mailand ein. Mailand und die umliegende Lombardei wurden damit zum Protektorat der Eidgenossenschaft. Massimiliano Sforza musste den Eidgenossen als Gegenleistung Handelsprivilegien gewähren und jährliche Zahlungen von vierzigtausend Dukaten überweisen beziehungsweise rund hundertvierzig Kilogramm Gold. Dazu kam die Kontrolle aller Alpenpässe zwischen dem Stilfser Joch und dem Grossen St. Bernhard durch eidgenössische Kriegsknechte.

Roman war als Söldner-Hauptmann an diesem Feldzug beteiligt. Dieses Mal aufseiten der Sforzas. Er schrieb seine Gefühlslage und seine Erlebnisse bei diesem Waffengang nieder und legte den Text in das Am-Bach-Archiv.

Es war ein Befehl des Kleinen Rates der Republik Bern. Man schickte mich und einige weitere Hauptleute zur Unterstützung der Offiziere des neuen Herzogs Massimiliano Sforza und vor allem des Papstes Julius II. Doch diese Soldaten waren weitgehend nicht ausgebildet, und es gab viel zu wenige davon. Ohne eidgenössische Offiziere wäre Mailand nie erobert worden. Die Tagsatzung genehmigte den Waffengang nur um des Geldes willen. Doch von diesem Geld fiel der Bevölkerung, den Bauern, ihren Dienstboten oder den Handwerkern, sozusagen nichts ab. Die Herrschenden, die Burger von Bern, im Volksmund die Gnädigen Herren, machten dagegen das grosse Geschäft, sie wurden noch wohlhabender. Etwa ein Fünftel der Männer im wehrfähigen Alter wurde zum Söldnerdienst aufgeboten. In der Landwirtschaft und im Gewerbe fehlten sie als Arbeitskräfte.

Kam dazu, dass diese Kämpfer, wie ihre Vorgänger mehr als ein Jahrzehnt früher, verrohten. Auf ihrem Weg durch die Lombardei nach Mailand überfielen sie Dörfer und Weiler, missbrauchten Frauen und mordeten nach Gutdünken. Sie hinterliessen eine Spur des Schreckens. Ich und einige wenige meiner Offizierskollegen versuchten, das zu verhindern. Erfolg hatten wir dabei nicht. Wir durften uns nicht mit diesen Landsknechten anlegen. Sie drohten mehrmals, uns umzubrin-

gen, sollten wir ihnen ihre rechtmässig zustehende Kriegsbeute vorenthalten. Es waren vor allem die Söldnerführer aus den Waldstätten, die ihre Leute zu diesen Untaten anstifteten.

Als Anfang Juni 1513 eine Armee aus Franzosen und Venezianern, die mit Louis XII. verbündet waren, die Eidgenossen bei Novara angriff, siegten diese überlegen. Die Tagsatzung erklärte daraufhin Frankreich den Krieg, und eidgenössische Söldner besetzten das Burgund. Im September 1513 schlug Louis XII. der Tagsatzung einen Friedensvertrag vor. Im Vertrag von Dijon wurde den Eidgenossen das Herzogtum Mailand zugesichert. Wenige Monate später widerrief Louis XII. diesen Vertrag wieder. Anfang des Jahres 1515 starb Louis XII. Sein Nachfolger, François I., versuchte die Ansprüche Frankreichs auf Mailand erneut durchzudrücken. Im Frühjahr 1515 setzte er ein Heer von mehr als fünfzigtausend Mann, Infanterie und Kavallerie, in Marsch. Dieses fiel in die Lombardei ein.

Als Antwort darauf schickte die Tagsatzung eine knapp zwanzigtausendköpfige Truppe über die Alpen, um Mailand zu verteidigen. François I. verhandelte trotz seiner Überlegenheit mit einem Teil der Eidgenossen, es waren vor allem Berner und ihre Verbündeten. Verhandlungsführer der Berner war Roman. Der Vertrag von Gallarate kam zustande und sah vor:

Erstens: vierhunderttausend Kronen und je dreihunderttausend Kronen für die Auslagen der Eidgenossen. Für diese Summe sollte die Tagsatzung auf ihre Rechte in der Lombardei verzichten und ihre Rolle als Beschützer des Herzogs von Mailand aufgeben.

Zweitens: Der mailändische Herzog und seine Nachfolger sollten einen französischen Adelstitel als Abgeltung erhalten.

Drittens: Die im Feldzug durch die Eidgenossen 1513 eroberten Gebiete im Tessin sollten zurück an das Herzogtum Mailand gehen. Als Gegenleistung würde François I. den eidgenössischen Besitzstand von 1500 im Tessin anerkennen: Leventina, Blenio, Rivera und Bellinzona.

Die Truppen aus Bern, Freiburg, Solothurn und dem Wallis zogen ab, da ihre Regierungen den Vorschlägen François' I. zustimmten.

Der Vertrag von Gallarate wurde kurz nach der Unterzeichnung von einer Mehrheit der Tagsatzung widerrufen. Die Zürcher und die Innerschweizer beschlossen, den Franzosen eine Streitmacht gegenüberzustellen. Der Staatenbund der Eidgenossen war damit in zwei Lager gespalten.

Roman Am Bach verfasste ein Dokument, das er archivierte.

Ich versuchte mit dem Vertrag von Gallarate, die Eidgenossenschaft als Staatenbund zu retten. Es wäre eine wohlhabende und stabile Republik geworden. Doch es sollte nicht sein. Die geldgierigen und hinterwäldlerischen Innerschweizer und die von allen guten Geistern verlassenen Zürcher glauben wirklich, die kleine Eidgenossenschaft könnte die ganze Poebene und weitere Gebiete Norditaliens als Untertanenland in Beschlag nehmen. Sie werden es teuer bezahlen. Die Franzosen sind den Söldnerheeren aus Uri, Schwyz, Unterwalden, Luzern und Zürich weit überlegen. Allein schon bezüglich der Anzahl Soldaten. Was die Bewaffnung und die Art der Kriegsführung betrifft, ist die Schlagkraft der Armee François' I. derzeit unübertrefflich. Sie verfügt über Kanonen und moderne Schusswaffen. Die Eidgenossen mit ihren Morgensternen, Hellebarden, Lanzen und Schwertern haben dem nichts Ebenbürtiges entgegenzusetzen.

Immerhin konnte ich erreichen, dass die grosse und mächtige Republik Bern und ihre Verbündeten die Finger von diesem Wahnsinn lassen.

Roman wurde nach dem Vertrag von Gallarate zum Obersten der Berner Streitkräfte ernannt und vom Kleinen Rat vor dem Waffengang als Beobachter nach Mailand geschickt. Er verfasste einen Bericht.

Anfang September 1515 traf ich mit einer kleinen Delegation in Marignano, einem Dorf einige Kilometer südwestlich von Mailand, ein. Wir wurden mit Sänften über den Gotthardpass getragen, begleitet von einem Dutzend berittener Berner Landsknechte und einem Empfehlungsschreiben des Gesandten von François I. in Bern. Dieser Schutz war notwendig, denn in der Lombardei waren die Eidgenossen alles andere als beliebt. Das nicht zuletzt wegen der Übergriffe der Reisläufer, die vom Tessin her seit 1500 immer wieder die Gegend nördlich von Mailand gewalttätig heimsuchten.

Ich war also auch einer der Berichterstatter des Königs von Frankreich, den ich im vergangenen Jahr im königlichen Schloss Amboise persönlich getroffen hatte.

François I. erhob keine Ansprüche auf das Stammgebiet der Eidgenossen, auch nicht auf den Stadtstaat Bern und seine Untertanengebiete, weder den Aargau noch die französischsprachigen Städte der Waadt wie Morat, Grandson oder Echallens. Er war aber an den Söldnern aus der Eidgenossenschaft interessiert, ganz besonders an denen der Republik Bern, die er auch als wichtigsten Pufferstaat zwischen dem Reich der Habsburger und seinem Frankreich zu schätzen wusste. Ein Gesandter aus dem Hauptquartier der französischen Streitmacht, nur wenige Kilometer von Marignano entfernt, ritt täglich mehrmals zur Herberge, wo ich mich niedergelassen hatte. Er informierte mich über die aktuelle Lage im Umfeld des französisch-venezianischen Heeres und der Truppen der Söldner des Herzogs von Mailand, die grösstenteils von Uri, Schwyz, Zug, Unterwalden und Luzern kamen.

Bis zum Ausbruch der Kämpfe am Nachmittag des 13. September 1515 taten die Emissäre von François I. alles, um den Waffengang doch noch zu verhindern.

Ich sehe immer noch das ungläubige Gesicht des Gesandten, der mir immer und immer wieder kopfschüttelnd sagte: «Die Eidgenossen können doch nicht so bescheuert sein und sich mit einem Gegner, der ihnen haushoch überlegen ist, anlegen.»

Immer wieder beschied ich ihm das Gleiche. «Die ganze Clique um den Vatikan und ihre Alliierten, nicht zuletzt der Sittener Kardinal Matthäus Schiner, haben den Bezug zur Realität völlig verloren. Der Herzog von Mailand, die Mächtigen der Innerschweiz und die Zürcher sind schlicht zu dumm, um ihren Irrtum einzusehen. Sie stürzen sich geradewegs in den Abgrund – glauben Sie mir, sie werden es tun.»

Die Reisläufer der Eidgenossen taten um fünfzehn Uhr am 13. September genau das, was die Franzosen von ihnen erwarteten. Ein wutentbrannter Gewalthaufen, zwanzigtausend Mann, angeführt von Schwyzer Söldner-Offizieren, stiess direkt auf das vermutete Hauptquartier der Franzosen, fünfundvierzigtausend Mann, vor. Es bildete sich ein Keil von Eidgenossen, der von zwölftausend Reitern und siebzig Kanonen umzingelt wurde. Doch sie liessen sich davon nicht beeindrucken. Mehrere tausend dieser Fusssoldaten wurden tödlich getroffen. In der Abenddämmerung zogen sich die Eidgenossen zurück, ohne ihr Ziel erreicht zu haben.

Dabei riefen sie lauthals: «Wir kommen morgen in der Früh wieder und geben diesen Franzmännern den Rest.»

Anders als die Eidgenossen hatten die Franzosen bereits eine Sanitätseinheit. Diese leistete den Verletzten Erste Hilfe und schaffte sie vom Schlachtfeld weg.

Am nächsten Morgen um halb acht griffen die Eidgenossen wieder an. Diesmal war das Kanonenfeuer der Franzosen noch heftiger als am Vortag, verstärkt mit achttausend Bogenschützen. Dann fielen venezianische Reiter von hinten über sie her. Es kam zu einem regelrechten Massaker. Als mehr als die Hälfte der Eidgenossen gefallen waren, warfen die noch Lebenden ihre Waffen weg.

Die Franzosen bildeten eine Gasse, durch die sie die Eindringlinge abziehen liessen. Aber es war kein ordentliches Weggehen, vielmehr eine panische Flucht. Die Eidgenossen eilten nach Norden. Französische Reiter gaben ihnen Geleitschutz bis nach Bellinzona, denn unbewaffnet, wie die Eidgenossen nun waren, hätten die Bauern der Lombardei mit ihnen abgerechnet. Wohl keiner dieser Reisläufer hätte ohne den Schutz der Franzosen je seine Heimat wiedergesehen.

Es war eine traurige Prozession, die sich die Leventina hinaufwälzte. Zerlumpte Gestalten, blutige Tücher um die Köpfe, Beine und Arme. Als sie Altdorf erreichten, wurden sie von den Einheimischen verspottet, schnell machten sie sich nach Westen, Norden und Osten aus dem Staub. Wenn bislang die Reisläufer von einem Feldzug zurückkamen, brachten sie Geld mit, das sie in der Regel unverzüglich ausgaben, und verhökerten das Diebesgut, das sie den Menschen, die am Rückweg lebten, stahlen. Doch diesmal kamen sie mit leeren Händen, und die Waldstätter hatten kein Erbarmen. Die Söldner bekamen nichts zu essen, niemand bot ihnen einen Strohsack zum Übernachten an.

Bern, Roman Am Bach, 2. Oktober 1515

Roman sprach mit dem Schreiben im Rathaus des Staates Bern vor.

Der Kleine Rat war zufrieden mit ihm und ernannte ihn offiziell zum Gesandten der Republik Bern in Frankreich.

In Paris handelte er ein Abkommen zwischen der Eidgenossenschaft und Frankreich aus. Dieses wurde Ende November 1516 der Tagsatzung, die in Freiburg zusammengekommen war, vorgelegt. Nach langem Hin und Her wurde es zähneknirschend einstimmig angenommen: Der ewige Frieden von Freiburg. Das war am 29. November 1516 – mehr als ein Jahr nach der Niederlage bei Marignano. Der Kontrakt zwischen den dreizehn Orten Zürich, Bern, Luzern, Uri, Schwyz, Unterwalden, Zug, Glarus, Basel, Freiburg, Solothurn, Schaffhausen und Appenzell sowie ihren zugewandten Gebieten Abt und Stadt St. Gallen, den Gebieten Graubündens, dem Wallis, der Stadt Mülhausen und dem König von Frankreich.

Der Kommentar von Roman:

Eigentlich kamen die Verlierer von Marignano, die fünf Orte Luzern, Unterwalden, Schwyz, Uri und Zug, zu gut weg. Das Tessin bis Lugano und Locarno verblieb als Untertanengebiet der Innerschweizer. Der Vertrag kam zustande, da Francois I. es so wollte, nicht weil die fünf Orte es verlangten.

Warum diese Grosszügigkeit? Der französische König sah keine andere Lösung als ein Bündnis mit der Eidgenossenschaft. Immer noch waren die Eidgenossen die wohl begehrtesten Söldner des Abendlandes. Auch der eigentlich machtlose Kaiser des Heiligen Römischen Reichs Deutscher Nation, derzeit einer aus dem Hause Habsburg, die Engländer und die Spanier begehrten die eidgenössischen Reisläufer. Doch dieser Vertrag ist der von François I. Von nun an entscheidet der französische König, wer diese Söldner bekommt.

Nach diesem «ewigen Frieden» hat die Tagsatzung sozusagen keine Macht mehr. Doch die Eidgenossenschaft wird weiter als ein in sich zerstrittener Staatenbund existieren, der seine jungen Männer den umliegenden Ländern als Kämpfer verkauft. Männer, die kräftig dreinschlagen, aber lieber nicht denken.

Die Eidgenossenschaft war nach 1515 ein in zwei Lager gespaltener Staat. Da waren zum einen die Anhänger des Papstes, allen voran die Alten Orte Uri, Schwyz, Unterwalden, Luzern und Zug, die sich mit ihrer Niederlage von Marignano nicht abgefunden hatten. Und zum andern Lager gehörten jene, die nicht mit ihnen in die Schlacht gezogen waren. Auch Freunde wie Zürich wechselten während der Reformation die Seite. Huldrych Zwingli, der Leutpriester am Grossmünster, ging behutsam, aber gezielt vor. Der sehr gebildete Zwingli, er studierte unter anderem auch an der Universität Wien, machte mit seinen Predigten gegen das Papsttum die Patrizier von Zürich auf sich aufmerksam und überzeugte eine Mehrheit derer.

Huldrych Zwingli hatte auch einen grossen Einfluss auf die Politik im Stadtstaat Bern. Um 1520 ernannte der Kleine Rat Berchtold Haller zum Leutpriester am Münster. Haller, von jeher schon ein Reformer und Kritiker der katholischen Kirche, stand in engem Kontakt mit Zwingli. Wie sein Freund in Zürich konnte Haller in Bern die Mächtigen der Stadt von seinen Ansichten überzeugen. Haller verfasste dazu Thesen als Diskussionsgrundlage.

Von 1525 an wurden in der Limmatstadt die Klöster und das Zölibat aufgehoben.

1527 führte die Wahl in den Grossen und Kleinen Rat Berns zu einer Machtverschiebung. Das nicht klerikale Lager erhielt eine deutliche Mehrheit von der stimmberechtigten Burgergemeinde. So entschlossen sich die Räte, die Reformation legitimieren zu lassen.

Zu diesem Zweck organisierte der Kleine Rat nach dem Vorbild der Zürcher eine Disputation. Anfang 1528 trafen sich zweihundertfünfzig Theologen, unter ihnen auch Zwingli. Nach dreiwöchiger Beratung entschieden sich die Versammelten grossmehrheitlich für die Reformation. Der Rat folgte dieser Empfehlung, beschloss für Bern und seine Untertanengebiete die Einführung des evangelisch-reformierten Glaubens. Das stiess vor allem im Berner Oberland auf Widerstand. Die Geistlichkeit und eine Mehrheit der Einwohner dort fühlten sich übergangen. Denn zwischen 1524 und 1527 hatte die Berner Regierung mehrmals die Bevölkerung von Saanen bis ins Haslital befragt, was sie vom neuen Glauben hielte. Bei allen Befragungen war das Ergebnis dasselbe. Die Oberländer, angestachelt durch ihre Pfarrer, sahen nur den Papst als ihr geistiges Oberhaupt. Sie wollten die heilige Messe feiern, obwohl sie kein Wort Latein verstanden.

Roman Am Bach besuchte alle Ämter, das von Thun, das des Saanenlands, das des Simmen- und Kandertals, das von Interlaken und dem Oberhasli. In der Stadt Thun fand er Gehör, ebenso in Interlaken und Unterseen. Dort lebte eine kleine Minderheit der Bevölkerung. Doch die grosse Mehrheit in den engen Tälern und auf den Alpen wollte ihn nicht einmal anhören.

Roman setzte sich beim Kleinen Rat für die Reformation im ganzen Oberland ein. Es gehe nicht nur um den Glauben, es gehe auch um die Unabhängigkeit von den Klöstern, deren Mönche und Nonnen in Saus und Braus lebten, während die Menschen auf dem umgebenden Land oft Hunger litten, und um die Unabhängigkeit von den Priestern, die das Volk ebenfalls ausbeuteten.

Der Kleine Rat entschied sich, die Klöster zu enteignen, und die Abgaben, die bislang an die Klöster gingen, selbst einzufordern. Unter dem Schutz bewaffneter Landsknechte wurde im September 1528 der Zehnte von Staatsdienern eingetrieben, was prompt zu Unruhen führte. Mönche und Pfarrer der Oberländer Dörfer wiegelten erfolgreich die Bevölkerung auf. Aufständische aus den Alpentälern zerstörten die Aareschwellen zwischen Unterseen und Interlaken. Unterseen wurde eingenommen, deren berntreuer Schultheiss festgenommen. Auf der grossen Wiese auf dem Bödeli, der Ebene zwischen dem Thuner- und Brienzersee, versammelte sich eine grosse Menschenmenge zu einer «Landsgemeinde». Es wurden ein Landammann und mehrere Amtsleute gewählt, die Abspaltung von Bern und die unverzügliche Wiedereinführung des alten Glaubens gefordert. Sukkurs bekamen die Aufrührer von achthundert bewaffneten Männern aus Unterwalden.

Als Oberst der Miliz wurden Roman Am Bach und weitere hohe Offiziere der Berner Armee aufgeboten, um den Aufstand im Oberland niederzuschlagen.

Er hinterliess dazu ein Dokument:

Was mich masslos empört, sind die Waldstätter, die sich erdreisten, in Berner Hoheitsgebiet einzufallen. Wir werden ihnen eine Lektion erteilen, dass sie nie mehr auf den Gedanken kommen, sich am Staate Bern zu vergreifen. Sie halten sich derzeit in der Stadt Unterseen und im ehemaligen Kloster Interlaken auf.

Wir werden in den ersten Oktobertagen vom Gürbetal aus durch das Stockental auf die linksufrige Seite des Thunersees vorstossen, in der Abenddämmerung mit einer Streitmacht von mehreren tausend Kämpfern hinter dem Städtchen Spiez den See erreichen, in der Dunkelheit bis zum Bödeli gelangen, uns am südlichen Rand der Ebene zum Brienzersee vorkämpfen. Es ist mit wenig Widerstand zu rechnen. Alle, die uns im Weg stehen, kommen in unsere Gefangenschaft. Im Morgengrauen wird der Hauptteil unserer Streitmacht am rechten Ufer über Brienz, Oberried, Ringgenberg nach Interlaken vordringen. Gegen Mittag nehmen wir das Klostergelände ein, und danach greifen wir Unterseen an.

Roman Am Bach, Anfang Oktober 1528

Der Feldzug der Berner verlief weitgehend nach Romans Plan. Am 8. Oktober 1528 wurde das Gelände des ehemaligen Klosters Interlaken eingenommen. Vor allem die Männer aus Unterwalden leisteten Widerstand. Die meisten von ihnen überlebten das Gefecht nicht, die Versehrten wurden nach Bönigen geleitet, dort in Boote verladen und nach Brienz verschifft, danach von einem Dutzend Landsknechte über den Brünig nach Ob dem Wald im Stand Unterwalden getrieben.

Die Innerschweizer Kampfverbände waren damit eliminiert. Danach hatten die Berner alle Pässe zu Ob dem Wald in ihrer Hand.

Dasselbe Schicksal erlitten die Innerschweizer, die erbittert, aber erfolglos versuchten, Unterseen zu halten. Damit war die Rebellion nahezu am Ende. Mitte November kam die Nachricht, alle «Widerstandsnester» seien aufgerieben.

Die Reformation von Bern ist gerettet. Gemeinsam mit dem Stand Zürich werden wir in Zusammenarbeit mit den Franzosen für viele Jahrzehnte und vielleicht sogar über mehrere Jahrhunderte die Geschicke der Eidgenossenschaft entscheidend bestimmen.

Roman Am Bach, 15. November 1528

Danach zog Roman den Bundesbrief aus dem Archiv, las ihn durch und kicherte.

Um in Zukunft die Waldstätter von weiteren Angriffen abzuhalten, wurde die Brünig-Passhöhe bis einige Kilometer nach Ob dem Wald von Berner Truppen besetzt.

Um 1530 war Zürich ein reformierter Ort. Kurz danach kam es zu einem Krieg innerhalb der Eidgenossenschaft. Im Oktober 1531 wurde Zwingli während der Schlacht von Kappel gefangen genommen und später von Anhängern des alten Glaubens ermordet. Der Stand Zürich blieb dennoch protestantisch und war von da an ein erbitterter Gegner der Altgläubigen. Rückwirkend wurde die Zürcher Beteiligung an der Schlacht von Marignano als grosser Fehler gewertet. Einige der noch lebenden Verantwortlichen wurden zur Rechenschaft gezogen und bestraft.

Dann kam die Waadt an die Reihe. Unter Berns Schutz führten zwei Reformatoren schrittweise die Reformation in der Waadt ein, die nach den Burgunderkriegen bereits teilweise im Berner Herrschaftsbereich war. Der katholische Herzog von Savoyen griff ein und machte sich daran, das Waadtland wieder vollständig zurückzuerobern. Mit einem Überraschungsangriff gelang es 1536 den Bernern zusammen mit Truppen aus Freiburg, die savoyischen Gebiete in der Waadt vollständig unter ihre Kontrolle zu bringen; bernisches Untertanengebiet. Das zweite Untertanengebiet neben dem Aargau, der bereits 1425 den Habsburgern entrissen wurde.

7

Bei seinen Recherchen entdeckte Brawand eine handschriftliche Notiz, die am Rand eines Papieres stand: «Mafia». Zunächst traute er seinen Augen nicht. War es denkbar, dass Benjamin Am Bach im Auftrag der Mafia ein Bild – es ging um einen Picasso – begutachtet hatte? Er beschrieb ein Treffen mit dem Mafioso sehr detailliert.

Es fand im Mai 1982 in Lyss statt. Benjamin Am Bach war damals achtunddreissig.

Lyss? Die grosse Seeländer Gemeinde mit dörflichen Strukturen und städtischer Grösse. Brawand dachte nach. Auf diesen Ort war er beim Durchwühlen von Benjamin Am Bachs Unterlagen schon wiederholt gestossen. Dort hatte er zwischen 1980 und 1990 im Atelier Bangerter gearbeitet; die erste feste Anstellung, die er bislang in seinem Leben gehabt hatte. Aber wie kam Benjamin Am Bach dazu, seine Karriere als mittlerweile berühmter Schauspieler an den Nagel zu hängen – um einer Beschäftigung im stillen Kämmerlein, abseits der Öffentlichkeit, nachzugehen?

Brawand suchte nach Erklärungen dafür, es fiel ihm keine ein. Vielleicht konnte Wagemann dabei helfen. Er rief ihn an und stiess auf offene Ohren.

Die Schauspielerei habe Benjamin zugesagt, aber die Ungewissheiten und die Hektik hätten zusehends an seinen Nerven gezehrt, klärte Wagemann Brawand auf.

Brawand begriff, dass er mehr über Benjamin Am Bach erfahren sollte und sich mit Wagemann erneut unter vier Augen treffen musste.

«Waren Sie mit Benjamin Am Bach mal in Lyss?», fragte Brawand.

«Da erinnere ich mich noch genau. Ich war mit Benjamin Am Bach in Lyss.»

«Wären Sie bereit, mit mir zusammen die Wirkungsstätten Benjamin Am Bachs in Lyss aufzusuchen?»

Wagemann stimmte zu.

Am Freitag, den 9. März 2018, ein sonniger Tag, reiste Brawand mit Wagemann mit dem Zug nach Lyss.

Der Intercity fuhr um zehn Uhr fünf von Interlaken West ab und sollte nach etwas mehr als einer Dreiviertelstunde in Bern eintreffen. Brawand bat Wagemann, im Speisewagen Platz zu nehmen, wo er ihn zu einem Café einlud und seine erste Frage stellte.

«Warum hat eigentlich Benjamin Am Bach seine erfolgversprechende Laufbahn als Schauspieler aufgegeben, um eine Stelle als vielleicht schlecht bezahlter Restaurator anzutreten?»

«Schlecht bezahlte Restauratoren? Nicht unbedingt. Es ist eine falsche Vorstellung, dass Schauspieler generell gut verdienen. Nein, wer seinen Lebensunterhalt auf einer Theaterbühne bestreitet, arbeitet hart für wenig Geld und weiss oft nicht, wie er zum nächsten Engagement kommt. Eine Saison in der Stadt A, danach zwei in der Stadt B, um schliesslich in der Stadt C eine neue Stelle anzunehmen. Das häufig fernab der Heimat. Benjamin Am Bach hat sich nach mehr Sicherheit und mehr Ruhe gesehnt. Ihm ist bewusst geworden, dass er im Kunsthandwerk eher Erfüllung finden kann als auf der Bühne: das Bearbeiten von Holz, das Restaurieren, das von Bildern wie von Räumen.»

«Dann hat Benjamin Am Bach in Lyss also gut verdient?»

«Ja, zumindest hat er mir das so erzählt.»

«Sein gelernter Beruf war Holzbildhauer. Wo hatte er sich seine Kompetenzen für das Ausbessern von Stuckaturen, Wandmalereien, Ölbildern und Fresken angeeignet?»

Wagemann beschrieb Benjamin Am Bachs Lehrjahre in der Klosterkirche von Muri im Kanton Aargau.

Er habe eigentlich nicht wenig über Benjamin Am Bachs Biografie erfahren, räumte Brawand ein. Dass er auch als Redaktor beim Schweizer Radio gearbeitet habe, sei ihm erst jüngst zugetragen worden.

Wagemann schlug mit den Knöcheln auf den Tisch. «Da scheinen Sie zu ahnen, Herr Brawand, dass um Benjamin noch viel rankt, von dem Sie kaum etwas wissen. Benjamin hat übrigens die Schauspielerei bis übers Pensionsalter hinaus nie ganz aufgegeben. Er ist auch während seiner hauptberuflichen Tätigkeit als Restaurator zwischendurch auf der Bühne gestanden, machte in Fernsehfilmen mit und wirkte als Regisseur bei Volkstheatern. Aber anders als die überwiegende Mehrheit seiner Kollegen, die sich vollständig dem Theater und dem Film verschrieben, zeichnete ihn ein unerschütterlicher Hang zur Arbeit mit den Händen aus. Er war dann auch mit dem Kopf ganz bei dieser Arbeit.»

Der Zug war in Bern eingefahren. Dort stiegen sie auf den RegioExpress nach Biel um und erreichten um halb zwölf Lyss.

«Ich werde Sie nun genauso überall hinführen, wie Benjamin mich zu allen Örtlichkeiten geführt hat, an denen er während fünfzehn Jahren gewirkt hatte.»

Brawand legte seine Hand auf den Bauch. «Es rumpelt in meinem Magen. Ich habe mächtig Hunger und lade Sie zum Mittagessen in der Beiz dort drüben ein.» Er zeigte über den Bahnhofplatz.

«Ich weiss ein passenderes Lokal. Gehen wir in den historischen Ortsteil.» Wagemann blieb nach einigen hundert Metern vor einem alten, mächtigen Hotel, das mit «Weisses Kreuz» angeschrieben war, stehen. «Hier werden wir essen. Und es geht auf meine Kosten. Ich tue das alles auch für Benjamin. Es liegt mir sehr daran, dass sein Mörder gefunden wird.»

Brawand fügte sich.

Nach der Verpflegung, ortsüblich und sehr günstig, ging es zum Lyssbach. Wagemann machte Brawand auf ein altes, riesiges, gut erhaltenes Riegelhaus auf der gegenüberliegenden Seite des Gewässers aufmerksam. «Neben diesem Haus», Wagemann zeigte auf ein kleines, nahezu unscheinbares Gebäude, «hat

Benjamin 1980 gewohnt, dann zog er in eine winzige Wohnung über dem Restaurant ‹Jägerstübli›, wo er bis 1990 lebte.»

Einige Dutzend Meter weiter oben überquerten sie eine Brücke und gingen zu dem Gebäude, das im Parterre das «Jägerstübli» beherbergte.

«Die Strasse, an der es steht, heisst, wie alle Wege, die in sie einmünden, Herrengasse», erläuterte Wagemann.

Brawand machte Fotos vom imposanten Bau und seiner Umgebung.

«Die Umgebung passt nicht gerade zum Namen der Strasse. Da hat man sich einige Bausünden eingehandelt», bemerkte Wagemann. Er meinte damit einige Wohnblöcke. Diese seien so mir nichts, dir nichts zwischen alten historischen Bauten erstellt worden.

«Ich verstehe kaum etwas von Architektur und Ortsplanung. Wichtig scheint mir, dass die Menschen hier günstigen Wohnraum mieten können», hielt Brawand entgegen, den dieses Siedlungschaos nicht störte.

In Wagemanns Blick war eine Spur von Abschätzigkeit, doch er kommentierte Brawands Ansichten nicht.

«Aber wo war das Atelier, in dem Benjamin Am Bach arbeitete?»

«Eine hundskommune Armeebaracke. Sie steht nicht mehr.» Wagemann zeigte auf ein Mehrfamilienhaus. «An ihrer Stelle steht nun dieser grässliche Plattenbau.»

Brawand verzog das Gesicht. «Hm … eine Baracke? Nicht gerade das Gelbe vom Ei für ein Atelier.»

«Das dachte ich mir auch. Aber es war ein Flecken von Innovation und Kreativität, eine Bretterbude besonderer Art. Benjamin machte viel daraus. Gut isoliert, sogar klimatisiert, vollgestopft mit Werkzeugen und Maschinen, die ihm für seine Arbeit zur Verfügung standen. Ganz abgesehen davon, dass es darin wohnlich war. Eine Matratze, wo er sich zwischendurch hinlegen konnte, fehlte ebenso wenig wie ein Klo und eine Dusche. Sogar einen Kochherd gab es dort. Und sehr wichtig:

Herrmann Bangerter liess ihm viele Freiheiten und war, was den Lohn und Anschaffungen betraf, nicht knausrig.»

«Dort haben ihn viele Menschen besucht, solche, die mit Kunst etwas zu tun hatten, Auktionatoren, Restauratoren, Maler, Bildhauer?»

«So war es. Diese Treffen fanden in diesem alten Gebäude statt.» Wagemann richtete den Finger darauf. «Einst mochte es der Wohnsitz eines Grossbauern gewesen sein. Sehen Sie sich das einmal an.» Wagemann blickte mit ausgestreckten Händen darauf. «Angebaut ist ein weiteres, riesiges Gebäude. Wohl eine Scheune oder ein Kornspeicher. Ein Gigantismus, der im 18. und 19. Jahrhundert im Seeland oft anzutreffen war.» Er klingelte.

Ein älterer Mann öffnete. «Ich bin gerade beschäftigt mit dem Hüten von Enkeln.» Zwei Jungen balgten sich am Boden.

Wagemann stellte sich und Brawand vor. Deutete an, worum es ihnen ging. Sie seien auf den Spuren von Benjamin Am Bach. Der Mann hob die Augenbrauen. «Benjamin Am Bach? Der Mann, der vor einigen Wochen umgebracht wurde, in der Nähe von Interlaken?»

«In Ringgenberg. Dort wurde er erschossen. Mein Begleiter, Adrian Brawand, ist damit betraut worden, den Mörder zu finden.»

«Und tappt vorläufig im Dunkeln», bemerkte der Mann.

Brawand seufzte. «Da haben Sie nicht ganz unrecht. Leider. Aber wir resignieren nicht, suchen nun die Stationen – eine nach der anderen – aus Am Bachs Vergangenheit auf.»

«Ich habe ihn gut gekannt. Oft mit ihm ein Glas Wein getrunken. Benjamin war ein aussergewöhnlicher Typ, einer, der viel wusste und eine bewundernswerte Menschenkenntnis hatte.»

«Eine gesellige Person?», fragte Brawand nach.

«Das würde ich nicht behaupten. Nein, für viele war er ein rotes Tuch. Er enthüllte den Leuten, die mit ihm in Kontakt kamen, häufig geradeaus, was er von ihnen hielt. Das war nicht immer schmeichelhaft.»

Brawand nickte vielsagend.

«Dürfen wir uns im grossen Anbau einmal umsehen?», erkundigte sich Wagemann.

«Tun Sie das. Er ist offen.»

Brawand und Wagemann bedankten sich bei dem Mann und gingen zum Schuppen.

Wagemann schob das Tor, das nur angelehnt war, auf. Sie traten in einen kleinen Raum, eine Art Vorzimmer der riesigen Halle. «Dort hat Benjamin seinen Besuchern seine Bilder vorgeführt.»

«Benjamin Am Bach war auch Maler?»

«Ja, er war ein vielseitiger Mensch. Nicht all seine Werke habe ich ganz durchschaut. Was ich ihm zugutehalte: Er hat sich nie als grosser Künstler ausgegeben, aber er hat die Malerei, die Bildhauerei, das Kunsthandwerk schlechthin, verstanden wie kein Zweiter. Er war ein exzellenter Experte und in seiner Branche als Gutachter sehr gefragt.»

Wagemann begann eine Episode zu erzählen, die Brawand im riesigen Aktenberg über Am Bach nicht finden konnte.

Kurz nachdem Benjamin Am Bach seine Stelle in Lyss angetreten hatte, machte er Bekanntschaft mit Jonas Jaberg, einem jungen Mann, der mit wertvollen Bildern handelte. Er war ein Spross einer weitverzweigten Sippe, die das Erbe des Stammvaters aus dem 19. Jahrhundert auf immer mehr Köpfe verteilen musste. Der junge Jaberg war gezwungen, sich nach einer Einkommensquelle umzusehen, die es ihm erlaubte, seine Verwandten für das Besitztum, in dem er sich eingenistet hatte, das war der grosse Riegelbau, auszuzahlen. Er fand eine einträgliche – den Kunsthandel.

Man munkelte, er mache krumme Sachen. Dass man mit dem Ankauf und dem Verkauf von Malereien zu Reichtum gelangen konnte, war für die meist einfachen Leute, Handwerker, kleinen Gewerbetreibenden, Dienstboten, Verkäuferinnen, Arbeitenden in den Fabriken von Lyss, nicht nachvollziehbar. Und Geld in Hülle und Fülle musste Jaberg haben, denn er hatte einen ganzen Wagenpark von sündhaft teuren Autos. Doch für Benjamin war Jonas Jaberg ein interessanter Gesprächspartner, der viel von Kunst zu verstehen schien. Die beiden sassen an den Abenden häufig mit einer Flasche Wein oder auch mehreren zusammen. Im Garten oder der Wohnstube des einstigen Gutsbetriebs Jaberg.

Benjamin Am Bach war fasziniert von der immensen Gemäldesammlung Jabergs. Ihn interessierten die Bilder selber. Damit unterschied er sich von Jaberg, der dahinter vor allem ein Geschäft sah.

Obwohl Benjamin nicht das Bedürfnis verspürte, sich nach einem zusätzlichen Einkommen umzusehen, machte ihm Jaberg schmackhaft, mehr von der aufkommenden Konjunktur im Kunstmarkt zu profitieren. Das Geld liege auf der Strasse, er müsse sich nur bücken und es aufheben, pflegte Jaberg gegenüber Benjamin zu sagen. Eines Abends eröffnete er ihm, dass ihn zwei Herren besuchen würden, die wissen wollten, ob der Picasso, den sie erstanden hätten, echt sei. Benjamin habe doch einige Erfahrungen, wie man Fälschungen erkennen könne.

Benjamin erklärte sich bereit, die Bilder zu begutachten.

Brawand fragte Wagemann, was aus dieser Expertise geworden war, wie der Handel mit den beiden Herren ausgegangen sei.

«Mir fiel auf», bemerkte Wagemann, «dass ihn mein Nachfragen verlegen machte. Man habe ihm aufgetragen, mit niemandem über diese Sache zu reden. Es handle sich um ein einträgliches Geschäft, allerdings bewege es sich gesetzlich in der Grauzone.»

Brawand blieb hartnäckig und fragte Wagemann, ob sich Am Bach mit Kriminellen eingelassen habe.

«Benjamin hat mir gegenüber nie über kriminelle Machenschaften geredet, obwohl er das auch nie dementierte, wenn ich ihn darauf ansprach. Er wolle aber darüber nicht mehr erzählen, erklärte er jedes Mal, wenn ich mich danach erkundigte.»

Die Miene Brawands verriet leichte Enttäuschung. «Trotzdem, ich danke Ihnen für das, was Sie mir eben berichtet haben. Ich werde natürlich der Sache weiter nachgehen.» Brawand hielt inne, überlegte. «Doch etwas können Sie mir vielleicht sagen. Fallen Ihnen noch Namen von Leuten ein, die mit Benjamin Am Bach in Lyss zusammengearbeitet haben?»

Wagemann musste nachdenken. «Ich kannte Benjamin persönlich gut. Sein Umfeld war mir nur oberflächlich bekannt. Entsinne ich mich richtig, war da ein Ostasiate, einer aus Vietnam, glaube ich. Benjamin beschrieb ihn als Kalligrafen und Spezialisten für alte Schriften.» Wagemann bewegte den Kopf hin und her. «Aber wie wollen Sie diesen Mann nach so langer Zeit noch ausfindig machen? … Da kommt mir gerade eine Idee. Wenden Sie sich doch an die Wirtin des ‹Jägerstübli›, die die Wohnung von 1981 bis 1990 an Benjamin vermietet hat. Sie kann Ihnen vielleicht noch weitere Namen nennen.»

Brawand entschied sich, Wagemann nicht über Gebühr zu strapazieren.

«Danke, ich nehme mir diese Frau für einen anderen Tag vor. Wir sind schon mehr als zwei Stunden in Lyss. Ich habe für den Rest des Tages noch Weiteres vor – vielleicht auch Sie. Fahren wir zurück ins Oberland.»

Wagemanns Erleichterung war ihm ins Gesicht geschrieben.

Als Brawand am frühen Abend wieder vor seinem Büro in Thun stand, drehte er sich um und klopfte an die Tür von Bassi. Er berichtete seinem Vorgesetzten von seinen Erlebnissen in Lyss. Bassi nickte anerkennend.

«Allmählich bekommt die Suche nach dem Mörder von der Gartenstrasse in Ringgenberg Fleisch am Knochen. Dass im Kunsthandel fragwürdige Personen mitmischen, weiss man hinlänglich. Allerdings wird die Aufklärung des Falles damit nicht einfacher. Gar keine Frage, du musst Benjamin Am Bachs Spur in Lyss weiterverfolgen.»

8

Dezember 1652. Neidhart Am Bach lebte auf dem grossen Bauerngut seiner Vorfahren in Trub. Er war das zweitälteste von zwölf Kindern. Sein Vater, der Verwalter des Familienarchivs der Am Bachs rief Neidhart an sein Bett. «Mein Sohn, du stehst vor dem dreissigsten Geburtstag. Ich werde nicht mehr lange leben. Du wirst mein Nachfolger. Du übernimmst den reichsten und grössten Hof weit und breit. Eine riesige Verantwortung wartet auf dich. Du wirst dich ihr stellen und sie meistern. Wir erleben gerade schwere Zeiten. Du weisst es ja auch: Die Gnädigen Herren von Bern haben den Kupferbatzen um die Hälfte abgewertet. Auf einen Schlag haben wir die Hälfte unseres Barvermögens verloren. Das ist wohl auch der Grund, weshalb ich mich vor einer Woche beim Fällen einer Tanne verletzt habe. Meine Gedanken waren nicht bei der Arbeit. Bis vorgestern ging es aufwärts, dann begannen die Wunden wieder anzuschwellen und zu schmerzen. Der Doktor, den ich aus Langnau holen liess, eröffnete mir, das Wundfieber habe mich erwischt. Ich weiss, diese Infektion überlebt man nicht.»

Am Tag darauf starb Neidharts Vater. Neidhart hätte gerne seinen Beruf als Advokat weiter ausgeübt. Er hatte die Lateinschule, dann die reformierte Hohe Schule in Bern absolviert, studierte danach in Wien Rechtswissenschaften. Ein grosser Schulsack, der seinesgleichen suchte und für das Emmental einzigartig war.

Neidhart hatte eine klare Vorstellung von der finanziellen Situation des Stadtstaats Bern.

1648, der Westfälische Frieden. Nach dem Ende des Dreissigjährigen Kriegs versiegte eine bedeutende Einnahmequelle der Eidgenossen. Frankreich und Spanien brauchten kaum mehr

Reisläufer. Es waren diese zwei Länder, die die grössten Söldnerkontingente rekrutiert hatten. Am empfindlichsten traf das den Staat Bern, aber auch Luzern. Beide Stände wurden von ihren gleichnamigen Hauptstädten dominiert. Die Obrigkeit in Bern wie in Luzern musste versuchen, diesen Einnahmeausfall zu kompensieren. Zunächst erhöhten sie die Steuern und schafften neue. Das reichte aber noch nicht. Dann folgte eine Abwertung der Münzen. Damit griff der Kleine Rat zu Bern zu einer fragwürdigen Massnahme. Vor allem die Bauern verloren dadurch einen guten Teil ihrer Barschaft, in den kleinen Landstädten traf es auch die Handwerker und Kaufleute.

Das brachte das Fass zum Überlaufen. Im Laufe der letzten zweihundert Jahre reicherte sich die Macht in den Händen weniger Familien an. Für sie wurden die öffentlichen Ämter immer mehr erblich. Es etablierte sich eine urbane Aristokraten-Oligarchie.

Januar 1653. Neidhart lud die Bauern von Trub und Umgebung zu sich ein. Die meisten bewirtschafteten stattliche Höfe mit vielen Knechten und Mägden. Dass die Steuern erhöht und die Münzen abgewertet wurden, bedrohte die Existenz ihrer Betriebe. «So kann es nicht weitergehen. Wir müssen den Gnädigen Herren von Bern ein Bittschreiben schicken: Wir haben Verständnis, Werte Obrigkeit, für Eure Massnahmen, doch sie gehen zu weit. Wir können Eure Forderungen nicht erfüllen. Wir fordern eine steuerliche Entlastung, wir können höchstens die Hälfte der von Euch geforderten Geldbeträge aufbringen.»

Mit einer Eskorte ritt Neidhart nach Bern und überbrachte dem Schultheissen das Schreiben. Dieser empfing Neidhart sehr freundlich, denn die beiden kannten sich von der reformierten Hohen Schule.

«Ich will tun, was möglich ist», sagte Schultheiss Dachselhofer. «Ich werde eure Forderungen dem Kleinen Rat unterbreiten, unserer Regierung. Ein Meldereiter bringt dir schriftlich unseren Beschluss.»

Als der Abgesandte des Kleinen Rates beim Hof von Neidhart Am Bach eintraf, bat Neidhart ihn, die Botschaft den Anwesenden vorzulesen. Dieser zuckte mit den Schultern, hob ratlos die Hände in die Höhe und enthüllte: «Ich kann nicht lesen.»

Neidhart las laut: «Werte Untertanen von Trub und Umgebung. Wir nehmen Kenntnis von eurer Bitte um eine Senkung der Steuern. Leider müssen wir euch mitteilen, dass wir grossmehrheitlich entschieden haben, auf eure Forderungen nicht einzutreten.»

Der Abgesandte der Berner Regierung drehte sich auf dem Absatz um und ging.

«Warte bitte. Ich schreibe dir unsere Antwort auf diesen Beschluss des Kleinen Rates auf. In der Küche erwartet dich Speis und Trank. In einer Stunde kannst du wieder zurückreiten.»

«Noch so gerne. Ich bin fassungslos vor Überraschung. Meinen Lebtag habe ich es noch nie erlebt, dass ein Bauer schreiben kann.»

«So dumm sind wir nicht, wie die Gnädigen Herren von Bern gerne glauben möchten. Tue denen genau diese Worte kund. Dann übergib ihnen mein Antwortschreiben.»

Den Anwesenden las er es erst laut vor: «Hochverehrter Herr Schultheiss, hochverehrte Gnädige Herren des Kleinen Rates, wir haben von Ihrem Antwortschreiben Kenntnis genommen und geben Ihnen gerne die Antwort darauf. Wir, die Bauern von Trub und Umgebung, sehen uns ausserstande, Ihre Forderungen zu erfüllen. Wir empfinden sie als Zumutung. Stattdessen werden wir ab sofort unsere Produkte nicht mehr an die Stadt und die Landvogteien abliefern.»

Dem Meldereiter kollerten beinahe die Augen aus den Höhlen. «Wenn das nur gut geht. Viel Glück.» Er rannte zu seinem Pferd, stieg auf und gab ihm die Sporen.

Neidhart sattelte sein Pferd und ritt nach Rüderswil, zum Hof seines Freundes Niklaus Leuenberger.

Leuenberger legte Neidhart beide Hände auf die Schultern.

«Danke, Neidhart, du hast mir aus dem Herzen geschrieben. Jetzt müssen wir zusammenstehen und handeln. Wir wollen nichts überstürzen», offenbarte Leuenberger, der an der Grenze zum Luzernerland wohnte. «Auch im benachbarten Entlebuch beginnt es zu rumoren. Eben habe ich erfahren, dass sich dort die Bauern weigern, weiterhin Steuern zu zahlen.»

Am 15. Februar 1653 beriefen die Entlebucher Bauern, obwohl das ohne Genehmigung aus Luzern verboten war, in Heiligkreuz bei Hasle eine Landsgemeinde ein. Dort wurde beschlossen, alle Steuerzahlungen zu suspendieren, bis ihre Forderungen erfüllt würden. Verlangt wurden Steuersenkungen sowie die Abschaffung der Abgaben auf Salz-, Vieh- und Pferdehandel.

Niklaus Leuenberger und Neidhart Am Bach trafen sich im «Bären» des bernischen Grenzorts Trubschachen mit dem in Escholzmatt lebenden Entlebucher Landeshauptmann Christian Schybi. Dessen Mitstreiter Hans Emmenegger aus Schüpfheim war auch zugegen. Man einigte sich, zusammenzuarbeiten. Im Entlebuch und im Emmental um Langnau wurden ab sofort die Abgaben von Steuern an die Obrigkeit ausgesetzt.

Am 14. Mai 1653 fand in Huttwil auf dem grossen Bauernhof von David Rothenbühler eine Zusammenkunft der Vertreter aller Bauern des westlichen Mittellandes, des Entlebuchs, des Emmentals, Solothurns, des Aargaus und Basellandes statt. Niklaus Leuenberger wurde zum Obmann dieses «Huttwiler Bauernbundes» erkoren. Leuenberger und seine rechte Hand, Neidhart Am Bach, handelten rasch. Tage später waren alle Landvogteien vom östlichen Oberaargau über das Luzerner Entlebuch und vom Mittelland bis zum südlichen Emmental von Milizionären besetzt. Das war möglich, weil auf diesem Gebiet sehr viele Söldner lebten, die eine Menge Waffen zu Hause aufbewahrten.

Am 18. Mai marschierte ein sechzehntausendköpfiges Bauernheer unter Führung von Niklaus Leuenberger von Huttwil los und stand am 22. Mai vor den Stadttoren Berns.

Eine weitere, von Hans Emmenegger angeführte Truppe belagerte Luzern. Sowohl die Berner wie die Luzerner hatten nicht damit gerechnet, dass die Aufständischen mit so vielen Leuten anrücken würden. Beide Regierungen wären nicht in der Lage, eine Erstürmung ihrer Stadt zu verhindern, und so boten sie sofort Verhandlungen an. Auf dem Murifeld, wenige Kilometer vor der Stadt Bern, lagerte das Bauernheer. Unterzeichnet wurde der «Murifeldfrieden» am 28. Mai 1653 von Niklaus Leuenberger und Schultheiss Niklaus Dachselhofer. Darin war festgehalten, dass die Republik die fiskalischen Forderungen der Bauern erfüllen würde. Auch die Stadt Luzern gab klein bei und akzeptierte die Bedingungen der Entlebucher Landbevölkerung.

Der Text beider Abkommen wurde vom «Schriftgelehrten» Neidhart Am Bach verfasst.

Die Abkommen wurden publik gemacht, in allen Wirtschaften der durch den Huttwiler Bund besetzten Gebiete aufgehängt. Die Untertanen feierten ihren Sieg über die Obrigkeit überschwänglich.

Die Blockade der Städte, die auch Biel, Thun, Unterseen und Burgdorf betraf, wurde wieder aufgehoben. Ende Mai 1653 fühlten sich die Bauern noch als Sieger. Sie bewahrten die Verträge vom Murifeld und von Luzern in mehrfacher Ausführung auf. Die Anführer des Aufstandes, der Emmentaler Niklaus Leuenberger und der Entlebucher Landeshauptmann Christian Schybi, wachten darüber, dass alles vertraglich Festgelegte eingehalten wurde.

Anfang Juni 1653 realisierten Leuenberger, Neidhart Am Bach, Schybi, Emmenegger und ihre engsten Mitstreiter, dass die Kleinen Räte von Bern und Luzern begannen, Truppen aus verschiedenen Gebieten der Eidgenossenschaft zu mobilisieren. Leuenberger und Schybi erhielten aus Bern und Luzern ein Schreiben, in dem ihnen eröffnet wurde, dass die Friedensverträge ab sofort null und nichtig seien.

Überstürzt mobilisierten sie die nach Hause geschickten

Milizionäre erneut, um dem Einmarsch des eidgenössischen Heeres ins Mittelland Einhalt zu gebieten.

Neidhart Am Bach hielt anschliessend fest:

Die in Bern und Luzern hatten uns betrogen. Wir waren allzu blauäugig gewesen. Hinter unserem Rücken hatte die Tagsatzung sich des Konflikts zwischen den Bauern des Mittellandes, dem Emmental, Aargau, Solothurn, Baselland und Entlebuch, mit den Behörden der Stadtrepubliken Bern sowie Luzern angenommen und sich dabei auf die Seite der Aristokraten gestellt.

Soldaten der Waldstätten, Zürichs, des Thurgaus, aus dem Berner Oberland und der Waadt wurden aufgeboten, um in die von uns besetzten Gebiete einzufallen.

Auf mich wartete eine gewichtige Herausforderung. Vor einem Jahrzehnt war ich in der Militärschule zu Bern zum Leutnant ausgebildet worden. Ich war einer der wenigen Offiziere unserer Truppe. Meine Aufgabe als rechte Hand von Niklaus Leuenberger, ebenfalls ausgebildeter Offizier, war fast nicht zu bewältigen. Leuenberger war das Oberkommando des vereinigten Bauernheers übertragen worden. Es umfasste vierundzwanzigtausend Mann, war aber nicht gut bewaffnet, verfügte, anders als die Streitmacht der Tagsatzung, über keine Kanonen. Der Kommandant der eidgenössischen Truppen war der Zürcher Hans Konrad Werdmüller, ein erprobter Söldneroffizier. Das Bauernheer griff am Morgen des 3. Juni 1653 Werdmüllers Armee an. Obwohl mit achttausend Mann in der Unterzahl, siegte das Heer der Städte klar. Leuenberger, Schybi und Emmenegger wurden gefangen genommen, mir, Neidhart, gelang die Flucht. Mein weitverzweigtes Beziehungsnetz erlaubte es mir, den französischen Hafen Le Havre zu erreichen. Nicht mit leeren Händen. Ich hatte ja mit einer Niederlage der Bauern gerechnet, deshalb hatte sich meine Familie mit Wertgegenständen, Bargeld und dem Familienarchiv aus Trub abgesetzt und war noch vor mir in Le Havre.

Die Familie Am Bach mit fünf Kindern schiffte sich von Le Havre nach New York ein. Ihr Gehöft wurde im Auftrag des Schultheissen Dachselhofer verwüstet, das schöne grosse Bauernhaus gebrandschatzt. Der Schultheiss überwand nie, dass ihm Neidhart straflos entwischte. Er liess noch viele Jahre nach ihm suchen.

Niklaus Leuenberger, Christian Schybi und Hans Emmenegger wurden aufgrund von Beschlüssen der Kleinen Räte von Bern und Luzern gefoltert und danach gevierteilt, die grausamste Art der Hinrichtung. An jedem Arm und jedem Bein wurde ein Pferd festgebunden und die Tiere danach auseinandergetrieben.

Fünfzig Jahre später übersiedelte ein vermögender Enkel von Neidhart Am Bach aus Amerika wieder nach Trub, baute das 1653 zertrümmerte Bauerngut wieder auf und betreute das Familienarchiv. Darin enthalten waren auch der Friedensvertrag vom Murifeld und der gefälschte Bundesbrief mit Datum 1. August 1291. Beide Dokumente in Lateinisch und dem ortsüblichen altalemannischen Dialekt.

9

Als Brawand am Montagmorgen sein Büro in Thun betrat, stiess ihm die überfüllte Postablage sauer auf. Er sortierte alle Briefe und Nachrichten, die mit der Tötung von Benjamin Am Bach zusammenhingen, aus. Es waren derer zwanzig.

Die meisten davon stufte er als bedeutungslos ein. Doch keines dieser Schriftstücke warf er in den Papierkorb. Immer wieder hatte er die Erfahrung gemacht, dass als unwesentlich klassifizierte Berichte sich später doch als bedeutend herausstellten. Bei einem Brief, den er mehrmals las und unschlüssig war, wie er ihn gewichten sollte, entschied er schliesslich, ihn als erheblich zu werten. Er stammte von einem aus dem Kreis der Stammtischler von Ringgenberg. Es sei noch nicht lange her, dass ein gewisser Steffen Holenstein, langjähriges Mitglied des örtlichen Jodlerchors, Morddrohungen gegen Benjamin Am Bach ausgestossen habe.

Brawand wollte herausfinden, was für einer dieser Holenstein so war. Ein gänzlich Ungebildeter war er zu seiner Verwunderung nicht. Im Frühjahr 1959 bestand er die Aufnahmeprüfung im Lehrerseminar Muristalden, in der Stadt Bern.

Als Brawand Muristalden las, hielt er inne und überlegte. War er diesem Namen nicht schon bei früheren Recherchen begegnet? Richtig: Auch Krummen, der Verdächtige aus Oberried, hatte das Seminar in Muristalden besucht. Kannten sich die beiden? Mit Sicherheit. Auch wenn sie nicht in der gleichen Klasse studiert hatten und Krummen ein Jahr älter war, mussten die beiden sich bei der Heimfahrt an Wochenenden begegnet sein oder bei Sportveranstaltungen der Schule, denn das Seminar Muristalden war nicht sehr gross.

Er wollte sich mit Bassi beraten und ihn bitten, die Staatsanwältin zu drängen, gegen Holenstein einen Haftbefehl auszustellen. Bassi redete Brawand das aus.

«Wir haben noch zu wenig in Händen, um einen Haftbefehl gegen Holenstein auszustellen. Es ist sinnvoller, Holenstein zuerst zu einem Verhör in Thun aufzubieten und gleichzeitig eine Hausdurchsuchung an seinem Wohnort in Ringgenberg vorzunehmen.»

Brawand hielt Bassi entgegen: «Aber für eine Hausdurchsuchung braucht es eine Aufforderung der Staatsanwaltschaft.»

«Damit hast du recht. Kein Problem, die bekommen wir. Kommt dazu: Es muss angenommen werden, dass er ein Alibi, wenn auch ein falsches, das ihm ein Freund aus Gefälligkeit gewährte, vorweisen kann.»

Bassis Vorschlag leuchtete Brawand ein.

Einen Tag später wurde Holenstein in aller Frühe in seinem Haus an der Beundenstrasse in Ringgenberg abgeholt. Er war bereits seit Längerem im Ruhestand, setzte aber mit einem kleinen Pensum seine frühere Berufstätigkeit als Versicherungsagent fort. Ein sehr einträglicher Job, der ungleich mehr einbrachte als das Unterrichten an einer Volksschule, eine Beschäftigung, die er nach wenigen Jahren an den Nagel gehängt hatte. Holenstein war wohlhabend und hatte einflussreiche Freunde. Ausserdem war er Milizoberst der Schweizer Armee gewesen. Bassi und Brawand lag Holensteins Biografie schon vor der Vernehmung vor. Da dem Vorzuladenden ein ziemlich schlechter Ruf nachging, wagten sie es, den einst mächtigen Mann ein bisschen durch die Mangel zu drehen.

Im Vernehmungszimmer trat Holenstein gleich von Beginn an äusserst arrogant auf. Auf die Frage nach einem Alibi für die Tatzeit am 8. Februar 2018 tippte er nur mit dem Finger auf die Stirn. «Für wie blöd halten Sie mich eigentlich? Wie sollte ich mich noch erinnern, was ich damals getan habe? Hätte ich jemanden ins Jenseits befördert, wüsste ich das.» Holenstein hielt es also gar nicht für nötig, sich um ein Alibi zu bemühen, was Bassi und Brawand verunsicherte. Das entging Holenstein nicht.

Am Schluss des Verhörs mussten sich Brawand und Bassi

eingestehen, dass es nicht ausreichend Hinweise gab, Holenstein wegen des Tods Benjamin Am Bachs festzuhalten. Allerdings gab es auch keine, die Holensteins Unschuld belegten.

So konnten sie nur hoffen, in den bei der Hausdurchsuchung beschlagnahmten Dokumenten auf verdächtige Spuren zu stossen. Zunächst fanden sie etwas, das eindeutig Holensteins Ortsabwesenheit am Nachmittag und Abend des 8. Februar aufzeigte. Er war an einer Veranstaltung in Bern, an der er tatsächlich teilgenommen hatte, wie Bassi und Brawand bei ihren Nachforschungen herausfanden. Dann stiessen sie doch auf etwas, das Brawand stutzig machte.

Ihm fiel ein herausgeschnittenes Inserat auf:

BUNDESBRIEFMUSEUM SCHWYZ
Workshop: Schreiben im Mittelalter
Erstellen einer Urkunde. Infos zur Herstellung von Pergament und Tinte …

«Luca, was hältst du davon?», fragte Brawand.

Bassi horchte auf. «Verdammt noch mal. Die Schriftzeichen auf dem Drohbrief bei Wagemann, die die gleichen sind wie auf dem Bundesbrief? Was soll denn das? Ich verstehe das nicht. Schade, fehlt das Datum beim Inserat.»

«Erinnerst du dich noch, dass ich dir vor einigen Tagen dasselbe Inserat unter die Nase gehalten habe?»

«Natürlich erinnere ich mich daran. An den Polizeichemiker, der 2016 den Schreibkurs im Museum in Schwyz gemacht hat. An deine Anmeldung für denselben Kurs. Trotzdem kann ich mir noch keinen Reim darauf machen.» Bassi überlegte. «Gut, dass du nach Schwyz fährst. Vielleicht weisst du danach mehr.»

Der Workshop im Bundesbriefmuseum konnte Brawands Interesse nur mässig wecken. Doch er gab sich Mühe. Man sollte ihm nicht anmerken, dass er sich nicht am Kurs beteiligte, um zu lernen, wie man alte Schriften handhabte. Das war nicht ganz einfach. Brawand stellte Fragen, die sowohl die Kursteilnehmer wie die als Lehrer wirkenden Fachpersonen irritierten.

Wer schreibt sich so alles für diesen Workshop ein? Menschen aus der ganzen Schweiz? Junge? Alte? Aus welchen Berufen? Seit wann bieten Sie das Erlernen von alten Schriften an? Nach einer früheren Anfrage erhielt ich die Auskunft, es seien bislang erst drei angeboten worden. Aus welchen Gründen nehmen die Leute daran teil?

In der Kaffeepause, die nach einer Stunde intensiven Experimentierens angeboten wurde, nahm der Kursleiter, Inglin, Brawand beiseite.

«Herr Brawand, da muss ja der Verdacht aufkommen, dass Sie nicht nur aus Wissbegier an mittelalterlicher Kalligrafie an diesem Kurs teilnehmen. Dass Sie Polizist sind, fällt einem schon aus einer Distanz von zehn Metern auf. Sagen Sie mir ganz offen, warum sind Sie eigentlich hier?»

Brawand machte einige verlegene Kaubewegungen. «Wie können Sie wissen, dass ich Polizist bin?»

«Das sind Sie doch. Dass Sie hier auftauchen, hängt mit Ihrem Job zusammen. Was versprechen Sie sich von uns?»

So wie Inglin im Brustton der Überzeugung sprach, war für Brawand klar, dass er seine Identität gleich nach der Anmeldung überprüft hatte. «Hmm … es geht um ein Verbrechen, das irgendwie mit mittelalterlichen Schriften zusammenhängen könnte. Dass der Täter möglicherweise bei Ihnen diesen Schreibkurs besuchte. Deshalb möchte ich einen Blick auf die Teilnehmerlisten werfen.»

Inglin wiegte den Kopf langsam hin und her. «Aber ob es etwas bringt? Sollte jemand in krimineller Absicht einen Workshop bei uns besuchen, wird er seine wahre Identität schwerlich preisgeben. Das prüfen wir in der Regel nicht genau nach. Eine Wohnadresse in einem Hochhaus, als Untermieter etwa, mit falschem Namen. Kommt dazu, dass ich das nicht eigenmächtig entscheiden kann. Ich muss die Direktorin fragen, und die wird, so wie ich sie kenne, die Bewilligung beim kantonalen Sicherheitsdirektor einholen. Allein das dauert unendlich lange.»

«Wir haben Zeit, Herr Inglin, wir scheuen keine Mühe, um den Täter doch noch zu überführen.»

Inglin machte ein Gesicht, das keinen anderen Schluss zuliess als «Ich habe nichts anderes erwartet».

Er gab sich nun etwas gesprächiger, und ungefragt erzählte er: «Die Geschichte unseres Museums lautet kurz zusammengefasst so: Bis 1992 hiess es Bundesbriefarchiv. Das Gebäude dafür wurde 1936 errichtet. Mit einem einzigen Zweck: der sicheren und würdigen Aufbewahrung der Gründungsurkunde der Eidgenossenschaft, dem Bundesbrief von 1291.»

«Nun ja, es gibt Historiker, die am traditionellen Bild der Schweizer Geschichte rütteln. Es ist heute umstritten, ob es sich bei diesem Dokument wirklich um die Gründungsurkunde der Schweiz handelt», gab Brawand zu bedenken.

Inglin zog die Augenbrauen zusammen. «Für einen Polizisten geben Sie Erstaunliches von sich. Glauben Sie diesen Kritikern?»

«Ich bin auf diesem Gebiet kein Experte. Ich kann mir darüber kein Urteil bilden.»

Inglin lachte herzhaft. «Einigen wir uns auf folgende Definition: Der Bundesbrief ist ein Mythos. Aber auch dieser Begriff wäre zu begründen. Und darauf wollen wir doch jetzt verzichten.»

«Danke», sagte Brawand erleichtert.

«Warten Sie einen Moment. Ich hole etwas, das vielleicht hilfreich sein kann, Ihre Frage zu beantworten.» Inglin stieg eine Wendeltreppe hoch und kam nach fünf Minuten mit einem grossen Ordner zurück. Er blätterte darin. «So in den achtziger Jahren haben wir angefangen, Veranstaltungen für die Bevölkerung anzubieten. Da, lesen Sie.»

Vortragsreihe zur Echtheit des Bundesbriefes
Freitag, 22. Mai 1983, 20:00 Uhr, Bundesarchiv Schwyz
Benjamin Am Bach: Die Schrift im 12. und 13. Jahrhundert …

Brawand hielt den Finger auf den Namen Benjamin Am Bach. «Wissen Sie, wer dieser Mann ist?»

Inglin sah Brawand verständnislos an. «Keine Ahnung. Das ist nun schon fast vierzig Jahre her. Damals war ich noch Gymnasiast. Seit ich hier arbeite, seit Anfang 1998, ist mir nie eine Person mit diesem Namen begegnet.»

«Das ist der Mann, der am 8. Februar 2018 in Ringgenberg ermordet wurde. Ich arbeite als Ermittler an diesem Mordfall.»

Die Verblüffung Inglins war gewaltig. «Heisst das, dass Ihr Besuch bei uns mit diesem Verbrechen in Zusammenhang steht?»

«Genau.»

«Haben Sie Beweise, dass der Bundesbrief 1291 bei diesem Verbrechen eine Rolle gespielt hat?»

«Beweise noch nicht. Aber Hinweise. Und nun ist ein weiterer dazugekommen.»

Inglin nickte beinahe ratlos. «Wie können wir Ihnen dabei weiterhelfen?»

«Ich möchte wissen, ob Benjamin Am Bach ausser dem Vortrag vom 22. Mai 1983 noch weitere Aufträge von Ihnen angenommen hatte.»

«Lassen Sie mich einen Augenblick überlegen», bat Inglin. Er blätterte im Ordner, hielt inne, überflog die aufgeschlagene Seite. «Im November 1982 hat er ein Dokument aus unserem Archiv auf die Echtheit überprüft.»

«Und? War es echt?»

«Nicht ganz. Benjamin Am Bach fand heraus, dass es um die Mitte des 18. Jahrhunderts geschrieben wurde. Es handelte sich aber um einen Vertrag aus dem Jahre 1473.»

Brawand konnte ein hämisches Grinsen nicht unterdrücken. «Nach meinem Verständnis handelte es sich um eine Fälschung.»

«Ja, wenn Benjamin Am Bachs Analyse stimmt.»

«Haben Sie ein zweites Gutachten bei anderen Experten in Auftrag gegeben?»

«Nein, haben wir nicht. So wertvoll war das Schriftstück dann auch wieder nicht. Abgesehen davon, dass wir Benjamin Am Bachs Befund als einigermassen plausibel einstuften. Nach der Gründung des Bundesstaates 1848 sehnte sich unser Land nach einer nationalen Identität. Historiker versuchen seither krampfhaft, eine Brücke von der Alten Eidgenossenschaft zur modernen Schweiz zu schlagen. Und einige gingen und gehen dabei oft zu weit.»

Ein neckisches Schmunzeln überzog Brawands Antlitz. «Ist mir bekannt, Herr Inglin. Wir hatten einen hervorragenden Geschichtslehrer am Gymnasium.»

«Wie bitte, Sie waren tatsächlich an einem Gymnasium?»

«Ja, war ich und habe es erfolgreich mit der Matura abgeschlossen. Damit bin ich längst keine Ausnahme mehr im Korps der Kantonspolizei Bern.»

Inglins Miene wurde zusehends säuerlicher. «Und? Was hat Ihr Geschichtslehrer so von sich gegeben über den Bundesbrief?»

«Es sei keine Gründungsurkunde. Wahrscheinlich sei es ein Falsifikat aus der zweiten Hälfte des 15. Jahrhunderts.»

Das stimme nicht, protestierte Inglin. «Eine kleine Probe des Pergaments wurde mit dem Radiocarbon-Verfahren untersucht. Diese Methode kann recht genau darüber Auskunft geben, wie alt kohlenstoffhaltige Stoffe sind.»

Brawand unterbrach Inglin. «Ich weiss, diese Altersbestimmung haben wir im Physikunterricht durchgenommen. Ich kenne auch das Ergebnis dieser Untersuchung. ‹Nun steht fest, der Bundesbrief wurde auf Pergament, das aus der Zeit zwischen 1280 und 1305 stammt, geschrieben.›»

Jetzt war es Inglin, der Brawand ins Wort fiel. «Dann sind wir uns ja einig.»

«Nicht ganz. Man müsste auch die Schrift untersuchen.»

Inglin fuhr zusammen. «Das ist leider nicht möglich. Es gibt viel zu wenig Material für eine Probe in der Schrift, es sei denn, man würde die ganze Schrift wegkratzen.»

Brawand schüttelte dezidiert den Kopf. «Seit den Neunzehnachtzigern gibt es ein Verfahren, das bereits mit wenigen Milligramm kohlenstoffhaltiger Substanz verblüffend genaue Resultate liefert. Die Schrift im Bundesbrief besteht aus Tusche, die damals aus Holzkohle hergestellt wurde. Schriftproben aus dem Mittelalter kann man heute also ziemlich genau datieren. Die Methode heisst übrigens ‹Beschleuniger-Massenspektrometrie›.»

Das reichte Inglin offensichtlich. Genervt bemerkte er zu Brawand: «Die Kaffeepause ist vorbei.»

Brawand war erleichtert, als der Workshop fertig war.

Am Montag danach berichtete Brawand vor Arbeitsbeginn Bassi, was ihm in Schwyz widerfahren war. Auf Interesse stiess Benjamin Am Bachs Engagement im Bundesbriefarchiv. Der Vortrag im Mai 1983 und das Gutachten vom November 1982 über die Echtheit eines Dokuments. «Offensichtlich hat Benjamin Am Bach Aufträge von diesem Archiv bekommen. Waren es nur zwei oder mehrere? Du könntest ja nochmals nachfragen. Aber so wie du das Gesprächsklima zwischen dir und Inglin schilderst, habe ich so meine Zweifel, ob du mehr erfährst als am Freitag. Mein Vorschlag: Begib dich nochmals nach Lyss und horche dort herum. Bei der Wirtin des ‹Jägerstübli› und Vermieterin der Wohnung, die Benjamin Am Bach dort von 1981 bis 1990 bezogen hatte.»

Brawand rief die Frau gleich an. Zu seiner Erleichterung stimmte sie ohne Umschweife zu.

«Sie sind willkommen. Wenn's sein darf, gleich heute Nachmittag.»

Brawand sah auf die Uhr. «Geht es um drei Uhr?»

«Ausgezeichnet. Ja, kommen Sie.»

Brawand läutete an der Wohnungstür der Wirtin in Lyss.

Eine lebhafte, fröhliche ältere Dame öffnete. Sie streckte ihm mit den Worten «Nennen Sie mich Lotta» die Hand entgegen. «Wenn ich am Abend in meinem Lokal die Gäste bediene, nennen mich alle so.»

Dann hielt sie inne. Ihr Blick wurde traurig. «Es schmerzt mich sehr, dass Benjamin Am Bach so gestorben ist. Er war ein ehrlicher, aufrichtiger Mensch, der sich getraute, seine Meinung zu sagen, wohlwissend, dass er damit die eine oder andere Person vor den Kopf stiess.»

Lotta führte Brawand in die Behausung, wo Benjamin Am Bach während zehn Jahren lebte. Sie stehe seit einiger Zeit leer und werde nächstens renoviert, verriet Lotta Brawand. «Ich übergebe Ihnen jetzt etwas, das ich eigentlich hätte in den Müll werfen sollen.» Sie öffnete einen Wandschrank, zog eine verschnürte grosse Kartonschachtel heraus und überreichte diese Brawand.

«Warum in den Müll?»

Lotta lachte herzlich. «Das trug sich folgendermassen zu. Ich hatte Benjamin Am Bachs Wohnung schon längst weitervermietet. Eines Tages kam das Ehepaar, das nun dort hauste, zu mir und machte mich darauf aufmerksam, die Türe eines Wandschranks sei verschlossen, und der Schlüssel dazu fehle. Ich suchte nach ihm, aber fand ihn nirgends. Ich erinnerte mich an einen Schlosser mit einer umfangreichen Sammlung von Dietrichen. Der kam, aber keiner seiner Dietriche passte. Dann geriet die Sache in Vergessenheit. Erst als die Nachmieter längst ausgezogen waren und ich mich entschloss, die Wohnung zu renovieren, wurde mir bewusst, dass da vielleicht noch eine Leiche im zugesperrten Schrank lag. Ich liess einen Schreiner kommen, der das Schloss abmontierte. Im Schrank lag das Paket, das ich Ihnen gegeben habe. Es stammt von Benjamin Am Bach.» Sie zeigte auf die Etikette, die neben dem Paket lag.

An Herrn
Benjamin Am Bach
Restaurator
Herrengasse 17
3250 Lyss
Svizzera

«Es waren viele italienische Briefmarken daraufgeklebt. Ich rief Benjamin Am Bach, der nun in Ringgenberg wohnte, an und fragte ihn, ob er nächstens die Absicht habe, nach Lyss zu reisen. ‹Warum denn? Eigentlich nicht, aber wegen dir käme ich schon mal in dieses Nebelloch›, hatte der alte, liebenswürdige Charmeur gescherzt.»

Lotta legte die rechte Hand auf ihr Herz. «Ich erzählte Benjamin von der Schachtel. Seine Antwort war: ‹Ich habe keine Verwendung mehr dafür. Wirf sie in den Kehrichtsack.› So was kann nur ein Mann sagen, der das Aufräumen an seine Lebenspartnerin delegiert. Ich zerschnitt die Schnüre und zog den Deckel ab. Da waren vielleicht Dinge drin. Meist unbeschriebene Blätter aus Pergament, drei Federkiele. Ein halbes Dutzend kleine Tintenfässer, einige von Hand angeschrieben, leinene Stoffreste, alte Siegel, Listen von Waren, die Benjamin Am Bach aus Italien, Deutschland und Frankreich bestellt hatte, Quittungen. Ich hätte mich schwergetan, all diese Dinge einfach wegzuwerfen.»

«Damit haben Sie das Richtige getan», bemerkte Brawand. «Ich möchte nichts versprechen. Möglicherweise helfen uns gerade diese Sachen, den Mord an ihm aufzuklären. Doch vielleicht haben Sie mir noch etwas zu berichten. Zum Beispiel, was Benjamin Am Bach für ein Mensch war.»

Die Miene von Lotta hellte sich auf. «Gerne. Da weiss ich einiges zu erzählen. Ein bisschen eigenartig war er schon, der Benjamin. Fast schien mir, es würde eine Handvoll Geheimnisse um ihn ranken. Dass er Bilder und Figuren geschaffen und restauriert hatte, das wusste ich. Aber ausserdem? Im

Sommer 1983 kam er zum Beispiel jeden Abend mit einer Schachtel vom Atelier nach Hause, die er ausserordentlich behutsam trug, immer peinlich darauf bedacht, damit nirgends anzustossen, sie ja nicht fallen zu lassen. ‹Was ist denn da drin›, fragte ich ihn. ‹Kunstwerke aus Glas, die ausnehmend zerbrechlich sind?› Ich sehe noch heute sein Gesicht, als er mir antwortete: ‹Danke, dass du nachfragst. Wenn du vermutest, es handle sich um etwas Wertvolles, liegst du völlig richtig. Es ist so kostbar, dass man ein ganzes Gebäude gebaut hat, um es darin aufzubewahren.› Natürlich glaubte ich ihm kein Wort. Doch er nahm mir das nicht übel. Er gab mir noch zu verstehen, dass ich für diesen Schatz auch eine grosse Verantwortung tragen würde. Er bewahre diese Schachtel, immer wenn er sie hierhergebracht habe, unter dem Bett auf. An den Abenden, die er oft gemeinsam mit Jonas Jaberg verbrachte, oder an den Wochenenden, wo er bisweilen zu seinen Eltern nach Oberried reiste.»

Brawand fiel auf, dass Lotta die Nase rümpfte, als sie den Namen «Jaberg» aussprach.

«Sie scheinen etwas gegen Jaberg zu haben?»

Sie lachte. «Gut beobachtet! Ich mochte diesen Typen nie. Irgendwie konnte ich mich des Eindrucks nicht erwehren, dass er ein Gauner war. Er fuhr immer die teuersten Autos. Schien Geld in Hülle und Fülle zu haben, das er stets auch mit vollen Händen ausgab. Er handelte mit Kunstgegenständen: Bildern, Skulpturen, Plastiken, Fotografien … Die bewahrte er in der ehemaligen Scheune seines grossen Hauses auf.» Lotta zeigte in Richtung von Jabergs einstiger Liegenschaft.

«Wissen Sie noch mehr über den geheimnisvollen Inhalt des Pakets, das Benjamin Am Bach jeweils unter seinem Bett aufbewahrte?»

Lotta überlegte. «Gefragt habe ich Benjamin mehrmals, aber eine konkrete Antwort blieb er mir stets schuldig. Er beliess es bei kryptischen Andeutungen, aus denen ich nicht klug wurde. Das weckte meine Neugierde umso mehr. Ich zermarterte mir den Schädel, wie ich Detailliertes über dieses Mysterium in Erfahrung bringen könnte. Die Schachtel heimlich zu öffnen – in Benjamins häufiger Abwesenheit –, das wagte ich dann auch wieder nicht. Schliesslich glaubte ich, dafür einen Weg gefunden zu haben. Zu dieser Zeit kreuzte im Atelier und bisweilen auch in Benjamins Wohnung ein Mann mit ostasiatischem Aussehen auf. Er stamme aus Vietnam, verriet mir Benjamin. Leider fällt mir sein Name nicht ein. Ich suchte das Gespräch mit ihm. Das war nicht schwierig, denn entgegen meinen Erwartungen sprach er den hiesigen Dialekt fehlerfrei. Er musste also schon viele Jahre in unserem Land verbracht haben. Er sei ein Spezialist für alte Schriften, eröffnete er mir, was mir nicht allzu viel sagte.»

Lotta führte Brawand aus der Wohnung und in das «Jägerstübli». «Dort an diesem Ecktisch sass er jeweils.» Lotta wies mit dem Finger darauf. «Der Vietnamese verliess das Atelier häufig früher als Benjamin und genehmigte sich in meinem Lokal einen Umtrunk, bevor er wieder nach Bern zurückreiste. Er übernachtete nie in Lyss.»

«Wo wohnte er in Bern?»

«Keine Ahnung. Was er denn in Lyss und anderswo so mache, fragte ich ihn. Da dachte er erst lange nach. Schliesslich erklärte er, dass er häufig alte Dokumente in für gewöhnliche Menschen lesbare Schriften übersetze. Die meisten Menschen könnten eben die alten Buchstaben nicht entziffern. Er verstehe sich aber auch auf das Umgekehrte: Texte in alten Schriften zu schreiben. ‹Wie geht denn das?›, wollte ich von ihm wissen. Er öffnete seinen kleinen Lederkoffer, den er ständig neben sich hatte, entnahm daraus ein Blatt Papier, einen Federkiel und ein kleines Tintenfass, in dem sich Tusche befinde, wie er mich aufklärte. Er begann zu schreiben, aus dem Stegreif.» Lotta erhob sich und ging zu einem der vielen kleinen Schränke, öffnete einen und holte ein beschriebenes A4-Blatt hervor.

«Das hat er geschrieben.»

In nomine domini amen. Honestati consulitur et utilitati publice providetur, dum pacta quietis et pacis statu debito solidantur.

«Ich war perplex, sah ihn entsprechend an und meinte, soweit ich mich noch erinnere: ‹Was soll denn das, ich verstehe nur Bahnhof. Können Sie mir bitte erklären, was das heisst?› Der Vietnamese lächelte. ‹Ich habe keine Ahnung von dieser Sprache, aber ich kann die Übersetzung davon auswendig aufschreiben.›»

Lotta hielt den Zeigefinger auf den nächsten Abschnitt.

In Gottes Namen. Amen. Das öffentliche Ansehen und Wohl erfordert, dass Friedensordnungen dauernde Geltung gegeben werde.

Lotta warf Brawand einen vielsagenden Blick zu. «Ich hatte keine Ahnung, von wo dieser Text stammt, und fragte den Vietnamesen danach. Der zuckte nur ratlos mit den Schultern.»

«Ich weiss es», verriet Brawand schmunzelnd. «Es sind die ersten Zeilen unseres Bundesbriefs von 1291.»

Lotta klatschte mit beiden Händen auf die Tischplatte. «Dass es so was gibt.» Sie drückte mit dem rechten Daumen auf die letzte Textstelle. «‹Das ist die Handschrift, mit der dieses Dokument geschrieben worden ist – am Ende des 13. Jahrhunderts›, enthüllte der Vietnamese stolz. Ich war sehr beeindruckt.»

Brawand hob die Augenbrauen. «Verstehe ich Sie richtig? Der Mann aus Vietnam hatte keine Ahnung davon, dass er die ersten Zeilen des Schweizerischen Bundesbriefes in einer uralten Handschrift auf Lateinisch, einer Sprache, von der er kein Wort verstand, auswendig zu Papier brachte?»

«So ist es.»

«Sie glauben gar nicht, wie sehr Sie mir geholfen haben», tat er freundlich kund.

Lotta nahm das nicht für bare Münze. «Wirklich? Ich jedenfalls kann mir keinen Reim daraus machen. Doch ich weiss es zu schätzen, wenn junge Polizisten auch zu einer alten Frau liebenswürdig sind.»

Lotta ergänzte, sie habe den Vietnamesen gefragt, ob er diese Zeilen im Atelier auf Pergament geschrieben habe. Das dürfe er ihr leider nicht verraten, ihm sei absolutes Schweigegebot auferlegt worden.

Lotta war sichtbar enttäuscht, als sich Brawand mit einem kräftigen Händedruck und einem liebenswürdigen Lächeln von ihr verabschiedete. Sie hätte ihm sicher liebend gerne noch Weiteres über Benjamin Am Bach, den Vietnamesen und das Atelier erzählt.

Doch Brawand machte sich zum Gehen auf, drehte sich dann aber abrupt auf dem Absatz um, zückte seine Visitenkarte und übergab sie Lotta. «Falls Ihnen noch etwas einfällt, rufen Sie mich, ohne zu zögern, an. Es liegt sehr wohl drin, dass ich mich bald wieder bei Ihnen melde.»

Brawand, der diesmal mit dem Auto angereist war, konnte es fast nicht erwarten, Bassi in seinem Thuner Büro zu berichten, was er in Lyss erfahren hatte.

Bassi hörte zu, ohne Brawand mit Zwischenfragen oder Bemerkungen zu unterbrechen. «Das ist ja ein Ding», kommentierte er schliesslich Brawands Bericht. «Fassen wir zusammen. Benjamin Am Bach hat mit seinem Mitarbeiter, dem Vietnamesen, den Bundesbrief kopiert. Eigentlich ein ganz normaler Vorgang, wenn ihn nicht diese eigenartige Geheimnistuerei überschattet hätte. Und weshalb oder für wen?»

Bassi musterte Brawand mit undurchsichtiger Miene. «Aber eben, lieber Adrian, das allein ist noch kein Beweis, dass die Kopie des Gründungsdokuments der Eidgenossenschaft in einem Zusammenhang mit dem Mordfall Benjamin Am Bach steht.»

Bassi stand auf, ging an die den Fenstern gegenüberliegende Zimmerwand, zog den Flipchart hervor, spannte einen Papierbogen ein und begann am linken Rand mit dickem schwarzen Filzstift Namen zu schreiben, dann am rechten die Örtlichkeiten.

Am Bach Benjamin	*Beatenberg*
Bangerter Herrmann	*Bern*
Fankhauser Amelie	
Holenstein Steffen	*Gunten*
Jaberg Jonas	*Schwyz*
Krummen Arnold	*Lyss*
Lotta	*Oberried*
Vietnamese	*Ringgenberg*
Wagemann Otto	

Er zog rote Striche von den Personennamen zu den Ortsnamen, wo es einen Bezug gab. Jaberg konnte er nur mit Lyss verbinden, Bangerter mit Bern und Lyss, Krummen lediglich mit Ringgenberg und Oberried. Benjamin Am Bach war der Einzige, der mit dem Bundesbriefarchiv in Schwyz und den anderen Orten in Kontakt gestanden hatte.

Bassi nahm nun den blauen Filzstift und zeichnete Pfeile zwischen den Personen, die miteinander zu tun hatten. Auch das kam alles andere als vollständig heraus.

Brawand musterte den Flipchart skeptisch. «Ich stelle fest, sehr weit sind wir nicht.»

«Ja. Aber hoffen wir, dass wir auf dem richtigen Weg sind. Es ist immer noch offen, ob der Täter in einer Beziehung zu den aufgelisteten Personen –»

Bassi war mit dem Satz noch nicht ganz zu Ende, als das Telefon auf seinem Schreibtisch klingelte.

«Bassi Luca, Kriminalpolizei, Büro Thun», meldete er sich. «Wie bitte? Krummen? Du heiliger Strohsack. Ich werde gleich das Nötige veranlassen. Gedulden Sie sich einige Minuten, bis ich zurückrufe.»

Bassi warf Brawand einen konsternierten Blick zu. «Krummen ist erschossen worden.»

«Wo?»

«In seiner Wohnung, in einem Häuschen in Oberried.» Bassi legte seine Lesebrille ab und sah Brawand mit einem Hauch von Bosheit an. «Adrian, du treuer Kumpel, dir ist heute schon viel um die Ohren geflogen. Nun geht es so weiter. Tut mir echt leid für dich.»

Brawand erwiderte Bassis stechenden Blick fassungslos. «Du wirst mich doch jetzt nicht nach Oberried jagen. Meine Frau Silvia hat heute Geburtstag, und wir wollen zusammen essen gehen.»

«Pech für euch, Adrian. Aber an Oberried führt heute Abend für dich kein Weg vorbei. Ich werde Silvia anrufen und sie auf später vertrösten.»

Nun wurde Brawand ernsthaft sauer. «Bitte, Luca, überlass das mir. Ich werde Silvia in Interlaken abholen und sie nach Oberried mitnehmen.»

«Das ist gegen die Vorschriften.»

«Die Vorschriften können mich mal. Silvia begleitet mich nach Oberried.»

Bassi zuckte mit den Schultern. «Dann tu es halt.»

Abends um halb sechs am 19. März 2018 war Brawand zusammen mit seiner Gattin am Tatort, auf einem Rasenstück vor einem Chalet unweit des Sees. Auf der abgesperrten Liegenschaft befanden sich ein halbes Dutzend Polizisten des kriminaltechnischen Dienstes und der Regierungsstatthalter. Die Leiche von Krummen war bereits weggeschafft worden, doch es waren zahlreiche Handyaufnahmen vom Erschossenen gemacht worden, die Brawand sich nun ansehen konnte.

Das tödliche Projektil traf, genau wie bei Benjamin Am Bach, Arnold Krummen in die Mitte zwischen den Augenbrauen. Doch der Mörder zielte nicht vom Garten aus auf das Opfer, sondern war in seiner Wohnung. Die gefundene Patronenhülse liess auf eine andere Waffe schliessen als auf die, mit der Benjamin Am Bach umgelegt worden war.

Auf eine Beretta 92, eine Pistole, die häufig mit Schalldämpfer abgefeuert wird. Das sagte ihm der Chef der Kriminaltechniker. Mehr über den Ablauf der Tat wisse er aber noch nicht. Brawand wies die anderen Polizisten, die eingetroffen waren, an, die Leute der Umgebung zu befragen.

«Die Berichte erwarte ich spätestens morgen früh», schärfte Brawand ihnen ein. Danach warf er einen Blick auf die Uhr, dann einen auf Silvia. «Jetzt ist es erst sechs Uhr. In Interlaken genehmigen wir uns ein feines Nachtessen, dann fahre ich zu Bassi. Er erwartet mich heute Abend noch in seinem Büro.»

«Ich begleite dich nach Thun, wir gehen zuerst zu Bassi», bot ihm Silvia an.

«Gute Idee.»

Um neunzehn Uhr sassen sie in Bassis Arbeitszimmer.

Bassi schielte leicht irritiert zu beiden hinüber. «Wie weiter, lieber Adrian?»

«Dass nun auch noch Krummen so ins Gras beisst, hätte ich zuletzt erwartet. Immerhin können wir jetzt davon ausgehen, dass er als Täter des Mordes an Benjamin Am Bach kaum mehr in Frage kommt.»

Bassi winkte dezidiert ab. «So sicher wäre ich da nicht. Jedenfalls deutet nun alles darauf hin, dass er in die Sache verwickelt war.»

Das Letztere sehe er auch so, meinte Brawand.

«Wer käme als Mörder noch in Frage?», fragte Bassi.

Brawand musste nicht überlegen. «Oberst a. D. Holenstein.»

Bassi nickte versonnen. «Vielleicht hast du recht. Aber wäre Holenstein der Täter, hätten wir kein leichtes Spiel. Dieser Kerl ist verdammt gerissen. Derzeit sehe ich kaum eine Möglichkeit, ihm auf die Pelle zu rücken. Er hat ein eng geflochtenes Netzwerk, das tief in die Reihen des Kaders der Polizei und der Justiz reicht. Und: Ich kann mir nicht vorstellen, dass er bei einem solchen Verbrechen selber Hand anlegen würde. Eher würde ein anderer in seinem Auftrag jemanden um die Ecke bringen.»

«Das leuchtet mir ein. Trotzdem nehme ich diese Herausforderung an.»

Bassi stand auf, ging auf Brawand zu und klopfte ihm auf die Schultern. «Danke. Ich wünsche dir viel Glück. Wie möchtest du die Sache anpacken?»

«Das kann ich dir erst im Laufe des morgigen Vormittags sagen. Wenn ich den Rapport der Kriminaltechnik und jene der Befragungen der Bevölkerung durchgearbeitet habe.»

Bassi schritt wieder zurück zum Schreibtisch und wählte eine Nummer. «Guten Abend, Theo. Hättest du noch ein Zimmer in deinem Laden für ein jüngeres Ehepaar? Alles geht auf meine Rechnung. – Ausgezeichnet. Reserviere uns einen Tisch für drei Personen. In zwanzig Minuten sind wir in deiner Gaststube.»

Silvia sah Brawand verblüfft an. «Ich habe ja nur meine Kleider dabei. Kein Necessaire, kein Pyjama.»

Bassi lachte schallend. «Es ist noch keine drei Monate her, als ich im Militärdienst an einem Manöver teilnahm und eine Woche lang nicht aus meinen Klamotten herauskam. An Waschen war gar nicht zu denken.»

«Militärdienst als Polizist?», fragte Silvia.

«Luca tut das freiwillig. Er ist Hauptmann in der Heerespolizei. Das ist mir zum Glück erspart geblieben», klärte Brawand Silvia auf.

Die Brawands nahmen Bassis Angebot an. Es wurden daraus feuchtfröhliche Stunden, die sich bis tief in die Nacht hinzogen.

Bereits um acht Uhr am nächsten Morgen war Brawand wieder an seinem Arbeitsplatz und leerte die Postablage. Die oberste Nachricht war ein Fax von der Kriminaltechnik.

Wir haben Krummens Haus vollständig durchsucht. Auffallend: Der Täter – wir gehen von einem aus – muss sich gewaltsam Zutritt zu Krummens Haus verschafft haben. Die Glastür, ebenerdig in den Garten führend, war am Schloss aufgebrochen. In seinem Schreibtisch befand sich kein einziges Papier, aber eine Menge Schreibutensilien. Hat der Täter Dokumente aus dem Schreibtisch mitgenommen, bevor er die Flucht ergriff?

Da die Befragung der Polizei ergeben hat, dass niemand in der Umgebung einen Schuss gehört hat, bekräftigt dies unsere Vermutung, dass bei der Schussabgabe ein Schalldämpfer verwendet wurde.

In allen Zimmern des Hauses haben wir Abdrücke von Zeha Ledersportschuhen der Grösse 41 gefunden. Es handelt sich um eine Luxusmarke, die für dreihundertfünfzig bis vierhundert Franken über den Ladentisch geht. Sonst scheint der Täter keine weiteren Spuren hinterlassen zu haben.

Brawand wählte die Nummer des Absenders und schickte eine Nachricht zurück:

Sucht bitte noch weiter im Haus von Krummen. Nehmt euch die Kleidungsstücke vor: Jackentaschen, Hosensäcke und so weiter.

Eine Stunde später kam das nächste Fax:

Wir haben in der Vestontasche, die in der Garderobe des Korridors am Hauseingang hing, einen (unfrankierten) Brief mit folgendem Inhalt gefunden: Sieh dich vor, wir kommen dich heute Nachmittag besuchen. Steffen und Sergio

Brawand eilte mit den Faxen zu Bassi, der sie durchlas. «Interessant, wirklich interessant. Wer sind Steffen und Sergio?»

«Steffen, so heisst Holenstein zum Vornamen. Nach diesem Brief sollten wir ihn im Auge behalten. Sergio? Dieser Name ist meines Wissens in der Fahndung noch nie aufgetaucht.»

«Auf dem Radar haben wir noch einen möglichen Auftragskiller, vielleicht ein Mafioso. Aber dass Steffen Holenstein zusammen mit so einem zum künftigen Opfer geht, will nicht in meinen Schädel. Was gedenkst du jetzt zu unternehmen, Adrian?»

«Du suhlst dich wieder mal in Scheinheiligkeit, weisst du doch haargenau, was jetzt auf mich wartet.»

Bassi nickte grinsend. «Spür diesen Halunken, den Sergio meine ich, auf. Viel Vergnügen. Du hast wohl keine Ahnung, wo sich dieser Kerl derzeit herumtreibt. Aber das darf dich nicht davon abhalten, das Naheliegende und Notwendige zu tun. Dich mit Holenstein anlegen, das lässt dir die Staatsanwältin wohl noch nicht durchgehen, auch wenn sie Lust dazu hätte.»

«Das ist schneller gesagt als getan.»

«Sergio ist ein häufiger Vorname im Tessin und in Italien. Du weisst ja – die verschlungenen Pfade im Labyrinth der polizeilichen Recherche. Bisweilen verdammt frustrierend. Gepflastert mit Fehlschlägen.»

«Du bist ein begnadeter Mutmacher, einfühlender Luca», gab Brawand mit säuerlicher Miene zurück.

10

Grauholz, 5. März 1798. Mehrere Einheiten des französischen Heeres fielen in westliche Gebiete der Eidgenossenschaft ein. Die Tagsatzung ordnete eine Mobilmachung an, nach Ansicht der meisten Kriegsberichterstatter viel zu spät und völlig unkoordiniert.

Hauptmann Manfred Am Bach kommandierte eine Kompanie der eidgenössischen Truppen. Die ihnen gegenüberstehenden Franzosen waren, was die Anzahl der Soldaten und die Bewaffnung betraf, den Eidgenossen hoch überlegen. Auf einem Schimmel ritt der bernische General Karl Ludwig von Erlach, der helvetische Oberbefehlshaber, vorbei. Als er Manfred erblickte, machte er abrupt halt. Eine gute Nachricht habe er, rief von Erlach. «Die Truppen von Bern, Freiburg und Solothurn haben den Franzosen in Neuenegg eine vernichtende Niederlage zugefügt.»

Das stimme, brüllte Manfred zurück. «Aber schauen Sie Richtung Bern. Sehen Sie die Spitze des Münsters? Dort weht jetzt die Trikolore. Und übrigens weiss ich, dass der Kleine Rat von Bern bereits kapituliert hat.»

Von Erlach stiess einige Flüche aus, die Manfred nur zum Teil verstand. Dann gab der General dem Ross die Sporen und jagte davon.

Manfred stand da. «Bringt euch schleunigst in Sicherheit, Kameraden! Ich verabschiede mich jetzt von der Eidgenossenschaft und besonders von der maroden Republik Bern.»

Als er sich abwenden wollte, sah er einen toten Zivilisten am Boden liegen. Es war offenbar ein Handelsreisender. Er befreite sich von seiner Uniform, entkleidete die Leiche und zog deren schicken Anzug an.

Er schaffte es mit seinem Hengst, dem Schlachtgetümmel zu entrinnen. Nach weniger als einer Stunde passierte er das von französischen Soldaten bewachte Tor der Stadt Bern. Er wurde durchgewunken. Einige Minuten später ritt er bei seinem Haus an der Junkerngasse vor. Als er abstieg und sich daranmachte, sein Pferd in den Stall zu führen, hörte er eine Stimme, die er zu kennen glaubte.

«Guten Tag, Manfred, was sagst du jetzt?», rief ihm ein französischer Oberst zu.

«Grüss dich, Nicolas. Ein guter Tag? Das würde ich nicht gerade sagen. Aber ich schicke mich drein. Es kommt für mich nicht unerwartet.»

Nicolas stand plötzlich vor Manfred und legte die rechte Hand auf dessen Schulter. «Du wirst das Beste daraus machen. Auf meine Hilfe darfst zu zählen. Ich kenne dich ja. Du warst vier Jahre als Berner Diplomat in Paris, und wir haben oft miteinander diskutiert, verhandelt und uns manchen Abend mit unserem guten Wein nahezu ertränkt.»

«Wie soll es mit mir weitergehen?»

«Keine Sorge. Mach dich in deiner Wohnung sauber. Zieh dich um. Deine Klamotten sind dir viel zu klein. Ich errate: Du hast sie einer gefallenen Zivilperson geklaut. Hätte ich an deiner Stelle auch getan. Als Hauptmann der Berner Armee wärest du nicht lebend in die Stadt gekommen. Leg dich für einige Stunden hin. Heute Abend um sechs zieht mein Adjutant an deiner Glocke. Er führt dich in einen Spunten, wo wir zusammen einiges hinter die Binde giessen. *Vive la République!*»

Es wurde ein wilder Abend in einem Kellerlokal an der Kramgasse.

Als Manfred leicht schwankend danach in sein Haus stolperte, legte er sich ins Bett des Gästezimmers. Er hatte einen zehnjährigen Sohn, den ein Kindermädchen umsorgte. Manfred war Witwer, seine Gemahlin, die er abgöttisch geliebt hatte, starb acht Jahre zuvor am Kindbettfieber, das Mädchen, das sie gebar, kam tot zur Welt.

Im Morgengrauen stand Manfred wieder auf, holte ein Tintenfass, einen Federhalter und Papier und machte sich folgende Notiz:

Eigentlich ist mir die Französische Revolution sympathisch im Gegensatz zu den alteingesessenen Burgern der Stadt Bern, diesen degenerierten Aristokraten. Die Unterlegenen dieses wahrhaften Umsturzes kommen sich als die Legitimen vor, was ihnen jetzt aber nichts mehr nützt. Der von ihnen kontrollierte Kleine Rat schickte nach der Hinrichtung von Louis XVI. eine Protestnote nach Paris, an das Direktorium der Regierung der neuen Republik.

Kein Wort des Bedauerns über die Massaker während der Monarchie im Vorfeld der Revolution. Dagegen jammert man über den «Königsmord».

Die Truppen des neuen Frankreichs sind auf dem besten Weg, Europa zu erobern und diesem Erdteil eine neue Ordnung überzustülpen. Statt eines «Zolls» wird es den «Zentimeter» geben, statt eines «Fusses» den «Meter», statt des «Pfundes» «ein Kilogramm» und so weiter. Alle Masseinheiten beruhen auf dem Zehnersystem, das nun Dezimalsystem heisst und in der Mathematik bereits Jahrhunderte üblich ist. Das neue Masssystem wird die Herstellung der Produkte, das Geld, den Handel und Weiteres einfacher und leistungsfähiger machen.

Wir in der Schweiz werden uns jetzt daranmachen, eine neue Verfassung zu entwerfen. Mein Freund Nicolas Marrat hat mich ermutigt, in dieser Sache eine führende Rolle zu spielen. Verfassungen kreieren ist sozusagen eine Familientradition der Am Bachs. Ich denke da an Lukas während des Stanser Verkommnis 1481.

Ich werde mich in den nächsten Tagen in den Bundesbrief mit dem Datum 1291 vertiefen. Kann er als Vorlage zur Verfassung des neuen Staates «Helvetische Republik» dienen? Eher nicht.

Manfred machte sich an die Arbeit, das mittelalterliche Latein zu entziffern.

Er übersetzte den Bundesbrief in die deutsche Standardsprache und kam zu folgendem Schluss: Das soll die Gründungsurkunde eines Staates sein? Wohl kaum. Das Dokument taugt für die Verfassung der Helvetischen Republik nicht.

Ein Jahr und sieben Monate nach der Eroberung der Eidgenossenschaft durch die französische Revolutionsarmee gab es in Paris einen Putsch. Ein siegreicher Revolutionsgeneral, Napoleon Bonaparte, riss die Macht an sich und wurde Erster Konsul.

Manfred war empört über diesen Staatsstreich. Er schrieb dazu eine Einschätzung und legte sie dem Archiv bei.

All das wird böse enden. Vorerst wird es noch einige Kriege geben, deren letzte die Franzosen verlieren werden. Danach dürfte eine dunkle Zeit über Europa hereinbrechen. Auch und ganz besonders in der Schweiz. In Bern, Luzern und Zürich werden die Aristokraten wieder das Sagen haben und alles rückgängig machen, was wir auf demokratischem Weg, das heisst im Dialog mit der Bevölkerung, in der Republik Helvetien geschaffen haben.

Manfred trug das nicht an die Öffentlichkeit. Das hätte ihm die Freiheit gekostet. Er setzte seine Arbeit im Parlament der Republik Helvetien fort und hoffte, wenigstens etwas von seinen Idealen verwirklichen zu können. Für ihn und viele andere Revolutionäre bestand die Hoffnung, dass Napoleon wieder von seinem Sockel gestossen würde. Doch die Helvetik hörte bereits 1803 auf zu existieren. 1804 setzte sich Napoleon eigenhändig die Kaiserkrone auf. Die Eidgenossenschaft wurde immer mehr zu einem Satellitenstaat Frankreichs.

Kurz vor dem Russlandfeldzug im Juni 1812 wurde Manfred erstochen in seiner Wohnung aufgefunden. Die Kriminalabteilung der Stadtpolizei Bern nahm sich des Verbrechens an.

Kommissar T. Baerlocher ermittelte hartnäckig. Wochen später stiess er auf eine Spur, von der er annahm, dass sie ihn zur Täterschaft führen könnte. Eine Gruppe von Franzosen erregte seine Aufmerksamkeit. Er nahm einen davon fest.

Einige Tage danach ereilte den Kommissar das gleiche Schicksal wie Manfred Am Bach. Der französische Gefangene, ein Spion Frankreichs, kam frei, und die Ermittlungen gegen ihn wurden eingestellt. Nach der Niederlage der Franzosen, der eine Restaurierung des Staatenbundes folgte, schrieb Manfred Am Bachs Sohn den Roman «Der Tod meines Vaters», für den er aber keinen Verleger fand. Wie sein Vater teilte auch der Sohn die Ideale der französischen Revolution. Das passte der neuen, reaktionären Führung Berns ganz und gar nicht. Dem jungen Am Bach wurde verboten, etwas zu publizieren. Das Manuskript «Der Tod meines Vaters» verschwand im Archiv der Am Bachs.

11

Brawand wählte die Nummer von Lotta in Lyss. Eine Weile verging, bis sich eine schläfrige Stimme meldete. «Hallo, Lotta ist am Apparat. Was steht so Dringendes in dieser Herrgottsfrühe an?»

Als Lotta den Namen Brawand hörte, wurde sie gleich munter. «Das freut mich aber, du lieber ... Oh, *excusez-moi*, Sie –»

Brawand fiel ihr ins Wort. «Sag doch Adrian, ich nenne dich ja auch Lotta.»

«Das wurde auch Zeit. Ich weiss allerdings, dass ihr Alpenbewohner verknorzte Zeitgenossen seid. Doch taut ihr endlich auf, kommen ganz herzliche Kreaturen zum Vorschein – häufig jedenfalls. Aber warum rufst du an? Gibt es Neuigkeiten? Ist etwas passiert seit gestern?»

«Ja, damit liegst du richtig. Doch das ist ein wenig zu kompliziert, um es am Telefon zu besprechen. Ich möchte es unter vier Augen mit dir erörtern.»

«Ist mir ein Vergnügen. Wann denn?»

«Am besten heute noch.»

«Passt mir ausgezeichnet. Du bist willkommen beim Mittagessen. Aber sag doch, wie kann ich mich auf das Gespräch vorbereiten?»

«Es geht um den Vietnamesen, auch um weitere Personen.»

Lotta schwieg einen Moment. «Mir verschlägt es die Sprache. Um den Vietnamesen kann ich mich schon kümmern. Aber da gibt es auch noch Mafiosi, die sind mir unheimlich. Doch ich werde tun, was in meinen Möglichkeiten liegt. Um zwölf Uhr erwarte ich dich im ‹Jägerstübli›.»

«Das ist doch erst am Abend geöffnet.»

«Wenn ich private Gäste habe – das kommt leider immer seltener vor –, bewirte ich sie in der Regel dort.»

Als Brawand an die Eingangstür des «Jägerstübli» klopfte,

begrüsste ihn Lotta herzlich. Zu seinem Erstaunen war sie nicht allein im Lokal. Am gedeckten Tisch sass ein weisshaariges Paar, das sie als Heidi und Rolf Schwab vorstellte. «Das sind die Eheleute, die in das grosse Haus von Jaberg einzogen, als er Pleite machte. Sie kannten ihn gut und hatten auch engen Kontakt mit Benjamin Am Bach. Sie wissen bestens Bescheid, was in den Achtzigern und den Neunzigern dort abging.»

Brawand grüsste die beiden freundlich.

Lotta beschrieb ausführlich das Menu, das sie aufzutischen gedachte. «Essen ist sozusagen das Wichtigste im Leben», begründete sie ihren kleinen Vortrag. «Erst wenn unsere Teller leer sind, wir den Kaffee getrunken, das Dessert ausgelöffelt haben, werden wir über die schrecklichen Begebenheiten, die sich im Haus von Jaberg abgespielt haben, sprechen. Sonst droht uns der Appetit zu vergehen.» Belustigt schielte sie zu Brawand. «Unserem Tschugger aus den Bergen scheint das nicht sehr zu behagen. Adrian, sieh dich vor, dass du dir nicht noch ein Magengeschwür holst, wenn du glaubst, du müsstet noch während des Essens deine Morde mitkauen.»

Alle lachten.

Als die leiblichen Freuden befriedigt waren, begann Rolf Schwab zu erzählen.

«Ich war immer in Lyss. Ebenso meine Gattin.

Jaberg war ein eigenartiger Mensch. Nicht eigentlich bösartig, doch er nutzte seine Nächsten aus. Er lieh von ihnen Geld aus, immer mit dem Versprechen, es zurückzuzahlen, was er manchmal tat, aber immer seltener. Doch seine Gläubiger vertrauten ihm. Ausgestattet mit einem gewissen Charisma, konnte er die Leute für sich einnehmen. Dass er auf grossem Fuss lebte, tat seiner Kreditwürdigkeit keinen Abbruch. Vielleicht auch deswegen nicht, weil Jaberg etwas Bäurisches anhaftete. Er war genau das Gegenteil eines geschliffenen Hochstaplers, der mit feinen Umgangsformen seine Umgebung zu beeindrucken versteht.»

«Jaberg? Sicher eine gewichtige Person, aber interessiert sind wir an Benjamin Am Bach», unterbrach ihn Brawand.

«Was ich durchaus nachvollziehen kann. Doch Jaberg hatte grossen Einfluss auf Am Bach, als er in Lyss lebte. Deshalb muss man auch die Geschichte von Jaberg kennen, um zu verstehen, wie er seine Zeit in Lyss verbrachte. Auch Benjamin Am Bach fiel auf Jaberg herein. Als er 1980 – es war Mitte Juni – im Atelier Bangerter seine Stelle antrat, war Jaberg der Erste aus Lyss, der mit ihm Kontakt aufnahm. Die Interessen beider waren weitgehend deckungsgleich. Jaberg, das realisierte Benjamin sogleich, verstand viel von der bildenden Kunst. Und er verstand auch viel vom Geschäft mit Gemälden, Skulpturen, antiken Gegenständen – so glaubte Benjamin jedenfalls. Er schämte sich nicht, keine Ahnung davon zu haben. Für Kunst Geld ausgeben und Geld einnehmen, das war für ihn eine ziemlich anrüchige Sache, seiner nicht würdig. Trotzdem war ihm bewusst, dass es den Kunsthandel brauchte. Und so verzieh er Jaberg, dass er sich zu einer solchen Beschäftigung herabliess.»

Brawand nickte. «Herr Schwab, erzählen Sie weiter.»

«Danke, das würde ich gerne tun. Doch es ist eine sehr lange Geschichte. Einen Nachmittag darüber zu berichten würde nicht reichen. Wir haben uns auf dieses Treffen vorbereitet.»

Heidi schob Brawand eine Kartonschachtel zu.

Brawand hob den Deckel ab, zog einige Papiere heraus und betrachtete sie. «Da sind viele alte Schriftstücke drin. Ich staune nur. Wann haben Sie denn das zusammengetragen?»

«Da muss ich ausholen, im Voraus etwas über meine Person preisgeben. Ich war Feuilletonredaktor in einer Seeländer Lokalzeitung. Leider hat diese vor anderthalb Jahrzehnten ihren Geist aufgegeben. Es war ein gutes, seriöses Blatt, von uns Journalisten mit Herzblut, grossem Einsatz und einem kleinen Lohn jeden Tag neu gefüllt. Doch die Zahl der Abonnenten ging immer weiter zurück. Dann hat die Druckerei Konkurs gemacht. Es fand sich niemand mehr, der die ‹Lysser und Aarberger Nachrichten› verlegen wollte. Nun ja, jetzt erscheint wöchentlich ein Gratisanzeiger für unsere Region. Nicht mehr dasselbe wie früher.»

«Das heisst wohl, Sie hatten als Journalist auch mit Jaberg und Am Bach zu tun?»

«Hatte ich, ja. Aber nicht nur als Journalist. Ich wohnte in der Nähe von Jaberg und dem Atelier Am Bachs. Als Lokalredaktor sammelte ich aus meiner Umgebung täglich Material, nicht nur Artikel, sondern ich machte auch zahlreiche Notizen von Ereignissen, Gesprächen. All das habe ich archiviert. Längst nicht alles konnte ich in meiner Zeitung unterbringen. Oft überlegte ich, ob es an der Zeit wäre, mein Archiv zu schreddern. Zum Glück tat ich es nicht.»

«Darf ich diese Unterlagen ausleihen?», fragte Brawand Schwab.

«Gerne, das ist auch der Grund, warum wir sie heute mitgebracht haben.»

«Dann könnte ich mich jetzt verabschieden und diese Papiere auswerten. Da ich aber schon da bin, fände ich es sinnvoll, wenn Sie mir das Wichtigste zusammenfassen könnten.»

«Das ist nun schon fast ein halbes Jahrhundert her. Da habe ich längst nicht mehr alles im Kopf. Nur so viel: Ich sass oft mit Jaberg und Am Bach zusammen. Besuchte immer wieder Am Bach im Atelier. Ich wusste, an was und mit wem er arbeitete.»

«Hat Am Bach gewusst, dass Sie Material über ihn sammelten?», fragte Brawand nach.

Schwab überlegte einige Augenblicke. «Das hat er genau gewusst. Benjamin hatte nichts dagegen.»

«Sind Ihnen noch typische Ereignisse von der Zusammenarbeit Am Bachs mit Jaberg in Erinnerung?»

«Ja. So präzis, als hätten sie sich gestern zugetragen. Zum Beispiel ein Gespräch im Atelier am Anfang von Am Bachs Aufenthalt in Lyss. Er hatte mich zusammen mit Jaberg eingeladen, wohl um uns seinen neuen Arbeitsplatz vorzuführen. Da sprach Jaberg zu Am Bach: ‹Benjamin, du könntest mehr aus dem Atelier herausholen.› Das sei zwar nicht sein Atelier, stellte Benjamin richtig. Aber er hätte nichts dagegen einzuwenden, damit etwas mehr zu verdienen. Schliesslich arbeite er ja selbstständig. Herrmann Bangerter stelle lediglich den Arbeitsplatz und das Material zur Verfügung. Aber die Ideen habe er, Benjamin Am Bach. – ‹Wie wäre es, wenn du nebenbei für mich arbeiten würdest? Aber versteh mich richtig. Ich bin weit davon entfernt, dich Bangerter abzuwerben. Alle meine Aufträge würdest du in deiner Freizeit ausführen.› – ‹Ich werde es mir überlegen, aber derzeit füllt mich die Arbeit im Atelier ganz aus. In zwei, drei Monaten können wir darüber reden.› – Jaberg zeigte Verständnis.»

«Der zwielichtige Kunsthändler und der naive Künstler. Habe ich recht damit?», fragte Brawand.

Schwab biss sich auf die Lippen. «Was sich auf das Geschäftemachen bezog, war Benjamin naiv. Was das Kunsthandwerk betraf, sicher nicht.»

«Was war Benjamin Am Bach für ein Mensch?»

Schwab kicherte. «Eine direkte Frage. Typisch für einen Polizisten. Meine Antwort wird subjektiv ausfallen. – Ich mochte Benjamin sehr. Er war kein einfacher Mensch. Mit seinen Ansichten eckte er immer wieder an. Doch er ging jedem Streit, so gut es eben ging, aus dem Weg. Wenn ihn jemand beleidigte, was in Lyss öfter geschah, sagte er nichts darauf, zuckte höchstens mit den Schultern. Mit dem hatten die Widersacher nicht gerechnet. Einige wurden wütend, verloren die Fassung und tobten. Benjamin entfernte sich wortlos von ihnen. Sein Markenzeichen war, dass er auf eine Provokation oder eine Meinungsäusserung anders reagierte, als man es erwartete.»

«Und die anderen?»

«Die waren irritiert. Sie gingen einfach und mieden ihn von nun an.»

«Dann vergass Am Bach die Sache?»

«Ich denke, solche Begebenheiten vergass Benjamin nie.»

«Gibt es ein weiteres Ereignis, das Ihnen, Herr Schwab, noch in Erinnerung geblieben ist?»

«Noch mehrere. Dieses etwa: Einige Tage nach Jabergs Angebot besuchte dieser mit mir Benjamins Atelier. ‹Wir platzen so herein, dürfen wir das überhaupt?›, entschuldigte sich Jaberg. – ‹Ihr seid immer willkommen, ausser mein Chef besucht mich, aber das kommt selten vor. Meistens bespreche ich die Arbeit mit ihm an seinem Firmensitz in Bern›, antwortete Benjamin. – Jabergs Blick fiel auf eine Staffelei, an der ein halb fertiges Bild eingespannt war. ‹So was. Du bist nicht nur Restaurator, sondern auch Maler?›– ‹Ohne Belang. Ich mache das lediglich, um mich zu entspannen. Das Restaurieren ist ein verdammt pingeliger Job. Man muss sich ungemein konzentrieren, und da braucht es zwischendurch eine andere Tätigkeit.› – ‹Du untertreibst. Das, was du gerade mit Öl auf die Leinwand bringst, verspricht ein tolles Bild zu werden. Bist du von Hodler inspiriert worden?› – Benjamin sah Jaberg erstaunt an. ‹Alle Achtung. Du verstehst wirklich etwas von Malerei. Ich habe eben ein Bild von Hodler ausgebessert. Eines von einer Berglandschaft im Berner Oberland. Die Schynige Platte.›»

«Am Bach hat also auch Werke von berühmten Malern ausgebessert?», fragte Brawand nach.

«Ja, das ist eine anspruchsvolle Arbeit. Das muss übrigens oft gemacht werden. Man versucht so, alte Bilder vorm Zerfall zu retten. Nur so nebenbei: Das ist eine anerkannte, legale Arbeit.»

«Hat Am Bach solche Aufträge auch für Jaberg gemacht?»

Schwab überlegte. «Ich weiss es nicht. Denke, eher nicht. Teure Bilder zu restaurieren ist eine Vertrauenssache. Jaberg hatte in der Kunstszene weitherum einen schlechten Ruf, sodass ihm wohl niemand ein Bild zur Restauration überreichte.»

«Wie ging es weiter?», fragte Brawand.

«Jaberg betrachtete versonnen einige Augenblicke das noch

unvollendete Werk auf der Staffelei. Dann streckte er den Finger in die Höhe. ‹Weisst du, dass auf diese Art oft Kunstwerke gefälscht werden?› – Benjamin schüttelte ungläubig seinen Lockenkopf. – ‹Ich helfe dir auf die Sprünge. Du bist wohl ein versierter Künstler, aber vom Kunsthandel unbeleckt. Etwa ein Fünftel der Werke berühmter Maler sind Fälschungen. Das ist nicht meine Schätzung. Darüber weiss jeder Auktionator, der etwas von seinem Geschäft versteht, bestens Bescheid.› – Benjamin verwarf die Hände. ‹So blauäugig bin ich nun auch wieder nicht. Aber wenn du mich dazu anstiften möchtest, in die Gilde der Kunstfälscher einzutreten, muss ich dir einen Korb geben.› – Jaberg hat nicht lockergelassen und Benjamin und mich in seine Laube eingeladen und gesagt: ‹Ich vermute, Benjamin, du benötigst Nachhilfestunden auf einem Gebiet, das du als Experte für die bildende Kunst viel zu wenig beherrschst.›»

«Was für eine Laube?», fragte Brawand nach.

«Eine echte Gartenlaube. Sie war zwischen dem Wohntrakt und dem Vorplatz von Jabergs imposanter Behausung. ‹Einen Moment. Ich gehe in den Keller und hole eine Flasche süffigen Weissen und eine Schale Mostbröckli. Das passt richtig zum schönen Wetter. So neblig und unfreundlich der November und Dezember hier im Seeland sind, so erfrischend angenehm ist es im Frühsommer. Nicht zu heiss, fast immer weht eine leichte Brise aus Westen.› Jaberg kam nach einer Weile mit dem Wein, zwei Gläsern, einem Viertel Laib Brot und dem Fleisch zurück. ‹So. Lassen wir es uns schmecken. Und ich will euch etwas ganz Interessantes erzählen.› – Benjamin lachte. ‹Über Kunstfälschungen?› – ‹Es ist dir unbenommen, das so zu nennen.› Er, Benjamin, solle nur warten, noch sei etwas Wichtiges vergessen gegangen. Jaberg hat ihm den Zapfenzieher gereicht und ihn gebeten, die Flasche zu entkorken. Dann kam er zurück mit einem voluminösen Katalog. ‹Bevor wir uns darin vertiefen, stossen wir an.›»

«Was war denn das für Wein? Von einem guten heimischen

Winzer? Nicht weit von Lyss gibt es bekannte Weinberge», unterbrach Brawand Schwab.

«In diesem Fall überhaupt nicht. Jaberg tat so, als wäre er ein guter Weinkenner, aber er verstand nichts davon. Bisweilen organisierte ich ihm einige Flaschen teuren Weins.»

«Und Am Bach, verstand der etwas von Wein?»

«Wohl ein bisschen mehr als Jaberg, aber er war auf diesem Gebiet kein Experte.» Schwab kicherte. «Ein Polizist, wie er im Buche steht. Sie, Herr Brawand, sind nicht an Jaberg, sondern an Am Bach interessiert. Da möchten Sie eben von Benjamin alles wissen, auch über seine Trinkgewohnheiten. Er war kein Säufer, aber zwischendurch einem guten Tropfen nicht abgeneigt. Und da griff er hin und wieder kräftig zu.»

«Wie verhielt sich Benjamin Am Bach, wenn er betrunken war?»

«Ist das für die Aufklärung des Mordfalls wichtig?»

«Vielleicht, vielleicht auch nicht.» Brawand lachte.

«Wenn Benjamin zu viel intus hatte, redete er viel, erzählte Sachen, die er in nüchternem Zustand nie gesagt hätte. Er gab zum Beispiel preis, wie man in einem Kunstmuseum Überwachungsanlagen funktionsunfähig manipulieren könne.»

«Wie bitte? Und hat er erzählt, er habe das auch gemacht?»

«Ja, aber nur aus Jux. Er habe nie ein Bild gestohlen.»

«Wir sind beim Kunstkatalog verblieben. Was machte Jaberg damit?»

«Jaberg kniff die Augen zusammen. Ich sah Benjamin an und wurde den Eindruck nicht los, dass ihm irgendwie mulmig war. Er fragte sich wohl, was Jaberg mit ihm vorhatte. – ‹Stossen wir an›, tat Jaberg gönnerhaft kund. ‹Auf unsere Zusammenarbeit, ihr werdet es nicht bereuen.› Die Gläser klirrten. Es war kein schöner Klang. Jaberg schien das nicht zu stören. Anders Benjamin, aber er kommentierte es nicht.»

Brawand unterbrach Schwab erneut. «‹Auf unsere Zusammenarbeit›, haben Sie gesagt. Heisst das, dass Jaberg beabsichtigte, Sie auch in diese Sache hineinzuziehen?»

«Wohl oder übel. Jaberg wusste genau, dass sich Benjamin mit mir austauschen würde. So blieb ihm gar nichts anderes übrig, als mich mit einzubeziehen.»

Schwab fuhr weiter. «Man trank und ass. Als die Flasche geleert, die letzte Tranche Mostbröckli gekaut und noch zwei Stücke Brot übrig waren, begann Jaberg im Katalog zu blättern. Plötzlich hielt er inne. ‹Da sind wir bei Hodler.› Er drückte mit dem Daumen auf die Abbildung einer Bleistiftskizze. ‹Sie stammt aus dem Jahre 1892. Angeschrieben mit *Erleuchtung*. Es ist eine Fälschung. Der Betrug flog erst fünfzig Jahre nach dem Tod des Künstlers auf. Damals, 1968, galten Hodlers Werke nicht mehr als besonders wertvoll. Deshalb schlug diese Gaunerei kaum hohe Wellen.›

«Doch das hat sich offenbar geändert», hielt Brawand Schwab entgegen.

«Danke, Herr Brawand. Ich finde es toll, wenn auch ein Kriminalpolizist etwas von Kunst versteht. Zur Kaufkraft der Bilder Hodlers. Sie wurden teurer, und wie! Um die Mitte der Siebziger hat sich das Blatt gewendet. Die Bilder Hodlers wurden plötzlich wieder begehrt. Ihre Preise schnellten von da an bei den Auktionen in die Höhe. Sie waren nie so teuer wie heute, und ihr Wert dürfte in den kommenden Jahren noch ansteigen.»

«Das war wohl Am Bach klar, vermute ich», sprach Brawand.

«Da bin ich mir nicht mal sicher. Er war einfach verunsichert, als Jaberg ihm Honig um den Mund schmierte. Benjamin rutschte zunehmend nervöser auf seinem Sessel herum. Was führte Jaberg im Schild? Offenbar witterte er ein einträgliches Geschäft. Er begann: ‹Benjamin, ich schlage dir ein Experiment vor.› – ‹Ein Experiment?› Benjamin kam sich offenbar vor wie der Esel am Berg. – ‹Stier mich nicht so verdutzt an. Ich werde dir das Schritt für Schritt erklären.›»

In diesem Moment hörte Schwab schlagartig auf mit Erzählen. «Herr Brawand, was haben Sie da für ein Kästchen neben sich?»

Brawand errötete leicht. «Ein Aufnahmegerät.»

«Das hätten Sie mir gleich zu Beginn sagen sollen.»

«Ich dachte, das hätten Sie längst bemerkt. Ich habe das Gerät vor mich gelegt, sodass es auffallen musste.»

«Schon gut», bemerkte Schwab, «nehmen Sie bitte das Gespräch auf.»

«Danke.»

«Jaberg setzte eine gespielt gewichtige Miene auf und fixierte Benjamin. ‹Du versetzt dich in Hodler und malst ein Bild in seinem Stil. Eines ist sehr bekannt. Von Leissigen mit dem See, wie sich das Dorf von oben, vom Finel aus, der Hodler Gedenkstätte, unterhalb der Meielisalp, präsentiert. Es gibt mehrere Bilder von diesem Standort. Doch eines fehlt mir noch. Ein Bild mit der Thunerseebahn, an der Linie Spiez–Interlaken. Die Linie wurde 1893 eröffnet. Vielleicht hat es Hodler tatsächlich mal auf Leinwand gebracht. Von einer erhöhten Lage aus mit Sicht auf die Station Leissigen. Ein Personenzug, gezogen von einer Tender-Lokomotive Ed 3/3 Nr. 2 der Thunerseebahn, gebaut 1892. Beschaffe dir ein Foto davon und male sie. Das wäre doch ein neuer Hodler.› – Benjamin machte eine Grimasse. ‹Das sieht Hodler nicht ähnlich. Er hat Landschaften, Frauen, Kinder, Männer, Tiere, Gebäude, allenfalls ein schmales, hohes Dampferkamin hinter einer Baumgruppe nahe der Schifflände Interlaken, Boote am Genfersee, von Pferden gezogene Fuhrwerke, aber keine Eisenbahnen gemalt.› – ‹Du bist begriffsstutzig. Wenn wir ein Falsifikat von Hodler lancieren, ist es weniger verdächtig, wenn es sich um ein für ihn untypisches Sujet handelt.› – ‹Ach so – wie spitzfindig. Doch begriffen habe ich jetzt auch: Du willst ein Bild fälschen. Ich will das aber nicht. Auch wenn du das ein *Experiment* nennst. Damit könnte ich ja noch leben. Ich male dir ein Bild oder meinetwegen mehrere Bilder, doch ohne Signierung. Du musst jemand anderen finden, der den Namen F. Hodler oder meinetwegen eines anderen Künstlers daraufsetzt.› – ‹Wunderbar! Das kriege ich schon hin.›»

«Halt», rief Brawand. «Was hatte Am Bach damit gesagt? Er rechnete also damit, dass Jaberg vorsätzlich eine Kunstfälschung beging. Das ist wichtig zu wissen. Bei einem Gewaltverbrechen erstellen wir ein Profil des Täters oder der Täterin, auch eines des Opfers. Der Täter ist in diesem Fall nicht mehr interessant, aber Benjamin Am Bach ist vor Kurzem einem Verbrechen zum Opfer gefallen.»

Schwab sah Brawand vielsagend an, aber äusserte nichts.

«Sie, Herr Schwab, gehen doch mit mir einig, dass Am Bach kein Unschuldslamm war?»

Schwab stimmte zu und fuhr mit der Geschichte fort. «‹Aber das kostet dich schon etwas›, erklärte Benjamin Jaberg. ‹Ich muss mir Leinwand, Farben und anderes Material aus der Zeit, in der das Bild hätte angefertigt werden sollen, beschaffen. Und das hat seinen Preis. Die meisten Fälscher werden ertappt, weil sie genau das nicht beachten. Die Farbzusammensetzung aus dem späten 19. Jahrhundert unterscheidet sich deutlich von der heute verwendeten. Das gilt auch für den Bilduntergrund. Ob eine Leinwand ein- oder hundert- oder zweihundertjährig ist, kann heute sehr leicht festgestellt werden.› – Jaberg hat sich auf die Lippen gebissen und gesagt, Benjamin sei genau der richtige Mann für dieses Vorhaben. Nun müsse er, Jaberg, nur noch einen finden, der die Signatur mache. Die Antwort Benjamins ist mir immer noch in den Ohren. ‹Tja, mein Freund. Ich würde mich strafbar machen, signierte ich ein Bild mit einem anderen als meinem Namen. Das ist dein Problem. Findest du jemanden, der es versteht, den fingierten Namen so hinzusetzen, dass er in jeder Beziehung zum Bild passt? Ein Hodler aus dem Jahre 1893 muss die Signatur von 1893 tragen.› – Ein zufriedenes Lächeln huschte über Jabergs Antlitz. Er werde den Mann dafür finden. Benjamin solle jetzt das Bild mit der Bahn in Leissigen malen.»

«Noch etwas Interessantes, Herr Schwab?»

«In der Tat, etwas sehr Wichtiges. – Es vergingen einige

Tage, dann stand Jaberg wieder in Benjamin Am Bachs Atelier, ich war auch dort und wollte mich gerade verabschieden. Aber nach seiner Wortmeldung entschied ich mich, die Sache weiterzuverfolgen. – ‹Könntet ihr beide gerade mal auf einen Sprung in meine Laube kommen? Es erwarten euch dort zwei bemerkenswerte Personen›, kündete Jaberg an. – Wenn's unbedingt sein müsse. Benjamin hat auf die Uhr gesehen. In einer Viertelstunde könne er, Jaberg, auch mit ihm rechnen.»

Schwab trank wieder einen Schluck, seine Frau Heidi sah ihn besorgt an.

«Ich brauche das, meine Kehle trocknet aus», rechtfertigte er sich.

«Am Tisch sassen zwei mittelalterliche Männer, eher klein, mit dunklen Haaren, auffallend sonnengebräunt. Jaberg stellte sie uns als Sergio und Silvio vor. ‹Beide verstehen etwas von Kunst, vor allem vom Geschäft darum herum. Übrigens: Beide halten sich häufig im Seeland auf und sprechen unseren Dialekt perfekt. Sie stammen aus dem Tessin.› Ihren Nachnamen würden sie lieber nicht verraten. – Das sei kein Problem für ihn. Den beiden die Hand entgegenstreckend hat er gesagt, Benjamin sei sein Name. Der Grössere der beiden, Sergio, nahm aus einer Tasche ein flaches Paket heraus, entfernte sorgfältig den Karton, dann das Seidenpapier, mit dem das Bild umhüllt war. Es war ein eher kleines Format, dreissig mal fünfzig Zentimeter. ‹Unser Sachverständiger›, sagte der auffallend kleine Silvio, ‹hat Bedenken, was die Echtheit betrifft.› Irgendwie scheine die Signatur nicht hineinzupassen. Er sah Benjamin fast fordernd an. ‹Mir ist zugetragen worden, dass du so etwas wie ein Experte in Bildfälschungen bist. Solche Fälschungen machen uns als ehrlichen Maklern grosse Sorgen …› Das war nun sogar für den mit allen Wassern gewaschenen Jaberg zu viel gewesen. Er hat, sich mit beiden Händen auf die Schenkel schlagend, herausgeprustet. – Benjamin quittierte das mit einem hilflosen Blick. ‹Bilder fälschen ist eine Form von Kriminalität, gegen die Justiz und Politik ziemlich machtlos sind.

Es gibt zu wenige, die dagegen ankämpfen, und zu viele, die im Kunsthandel unbehelligt betrügen und absahnen.› – Ob er, Benjamin, in der Lage wäre, diese Gemälde zu begutachten, hat Sergio sich erkundigt. ‹Oberflächlich schon›, so Benjamin. Eine umfassende Analyse könne aber nur von einem dafür ausgerüsteten Labor vorgenommen werden. In unserem Land falle ihm dazu keines ein. – An welches er denke. – An das Doerner Institut in München, derzeit die führende Institution, die sich mit Fälschungen im Bereich der bildenden Kunst beschäftige.»

Schwab nahm erneut einen grossen Schluck. «Das Gespräch ging weiter. Ob es sich dabei um eine Firma handle, der man Bilder zur Untersuchung schicken könne, fragte Sergio. – Es sei ein staatliches Unternehmen, das im Dienst der Behörden und Forschungseinrichtungen stehe. Als Privatperson habe man nicht einfach so Zugang dazu. Er, Benjamin, sei in der glücklichen Lage, Kontakt mit einem Professor, der dort wirke, zu haben. Silvio und Sergio waren begeistert. Sie sagten, das sei ja grossartig. Dann prüfe er Bilder unentgeltlich? – ‹Nein. Auch Forschungsinstitute der öffentlichen Hand verlangen ein Honorar, wenn sie private Aufträge bearbeiten›, antwortete Benjamin. – Wie teuer das zu stehen käme? – Das hänge davon ab, was alles untersucht werde. Die Farbzusammensetzung, der Untergrund und auch die Signatur. Alles zusammen koste das schon einige Tausender, antwortete Benjamin. – Ob das Ergebnis der Untersuchung immer eindeutig sei, wollte Sergio wissen. – ‹Leider nein. Wenn die Fälschung perfekt ist, kann sie – nach den heutigen Analysemethoden – vom Original nur unter enormem Aufwand unterschieden werden.› – Wenn es gar kein Original gebe? – Dann werde es noch schwieriger. Wenn es dem Fälscher gelinge, sich Material, das aus der Schaffenszeit des Künstlers stamme, zu beschaffen, und er es verstehe, dessen Stil treffend nachzuahmen, könne ein Gemälde auch bei einer gewissenhaften Überprüfung als echt durchgehen.»

Schwab war in Fahrt gekommen und erzählte weiter und weiter, und Brawand hing an seinen Lippen.

«Ob man eine Ahnung habe, wie viele rechtswidrig als echt angepriesene Bilder im Handel seien, hat da Sergio gefragt. – ‹Man schätzt, dass bis zu einem Drittel der Gemälde nicht vom angegebenen Künstler stammen›, hat Jaberg geantwortet. Sergio wollte weiter wissen: ‹Wurden all diese Falsifikate seriös getestet?› – ‹Überhaupt nicht. Viele haben gar kein Interesse daran, dass der Schwindel auffliegt: am allerwenigsten diejenigen, die das Werk gekauft haben. Es ist kein Geheimnis, dass gerade Fälschungen bei Auktionen astronomisch hohe Preise erzielen können. Auch die Galeristen, die allenfalls auf Betrügereien hereingefallen sind, werden kaum kostspielige Echtheitsüberprüfungen in Auftrag geben, das gilt ebenso für Museen›, hat Benjamin erklärt. – Nach dem, was er gehört hatte, war es für Sergio offensichtlich gewesen, dass Benjamin ein versierter Bildexperte sei. ‹Du bist genau der Mann, den wir suchen. Wir sind nicht knauserig, wenn wir gute Leute für ihre Leistungen entschädigen.› – Benjamin hat Sergio gemustert und gefragt, in welcher Firma er denn tätig sei.»

Schwab musste lachen und rieb sich die Tränen von den Augen.

«Jaberg gluckste. – Sergio warf ihm einen strafenden Blick zu. ‹Halt dich zurück, Jonas. Du wirst uns noch brauchen.› – Benjamin wiederholte: ‹Die Firma?› – Sergio wiegte sachte den Kopf hin und her. ‹Es handelt sich um einen der grössten multinationalen Konzerne, allerdings ohne Verwaltungsrat, ohne Generaldirektor, doch mit zahlreichen Filialen rund um den Globus.› – Jaberg schoss auf. ‹Ich möchte meine Blase nicht in die Hosen entleeren. Entschuldigt mich kurz.› Er verschwand kichernd.»

Ihm sei es gleich gegangen wie Jaberg. «Leider musste ich bleiben», gestand Schwab.

Brawand schüttelte sich vor Lachen. «Das ist so typisch. Aus Erfahrung weiss ich nur zu gut, dass viele, auch in ländlichen

Gebieten wie bei uns, mit der Mafia zusammenarbeiten, ohne zu wissen, dass es die Mafia ist.»

«Wie wahr! Doch längst nicht alle», erwiderte Schwab. «Sergio und Silvio sahen Jaberg gereizt nach. Benjamin gab sich vergeblich Mühe, ein Grinsen zu unterdrücken. – ‹Möchtest du mit uns zusammenarbeiten, Benjamin?›, fragte Silvio. – Benjamin setzte eine möglichst ernste Miene auf. ‹Hm, als Zusammenarbeit möchte ich das nicht verstehen. Bevor wir weiterverhandeln, möchte ich, Silvio, dass du aufstehst.› Silvio stand auf. Benjamin machte ein paar geschmeidige Bewegungen auf ihn zu und schaute dann nach oben. Silvio auch. Blitzschnell griff Benjamin in Silvios Hosentasche, zog einen Revolver heraus und drückte ihn auf die Brust des Gegenübers. ‹Nicht ernst gemeint, die Waffe ist nicht entsichert. Aber wenn du und Sergio mit mir Geschäfte machen wollt, dann bitte ohne Knarre. Und übrigens: Den Namen der Firma habe ich schon am Anfang unseres Gesprächs erraten. Ich habe ja blaue Augen, aber so blauäugig, wie ihr gemeint habt, bin ich nicht.›»

«Wau», sagte Brawand. «Das hätte ich Am Bach nicht zugetraut.»

Schwab nickte ganz leicht. «Am Bach war, auch was die zwischenmenschlichen Beziehungen betraf, kein Naivling.»

Er fuhr mit der Erzählung weiter. «‹Alles klar?›, fasste Sergio zusammen. ‹Du bist ein härterer Bursche, als uns Jaberg beschrieben hat. Würdest dich in unseren Reihen gut machen.› – ‹Diese Aussage fasse ich nicht als Kompliment auf›, erwiderte Benjamin. ‹Aber wenn ich angefragt werde, ein Gemälde auf seine Echtheit zu überprüfen, sehe ich keinen Grund, ein solches Angebot in den Wind zu schlagen. Unter der Bedingung natürlich, dass ich dafür grosszügig entschädigt werde.› – ‹Das können wir dir garantieren›, entgegnete Sergio. ‹Allerdings stellen auch wir Bedingungen. Keinen Kontakt mit der Polizei. Ein absolutes Tabu. Wer mit uns Geschäfte macht, darf dieses Tabu nicht brechen, sonst hat er sein Leben verwirkt.› Ich habe diese Szene immer noch vor Augen», erklärte Schwab. «Benjamin überlegte einige Momente. ‹Händigt mir das Bild aus. Ich werde es in meinem Atelier genauer ansehen. In einer Stunde bin ich wieder zurück, dann können wir darüber reden.› Sergio streckte ihm das Bild entgegen. ‹Behandle es wie ein rohes Ei. Es könnte ein Picasso sein.›»

«Also doch! Dieser Am Bach hatte es faustdick hinter den Ohren», stellte Brawand fest.

Schwab streckte den Daumen hoch. «Ich sass in der Zwischenzeit mit Jaberg, Sergio und Silvio zusammen. Nach einer Dreiviertelstunde war Benjamin zurück und sagte: ‹Auf den ersten Blick könnte man wirklich meinen, es sei ein Picasso. Sieht man die Unterschrift exakter an, kommen hingegen Zweifel auf. Das ist aber kein endgültiges Urteil. Es wäre nicht das erste Mal, dass Picasso ein Gemälde erst viel später signiert hat. Um mehr darüber zu erfahren, ist es unumgänglich, das Bild vom Doerner Institut analysieren zu lassen.› – Ob das heisse, dass er, Benjamin, es persönlich nach München bringen müsse, hat Sergio nachgefragt. Benjamin hat genickt. Daran führe kein Weg vorbei. An Sergio gewandt, verdeutlichte Benjamin: ‹Das kostet euch zwischen fünf- und zehntausend Franken.›»

Schwab strich sich über die Stirn. «Dann stockte mir der Atem. Silvio entnahm einer kleinen Ledertasche, die er neben sich liegen hatte, ein Bündel Tausendernoten. ‹Ich gebe dir zehn Riesen. In einem Monat treffen wir uns wieder hier, in Jabergs Gartenlaube, und du übergibst mir den Bericht der Analyse des Münchner Labors. Waren deine Auslagen tiefer, kannst du den Rest behalten. Waren sie höher, hast du Pech gehabt. Kam die Untersuchung nicht zustande, gibst du uns das Geld zurück. Quittungen oder andere schriftliche Zeugnisse sind in unserem Unternehmen nicht üblich.› Sergio streckte Benjamin die Hand entgegen, dieser schlug ein.»

Brawand zeigte sich überwältigt. «Was für ein Glück, dass mich Lotta auf Ihre Fährte gelockt hat. Spannend, präzis, was Sie, Herr Schwab, eben berichtet haben.»

Lotta sah auf die Wanduhr. «Der kleine Zeiger rückt gegen vier. Ich denke, ihr möchtet ein Zvieri.» Sie sah in die Runde.

Alle nickten.

«Dass Sie das alles noch so genau wissen», lobte Brawand Schwab.

«Ein bisschen Phantasie ist auch dabei. Das Geschichtenerzählen hat mir immer schon Spass gemacht. Aber Sie haben ja jetzt die Unterlagen zu dem, was ich Ihnen eben geschildert habe. Wenn Sie Fragen haben, stehe ich gerne zu Ihren Diensten.»

«Dieses Angebot nehme ich gerne an», erklärte Brawand. «Zu Ihren Unterlagen: In meinem Team habe ich einen brillanten Schreiber namens Pius Binder. Ein ehemaliger Germanistikstudent. Er wollte Deutschlehrer werden, doch das zerschlug sich dann. Er trat in die Polizeirekrutenschule ein, schaffte sie problemlos. Als Streifenpolizist war er keine Leuchte. Wir trugen ihm Bürodienste auf. Das ist jetzt sein Job, und er ist glücklich dabei. Er schreibt Berichte, Communiqués, hilft Kollegen bei Protokollen aus. Er wird sich Ihrer Unterlagen annehmen und eine ‹spannende Geschichte› daraus machen. Meine Mitarbeiter werden sie lesen. Ich bin sicher, dass das die Polizistinnen und Polizisten bei den Ermittlungen im Fall Benjamin Am Bach weiterbringt.»

Lotta deckte den Tisch, stellte eine Kanne heissen Tee und eine Platte mit Kuchenstücken darauf. Sie schaute zu Brawand. «Dein Gesicht verrät mir, dass du Kaffee bevorzugt hättest. Aber zu viel davon ist ungesund.»

«Lotta, wie sie leibt und lebt.» Die Bemerkung konnte sich Schwab nicht verkneifen.

***

Es dauerte weniger als eine Woche, bis die Geschichte aus den vergilbten Papieren Schwabs auf Brawands Schreibtisch lag.

Er nahm sie am Abend mit nach Hause, fand sie sehr informativ, hatte noch die eine oder andere Frage, die er am nächsten Morgen mit Binder, dem Verfasser, abklärte.

Am folgenden Morgen lag das bereinigte Schreiben in den Postfächern der Ermittlungsteams.

Es waren mehrere Mäppchen mit Schriftstücken, eigenen Zusammenfassungen, Zeitungsartikeln und Fotos, die Binder zusammengestellt hatte.

Das kürzeste Schreiben war der Lebenslauf des jungen Benjamin Am Bach:

Sohn eines Bergbauern, aufgewachsen an einem steilen Hang hoch über dem grössten Schweizer Bergsee. Sein Dialekt, einer dieser eigentümlichen Sprechgesänge, die man heute noch in abgelegenen Gebieten des Berner Oberlandes antrifft. Ausbildung als Holzbildhauer in der bekannten Schnitzlerschule in Brienz, Schauspielakademie in Zürich.

Nichts Neues, das wusste man bei der Kripo.

Im nächsten Mäppchen ein Zeitungsartikel:

Lyss, 1972. Der tragische Rekrut Zgraggen.

Es begann mit einem Hörspiel des Schweizer Radios, das zu einem Theaterstück umgeschrieben wurde, das später wiederum verfilmt wurde.

Benjamin Am Bach spielte eine ausgefallene Rolle. Ein Soldat in der Infanterierekrutenschule, der sich gegen den Militärdienst mit Waffen sträubte. Das Schiessen mit dem Sturmgewehr bereitete ihm schlaflose Nächte. Doch es sollte noch schlimmer kommen. Eines Tages war das Werfen von Handgranaten angesagt. Man sollte damit mannsgrosse Puppen, eingekleidet in russische Militäruniformen, treffen.

Das war zu viel für den jungen, sensiblen Wehrmann. Nachdem er die Schnur am Zündmechanismus herausgezogen hatte, liess er die Granate fallen. Der Korporal, der glücklicherweise neben ihm stand, hob sie auf und warf sie in hohem Bogen weg.

Sie explodierte noch in der Luft. Kurz danach stank es grauenhaft. Zgraggen hatte in die Hosen gemacht …

«Der Text über den Soldaten Zgraggen erstreckt sich über mehrere Seiten, was dann für die Ermittlung des Verbrechens nicht mehr von Bedeutung ist», schrieb Binder dazu. Dazwischen ein Schwarz-Weiss-Foto, das den jungen Schauspieler Benjamin Am Bach in Militäruniform zeigte. Dieses Bild hatte sich seinerzeit in das Gedächtnis der vielen Personen, die den Zgraggen-Film gesehen hatten, eingeprägt. Am Bach kannte man damals schweizweit.

Beigelegt war auch ein Schreiben über die Intervention von wichtigen Personen der schweizerischen Offiziersgesellschaft, die sich beim damaligen Eidgenössischen Militärdepartement über die Ausstrahlung des Films «Der tragische Rekrut Zgraggen» beschwert hatte. Das Einzige, das an diesem Text die Polizei interessierte, war der Name der Person, die das Schreiben unterzeichnet hatte. Major Holenstein aus dem Berner Oberland. Brawand unterstrich diesen rot und verfasste eine Randnotiz: «Ich kenne diesen Kerl. Er stammt aus der Gegend, in der Benjamin Am Bach wohnte. Steffen Holenstein kannte Benjamin Am Bach persönlich. Ich habe Holenstein in Zusammenhang mit diesem Mordfall auch bereits vernommen.»

Eine kurze Beschreibung der Verwicklung Benjamin Am Bachs mit den beiden Mafiosi Sergio und Silvio war auch unter den Dokumenten. Darin stand im Wesentlichen das, was Brawand bereits in Lyss von Schwab erfahren hatte.

Wert legte Brawand auf das Schreiben mit dem Titel: «Am Bach malte Bilder für Jaberg, die dieser unter dem Namen Ferdinand Hodler verkaufte.» In einer Randnotiz wies Brawand darauf hin, dass solche Gemälde in Zusammenhang mit der Ermordung Benjamin Am Bachs stehen könnten.

Das umfangreichste Dokument war überschrieben mit «Die Reise von Am Bach und Schwab nach München». Schwab hatte Brawand den Anstoss für diesen Ausflug bereits geschildert.

Es war eine Erzählung, kein nüchterner Polizeibericht. Doch man kannte Binder im Team von Brawand und verzieh ihm diesen Regelverstoss.

Benjamin Am Bach rief Schwab an und berichtete ihm, er müsse nun wohl nach München fahren.

«Mir bleibt die Spucke weg», sagte Schwab, dann einige Momente nichts. «Wer A sagt, der muss auch B sagen. Benjamin, du hast gar keine andere Wahl. Allein kommst du aus dieser Sache nicht heraus. Ich werde dir beistehen.»

«Das ist mehr, als ich erwarten kann. Natürlich nehme ich dein Angebot gerne an. Weisst du eigentlich, was du damit für ein Risiko eingehst?»

«Sehr wohl. Aber ich frage mich, ob du es weisst. Sich mit Mafiosi derart leichtfertig einzulassen ist ein starkes Stück. Deine Verwegenheit ist beeindruckend.»

«Was schlägst du vor?»

«Dich nach München zu begleiten. Kunstfälschungen faszinieren mich. Es ist eine Form von Kriminalität, die Köpfchen voraussetzt.»

«Noch mehr Köpfchen ist gefragt, um sich ihr zu entziehen.»

«Damit bist du jetzt gefordert. Auch wenn ich dir helfe, werde ich alles tun, um mich aus dieser Sache herauszuhalten. Es ist weniger Nächstenliebe als Neugier, die mich dazu bewegt, die ersten Schritte mit dir in dieses Abenteuer zu machen.»

Zwei Tage später, an einem schwülen Junimorgen, bestiegen Schwab und Am Bach am Bahnhof Lyss den Schnellzug Richtung Bern. Der Picasso war in Am Bachs kleinem Koffer, umhüllt von Zeitungspapier, zwischen nicht gebügelten Hemden, Socken, Unterwäsche und anderen Kleidungsstücken.

Beim Grenzübertritt in St. Margrethen streifte die beiden ein flüchtiger Blick des österreichischen Zöllners. Er ging wortlos vorüber. Kurz nach der Abfahrt in Bregenz passierten zwei deutsche Grenzpolizisten ihr Abteil. «Führen Sie Alkohol oder Tabakwaren mit?»

Schwab schüttelte den Kopf.

Die Deutschen entfernten sich gelangweilt.

«Der Grenzübertritt wäre problemlos geschafft», bemerkte Am Bach erleichtert, fröhlich und laut.

Schwab sah ihn stechend an. «Du redest zu viel.»

Auch in München klappte alles. Am Bach hatte sich bei seiner Vertrauensperson im Doerner Institut bereits von der Schweiz aus vorangemeldet. Am kommenden Vormittag könne er das Bild wieder zurückhaben. Dann seien die nötigen Proben davon genommen worden – ohne Spuren zu hinterlassen –, auch die visuelle Vorprüfung mit IR- und UV-Licht wäre erhoben worden. Die Analyse der Proben werde allerdings mindestens zwei Wochen beanspruchen.

Die Rückfahrt am späten Vormittag begann im Bahnhof München in fröhlicher, ja ausgelassener Stimmung. Beide nahmen Platz auf den reservierten Sitzen in einem Erste-Klasse-Wagen. Sie beherzigten einen Tipp aus dem Doerner Institut, Zweitklasse-Reisende würden an der Grenze genauer als solche der ersten kontrolliert.

Nachdem der Schnellzug Augsburg verlassen hatte, wechselten die beiden in den Speisewagen und genehmigten sich ein deftiges Mittagessen mit einer Flasche schweren roten Moselweins.

Als sie in Lindau ankamen, gingen Am Bach und Schwab wieder zurück in ihr Abteil.

An dieser Stelle stand eine Randnotiz von Brawand. «An meine Mitarbeiter: Es geht darum, dass der Verfasser auch die ‹Atmosphäre› dieser Reise wiedergibt. Das hat Binder ausgezeichnet gemacht.» Brawand hatte noch einige Fotos, die ihm Schwab gegeben hatte, beigelegt.

Am Bach und Schwab passierten die österreichische Grenze, ohne dass ein Zöllner auftauchte. Dann aber, kurz nachdem der Zug den Bahnhof Bregenz verlassen hatte, wurde die Tür zu ihrem Sechser-Abteil aufgerissen. Drei bewaffnete, uniformierte Männer positionierten sich vor Schwab und Am Bach. Der mit den Rangabzeichen eines Wachtmeisters zeigte mit dem Finger auf Am Bach und sagte seinen Namen. Dann dasselbe mit Schwab. Am Bach und Schwab blieb nichts anderes übrig, als zu nicken. Der Wachtmeister sagte darauf, sie seien beide vorläufig festgenommen.

«Warum?», fragte Am Bach mit weit aufgerissenen Augen.

Statt zu antworten, gab der Wachtmeister den beiden anderen ein Handzeichen. Die Grenzwächter fesselten danach die Festgenommenen an den Händen mit Kabelbindern.

«Wir werden Sie beide in St. Margrethen aus dem Wagen eskortieren. Dort werden Sie von einer Patrouille der Polizei in Empfang genommen. Sie werden nach St. Gallen geführt und dort verhört.»

Schwab wollte protestieren, doch der Wachtmeister legte ihm seine behandschuhte Rechte über den Mund. «Bis wir Sie an die Polizei weitergereicht haben, wird kein Wort mehr gesprochen.»

Die Polizisten, die Benjamin Am Bach und Schwab im Zollgebäude von St. Margrethen übernahmen, waren um keinen Deut freundlicher als die Grenzwächter. Sie stiessen beide unsanft in einen Gefangenentransporter. Nach einer halben Stunde waren sie im Hauptgebäude der Kriminalpolizei auf dem Klosterhof in St. Gallen.

Am Bach und Schwab wurden in voneinander getrennten Zellen untergebracht. Es dauerte drei Stunden, bis Schwab vom stellvertretenden Kommandanten, einem Hauptmann Schlegel, vernommen wurde. Er erzählte vom zweifelhaften Ruf des Auktionators Jaberg, der womöglich Geschäfte mit entwendeten und gefälschten Gemälden machte. Aber Details darüber wisse er nicht. Das war dem Polizeioffizier offensichtlich zu wenig. Schlegel zog einen Joker aus dem Ärmel, der Schwab regelrecht aus der Fassung brachte.

«Warum haben Sie mir nichts von Sergio und Silvio, diesen

beiden Mafiosi, gesagt? Sie wussten von den beiden. Sie wussten, dass Jaberg mit ihnen krumme Dinger drehte.»

Schwab war für einige Augenblicke sprachlos und bemerkte dann, dass er schon vermutet habe, dass sie einer kriminellen Vereinigung angehörten. Ob es wirklich die Mafia war, da sei er sich nicht sicher. Konkretes wisse er nicht darüber. Ausser dass Benjamin Am Bach über Jaberg einen Auftrag von Sergio und Silvio entgegengenommen hatte. «Ich wollte Am Bach einen Dienst erweisen, ihm beistehen, möglichst unbeschadet aus der Sache mit diesem Picasso-Bild herauszukommen», redete Schwab sich heraus.

Binder schilderte detailliert den Verlauf des Treffens zwischen Schwab, Am Bach, Jaberg, Sergio und Silvio. Er verriet auch, dass Am Bach dabei Geld entgegengenommen hatte. Schlegel wollte natürlich wissen, wie viel das war. Schwab sah keinen Grund, nicht mit der Wahrheit herauszurücken. Der Betrag erstaunte Schlegel. Doch Schwab machte ihm klar, dass eine Expertise vom Doerner Institut einen Preis in dieser Höhe habe.

Schwab liess eine Bemerkung fallen. «Ich wundere mich, dass Sie, Herr Hauptmann, über diese Sache so genaue Kenntnis haben. Ich wundere mich, dass Sie nicht schon früher eingegriffen haben, sprich: Sergio und Silvio bereits vor unserer Abreise nach München verhaften liessen.»

Schlegel musste schmunzeln. «Das könnte Ihnen gerade so passen, dass ich den Grund dafür preisgebe.» Er stierte einige Sekunden zur Decke. «Aber etwas darf ich Ihnen verraten. Der angebliche Picasso, den wir in der Reisetasche von Benjamin Am Bach fanden, ist als gestohlen gemeldet.»

«Der angebliche Picasso?»

«Nun kommen Sie doch, Sie naseweiser Journi. Ob dieser Picasso echt oder gefälscht ist, interessiert mich überhaupt nicht. Es geht um ein Diebstahlsdelikt. Der Eigentümer war der Meinung, es handle sich um einen Picasso mit einem Ver-

kaufswert von circa anderthalb Millionen Franken. Nur das zählt für uns.»

«Sollte Benjamin Am Bach den Mafiosi ohne Picasso entgegentreten, dürfte er das mit seinem Leben bezahlen», sagte Schwab darauf.

«Eigentlich hätte er nichts anderes verdient», so Schlegel. «Wenn einer so blöd ist, sich mit solchen Gaunern einzulassen, fällt es der Polizei schwer, ihm auch noch zu helfen. Das werde ich aber mit Herrn Am Bach persönlich erörtern. Vielleicht ergibt sich eine Lösung, die ihn noch mit einem blauen Auge davonkommen lässt.»

Schlegel schaute auf die Uhr. «Nun ist es eine halbe Stunde vor Mitternacht. Der letzte Zug nach Bern ist wohl abgefahren. Das tut mir leid.»

Schwab war damit entlassen und suchte unter dem Velounterständer Schutz vor dem Regen, während er auf Am Bach wartete. Zwei Stunden später kam dieser.

In der Erzählung Binders standen viele Details des Verhörs. Am Bach habe die Fragen beantwortet, soweit er konnte. Alles von Am Bach Gesagte sei nicht im Widerspruch zu dem gestanden, was Schwab zu Protokoll gegeben hatte.

Vorgeworfen habe Schlegel Am Bach, dass er einen Auftrag von einem einer kriminellen Vereinigung angehörenden Ganoven angenommen habe. Dabei hätte ihm bewusst sein müssen, dass Sergio und Silvio, allenfalls ihre Hintermänner, beabsichtigten, den gestohlenen Picasso zu Geld zu machen. Er habe sich damit der Beihilfe zu einer Straftat schuldig gemacht.

Kleinlaut erkundigte Am Bach sich, wie lange er deswegen eingebuchtet werden könnte.

«Ich bin kein Richter», rechtfertigte sich Schlegel. «Über das Strafmass entscheidet die Justiz. Einem Vorwurf muss nicht zwingend eine Strafe folgen. Gerade bei dem Ihnen vorgeworfenen Delikt bewegt man sich auf eher dünnem Eis. Noch

sind Sie nicht angeklagt. Ob es überhaupt dazu kommt, hängt in hohem Masse von den polizeilichen Ermittlungen ab. Ein Vorteil ist auf jeden Fall, wenn der einer Tat Verdächtigte mit den Untersuchungsbehörden kooperiert.»

«Wie stellen Sie sich das, bezogen auf mich, vor?», fragte Benjamin Am Bach.

Schlegels Miene wurde auffallend freundlich. «Kooperation. Das ist eigentlich der Grund, weshalb ich hier sitze. Andernfalls würden Sie von einem meiner Wachtmeister ausgequetscht werden.»

Schlegel zog ein Papier aus seiner schwarzen Mappe, vertiefte sich darin, dann schaute er auf. «Ich habe eine gute Nachricht für Sie. Der Staatsanwalt – er ist über Ihre Festnahme informiert – hat mir eben mitgeteilt, dass er keine Notwendigkeit sehe, Sie in Untersuchungshaft zu nehmen. Das heisst: Ich kann Sie jetzt laufen lassen. – Offenbar hält sich Ihre Freude über die bevorstehende Freilassung in Grenzen. Ich kann das gut nachvollziehen. Treten Sie Sergio und Silvio ohne Picasso unter die Augen, werden die beiden Ihnen die Hölle heiss machen.»

«Dann wäre es sicherer, Sie würden mich in Haft behalten.»

«Zweifellos. Aber ein Häftling kostet uns mehr, als ein Gast in einem teuren Hotel aufwenden muss. Ich habe eine günstigere Variante im Kopf. Sie spielen das Spiel, das Sie in Lyss bei Jaberg begonnen haben, weiter. Lassen Sie Sergio und Silvio in dem Glauben, Sie würden weiterhin in ihren Diensten stehen. Nur eben: Sie informieren uns über jeden Schritt, den Sie machen.»

Kurz nachdem Am Bach beim Veloständer eingetroffen war, fuhr ein Polizeiwagen vor und liess Schwab und Am Bach einsteigen. «Ich fahre Sie jetzt nach Lyss. In zwei, drei Stunden werden wir dort sein.»

Nachdem der Polizist sie beim «Jägerstübli» abgeliefert hatte, wagte Am Bach erst mit Schwab zu sprechen, als das Auto wieder abgefahren war.

Schwab hingegen sagte: «Ich habe nie Angst gehabt.»

«Macht es dir denn nichts aus, wenn man jetzt mit der Polizei zusammenarbeiten muss?»

Schwab lachte nur.

Vom nahen Kirchturm schlug es gerade vier Uhr in der Früh.

«Rolf», sagte Am Bach, «komm noch rasch auf einen Sprung in meine Wohnung. Wir müssen besprechen, wie es weitergehen soll.»

Nachdem beide leise die Treppe hinaufgestiegen waren und Am Bach die Türe zur Wohnung aufgeschoben hatte, fragte Schwab: «Schliesst du eigentlich nie ab, wenn du verreist?»

«Nein, mach ich bereits seit Jahren nicht mehr. Mir haftete die unangenehme Gewohnheit an, dass ich häufig die Schlüssel liegen lasse und sie danach erst nach grossem Aufwand wiederfinde.» Dann sah er Schwab fragend an. «Möchtest du etwas trinken?»

«Aber sicher doch, ein Bier könnte mir nicht schaden.»

Am Bach öffnete den Kühlschrank. «Du hast Glück, es sind noch zwei Flaschen drin.»

Beide tauschten sich aus. Am Bach erzählte, wie er von Schlegel verhört worden sei, Schwab, wie Schlegel mit ihm umgesprungen sei.

Als die Flaschen ausgetrunken waren, brach es aus Am Bach heraus. «Jemand muss uns seit Tagen minutiös überwachen. Wie kannst du dir erklären, dass die St. Galler Kripo genau wusste, dass ich den Picasso in meiner Reisetasche über die Grenze schmuggelte?»

Schwab zuckte mit den Schultern. «Das ist mir auch ein Rätsel. Ich kann mir das nur damit erklären, dass die Polizei schon vor der Reise über alles Bescheid wusste. Ich würde mir deswegen nicht den Kopf zerbrechen. Wichtig ist doch, dass die Bullen den Picasso nicht beschlagnahmt haben. Das hat dir das Leben gerettet.»

Am Bach bedankte sich bei Schwab für die beruhigenden Worte und meinte, dass dennoch ein unsicheres Gefühl bleibe. Etwas sei an dieser Sache nicht koscher.

Schwab verzog das Gesicht. Natürlich denke er auch, dass sie beide beschattet würden. Doch wer dahinterstecke, sei ihm auch ein Problem.

«Wer dahintersteckt? Du bringst mich zum Lachen. Die Polizei bespitzelt uns. Offenbar landesübergreifend. Der Kanton St. Gallen liegt im Osten, der von Bern im Westen. Es scheint sich um eine grosse Sache zu handeln.»

Schwab seufzte. «Benjamin, hör doch auf zu jammern, du hast dir diese Sache selbst eingebrockt. Aber eigentlich gar nicht so schlecht. Du verschaffst dir damit unverhofft eine Einnahmequelle. Die Mafia entschädigt dich grosszügig für deine Spitzeldienste, die du ausgerechnet im Auftrag der Polizei durchführst.»

«Das tönt ja zunächst gut. Aber wenn Sergio und Silvio, allenfalls sogar Jaberg, dahinterkommen, dann gnade mir Gott.»

«Von Jaberg hast du nichts zu befürchten.»

«Und von Sergio und Silvio?»

«Die beiden gehören kaum zum Kader der Mafia. Sie sind kleine Fische.»

«Und du rätst mir tatsächlich, weiter mit ihnen zusammenzuarbeiten?»

«Da kommst du nicht darum herum. Die Polizei möchte das, und die beiden Ganoven würden Verdacht schöpfen, stiegest du plötzlich aus.»

«Ich werde darüber nachdenken, vor allem darüber schlafen. Ich bin hundemüde.»

Schwab verabschiedete sich von Am Bach, der ihm am Ende seiner Kräfte schien.

In Binders Bericht war weiter zu lesen, wie einige Tage später der Bescheid vom Doerner Institut gekommen war: keine Fälschung. Die Signatur würde allerdings Fragen aufwerfen. Sie stamme aus einer Zeit, nach der das Bild gemalt worden sei. Fünfzehn bis zwanzig Jahre später. Doch das allein sei kein Grund, das Bild als unecht zu klassifizieren.

Darunter waren Fotos und Unterschriften der Sachverständigen.

Sergio und Silvio nahmen dies gelassen zur Kenntnis und stellten Benjamin Am Bach in Aussicht, ihm demnächst einen weiteren Auftrag zu erteilen. Einen sehr einträglichen. Am Bach werde es nicht bereuen, mit ihnen ins Geschäft gekommen zu sein.

Das ging Jahre so weiter. Dann das abrupte Ende. In Lugano, wo die beiden Ganoven sich zeitweilig aufgehalten hatten, war es zu einer Schiesserei zwischen zwei rivalisierenden Banden der Mafia gekommen. Alles belegt mit Kopien von Zeitungsartikeln und Polizeiberichten. Sowohl Sergio wie auch Silvio waren dabei verwundet worden. Während Silvio seinen Schussverletzungen erlag, hatte Sergio mehr Glück. Eine Patrouille der Tessiner Kantonspolizei hatte sich in der Nähe aufgehalten. Sergio wurde in das nahe Spital gebracht und notoperiert, was ihm das Leben gerettet, allerdings auch für längere Zeit die Freiheit geraubt hatte.

Nach einer nicht allzu langen Haftstrafe war Sergio in den Genuss eines Zeugenschutzprogramms gekommen und erhielt eine neue Identität. Danach verlor sich seine Spur.

Die Dokumente, die Binder zusammengestellt hatte, waren bereits einige Tage im Umlauf. Brawand sprach Bassi darauf an. «Was denkst du eigentlich über die Geschichten von Binder?»

«Sie ist ganz gut. Ich denke, sie könnte uns weiterbringen.»

«Viel davon stammt von Rolf Schwab. Was denkst du über diesen Mann?»

«Für mich steht fest, dass er ein Polizeispitzel war. Kann sein, dass er es heute noch ist. Offensichtlich arbeitete Schwab die ganze Zeit mit der Polizei zusammen. Alles, was Jaberg drehte, wurde postwendend an die Kripo gemeldet. Jaberg war ein kleiner Fisch, deshalb liess man ihn lange gewähren, ohne einzugreifen. Ein Auge hatte man auf die Organisierte Kriminalität im Kunsthandel, auf die Mafia zum Beispiel.»

«Rolf Schwab. Ich meine, über diese Person sind wir uns einig.»

Bassi offerierte Brawand, ihm noch weitere Mitarbeiter zuzuteilen. «Mir gehen in diesem Zusammenhang zwei Streifenpolizistinnen durch den Kopf. Beide haben gerade den Kripolehrgang sehr erfolgreich absolviert. Birgitt Ramseyer und Paula Rothenbühler, du kennst sie.»

Brawand nahm das Angebot dankend an.

Er suchte im digitalisierten Archiv der Kantonspolizei Bern, aber fand nichts über den entwendeten Picasso, nichts über Rolf Schwab, nichts über Jaberg, nichts über die Tätigkeit von Benjamin Am Bach in Lyss. Um ganz sicherzugehen, schloss sich Brawand noch mit dem für das Archiv zuständigen Beamten kurz. Dieser verschaffte ihm Zugang zu den sichergestellten Akten in St. Gallen. Auch da: Fehlanzeige.

Doch Brawand war sich fast sicher, dass noch viel mehr hinter Benjamin Am Bachs Aufenthalt in Lyss steckte, Ereignisse, die ihre dunklen Schatten bis in die Gegenwart warfen und vielleicht doch zur Aufklärung des Mordes an ihm beitragen könnten.

Da war auch noch der Vietnamese. Brawand musste seinen Namen herausfinden, mit ihm Kontakt aufnehmen. Er rief Schwab an. Schwab konnte ihm nicht weiterhelfen, verwies ihn aber an Lotta.

Am Morgen danach setzte er sich mit Birgitt Ramseyer und Paula Rothenbühler in Verbindung. Sie wussten bereits von ihrem neuen Engagement und waren darüber richtig glücklich.

12

Im restaurierten Stadtstaat Bern ging seit 1816 die Herrschaft der Burger allmählich zu Ende.

Anfang Januar 1831 rief Heinrich, der zwanzig Lenze zählende Enkel Manfred Am Bachs, in Münsingen mit vielen anderen jungen Männern zu einer Volksversammlung gegen die Diktatur des Patriziats auf. Die Burger, die Bern über mehrere Jahrhunderte beherrscht hatten, mussten klein beigeben. Am 31. Juli 1832 wurde eine neue Verfassung angenommen. Die Stadt verlor ihre Vorrechte gänzlich. Zwar versuchten die gestürzten Patrizier, sich wieder an die Macht zu putschen, doch das misslang, und die Rädelsführer kamen hinter Schloss und Riegel. Heinrich Am Bach wurde kurz danach als Liberaler in den Grossen Rat gewählt, was nicht alle Parteimitglieder unterstützten.

Nach 1840 wurden die unterschiedlichen Ansichten zur Zukunft der Schweiz in der Tagsatzung zunehmend heftiger ausgetragen. Der Staatenbund der Eidgenossenschaft war im Zerfall begriffen. Den Fortschrittlicheren schwebte ein Bundesstaat Schweiz mit einer zentralen Regierung vor. Das lehnten die vorwiegend katholischen, konservativen Stände der Innerschweiz dezidiert ab. 1847 kam es endgültig zum Bruch, der in einen Bürgerkrieg mündete: Liberale gegen altväterische Sonderbündler.

Der Sonderbundskrieg endete mit einer Niederlage der konservativen Orte.

Anfang Februar 1850 wurde Heinrich Am Bach mit durchschnittener Kehle an seinem Wohnort in der Junkerngasse aufgefunden. Als Ermittler in diesem Kriminalfall wurde G. Baerlocher eingesetzt. Er war der Enkel von T. Baerlocher, der 1812 den Mordfall an Heinrichs Grossvater untersucht hatte und selbst umgebracht worden war.

Im Tagebuch, das nach seinem Tod gefunden wurde, schrieb Heinrich Am Bach:

Der Tod meines Grossvaters ist mir immer noch gegenwärtig. Er hatte sich mit mächtigen Leuten angelegt, von denen er wusste, dass sie nicht seiner Meinung waren, aber nie hätte er sie für Verbrecher gehalten. Diese Blauäugigkeit bezahlte er mit dem Leben. Ich will diesen Irrtum nicht wiederholen.

In den kantonalen Wahlen nach dem Bürgerkrieg siegten zur Überraschung aller politischen Beobachter die Liberalkonservativen. Und diese begannen sich mit den ehemaligen Gnädigen Herren zu verbünden. Ausgerechnet mit den Sympathisanten unserer Gegner im Bürgerkrieg.

Ich, Heinrich am Bach, zähle mich zum fortschrittlich sozialen Flügel der Berner Liberalen.

Umsichtig begann G. Baerlocher zu ermitteln.

Einige Monate zuvor war er auf einen Aufsatz gestossen. Darin befasste sich der britische Botaniker und Arzt Nehemiah Grew mit Fingerabdrücken und veröffentlichte seine Erkenntnisse 1684. Er beschrieb die charakteristischen Merkmale der Fingerkuppen wie Hautrillen und Porenstrukturen. Die Untersuchungen wurden im 18. Jahrhundert fortgesetzt. Dem Aufsatz entnahm Baerlocher, dass noch nie zwei Personen mit identischen Fingerspitzen gefunden worden waren.

Er sah sich den Tatort genau an, fand an den Wänden und an der Wohnungstür Fingerabdrücke von offensichtlich blutbefleckten Händen. Es waren jeweils nur zwei verschiedene, und Baerlocher zeichnete sie ab.

Er hatte aus den Reihen konservativer Politiker, Richter und Offiziere einige Personen im Verdacht, am Mord beteiligt gewesen zu sein. Allerdings konnte er diese Herren nicht einfach dazu verknurren, ihre Finger erst auf ein Stempelkissen und anschliessend auf Papier zu drücken. Er musste sich etwas anderes einfallen lassen. Er beschmierte den Türgriff seines Arbeitszimmers vor dem Eintritt des zu Vernehmenden mit Tinte. Er liess danach diese Personen ihre Hände auf ein Löschblatt legen, um sie zu säubern. Auf diese Weise beschaffte sich Baerlocher die Bilder der Fingerspitzen von einem Dutzend Personen. Eines davon war ein Treffer. Es konnte einem konservativen Mitglied des Grossen Rats zugeordnet werden.

Baerlocher ging mit diesem Befund zum zuständigen Staatsanwalt. Dann begannen die Probleme. Obwohl Baerlocher aufgrund von zahlreichen Befragungen einiger Nachbarn seinen Verdacht hatte erhärten können, wollte der Staatsanwalt nichts von einem Fingerabdruck als Beweis wissen. Er wies Baerlocher an, die Ermittlungen unverzüglich einzustellen. «Im Kanton Bern weht nach den jüngsten Wahlen ein anderer Wind. Gegen einen Abgeordneten der Mehrheitspartei wird nicht ermittelt. Haben Sie das verstanden?»

«Nein, ganz und gar nicht. Ich gehe davon aus, dass die Täter den Bundesbrief in Am Bachs Familienarchiv suchten. Die Täter haben alle Schubladen durchwühlt, der Boden war übersät mit Dokumenten. Den Bundesbrief haben sie offenbar nicht gefunden.»

«Sind Sie da so sicher, Baerlocher? Woher wissen Sie das mit dem Bundesbrief?»

«Schon mein Vater hat sich über den Bundesbrief Gedanken gemacht. Er hat den Mordfall Manfred Am Bach untersucht. Dabei ist er auf den Bundesbrief gestossen. Er hat ihn sogar gelesen.»

«Wo ist denn dieses verdammte Pamphlet?»

«Pamphlet? Das passt. Aber ich verrate Ihnen nicht, wo es ist.»

Der Staatsanwalt hob den Drohfinger. «Heraus mit der Sprache, Baerlocher.»

Baerlocher schüttelte den Kopf.

Der Staatsanwalt unterhielt sich mit seinem Vorgesetzten, dem Gerichtspräsidenten, über die Ermittlungen Baerlochers.

Der Gerichtspräsident blies die Backen auf. Liess unter lautem Pfeifen die Luft wieder raus. «Baerlocher ist ein heller Kopf. Er könnte auf der richtigen Spur sein. Doch da gibt es so etwas wie eine Staatsräson. Unser neuer Bundesstaat ist noch in einem fragilen Zustand. Wir wissen beide, dass der Bundesbrief und das ganze Drum und Dran Unfug sind, ein gezinkter Beleg. Aber er fusst auf einer schönen Erzählung. Das erfundene Dokument verleiht der Eidgenossenschaft einen Anfang, der angeblich bis ins 13. Jahrhundert zurückreicht.»

«Unser Land braucht eine möglichst alte Geschichte. Die Staatsräson geht vor? Verstehe ich Sie richtig, Herr Gerichtspräsident?», fragte der Staatsanwalt.

«Im Prinzip ja. Aber Sie müssen mir einen plausiblen Vorschlag machen, wie das Gericht Baerlochers These der Öffentlichkeit als nicht praktikabel verkaufen kann.»

Der Staatsanwalt nahm sich einige Tage Zeit, dann bat er Baerlocher zu sich. «Baerlocher, Sie sind ein schlauer Fuchs, ein brillanter Kommissar. Doch Ihre Fingerabdrucktheorie können Sie keinem Berner Gericht schmackhaft machen. Das ist keine hieb- und stichfeste Beweismethode. Da müssen Sie schon andere Belege vorlegen.»

«Das kann ich problemlos.» Baerlocher öffnete seine braune Ledertasche und zog einen Stoss gehefteter Papiere hervor.

Der Staatsanwalt nahm sie in Empfang, blätterte darin und machte grosse Augen. «Mein Kompliment. Die sind alle gedruckt. Sie haben sich ungemein Mühe gemacht.»

«In der Tat. Das habe ich, denn mir war und ist bewusst, dass meine Fingerabdrucktheorie bei der Justiz auf Widerstand stossen wird. Originale Vernehmungsprotokolle lege ich Ihnen so nicht vor. Alle Dokumente sind Kopien. Die Originale können Sie selbstverständlich unter Anwesenheit von Zeugen ansehen. Sie müssen sich jetzt Zeit nehmen und alles durchlesen. Sogar der auf Lateinisch verfasste Bundesbrief liegt als Druckfassung vor. Es ist eine Kopie des Originals, das sich im Am-Bach-Archiv befindet. Eine weitere Kopie wurde im

18. Jahrhundert in einer Schreibstube in Stans gefunden. Auch eine Fassung in Mittelhochdeutsch, die seinerzeit von Lukas Am Bach übersetzt wurde ...» Baerlocher lachte, schüttelte den Kopf. «Wahrscheinlich war es gerade umgekehrt. Lukas Am Bach hat sie zuerst in Althochdeutsch verfasst und sie dann ins Lateinische übertragen.»

Der Staatsanwalt seufzte. «All das soll ich jetzt durchlesen?»

Baerlocher kicherte. «Wollen Sie im Einvernehmen mit dem Gerichtspräsidenten eine überzeugende Gegenthese aufstellen, bleibt Ihnen schwerlich etwas anderes übrig.»

«Gut, Baerlocher. Ich werde Sie informieren, sobald wir diese Texte durchgeackert und allenfalls überprüft haben. Das dürfte mehrere Wochen dauern.»

Ende März 1850 ging der Staatsanwalt mit den Papieren, die er von Baerlocher erhalten hatte, zum Gerichtspräsidenten und legte ihm ausgewählte Dokumente vor. Sie waren mit zahlreichen persönlichen Randnotizen versehen.

Der Gerichtspräsident blätterte alles durch. Dann sagte er geringschätzig: «Ich lese diesen Ramsch sicher nicht durch», und reichte den Stoss zurück.

«Einen Moment nur, Herr Gerichtspräsident.» Der Staatsanwalt zog aus dem Stoss ein Blatt heraus. «Das sollten Sie aber trotzdem lesen.» Er reichte es dem Gerichtspräsidenten zurück.

Zeugenaussage von A. G., 11 Uhr 30, 2. Februar 1850: Ein gepflegter Herr mit schwarzem Hut, blauer Hose, blauem Mantel, schwarzen, glänzenden Lederschuhen zieht an der Glocke des Hauses Am Bach. Die Türe wird geöffnet, der Mann tritt ein. Einige Minuten später verlässt der Mann das Haus wieder. Er zieht ein Taschentuch aus dem Mantelsack und reibt damit seine Hände ab. Er lässt das Taschentuch fallen. Als er Richtung Münster weggegangen war, begab ich mich zur Stelle, wo das Tuch war. Es war blutverschmiert.

Zeugenaussage von D. v. M., 11 Uhr, 2. Februar 1850: Herr von Büren betritt den Eingang des Grundstücks von Heinrich Am Bach. Er trug einen schwarzen Hut, einen blauen Mantel und gewichste schwarze Lederstiefel. Ihm wurde geöffnet. Wer ihm öffnete, sah ich nicht.

Zehn Minuten später erschien von Büren wieder im Türrahmen. Er zog ein Tuch aus seiner Tasche und putzte damit den Türgriff. Danach liess er das Tuch fallen und entfernte sich stadtaufwärts. Als ich ihn nicht mehr sah, ging ich zum Haus Am Bach. Das Tuch, es lag etwa fünf Meter vom Eingang entfernt, war blutbefleckt. Ich hob es auf, ging damit zum Posten der Stadtpolizei.

«Ist das alles?», erkundigte sich der Gerichtspräsident.

«Ja, das sind die einzigen glaubwürdigen Zeugenaussagen. Wir fragten in den benachbarten Häusern nach. Da gab es einige, die wollten von Büren am späten Vormittag des 2. Februar gesehen haben.»

«Frauen?»

«Ja, ausschliesslich Frauen. Sie kamen offenbar vom Markt auf dem Bärenplatz zurück.»

«Frauen sind schwatzhaft und deshalb als Zeuginnen nicht geeignet. Doch Herr Staatsanwalt, was haben Sie für einen Plan, die Beweisführung Baerlochers zur Strecke zu bringen?»

«Lassen wir es zu einem Prozess kommen. Die Geschworenen sollen entscheiden. Ich werde aber als Vertreter der Anklage mangels Beweisen auf Freispruch plädieren.»

«Wie verfahren Sie mit den beiden Zeugen?»

«Ich mache sie im Zeugenstand unglaubwürdig, verwickle sie in Widersprüche. Kein Problem dürfte das mit D. v. M., einem Burger übrigens, sein. Er ist ein stadtbekannter Säufer.»

«Und A. G.?»

«Er ist Metzgermeister und verschuldet. Ich werde ihm einheizen und ihn vorher richtig fertigmachen.»

Der Gerichtspräsident überlegte. Er nahm sich gut eine Minute Zeit dafür. «Ich will gar keinen Prozess. Wir wollen eine Rücknahme der Zeugenaussagen, zumindest derjenigen von A. G. Dieser Metzger wird zustimmen, wenn wir ihm helfen, aus der Schuldenspirale herauszukommen. Dafür wird der Vermögende von Büren, dieser Trottel, aufkommen, das garantiere ich.»

«Und wenn Baerlocher nicht mitmacht?»

«Er wird mit Sicherheit kooperieren. Er hat sieben Kinder und ist auf Einkünfte angewiesen. Aber wir sind ja keine Unmenschen.» Der Richter stand auf und schlug mit beiden Händen auf die Schultern des Anklägers. «Ich werde dafür sorgen, dass Baerlocher zum Hauptmann befördert wird. Das habe ich von meinen Vorfahren, die waren angesehene Burger, gelernt. Härte zeigen, aber grosszügig sein.»

13

Paula Rothenbühler, eine Endzwanzigerin, weder gross noch klein, und Birgitt Ramseyer, über einen Meter achtzig gross, machten beide einen sehr selbstsicheren Eindruck auf Brawand.

«Vor mir liegt das Zeugnis eurer Abschlussprüfung. Ausgezeichnet. Bei beiden kein einziger Mangelpunkt. Nun, das war die Theorie, jetzt kommt die Praxis. Die ist härter, viel härter. Vieles, was ihr beide gebüffelt habt, könnt ihr glatt vergessen. Mir jedenfalls ging es so. Oft stand ich vor einem Fall und musste mir eingestehen: Ich betrete Neuland, von dem ich keine Ahnung habe.»

Brawand erhob sich, ging zu einem der vielen offenen Wandschränke, entnahm ihm zwei volle Bundesordner und überreichte sie den beiden Frauen.

«Birgitt und Paula, herzlich willkommen bei der Kripo.»

Brawand setzte ein verschmitztes Lächeln auf. «Die Dokumente in diesem Ordner enthalten alles, was wir über die Morde an Benjamin Am Bach und Arnold Krummen wissen. Bitte arbeitet diese Unterlagen durch. Nehmt euch Zeit dafür. Ich bin schon mehr als einen Monat daran. Allerdings sind immer neue Erkenntnisse dazugekommen. Am Anfang gab es sozusagen nichts. Dann kommt ihr für eine Besprechung bei mir vorbei. Wenn möglich, mit Lösungsvorschlägen ... Ach ja, ihr beide benötigt noch ein Büro. Ich händige euch die Schlüssel für diesen gemeinsamen Raum aus: Korridor West, dritte Tür links.»

Am Montag danach erschienen Paula und Birgitt um halb acht bei Brawand. «Wir haben die Ordner gründlich durchgesehen und uns Gedanken gemacht», verkündete Paula, um gerade weiterzufahren. «Birgitt findet, als Nächstes sollte dieser Vietnamese ausfindig gemacht werden –»

Brawand nickte. «Das sehe ich auch so.» Er musterte Birgitt. «Und wie willst du das anstellen?»

«Mein Lebenspartner Bien stammt aus Vietnam. Er ist mit fast allen seinen Landsleuten hier vernetzt.»

Paula begann zu lächeln.

«Was amüsiert dich so?», wollte Brawand wissen.

«Es ist wohl das exquisiteste Paar, das in unserem Land herumläuft.»

Birgitt legte einen nur halb ernst gemeinten Protest ein: «Mässige dich, Paula. Du bist nur neidisch.»

«Was tut denn dieser Bien so?», erkundigte sich Brawand.

«Stalder Van Bien ist Physiker, Dr. rer. nat. Er arbeitet beim BAFU, dem Bundesamt für Umwelt. Er kam schon als vierjähriger Junge zu seinen Pflegeeltern in die Schweiz. Jetzt ist er fünfunddreissig.»

«Das klingt vielversprechend», kommentierte Brawand. «Wie lange, glaubst du, Birgitt, wird es dauern, bis Bien herausgefunden hat, wo sich dieser Vietnamese, der mit Benjamin Am Bach zusammengearbeitet hatte, aufhält und wie er heisst?»

«Lebt der Mann noch, kann ich dir das in den nächsten Tagen sagen.»

Brawand bedankte sich. Erkundigte sich dann noch, was es mit den vietnamesischen Namen auf sich habe. Stalder sei der Nachname, Van der Zwischenname und Bien der Vorname, mit dem er angeredet werden möchte, klärte ihn Birgitt auf.

«So viel zum gesuchten Vietnamesen. Und was tut ihr jetzt? Wie fahrt ihr bei Benjamin Am Bach und Arnold Krummen weiter?»

«Es gibt ausser dem Vietnamesen in diesem Fall weitere Personen, über die wir noch mehr erfahren möchten ...», sagte Paula. «Rolf Schwab, denke ich, gehört auch dazu. Ich möchte ihm nicht unterstellen, ein falsches Spiel zu spielen, aber sein Verhalten wirft Fragen auf. Ich glaube, er weiss mehr, als er sagt, und vielleicht stellt er einiges, das er im ‹Jägerstübli› zum Besten gegeben hat, nicht ganz so dar, wie es wirklich war.»

Brawands Gestik verriet, dass er diesen Verdacht auch hatte. Er blickte von Paula zu Birgitt. «Wen müssen wir sonst noch unter die Lupe nehmen?»

«Wagemann? Ganz sicher kannte er Benjamin Am Bach ziemlich gut. Wir sollten ihn weiter befragen.»

«Wenn er mitmacht», bemerkte Brawand. «Ich zweifle, ob er uns alles preisgibt, was Benjamin Am Bach in all den Jahren so getrieben hat.»

«Wir sollten trotzdem versuchen, möglichst viel aus ihm herauszuholen. Der Tod von Benjamin Am Bach wird Wagemann bestimmt betroffen gemacht haben.»

Brawand nickte verhalten. «Das muss nicht bedeuten, dass er offen über ihn redet. Benjamin Am Bach hat auch Dinge gemacht, die ihn nicht ins beste Licht stellen. Ich denke da an seinen Handel mit den Mafiosi.»

«Wenn es denn die Mafia war», brachte sich Paula ins Gespräch ein. «Darf man ihm das wirklich zum Vorwurf machen? Dass alles, was mit Kunst zu tun hat, schon seit Jahrhunderten ein Sündenpfuhl ist, ist doch kein Geheimnis.»

«Sündenpfuhl? So treffend. Weisst du eigentlich, was du damit sagst, Paula?», fragte Birgitt schnippisch.

«Es klingt einfach echt. Pfuhl? Darunter verstehe ich Sumpf, Morast, auch Gestank. Und Sünde? Das ist etwas Menschliches. Eigentlich fasziniert mich Sünde schon immer. Ging ich mit einem Freund aus, offenbarte mir meine Tante, ich würde sündigen.»

Brawands Gesicht hellte sich schlagartig auf. «Von wem hast du diesen Ausdruck?»

Birgitt begann zu scherzen. «Das ist eine ganz eigenartige Geschichte. Paula hat an einem ulkigen Typen einen Narren gefressen. Er unterrichtet Deutsch und Geschichte am Gymnasium und heisst Willi Grossenbacher. Paula und ich treffen ihn mit vielen Freunden von Dürrenast häufig an Grillpartys.»

«Ach ja. Dort wohnt ihr ja. Dürrenast ist mir bestens vertraut. Einst das Thuner Arbeiterquartier. Schon als ich dort aufgewachsen bin, hatte es etwas Spiessiges an sich, und heute ist es ein Hort des Kleinbürgertums. Diejenigen, die ein kleines Häuschen ihr Eigen nennen, schauen auf die hinunter, die in den Mietskasernen leben.»

Paula strahlte. «Aber uns gefällt es dort. Ich mag diese Leute. Alle machen sich und ihren Nächsten etwas vor. Trotzdem sind sie leicht zu durchschauen.»

«Das gilt wohl auch für deinen Schwarm», meinte Brawand.

«Klar, sonst könnte ich ihn nicht ausstehen.»

«Aber was hat diese Episode mit Benjamin Am Bach zu tun?»

«Entschuldige, Adrian. Das ist eine altväterische Frage. Du nimmst Informationen, Vorschläge, Meinungen von uns entgegen. Um sie einzuordnen, musst du uns kennen, verstehen, wie wir denken, wie wir leben. Dazu gehört auch unser Privatleben. Nur kleinkarierte Leute blenden das aus.»

Brawand schwieg einen Moment. «Wau, du bist eine vorwitzige Tante. Aber wenn ich darüber nachdenke … hast du vielleicht recht.»

Birgitt stand auf und trat von einem Bein aufs andere. «Ich merk wohl, wie du mich jetzt komisch beäugst. Aber bei Willi, diesem Klugscheisser, sieht es noch viel drolliger aus. Er hüpft sozusagen durch sein Leben. Was habe ich verpasst, nicht bei ihm im Unterricht gesessen zu sein.»

Paula holte aus, als ob sie Birgitt eine Ohrfeige verabreichen würde. «Willi ist ein ausgezeichneter Lehrer. Die Mädchen und Buben vergöttern ihn.»

«Das ist tatsächlich so», gestand Birgitt ein. «Und der, der den Begriff Sündenpfuhl aufgriff, war, wie hätte es anders sein können, der von einem auf das andere Bein hüpfende Willi. Die ganze Gesellschaft um den rauchenden und stinkenden Holzkohlegrill sei ein wahrer ‹Sündenpfuhl›, verkündete er grossspurig. Da werde gegrapscht, was das Zeug hält. Dann zitierte er den deutschen Schriftsteller Hansjakob Christoffel von Grimmelshausen.»

«Ist mir bekannt», brachte sich Brawand ein. «Aber damit kommst du ganz schön vom Thema ab, um das es jetzt geht. Nur noch etwas dazu. Im Deutschunterricht am Gymnasium hatte Grimmelshausen einen festen Platz. Die Romane ‹Courasche› und der ‹Abentheuerliche Simplizissimus Teutsch› in seinem ‹Simplicianischen Zyklus› zählen zu den bedeutendsten Werken des 16. Jahrhunderts.»

Birgitt unterbrach Brawand dezidiert. «Muss ich mir diese Litanei auch noch von dir anhören? Dass du einer der wenigen hochgebildeten Polizisten bist, mag ich dir ja verzeihen, aber das musst du nicht gerade jetzt an die grosse Glocke hängen –»

Das liess Brawand nicht widerspruchslos auf sich sitzen. «Mit der Courasche beschrieb Grimmelshausen eine starke Frauengestalt. Bert Brecht nahm die Geschichte fast dreihundert Jahre später mit seinem Drama ‹Mutter Courage›, das 1941 in Zürich uraufgeführt wurde, neu auf. Beide Werke haben in der Weltliteratur einen bleibenden Wert. Ich denke, ihr beide teilt immer noch einige Eigenschaften der Romanfigur Courage.»

«Herzlichen Dank», sagte Paula.

«Übrigens», Brawand warf Paula einen wertschätzenden Blick zu, «es trifft recht gut zu, wenn du mit dem Wort Sündenpfuhl die bildende Kunst und alles, was daranhängt, beschreibst. Es wird doch nirgends so viel betrogen, gestohlen und gelogen wie dort. Und häufig sogar aus ehrenwerten Motiven.»

Birgitt ballte die Faust. «Das darf doch nicht wahr sein. Unser Chef scheint ein Herz für die Gauner im Kunsthandel zu haben.»

«Wie ungerecht», sagte Brawand. «Ich mache sehr wohl einen Unterschied zwischen Benjamin Am Bach einerseits und Jaberg, Sergio und Silvio andererseits. Benjamin Am Bach war blauäugig, die anderen drei waren Ganoven.» Brawand streckte den Zeigefinger in die Luft. «Es wäre mir eine grosse Ehre, bekäme ich für die nächste Grillparty eine Einladung.»

«Abgemacht», erklärte Birgitt und lachte.

«Also, Birgitt, du teilst mir möglichst bald den Namen des Vietnamesen mit. Dann wollen wir zusammen weiterschauen. Und Paula?» Er musterte sie fast liebenswürdig. «Du versuchst mit Wagemann Verbindung aufzunehmen.»

«Pah ... ist der nicht so eine Art Respektsperson?», fragte Paula etwas verunsichert.

«Eher nicht. Ich glaube, er fühlt sich nicht so. Wagemann nimmt sich selber nicht ernst, das ist zumindest mein Eindruck», meinte Brawand. «Und viele, die ihn zu kennen glauben, wünschen ihn ins Pfefferland.»

Um halb acht Uhr am nächsten Tag klingelte auf Brawands Schreibtisch das Telefon. Leicht genervt hob er ab. «Wo brennt's denn so früh?»

«Bist du es, Adrian? Ich verstehe dich so schlecht», sagte Birgitt.

«Kein ... Wunder ... ich bin noch ... am Kauen meines Gipfelis ...»

«Du musst vorerst nur zuhören. Wir kennen jetzt den Namen des Vietnamesen und haben seinen Wohnort ausfindig gemacht.»

Brawand legte den halb aufgegessenen Gipfel auf seine Schreibunterlage. «Wirklich? Das ist ja toll. Erzähle bitte weiter.»

«Er heisst Nguyên Ho Tung und wohnt in Bümpliz im Westen von Bern. Ganz oben in einem Hochhaus.»

«Hast du bereits Kontakt mit ihm aufgenommen?»

«Nein, aber Bien hat das für mich getan. Tung ist bereit, mit uns zu sprechen. Allerdings nicht auf einer Polizeistation. Er wünscht als Treffpunkt das ‹Jägerstübli› in Lyss. Geht das?»

«Das ‹Jägerstübli›? Nicht sehr bequem für uns. Aber ich möchte ihm diesen Wunsch nicht abschlagen.»

«Den Termin sollen wir festlegen. Er habe keine Verpflichtungen und könne es richten.»

«Einen Moment.» Brawand blätterte in seiner Agenda. «Morgen Nachmittag um zwei, sofern es bei Lotta auch geht. Ich hätte sie gerne dabei.»

Punkt zwei Uhr am Mittwochnachmittag standen Brawand, Paula und Birgitt mit Bien beim «Jägerstübli». Der Empfang war herzlich. «Ist Nguyên Ho Tung schon da?», fragte Brawand.

«Der Vietnamese? Nein, er ist noch nicht eingetroffen. Ich nehme an, er nimmt den Zug. Und der kommt um dreizehn Uhr zweiundzwanzig an.» Lotta lachte. «Tung hat es nicht vergessen. Pünktlichkeit war schon damals, vor über dreissig Jahren, nicht sein Ding. In einer halben Stunde wird er hier hereinspazieren.»

Nguyên Ho Tung war ein kleiner Mann. Seine ostasiatischen Gesichtszüge standen in einem seltsamen Gegensatz zu seinem akzentfreien Berner Dialekt. Er begrüsste Lotta und dann alle anderen mit einem Lächeln und einer Verbeugung.

Brawands ausgestreckte Rechte ignorierte er.

Brawand war sich seines Irrtums bewusst. Das sei kein Problem für ihn, wiegelte er ab. Er gehöre zu den Schweizern, die Sitten und Gebräuche anderer Kulturen akzeptierten.

Birgitt machte eine zustimmende Kopfbewegung. «Löblich. Das ist leider nicht bei allen Einheimischen der Fall.»

Tung begann mit Erzählen, Brawand machte sich Notizen.

Es war Anfang Juli 1986. Nguyên Ho Tung klopfte an das Atelier, in dem Benjamin Am Bach gerade Kaffee trinkend eine Pause einlegte.

«Hereinspaziert, Tung.»

Beim Eintreten sagte Tung: «Wie kannst du wissen, dass ich es bin? Gibt es Gucklöcher in deiner Baracke?»

«Ich habe feine Ohren, ich erkenne dich schon von Weitem an deinem Gang. Tack … tig … tack … tig. Den rechten Fuss knallst du auf den Boden, mit dem linken trittst du sanft auf.»

Das komme von einer Kugel, die ihm ein Franzmann im Indochinakrieg unter das linke Knie geschossen habe. Danach sei er als Widerstandskämpfer des Viet Minh in französische Gefangenschaft geraten und nach Korsika verschifft und in ein Barackenlager an der Südspitze der Insel, nahe dem Städtchen Bonifacio, gesteckt worden. Das sei Ende 1953 gewesen, er war gerade neunzehn Jahre alt.

Korsische Kommunisten besorgten Nguyên Ho Tung die für einen allfälligen Grenzübertritt in ein anderes Land notwendigen Papiere. Er reiste einige Wochen später ganz legal bei Chiasso in die Schweiz ein und stellte sich dort der Grenzwache.

Nguyên Ho Tung beherrschte Französisch in Wort und Schrift. Daher riet man ihm, in Lausanne oder Biel um eine Niederlassungsbewilligung nachzusuchen. Er entschied sich für das zweisprachige Biel/Bienne, da er auch Deutsch erlernen wollte.

Nguyên Ho Tung blieb in der Schweiz, er verhielt sich unauffällig, wollte den Aufenthalt in der Schweiz nicht aufs Spiel setzen.

Im Sommer 1957 bestand er die Aufnahmeprüfung für die Kunstgewerbeschule.

Bald umgab ihn eine eigenartige Aura. Seine Lernbegier, sein Fleiss und sein Talent verschafften ihm Achtung, wenn auch manchmal eine tüchtige Portion Neid und Missgunst mitschwang. Dazu kam das Fremde, ja Undurchschaubare. Lächelte Tung, wusste man nicht, ob er in seinem Kopf weinte oder sich zurückhielt, eine angestaute Wut hinauszuschreien. Seine Gesichtszüge verrieten es nicht.

Mit dem Studienabschluss erwarb er auch das Diplom eines Zeichnungslehrers und bekam gleich eine Stelle am Gymnasium der Stadt. Damit er als vollwertiger Lehrer wirken konnte, musste er gewählt werden. Bedingung dafür war die Schweizer Staatsbürgerschaft. Die Einbürgerung erfolgte über die Wohngemeinde, was im traditionell linken Biel kein Problem war.

Im Laufe der Jahre reduzierte er sein Pensum in der Schule immer mehr.

Sein Drang, die bildende Kunst nicht nur zu vermitteln, sondern auch mit den eigenen Händen zu gestalten, obsiegte. Er kündigte die gut bezahlte Stelle am Gymnasium, wurde teils sein eigener Arbeitgeber, teils nahm er Aufträge als Restaurator oder Echtheitsprüfer für Gemälde, Skizzen und Plastiken an. Biel wurde ihm allmählich zu eng. Er mietete eine Wohnung in Bümpliz, im Westen Berns.

«Jetzt brauche ich eine Pause. Schliesslich zähle ich vierundachtzig Lenze», verkündete Nguyên Ho Tung. Da er bloss leicht angegraute, dichte, füllige Haare hatte, sah man ihm sein Alter überhaupt nicht an.

Lotta sprang auf. «Wer will Tee? Wer Kaffee?»

Alle entschieden sich für Kaffee.

Es war fünf Uhr nachmittags, als Tung ein Handzeichen gab, das wohl bedeuten sollte, dass er weitererzählen wollte. Brawand hatte aber noch eine Frage.

«Haben Sie, Herr Nguyên, Ihr Land in der Zeit nach der Gefangennahme durch die Franzosen überhaupt noch einmal besucht?»

«Klar doch, öfter. General Giáp, unserem brillanten Feldherrn, durfte ich sogar mehrere Male die Hände schütteln. Wie habe ich diesen Mann bewundert. Er zwang die Franzosen und US-Amerikaner so richtig in die Knie. Giáp starb am 4. Oktober 2013 im Alter von hundertzwei Jahren in Hanoi.»

«Und man hat Sie in der Schweiz über Ihre Reisen nach Vietnam nicht befragt?»

«Nein.»

Inzwischen setzte die Dämmerung ein. Lotta bot an, den Abend hier zu verbringen. Die Beiz sei geschlossen. Sie habe gerade Lust, ein feines Essen zuzubereiten.

Das kam Brawand nicht gerade gelegen.

Lotta entging das nicht. «Ach Adrian, morgen ist auch noch

ein Tag. Ruf bitte deine Liebste an und teile ihr mit, heute werde es später.»

Auch Birgitt sah Brawand bettelnd an.

Nguyên Ho Tung hob den rechten Daumen in die Höhe.

Brawand griff in die Jackentasche, zog sein Handy heraus und wählte die Nummer von Silvia. Nach dem kurzen Gespräch wandte er sich an Tung. «Ihre Biografie ist ein richtiger Knüller. Ich müsste allerdings noch mehr darüber wissen. Wie haben Sie Benjamin Am Bach kennengelernt?»

«Das erklär ich Ihnen gerne später. Von Interesse ist wohl eher, dass wir zusammengearbeitet haben.»

«Sie meinen, beim ‹Fälschen des Bundesbriefs›, davon habe ich Kenntnis.» Brawand pokerte etwas. Das stimmte also alles, unglaublich. «Haben Sie je herausgebracht, wie der Auftraggeber von Benjamin Am Bach hiess?»

«Er hat mir den Namen verraten – mit der Auflage, ihn nicht weiterzuverbreiten. Tut mir leid, diesen Namen habe ich vergessen.»

Brawand sah zu Lotta hinüber, die gerade das Nachtessen zubereitete. «Du hattest ja auch Kenntnis davon, dass Nguyên Ho Tung Benjamin Am Bach beim Fälschen des Bundesbriefs geholfen hat.»

«Ja, aber ich hatte es nicht weitererzählt. Jaberg wusste es auch. Ich gehe davon aus, er kannte, anders als ich, seinen Namen. Dass er ihn anderen verraten und auch herumgeboten hat, was Tung im Atelier so tat, ist schon ziemlich wahrscheinlich.»

«Jaberg?», meldete sich Birgitt. «Ich habe in den Unterlagen einiges über ihn gelesen. Plötzlich stand nichts mehr von ihm drin. Wie ging sein Leben weiter? Lebt er überhaupt noch?» Birgitt sah Brawand, dann Tung an.

«Gute Frage», antwortete Brawand. «Stimmt, bei Jaberg ist der Faden plötzlich gerissen. Ich habe die Sache nicht weiterverfolgt, weil ich Informationen über seinen weiteren Lebenslauf als nicht relevant für den Fall Am Bach einstufte.»

«Eine kriminaltechnische Sünde», bemerkte Paula lachend.

«Er hing ja, was die Kopie des Bundesbriefs betraf, mit Benjamin Am Bach in der Sache drin.»

«Wenn es dir ein Anliegen ist, kannst du jetzt ja Lotta oder Herrn Nguyên über das weitere Schicksal von Jaberg fragen.»

Paula musterte Tung. «Wissen Sie Bescheid darüber?»

«Wenden Sie sich an Lotta. Ich kannte Jaberg schon. Ich war aber, nachdem der Bundesbrief kopiert war, nicht mehr in Lyss. Und habe mich dann auch nicht mehr um Jaberg gekümmert.»

«Ich stehe am Kochherd und bin dort beschäftigt, wie ihr alle seht. In zehn Minuten sitze ich mit euch zusammen am Tisch, dann werde ich die Lebensgeschichte Jabergs zu Ende erzählen.»

Brawand knüpfte an die Aussage von Tung an. Sein Blick wurde besorgt. «Es besteht also die Möglichkeit, dass auch Holenstein im Bilde ist, wer das Dokument von 1291 kopiert hat.» Um gleich zu ergänzen: «Wenn es denn wirklich aus dieser Zeit stammt.»

Tung musterte Brawand. «Holenstein? Meinen Sie damit, derjenige, der Benjamin Am Bach ins Jenseits beförderte, trachtet auch mir nach dem Leben?»

«Ob ich etwas meine oder nicht, ist belanglos. Dass die Gefahr besteht, der Mörder von Benjamin Am Bach habe auch Sie im Fadenkreuz, kann ich nach dem Stand der Dinge nicht mehr ausschliessen. Und das allein zählt. Ich werde für Sie einen Personenschutz beantragen. Obwohl noch längst nicht feststeht, dass Holenstein der Mörder Benjamin Am Bachs war oder dieses Verbrechen in Auftrag gegeben hat.»

Nun schoss Tung auf. «Soll das bedeuten, ich werde in meiner Bewegungsfreiheit eingeschränkt?»

«Darum werden Sie nicht herumkommen. Es sei denn, Sie widersetzen sich einer polizeilichen Überwachung.»

Paula, Birgitt, Nguyên Ho Tung und Brawand waren hungrig und sehnten sich nach dem reichlichen Nachtessen, das Lotta mit viel Hingebung zubereitet hatte. Und erwarteten auch die Erzählung von Lotta, was Jaberg betraf.

«Einige Monate nachdem Benjamin Lyss verlassen hatte, schlitterte Jaberg in finanzielle Schwierigkeiten. Und was macht ein Hochstapler in einer solchen Situation? Er pumpt seine Bekannten, darunter seine Verwandten, an. Das ging ein halbes Jahr, dann versiegte diese Geldquelle.»

«Hast du eine Ahnung, um was für Beträge es ging?», fragte Brawand.

Lotta lachte. «Eine typische Polizistenfrage. Das weiss ich nicht, und es hat mich auch nicht zu interessieren. Aber ich nehme an, es ging um grössere Beträge. In der Not lässt man sich etwas einfallen. Zwielichtige Personen, wie Jaberg eine war, kommen diesbezüglich mitunter auf abstruse Ideen. – Ich hatte seinerzeit im ‹Jägerstübli› ein Gespräch zwischen Schwab und Jaberg mitverfolgt. Beide sprachen laut, sodass mir nichts anderes übrigblieb, als zuzuhören. Es ging um den Bundesbrief. Jaberg wusste darüber Bescheid, auch Schwab. ‹Da könnte noch etwas drinliegen›, gab Jaberg etwas leiser von sich. ‹Dieses Unterfangen Am Bachs war nicht legal.› – ‹Aber sicher nicht bei Benjamin›, hob Schwab hervor. ‹Aber beim Bundesbriefmuseum›, antwortete Jaberg. Dann senkten sich ihre Lautstärken.»

Brawand unterbrach Lotta. «Das hört sich so an, als ob Jaberg und Schwab gemeinsame Gaunereien unternahmen.»

«Zu so etwas hätte sich Schwab nie hergegeben. Er hörte zu, sammelte Information und hielt diese irgendwo fest. Aber ich machte mir Gedanken darüber. Offensichtlich ging Jaberg in seiner Not so weit, dass er andere zu erpressen begann. Das konnte nicht gut kommen. Nicht lange nach dem Gespräch zwischen Schwab und Jaberg wurde Letzterer mit aufgeschnittener Kehle aufgefunden. Tatort: Jabergs Wohnung.»

«Eigenartig», sprach Brawand. «Und was ziehst du, Lotta, für Schlüsse daraus?»

«Ich nehme nicht an, dass Leute vom Bundesbriefmuseum Jaberg liquidiert hätten, wenn er versucht hätte, sie zu erpressen. Aber Jaberg geschäftete noch mit anderen Leuten, zum

Beispiel mit solchen von der Mafia. Und diese machen kurzen Prozess, wenn man sie nötigt.»

«Wie ging es weiter?»

«Die Polizei ermittelte in alle Richtung, erfolglos.»

«Danke, Lotta», sagte Paula.

Brawand streckte den Daumen in die Höhe. «Ich habe auch zu danken. Das, was du uns eben preisgegeben hast, ist eine gewichtige Information.»

«Adrian, ich werde dich gelegentlich noch darauf ansprechen. Mir geht jetzt gerade einiges durch den Kopf», sagte Paula.

«Was meinst du damit?», fragte Brawand zurück.

«Nicht mehr heute. Das scheint mir eine polizeiinterne Sache.»

Man sprach über anderes, über die feine Mahlzeit, über Lyss und über das «Jägerstübli».

Das Essen war zu Ende.

«Was tun wir jetzt mit dem angefangenen Abend?», fragte Lotta.

Tung meldete sich. «Ich war mit meinen Informationen noch nicht zu Ende. Ich hätte noch einiges zu berichten.»

Lotta lachte laut. «Tung kann es nicht lassen. Das Wichtigste spart er immer für den Schluss auf.»

«Das Folgende hat mir Benjamin Am Bach erzählt», begann Tung. «An einem warmen Oktobermorgen 1986, einem Mittwoch, sei Herrmann Bangerter unangemeldet im Atelier in Lyss aufgetaucht. Benjamin wusste, dass es sich um etwas Dringendes handeln musste, denn normalerweise hatte Bangerter seine Besuche vorher angekündigt. Bangerter sei ganz aufgeregt gewesen und habe gesagt, er habe einen grossen Fisch an Land gezogen.»

«Bangerter? Kannten Sie ihn eigentlich?», fragte Brawand.

Tung verzog den Mund zu einem schwachen Lächeln. «Eigentlich schon, aber nicht besonders gut. Wir haben bisweilen zusammen geredet. Er war nur an dem interessiert, was ich konnte. Schriften messerscharf kopieren. Wie er auf mich aufmerksam wurde, das werde ich gleich erzählen.»

«Alle hier kannten Bangerter schlecht», bemerkte Lotta. «Er liess sich nicht herunter, mit unsereinem eine Diskussion zu führen. Anders war es bei Benjamin, der war für ihn ein Gesprächspartner auf Augenhöhe.»

«Bangerter, so erzählte Benjamin es mir, redete zunächst um den heissen Brei herum», fuhr Tung fort. «Ihm war offenbar mulmig zumute, er befürchtete wohl, Benjamin würde nicht auf sein Anliegen eingehen. Wie mir erst später klar wurde, war dieses Anliegen der Grund, weshalb er ihn überhaupt angestellt, ihm in der alten Armeebaracke einen Arbeitsplatz zur Verfügung gestellt hatte. Darüber habe ich allerdings nie mit Benjamin geredet. Es war meine persönliche Wahrnehmung, ob Benjamin die auch hatte, weiss ich nicht.»

Tung erklärte, er erinnere sich noch genau an das, was ihm Benjamin über Bangerter berichtet hatte. «Gestern Abend suchte mich ein Mann mit einem sehr wertvollen Dokument aus dem Jahre 1291 auf.»

Tung machte eine kurze Pause, bevor er weitererzählte und immer mehr in die Rollen von Am Bach und Bangerter verfiel. «Aufgrund der Jahreszahl hat Benjamin sofort gewusst, was Bangerter damit meinte: den *Bundesbrief*. Bangerter habe ihm gesagt: ‹Ich habe dich dazu ausersehen, eine Kopie davon anzufertigen. Eine Kopie, die sich möglichst wenig vom Original unterscheidet oder noch besser ist als das Original.› Benjamin hat sich erst dumm gestellt und gesagt, er verstehe nicht so recht, was Bangerter meine. Er solle sich nicht so doof anstellen, habe ihm Bangerter geantwortet. Er, Am Bach, wisse als Fachmann, dass man alte Dokumente nach den heutigen Methoden nachbilden könne, so gut, dass das Duplikat qualitativ das Original übertreffe.»

Tung räusperte sich. «Benjamin hat sicher die Augen zusammengekniffen und gesagt: ‹Das läuft unter Fälschung.› – Er möge das so nennen, so Bangerter. ‹Von einer Fälschung spricht man nur, wenn sie als solche erkannt wird. Und du, Benjamin – das wage ich zu behaupten –, bist so perfekt, dass niemand den Schwindel aufzudecken imstande ist.› Benjamins Grinsen habe ein Signal ausgesendet, das Bangerter sofort verstand. ‹Du wirst es nicht bereuen. Ich lasse dir weitgehend freie Hand. Mir ist klar, dass du das nicht allein schaffst. Du darfst Spezialisten beiziehen. Unter einer Bedingung: absolute Diskretion.› Bangerter habe Benjamin die Hand entgegengestreckt. Benjamin schlug ein.»

«Nun zu den Einzelheiten», bemerkte Tung. «Benjamin musste sich zunächst nach geeignetem Material umsehen. Pergament aus dem späten 13. Jahrhundert, was seinen Preis hatte. Dafür werde der Auftraggeber aufkommen müssen, sagte ihm Bangerter. Benjamin fragte natürlich nach dem Auftraggeber, worauf ihm Bangerter antwortete: ‹Der Auftraggeber scheint – wie du wohl erraten kannst – das Bundesbriefmuseum in Schwyz zu sein. Aber nur über einen Strohmann.› – ‹Strohmann?› – Ein höherer Stabsoffizier der Schweizer Armee. Er konnte sich ausweisen, im Auftrag der Direktion des Bundesbriefarchivs zu handeln, habe Bangerter geantwortet. Benjamin erkundigte sich nach dessen Namen. Das dürfe er vorläufig nicht verraten. Zuerst müsse Benjamin in den Handel einwilligen. Und sollte der tatsächlich zustande kommen, dürfte er diesen Mann nie zu Gesicht bekommen. Er lege grossen Wert darauf, anonym zu bleiben.› – ‹Warum denn das?›, hat Benjamin nachgefragt. ‹Du stellst vielleicht Fragen. Weil das alles streng geheim bleiben soll.›»

Tung legte eine Kunstpause ein. «Benjamin begriff nicht, weshalb er überhaupt eine Kopie des Bundesbriefes anfertigen sollte. Bangerter erklärte ihm, dass ein nachvollziehbarer Verdacht bestehe, dass die Gründungsurkunde der Eidgenossenschaft geraubt werden sollte. Von den jungen jurassischen Separatisten, den Béliers. Seitdem sie die Justitia am Gerechtigkeitsbrunnen in der Berner Altstadt letzte Woche in die Luft gesprengt hätten, traue man ihnen alles zu. Benjamin wusste davon und fragte zurück: ‹Ja, ja, die Statue, die Hans Gieng 1543 aus Jurakalkstein gehauen hat. Aber wer sollte sich denn für den Bundesbrief interessieren? Einmal ist es höchst unwahrscheinlich, dass es dieses Dokument je gab. Dann ist noch heute nicht erwiesen, dass es sich um eines von 1291 handelt.› Bangerters verlegene Antwort war: ‹Hmm … darüber gibt es kontroverse Meinungen. Belegt ist jedenfalls, dass das Pergament, auf dem der Text geschrieben wurde, aus der Zeit zwischen 1270 und 1310 stammt.› Das sei eine nicht überprüfte Behauptung, sagte Benjamin, auch wenn sie zuträfe, wäre das noch kein Beweis. Bangerter habe seinen Mund zu einem zynischen Schmunzeln verzogen und gefragt, vielleicht gehe es darum, diesen Beweis zur gegebenen Zeit nachzureichen. Ihm sei nicht verborgen geblieben, dass eine Gruppe von kritischen Schweizer Historikern den sogenannten Bundesbrief auf das Ende des 15. Jahrhunderts datiere. Warum nicht ein Duplikat schaffen, dem eindeutig die Entstehungszeit um 1300 zugeordnet werden könne? Benjamin dachte wohl eine Weile nach und musste dann bestimmt schallend lachen. ‹Oje, diese total bescheuerten Nostalgiker. Man ist weiterhin bereit, ganze Vermögen auszugeben, um das helvetische Gründungsdatum 1. August 1291 zu erzwingen. Wenn für mich auch etwas herausspringt, soll's mir recht sein.›»

Brawand musste über die schauspielerische Darbietung von Tung schmunzeln. «Nun, dann kamen Sie, Herr Nguyên, ins Spiel?»

«Ja, das war einem Zufall zu verdanken. Wenige Tage nach Bangerters Besuch im Atelier von Lyss besuchte ich eine Hodler-Ausstellung in Bern. Ich stand vor seinem Bild ‹Der Holzfäller›. Eine zweite Person kam hinzu und betrachtete das Bild. Sie fragte mich, was ich vom ‹Holzfäller› halten würde. So kamen wir ins Gespräch. Ich realisierte gleich, dass dieser Mann, er stellte sich als Benjamin Am Bach vor, was die Malerei betrifft, kein Banause war. Danach stellte ich mich vor. Zu meinem Erstaunen eröffnete mir Am Bach, er kenne meinen Namen und meine Werke. Ich sei ein bekannter und gesuchter Kalligraf.»

Tung erzählte, wie Am Bach ihn danach zum Mittagessen ins Hotel Bern eingeladen und sich rasch mit ihm angefreundet habe. Während des Essens habe er ihm ein Angebot gemacht, das ihn zunächst erstaunt habe. Ob er bereit wäre, ein Dokument aus dem Mittelalter zu kopieren.

«Ich fragte Am Bach, warum er für dieses Anliegen gerade auf mich komme? Er habe von mir schon mehrmals gehört. Als Kunstbeflissener informiere er sich. Als renommierter Kalligraf sei ich ein Spezialist für alte Schriften. Er schlug mir vor, sich mit ihm und seinem Arbeitgeber zu treffen, der an meinen Fertigkeiten interessiert sei.»

«Und das war Herrmann Bangerter, Eigentümer des Baracken-Ateliers in Lyss», erriet Brawand.

«Es kam zu einer Zusammenkunft von Benjamin, Bangerter und mir. Bangerter stellte Fragen über meine Arbeitsweise, die ich ihm ohne Probleme beantworten konnte. Dann noch einige grundsätzlicher Natur wie zum Beispiel, ob der Text genau gleich aussehe wie im Original. Ich erklärte ihm, dass er ein klein wenig anders aussehen werde, der Unterschied werde aber auch von Kennern – davon gebe es hierzulande weniger als ein Dutzend – kaum erkannt. Diese würden sich auf etwas anderes konzentrieren. Auch wenn es dieselben Buchstaben seien, müssten sie sich in der Kopie ein klein wenig voneinander unterscheiden. Kein a dürfe genau gleich aussehen wie das andere. Der Handschriftenmaler aus dem Mittelalter arbeitete sehr genau, aber nicht vollständig genau.»

Brawand unterbrach Tungs Ausführungen. «Was war Ihr Eindruck von Bangerter?»

«Er war in Sachen bildender Kunst ein kompetenter Mann. Er fragte mich, wie ein Handschriftenmaler in alter Zeit gearbeitet habe. Dass er das wissen wollte, erwartete ich und hatte mich entsprechend vorbereitet. Ich zeigte Bangerter Skizzen von mittelalterlichen Schreibstuben. Natürlich hakte er nach, ob ich ebenfalls ein solches Schreibpult benötigen und in der unbequemen Stellung wie damals Buchstaben malen würde. Ich erklärte ihm, dass das nicht nötig sei, es komme auf das Endergebnis an. Doch einiges müsse ebenso gemacht werden wie damals. Die Feder, mit der auf das alte Pergament geschrieben werde, müsse eine von einer Gans oder einem Schwan sein. Bis sie schreibtauglich sei, brauche es viel Fingerspitzengefühl und ein scharfes Messer. Besonderes Augenmerk sei der Schreibspitze zu schenken. Sie müsse einen spachtelförmigen Zuschnitt aufweisen und eingekerbt sein. Zudem sei sie immer nachzuschneiden. Die Schrift erhalte dadurch, je nach Schreibrichtung, dicke oder dünne Striche.»

«Was ist Ihnen, Herr Nguyên, zum Verhältnis von Bangerter und Am Bach aufgefallen?», erkundigte sich Brawand.

«Die Rolle des Arbeitgebers zu seinem wichtigen Untergebenen. Die beiden verstanden sich. Bemerkenswert war der gegenseitige Respekt. Zwischen Herrmann Bangerter und Benjamin Am Bach herrschte kein Herren-Untertanen-Verhältnis, wenn Sie das ansprechen sollten.»

«Immerhin hat Bangerter Am Bach in eine zweifelhafte Rolle gedrängt. Er hat ihm einen Auftrag gegeben, der für Am Bach ein Risiko bedeutete», doppelte Brawand nach.

«Am Bach war sich dieses Risikos bewusst. Bangerter jedenfalls zeigte sich über meine Auskünfte zufrieden. Dann sah er zu Benjamin. ‹Und das andere fertigst du an?› – ‹Ja. Die Siegel, die Stoffbänder, die sie mit dem Pergament verbinden. Da werde ich Material nehmen, das um 1300 oder einige Jahrzehnte früher hergestellt wurde. Und selbstverständlich das Pergament. Davon gibt es genügend aus dieser Zeit. Aber auch alte Siegel sind leicht zu beschaffen. Diese kann man umschmelzen.›»

«Waren die Kosten bei Bangerter auch ein Thema?», wollte Brawand wissen.

«Was mich betrifft, jedenfalls nicht. Es ist aber anzunehmen, dass Bangerter mit Am Bach über die Finanzen des Auftrags gesprochen hat.»

«Und Sie nahmen den Auftrag nach der Besprechung mit Bangerter an?», fragte Brawand.

«Ja, ich sah keine Probleme damit. Eine Arbeit, die mich faszinierte und die mir lag, wartete auf mich.»

Tung schilderte dann, wie er mit den Vorbereitungen begann. Zuerst habe er mit Tusche experimentiert und es fertiggebracht, eine Mixtur herzustellen, die nach einer Altersbestimmung aus einem Labor der Universität Bern auf die zweite Hälfte des 13. Jahrhunderts hindeutete. Wie er das schaffte, verriet er Brawand nicht, obwohl dieser genau diese Frage stellte. Er offenbarte nur: «Das war alles andere als einfach. Ich machte mir bereits als Student an der Kunstgewerbeschule Biel als hartnäckiger Tüftler einen Namen. Ich stellte damals schon eigene Tinten und Tuschen her.»

Das Rüstzeug zum Schriftenmaler hatte Tung sich nach seinen eigenen Aussagen in seiner frühesten Jugend angeeignet. «Ich wuchs in den vierziger Jahren in der Nähe von Saigon auf. Die Schrift Vietnams entstand zwischen dem 11. und 13. Jahrhundert aus dem Chinesischen. Sie setzte sich aus kunstvollen Zeichen zusammen. Diese zu erlernen war anspruchsvoll, sodass nur wenige aus der gebildeten Schicht sie beherrschten.»

Tung schilderte weiter, wie er sich mit dieser neuen Aufgabe auseinandersetzte. Dass es sich dabei um die Gründungsurkunde der Eidgenossenschaft handelte, habe ihn nicht berührt. Eine Kopie eines Schriftstücks aus der Zeit um 1300 war zu schaffen. Sollte das Dokument später einmal penibel analysiert werden, durfte man nur zu einem Ergebnis kommen: Es ist über siebenhundert Jahre alt.

Er habe mit der Arbeit erst begonnen, nachdem er das Original im Bundesbriefarchiv genau angesehen hatte. Er habe eine Lupe aus seiner Westentasche gezogen und sich in das alte Dokument vertieft. Das sei nur unter Aufsicht des dortigen Direktors möglich gewesen. Er, Tung, sei zur Überzeugung gelangt, dass es nicht vom Ende des 13. Jahrhunderts stamme, sondern zwei Jahrhunderte jünger sei.

Brawand funkte dazwischen: «Seit 1992 heisst es ‹Bundesbriefmuseum›, zuvor hiess es noch ‹Bundesbriefarchiv›», um dann noch eine Frage anzuhängen: «Haben die in Schwyz gewusst, dass Sie den Auftrag hatten, den Bundesbrief zu kopieren?»

«Nein. Aber bald nach meinem Besuch in Schwyz lud mich Benjamin in sein Atelier ein. Er hielt mir das Original unter die Nase. Ich wollte wissen, wie er zu diesem Dokument gekommen sei. Es sei über Bangerter gegangen. Bangerter habe ihm eingeschärft, dass er das Dokument nie aus den Augen verlieren dürfe. Er müsse es rund um die Uhr bei sich haben. Sei es im Atelier, habe er sich dort aufzuhalten, gehe er irgendwo essen, müsse er es in einer Mappe dabeihaben. Am Abend nehme er es mit auf sein Zimmer und lege es unters Bett. Es handle sich um den Staatsschatz der Eidgenossenschaft.»

Auf Einzelheiten, wie er und Benjamin die aufwendige Kopie des Bundesbriefs erstellten, liess sich Tung nicht ein. Nach getaner Arbeit, sie beanspruchte gut drei Monate, habe er sich mit Benjamin Am Bach ins Doerner Institut nach München begeben.

«Seinem Kontaktmann erklärte Benjamin mit kaltblütiger Scheinheiligkeit: ‹Da ist eine Urkunde, die auf das beginnende Spätmittelalter datiert ist. Trifft das auch zu? Unser Verdacht: Sie könnte Jahrhunderte später angefertigt worden sein.› Der Mann vom Institut hat das Dokument einige Minuten angestrengt angesehen, einige Stellen durch eine Lupe betrachtet und gesagt, den Text darauf finde er nicht gerade bewundernswert. ‹Wenn Ihnen die Analyse davon fünf bis zehn Riesen wert ist, bitte. Wir sagen nicht Nein.› – ‹Tun Sie es, wir werden dafür bezahlen›, war die Antwort von Benjamin. Der Doerner-Mann erkundigte sich, ob er die Ergebnisse und das Bild nach Lyss schicken solle. – ‹Nein, wir holen alles ab›, sagte Benjamin. Die Expertise sollte Ende der folgenden Woche fertig sein. – Der

Untersuchungsbericht des Münchner Instituts hat Benjamins und meine Erwartungen übertroffen.»

Tung strahlte. «Das Schriftstück sei zwischen 1270 und 1340 entstanden. An der Echtheit sei nicht zu zweifeln. Benjamin war skeptisch und konnte es sich nicht verkneifen, zu fragen, ob es wirklich nicht ein geschickt erarbeitetes Falsifikat aus der Gegenwart sein könnte. – Auszuschliessen sei das nicht, sagte der Experte. ‹Es gibt, und gab immer schon, hochqualifizierte Fälscher, die mit den erstklassigsten Analysemethoden nicht zu überführen sind.› Benjamin und ich hatten glänzende Augen. Wieder zurück in Lyss feierten wir den Erfolg zusammen mit Jaberg. Benjamin ermahnte ihn, die Geschichte um den durchgepausten Bundesbrief nicht etwa weiterzuverbreiten. Er habe dem Auftraggeber das Versprechen abgegeben, niemandem davon zu erzählen. Das sei schade, meinte Jaberg zu Benjamin. ‹Ein solches Meisterwerk dürfte eigentlich nicht geheim bleiben. Das würde dein Renommee als Fälschungsexperte rasant in grösste Höhen treiben.› – ‹Oder als Meisterfälscher›, hat Benjamin mit einem Hauch von Zynismus zurückgegeben. – Danach sprachen wir nicht mehr über den Bundesbrief.»

Birgitt, die lange geschwiegen hatte, meldete sich. «Herr Nguyên, Sie haben uns viel Interessantes erzählt. Paula und ich, natürlich auch Adrian Brawand, sind ausgebildete Kripoleute. Leider haben wir in unserem Lehrgang sehr wenig über Kunstfälschungen mitbekommen. Dann passieren Verbrechen gegen Leib und Leben, die in Zusammenhang mit der Kunstszene stehen. Um gegen diese vorzugehen, müssten die Ermittlungsbehörden mehr über den Bildermarkt, über alte Bücher und andere Kunstgegenstände wissen, als es derzeit der Fall ist. In unserer Abteilung, so hoffe ich wenigstens, haben wir dieses Problem erkannt. Aber wie steht es in dieser Beziehung um die Künstler? Haben die überhaupt eine Ahnung von den kriminellen Energien in ihrer Sparte? Gibt es in den Kunstakademien ein Fach ‹Verbrechen im Kunsthandel›?»

Alle staunten über das Votum von Birgitt.

«Ich bin in die Jahre gekommen und habe keine Ahnung, wie das heute ist. Im Unterricht an der Kunstgewerbeschule Biel habe ich jedenfalls nie etwas über Kunstfälschungen gehört. Die Studierenden haben untereinander dieses Thema schon angeschnitten, nicht etwa um es zu bekämpfen, sondern um mehr darüber zu erfahren», antwortete Tung mit regungsloser Miene.

Birgitt zeigte sich irritiert von dieser Antwort. «Ohne Künstler gäbe es keine Kunstfälschungen. Man müsste auch die Künstler in dieser Sache in die Pflicht nehmen.» Sie warf Paula einen Blick zu.

«Danke, Birgitt. Wir zwei werden zusammensitzen und danach der Kripoleitung Vorschläge machen.»

Brawand enthielt sich eines Kommentars, sah auf die Uhr und brummte: «Es wird allmählich spät.»

***

Einen Tag nach dem Besuch in Lyss und dem Gespräch mit Nguyên Ho Tung informierte Brawand Bassi, ohne allerdings die Voten von Paula und Birgitt zu erwähnen. Bassi hörte sich ohne nennenswerte Zwischenfragen die detaillierte Berichterstattung an. Dann betrachtete Bassi Brawand einige Augenblicke. «Das ist sehr interessant. Das heisst, Benjamin Am Bach hat dafür kunstfertig die Entstehung des Bundesbriefs zurückdatiert. Er hatte mehrere Mitwisser, nicht nur Nguyên Ho Tung. Und einem wurde es zu heikel … Aber weshalb jetzt, mehr als dreissig Jahre später? Die Gefahr ist gross, dass die Person, die Benjamin Am Bach umgebracht hat, die Namen der Mitwisser in Erfahrung bringen konnte.»

«Möglich. Doch das Ganze könnte komplizierter sein. Ist der Mörder von Benjamin Am Bach identisch mit dem von Arnold Krummen? Vielleicht hat Krummen Am Bach umgebracht und Holenstein Krummen. Und war Holenstein wirklich derjenige, der Bangerter den Auftrag gegeben hat, eine Kopie des Bundesbriefs anzufertigen? Was ist mit dem Leiter des Bundesbriefmuseums? Ist er nicht das erste Glied der Kette. Die Idee, den Bundesbrief zu kopieren, muss doch von ihm stammen. Also muss er Holenstein gekannt haben. Wir müssen uns den damaligen Leiter des Bundesbriefmuseums und Bangerter vornehmen.»

«Wenn die noch leben? Aber finde das heraus.»

Keiner der beiden lebte noch. Sie schafften nicht mal die Jahrtausendwende. Allerdings war der Staatsarchivar von Schwyz von 2006, Kaspar Auf der Mauer, noch ansprechbar und bei bester Gesundheit. Brawand schloss sich mit ihm kurz. Er gab freimütig Auskunft. Er habe Befehle befolgt, als Beamter könne er nichts anderes tun.

Dass es eine Kopie des Bundesbriefs gab, wisse er nicht. Er könne sich nicht vorstellen, dass die Museumsleitung sich zu einem solchen Schritt entschlossen habe. Die Dokumente im Bundesbriefmuseum würden sorgfältig und sicher aufbewahrt. Kopien seien kein Ersatz für das Original. Auf der Mauer hielt inne, runzelte die Stirn. «Erkundigen Sie sich doch bei der Gattin des seinerzeitigen Museumsleiters. Sie ist sehr auskunftsfreudig.»

Brawand liess sich das nicht zweimal sagen. Er fand die Anschrift von Maria Aschwanden, der Witwe des 1998 verstorbenen Museumsleiters. Ihr Damian sei wirklich besorgt gewesen, die Béliers würden den Bundesbrief stehlen. Diese Saubande habe ja auch den Unspunnenstein entwendet. Unspunnen, das sei doch so etwas wie das Rütli der Berner, Frau Aschwanden liess gehörig Dampf ab, und Brawand nahm das geduldig hin. Als ihr Redeschwall etwas abflaute, fragte Brawand schnell: «Wer ist auf die Idee gekommen, eine Kopie des Bundesbriefes anzufertigen?»

«Damian, meine bessere Hälfte, natürlich.»

«Das soll ein recht diffiziles Unterfangen gewesen sein. Wie hat er es geschafft, dass eine Kopie davon zustande gekommen ist? Soviel ich weiss, erging der Auftrag über einen Mittelsmann. Details weiss ich leider nicht.»

«Da kläre ich Sie gerne auf. Ich denke, mein Damian hat das genial über die Bühne gebracht. Seine Mitarbeiter haben ihm abgeraten, es waren Feiglinge, sie hatten vor Angst die Hosen voll. Doch Damian hat ihnen eine Lektion erteilt. Er war ein Meister im Delegieren. Die brenzligen Sachen liess er immer andere machen. Er kannte einen Offizierskollegen aus der Armee. Einen Obristen mit Namen ... mit Namen ...»

«Holenstein? Steffen Holenstein?», half ihr Brawand aus.

«Genau, jetzt fällt es mir wieder ein. Der Steffen war oft zu Gast bei uns, er hat alle Kommunisten gehasst. Die Béliers, das waren Kommunisten von der übelsten Sorte. Die wollten den Jura der Sowjetunion anschliessen.»

«Wirklich? Das habe ich gar nicht gewusst ...»

«So ist es. Sie müssen noch viel lernen, junger Mann.»

«Können Sie mir verraten, wie Holenstein die Sache angegangen ist?»

«Aber sicher kann ich das. Mein Mann und ich hatten nie Geheimnisse voreinander. Er hat mich in alles eingeweiht. Er ging folgendermassen vor: Er bat Holenstein um einen Vorschlag. Damian hat nie einfach befohlen. Es war ihm immer ein Anliegen, seine Untergebenen von seinen Massnahmen zu überzeugen. Dabei war er immer erfolgreich. Sie müssen wissen ... hmm, wo bin ich jetzt verblieben?»

«Der Vorschlag von Holenstein würde mich interessieren.»

Die Witwe Aschwanden hielt einige Augenblicke inne, dann kam ihr Brawand zu Hilfe. «Ich denke, Herr Holenstein hat sich an einen Herrn Bangerter gewandt.»

Sie machte grosse Augen und klatschte in die Hände. «Was Sie nicht alles wissen, Herr ... Herr ...»

«Brawand», sagte er mit einem Lächeln.

«Ich glaube wirklich, der Typ hiess Bangerter. Er war irgendwie einer, der mit Kunst handelte, sich mit alten Schriften befasste. Ich überlege nur, wo der Typ seine Bude hatte ...»

«Könnte es Lyss gewesen sein?»

Frau Aschwanden strahlte. «Genau. Ich weiss es jetzt. Bangerter war ein Offizier in der Einheit von Holenstein. Er stand auf Augenhöhe mit meinem Mann. Beide waren Obristen. Die wichtigsten Persönlichkeiten in unserem Land sind alle Oberst oder höher. Damian hob immer hervor: ‹Die Schweiz hat keine Armee, die Schweiz ist eine Armee.›»

Brawand wusste damit alles, was er von Frau Aschwanden wissen wollte, und suchte nach einer Möglichkeit, sich zu verabschieden, was zunächst nicht gelang. Sie stellte immer wieder Fragen und gab gleich die Antworten darauf.

Guter Dinge begab er sich zu Bassi, um weitere Instruktionen entgegenzunehmen, obwohl er eigentlich wusste, was als Nächstes anstand. Er musste sich mit der Leitung des Bundesbriefmuseums zusammensetzen.

Bassi waren die Erfahrungen von Brawand mit der Empfangsdame noch im Ohr. Er sagte: «Es kann nur besser werden. Aber zu einer Auskunft verpflichtet ist auch die Leiterin nicht. Das Bundesbriefmuseum gehört nicht der Eidgenossenschaft, sondern dem Kanton Schwyz.»

Brawand unternahm einen neuen Versuch. Annelise Betschart war nicht mehr ganz neu, sie amtete an diesem Posten seit 2010.

Brawand fragte, ob sie wisse, dass ihr Vorgänger 1986 einem Restaurator den Auftrag gab, den Bundesbrief zu kopieren.

«Der Bundesbrief ist schon oft kopiert worden», antwortete Frau Betschart lächelnd.

«Ich denke, Sie verstehen mich falsch. Es handelt sich um eine handgemachte Kopie des Originals. Auf altem Pergament, mit alter Schrift, alter Tinte, alten Siegeln.»

Stirnrunzelnd fragte sie: «Was wäre daran Besonderes? Das dürfen wir als Eigentümerin des Originals.»

«Wie viele solcher Kopien haben Sie in Ihrem Museum vorrätig?»

«Sie stellen auch Fragen, Herr Brawand.»

«Ich bin mir dessen bewusst. Aber eine solche Kopie könnte in einem Verbrechen, das sich vor einigen Wochen in Ringgenberg am Brienzersee abgespielt hat, eine Rolle gespielt haben. Wurde 1986 offiziell bekanntgegeben, dass das Bundesbriefmuseum einen Auftrag für eine Kopie der Gründungsurkunde der Eidgenossenschaft gegeben hatte?»

«Wohl kaum. Nach meinem Wissensstand sollte das geheim bleiben. Sehen Sie, Herr Brawand, diese Geheimhaltung könnte einen Grund gehabt haben. Damals, aber vielleicht auch noch heute. Tut mir leid, darauf darf ich Ihnen keine Auskunft geben. Das würde meine Kompetenzen übersteigen. Die Regierung des Kantons Bern müsste mit diesem Ansinnen an die Regierung unseres Kantons gelangen.»

«Das könnte sehr lange dauern.»

«Womit Sie wohl recht haben, was aber an der Sache nichts ändert.»

Es blieb ein kurzes Gespräch. Brawand wusste, woran er war. Ziemlich frustriert machte er sich auf den Weg zurück nach Bern.

Als er Bassi Rückmeldung erstattete, fand er über das Treffen mit Frau Betschart bittere Worte. «Mir wäre ein sturer Bock wie ihr Vorgänger um einiges lieber gewesen. Aus ihm hätte ich wesentlich mehr herausgebracht.»

Bassi lachte laut auf. «Wesentlich mehr herausgebracht ist gut. Du hast überhaupt nichts herausgebracht. Wir müssen einen anderen Weg suchen. Immerhin können wir beweisen, dass eine solche Kopie existiert hat oder immer noch existiert. Wir kennen auch die Identität des Mittelsmannes, der die ganze Sache eingefädelt hat. Adrian, was ist dein nächster Schritt?»

«Wir müssen herausfinden, für was oder wen Am Bach und Nguyên die Kopie des Bundesbriefs im Auftrag des Museums angefertigt haben. Vielleicht für eine Leihgabe?»

«Ja, das wär möglich. 2006 war in Philadelphia eine Ausstellung, die Parallelen der schweizerischen und amerikanischen

Verfassung aufzeigen sollte. Da war der Bundesbrief erstmals im Ausland und das Herzstück der Ausstellung. Du musst in den Medien alles darüber recherchieren. In unseren und US-amerikanischen, im Internet. Dann werden wir eine Reise nach Philadelphia planen.» Bassi lachte.

«Ich soll reisen?»

«Vielleicht, aber es könnte sein, dass ich dich begleite.»

14

Bern stand für 1891 ein grosses Fest bevor. 1191 war die Stadt gegründet worden. Manuel Am Bach, der derzeitige Stadtarchivar, wurde vom Gemeinderat, der Stadtregierung, mit der Organisation der Feierlichkeiten zum siebenhundertjährigen Geburtstag von Bern betraut. Er schlug dafür als Datum den 1. August vor. Das hatte einen ganz bestimmten Grund, den er nur seinen engsten Angehörigen anvertraute.

Manuel verwaltete als direkter Nachkomme des ersten verzeichneten Am Bachs die Chronik seiner Familie. Neben vielen persönlichen Aufzeichnungen waren auch das handgeschriebene Buch, das zur Hinrichtung von Jeremias 1291 geführt hatte, und das Original des gefälschten Bundesbriefes darin. Ein zweiter gefälschter Bundesbrief wurde 1758 als Kopie im Archiv von Schwyz wiedergefunden, den die Schwyzer für echt hielten.

Mit der Berner Feier vom 1. August 1891 wollte Manuel dafür sorgen, dass dieses Schriftstück in der ganzen Schweiz Aufmerksamkeit bekam und für bedeutsam erachtet wurde. Als die Urkunde später zum nationalen Heiligtum emporstilisiert wurde, amüsierte er sich köstlich.

Ende 1898 beschloss der Bundesrat, die Schweizer Landesregierung, den 1. August als Nationalfeiertag einzuführen. Landesweit wurde er 1899 zum ersten Mal gefeiert.

Als Standort der nationalen Feier wurde die Rütliwiese am Vierwaldstättersee erkoren. Das hatte sich Manuel allerdings anders vorgestellt. Für ihn wäre dafür der Bundesplatz in Bern der ideale Ort gewesen, was in der Urschweiz nicht gut ankam. Man berief sich dort auf den Rütlischwur. Es sei diese Kuhweide, wo die heilige Handlung 1291 stattgefunden habe. Alle Kantonsregierungen ausser der von Bern sahen das auch so.

Albrecht Am Bach, der Sohn von Manuel, wollte nun das ganze Archiv zugänglich machen.

«Man kann nur spekulieren, was im Kopf von meinem Vater Manuel Am Bach wirklich vorging», so Albrecht. «Er hinterliess eine stattliche Anzahl von Dokumenten und Notizen, die er zum grossen Teil selbst verfasste. Nahezu sicher ist, dass er längst nicht alles, was er veröffentlichte oder an Veranstaltungen zum Besten gab, für bare Münze hielt. Sein Schurkenstück war der Bundesbrief, den er wider besseres Wissen als felsenfeste Tatsache seiner Nachwelt feilbot. Machte er das, weil er der Stadt Bern einen Dienst erweisen wollte? Anders als bei der Eidgenossenschaft steht ihr Gründungsjahr fest.»

Das schrieb Albrecht an eine Berner Zeitung. Der verantwortliche Redaktor veröffentlichte den Brief nicht. Kurz danach ging das Archiv der Am Bachs, das in einer Mansarde der Altstadt untergebracht war, in Flammen auf. Es war offensichtlich Brandstiftung. Die Person, die das Feuer legte, konnte nie ausfindig gemacht werden.

Vieles aus dem Archiv überlieferte Albrecht seinem Nachfolger in Form eines Gedächtnisprotokolls. Dieser gab die danach verfassten Protokolle seinem ältesten Sohn Jakob Am Bach weiter.

15

Anfang April erschien Brawand mit einem zentimeterdicken Stoss Papier im Büro von Bassi. Bei den meisten Papieren handelte es sich um Kopien aus Printmedien. Darin war wenig, das die Ermittlungen im Mordfall Benjamin Am Bach weiterbrachte.

Bassi seufzte. «Fast zwei Monate sind vergangen. Wir haben zwar eine ganze Menge von Leuten vernommen, aber mehr als einen Silberstreifen am Horizont sehe ich noch nicht. Der Fall Am Bach scheint in der Öffentlichkeit in Vergessenheit zu geraten. Wenn eine profilsüchtige Redaktorin oder ein unterbeschäftigter Journalist sich deswegen beschweren, soll uns das nicht aus der Fassung bringen. Kapitalverbrechen werden oft erst nach Jahren aufgeklärt.»

Es gab im Stoss Interviews von Amerika-Schweizern, die ihre Ehrfurcht über das Gründungsdokument kundtaten. Keine Zweifel an der Echtheit des Dokuments vonseiten der Schweizer Kolonie in den USA, obwohl von namhaften Schweizer Historikern Fragezeichen hinter das Entstehungsdatum des Bundesbriefs, 1291, gesetzt wurden.

Allerdings gingen Bassi und Brawand davon aus, dass das Dokument, das im Sommer 2006 in Philadelphia ausgestellt wurde, nicht von 1291 stammte. Die beiden wussten aber auch, dass ein Falsifikat existierte, das tatsächlich die versprochenen Kriterien, Alter um 1290 plus/minus fünfzig Jahre, erfüllte. Dessen waren sich die Leute aus dem Bundesbriefmuseum wohl auch bewusst.

Wie zog man sich im Bundesbriefmuseum aus der Affäre, den Amerikanern ein falsches Dokument untergejubelt zu haben? Bassi und Brawand waren sich einig, dass dieses Geheimnis nur von den Ausstellern in Philadelphia gelüftet werden konnte. Sie entschlossen sich also zu einer Reise nach

Philadelphia. Als Abflugdatum wurde im Einvernehmen mit Tom Gruber, dem Polizeichef von Philadelphia, Montag, der 9. April, festgelegt. Gruber wusste Bescheid, um was es ging. Er machte Brawand und Bassi auch Hoffnungen, die Polizei und die zuständige Universität von Philadelphia seien nicht mehr an ein Geheimhaltungsabkommen gebunden.

In Kloten startete um sieben Uhr morgens eine Maschine der Swiss nach London. Sie kam um acht Uhr in Heathrow an. Um zehn vor zwei ging's mit der United Airline direkt nach Philadelphia, wo Bassi und Brawand um fünf Uhr abends am Ankunftsterminal von den Grubers abgeholt wurden. Es war ein herzlicher Empfang.

Adrian Brawand und Luca Bassi stellten sich Tom und Olivia Gruber vor. Ein reichliches Nachtessen im Haus der Grubers im Villenviertel Philadelphias wartete auf die Gäste. Für den nächsten Morgen war ein Besuch im National Constitution Center angesagt.

Michael O'Bryen, leitender Kunsthistoriker, hiess sie, Gruber, Bassi und Brawand, am Eingang willkommen. Ein neckisches Lächeln huschte über O'Bryens Gesicht. «Ich freue mich ungemein, dass Sie da sind. Heute kann ich etwas loswerden, das mir schon lange auf dem Magen liegt.» Er führte die drei in sein repräsentatives Arbeitszimmer. Sie nahmen an einem runden Eichentisch mit Stühlen aus der Belle Époque Platz. Das Schmunzeln Bassis entging O'Bryen nicht. Stolz verkündete er: «Wunderbare Jugendstilmöbel, aus Holz und lackiert mit dekorativ geschwungenen Linien, florale Ornamente. Die Sessel wurden um 1900 angefertigt, in den USA. Sie könnten aber ebenso aus Europa stammen. Wir Amerikaner entdeckten die Kultur um die vorige Jahrhundertwende, es war die von Europa. Um diese Zeit wanderten massenhaft Menschen aus England, Deutschland, Frankreich, Italien in unser neues Land ein.» O'Bryen hielt kurz inne. «Natürlich auch aus der Schweiz.»

«Mach jetzt endlich vorwärts, lieber Michael. Was willst

du denn loswerden? Bassi und Brawand sind weder Kulturenthusiasten noch Kulturverächter. Es sind Polizisten, die ein Verbrechen aufklären wollen», wies ihn Tom Gruber zurecht.

O'Bryen stand auf, ging zu seinem Schreibtisch, zog eine Schublade auf, entnahm ihr ein Klarsichtmäppchen und kehrte zum Besuchertisch zurück. Er hob das Mäppchen in die Höhe. «Darin befinden sich zwei Fotokopien. Nahezu identische. Ich hatte beide Originale in Händen. Ich gehe davon aus, dass ihr beide sie ebenfalls gesehen habt. Jedenfalls wisst ihr darüber Bescheid.»

Im Mäppchen gab es je vier Kopien beider Dokumente. O'Bryen reichte jedem der drei andern je eine.

«Bestens bekannt», sagte Bassi.

O'Bryen hob eine in die Höhe. «Diese hier ist das Abbild des ersten Dokuments, das vom 12. bis zum 20. Juni im Constitution Center zur Besichtigung ausgestellt war.» Er hob die zweite Kopie hoch. «Diese hier vom 21. bis zum 30. Juni. Es war der grösste Publikumserfolg des Centers seit Jahren.»

Ein breites Grinsen überzog das Gesicht von Bassi. «Warum wurde das Dokument ausgewechselt?»

O'Bryen atmete auf. «Das ist eine eigenartige Geschichte. Wie ihr vielleicht wisst, hat der Leiter des Staatsarchivs von Schwyz den Bundesbrief Anfang Juni 2006 nach Philadelphia gebracht. Das wertvolle Dokument war in einem kleinen Koffer und dieser am linken Handgelenk des Überbringers angekettet.»

«Ich weiss», stöhnte Bassi, «ein schier unglaubliches Theater.»

«Wir haben eine winzige Probe des Pergaments und eine der Schrift der University of Pennsylvania und der University of Arts zur Überprüfung geschickt. Die beiden Hochschulen sind mit den mordernsten und empfindlichsten Geräten zur Analyse alter Dokumente ausgerüstet. Drei Tage danach kam das Untersuchungsergebnis. Das Pergament wurde auf das Zeitfenster 1270 bis 1315 datiert, doch die Schrift auf das von 1560 bis 1590. Damit stand fest: Das Dokument konnte nicht von 1291 stammen. Wir schalteten das FBI ein. Dann geschah etwas, das uns verblüffte. Am 20. Juni tauchte der Leiter des Schwyzer Staatsarchivs, Kaspar Auf der Mauer, mit einem weiteren Dokument auf. Er entschuldigte sich überschwänglich. Ein bedauerliches Versehen habe dazu geführt, dass es sich beim vierzehn Tage zuvor überbrachten Dokument nicht um das Original, sondern um eine Kopie gehandelt habe. Wir tauschten das Dokument aus. Die angebliche Kopie nahm er wieder zurück in die Schweiz mit.»

«Und ihr habt ohne weitere Analyse das zweite Dokument zur Besichtigung freigegeben?»

«Natürlich nicht. Wir haben auch von diesem Proben genommen und sie durch die beiden Universitäten untersuchen lassen. Das Ergebnis: Das Pergament stammte aus der Zeit zwischen 1240 und 1280, die Schrift aus der Zeit zwischen 1275 und 1310.»

Bassi setzte erneut ein süffisantes Grinsen auf. «Damit war für die USA die Sache erledigt?»

«Für mich nicht, doch offenbar für das Justiz- und Aussenministerium in Washington.»

«Warum zweifelten Sie weiter an der Echtheit?»

«Würden Sie das denn nicht tun?», fragte O'Bryen zurück.

Bassi nickte kräftig. «Aber sicher würde ich das.»

«Weshalb?»

«Die ganze Sache stinkt doch zum Himmel. Da gibt es zwei nahezu identische Dokumente. Das Original soll offenbar von 1291 stammen, die Kopie von 1480 zur Zeit des Stanser Verkommnis? War nicht das nachgelieferte Dokument die Kopie? Da stellt sich die Frage, kann man eine Kopie so anfertigen, dass sie als circa siebenhundertjähriges Schriftstück daherkommt?»

Nun lachte O'Bryen. «Das ist durchaus möglich, wenn man sich ein Pergament aus dieser Zeit beschaffen kann und weiss, wie es anzustellen ist, die Tinte so zu präparieren, dass die Altersbestimmung im gewünschten Zeitfenster liegt.»

«Wir scheinen uns zu verstehen. Nun kann ich die Katze aus dem Sack lassen. Wir haben herausgefunden, dass das angebliche Original eine Kopie ist, die 1986 angefertigt wurde. Derjenige, der sie hergestellt hat – wir kennen ihn –, wusste Bescheid über die neuesten Methoden der Altersbestimmung. Die Schrift besteht aus Kohlenstoffverbindungen. Es ist kein Problem, sich Kohlenstoff aus fossilen Stoffen zu beschaffen, zum Beispiel Holz, das vor mehreren Hunderten bis Tausenden von Jahren gefällt wurde. Dieses Holz kann man verkohlen und der Tinte beimischen. Diese Person hatte Zugang zu einem wissenschaftlichen Institut der Universität Bern. Das erlaubte ihr, Tinte des gewünschten Alters anzufertigen.»

«Genau», sprach O'Bryen. «Das kann ich sehr gut nachvollziehen.»

«Zur Ahndung eines Verbrechens – es handelt sich um zwei Morde, die, so glauben wir, etwas damit zu tun haben – müssen wir der Justiz Beweise vorlegen. Diese haben wir, auch wenn die Täterschaft noch nicht mit Sicherheit identifiziert ist. Es wäre sehr schön, wenn das Constitution Center uns noch einen weiteren Beleg anbieten könnte.»

Er werde sich gleich darum kümmern, versprach O'Bryen. Er erhob sich abermals, ging zu seinem Schreibtisch und fand nach kurzem Suchen die Atteste der University of Pennsylvania und der University of Arts. Er machte Fotokopien davon und reichte sie Bassi. «Zufrieden?»

«Herzlichen Dank. Sie haben uns unendlich geholfen.»

Tom Gruber klatschte in die Hände. «Das müssen wir begiessen. Ich lade euch zum Abendessen bei uns ein. Passt es dir Michael?»

Es passte.

Vier Tage später waren Bassi und Brawand wieder an ihrem Arbeitsplatz an der Allmendstrasse in Thun. Im Büro von Bassi besprachen sie das weitere Vorgehen.

«Ein mögliches Motiv dieses Kriminalfalls hätten wir jetzt.

Der oder die Täter wollten verhindern, dass die Wahrheit über die Entstehung des Bundesbriefs an den Tag kommt. Wir können uns vorstellen, in welche Richtung die Spuren des Mörders oder der Mörder führen. Doch das genügt uns noch nicht. Jetzt bist du wieder dran, Adrian.»

16

Jakob Am Bach war in Zivil Bergbauer in Oberried. Er wurde nach Ausbruch des Zweiten Weltkriegs Anfang September 1939 eingezogen wie der Grossteil der Milizsoldaten. Kurz vor Weihnachten durfte er wieder nach Haus. Die deutsche Wehrmacht hatte Polen besetzt. Frankreich und England hatten dem Deutschen Reich deshalb den Krieg erklärt. Zunächst fanden keine weiteren Kämpfe statt.

Am 10. Mai 1940 änderte sich das. Deutsche Truppen fielen in den Niederlanden ein und besetzten das ganze Staatsgebiet. Frankreich mobilisierte seine Armee, um die Deutschen aus Holland zu vertreiben. Die Wehrmacht griff Frankreich, das bis dahin als stärkste Militärmacht Europas galt, an und eroberte in einem Blitzkrieg die Hälfte des Landes, darunter die Hauptstadt Paris. Am 22. Juli kapitulierte die französische Armee. Kurz zuvor war auch Italien zur Unterstützung der Deutschen in den Südosten des todwunden Landes eingefallen. Damit war die Schweiz nahezu vollständig von den Truppen Deutschlands und Italiens eingeschlossen.

Jakob musste erneut seine Uniform anziehen, um in Luzern einzurücken. Mit Tränen in den Augen verabschiedete er sich am kleinen Bahnhof Oberried von seinen Angehörigen. Als er den Zug bestieg, war er längst nicht der Einzige aus seinem Dorf. Mehr als zwei Dutzend Wehrmänner leisteten ihm Gesellschaft. Der von zwei Dampflokomotiven gezogene Zug war bereits zur Hälfte mit Soldaten besetzt. Für alle war der Einrückungsort die Kaserne Luzern, auf der anderen Seite des Brünigpasses. Eine Fahrt von fast drei Stunden mit der schmalspurigen Zahnradbahn, zum Glück ohne Umsteigen. Aber unterbrochen von zahlreichen Halten. Fast ausschliesslich Soldaten stiegen zu.

In Lungern kamen wieder einige Dutzend Uniformierte, bepackt mit Tornister und umgehängtem Karabiner, in den Zug. Einer von ihnen, mit grossem Wallebart, trug einen kleinen gefüllten Kartoffelsack.

«Kamerad, das Essen brauchst du nicht mitzubringen, das bekommen wir unentgeltlich, wenigstens das, neben dem mickrigen Sold», brüllte einer, sich vor Wiehern krümmend.

«Das ist geistige Nahrung, liebe Mit-Eidgenossen.» Er schnürte den Sack auf, entnahm daraus hektografierte Blätter und verteilte sie an die Mitreisenden. Dann begann er laut zu lesen:

«Der Bundesbrief vom 1. August 1291. In Gottes Namen. Amen. Das öffentliche Ansehen und Wohl erfordert, dass Friedensordnungen dauernde Geltung gegeben werde …»

Nach diesen wenigen Worten dröhnte eine laute Stimme durch den Waggon. Sie gehörte Jakob. «Hör augenblicklich auf mit diesem Stumpfsinn. Der Bundesbrief wurde nie am 1. August 1291 geschrieben. Er ist eine Fälschung aus dem Jahre 1481. Sein Wortlaut ist eine Zumutung. Denk bitte ein wenig nach. Was für eine Botschaft bringst du uns mit den Worten ‹dass jeder nach seinem Stand seinem Herren geziemend dienen soll›. Sind wir etwa Leibeigene?»

Der Rezitator wurde bleich vor Zorn. «Du versündigst dich an Gott und am Vaterland.» Nun mischten sich andere Soldaten in den Disput ein. Es bildeten sich zwei Lager, ein deutlich kleineres, das sich auf die Seite von Jakob schlug. Man beschimpfte einander. Verdammte Kommunisten seien die, die den geheiligten Bundesbrief besudelten. Was Jakob nicht gelten liess. «Ich bin Gemeinderat von Oberried und Mitglied der Sozialdemokratischen Partei.»

«Jetzt lässt er die Katze aus dem Sack», brüllte der mit dem Wallebart. «Ein Sozi ist er. Sozis und Kommunisten, das ist doch die gleiche Brut.»

So ging es weiter und wurde immer lauter. So laut, dass der Kondukteur es nicht mehr wagte, sich länger im Wagen aufzuhalten. Er suchte in einem anderen Wagen Zuflucht und fand sie in der Person eines Hauptmanns. Dieser begab sich unverzüglich zu den Streitenden und brüllte: «Bitte Ruhe!»

Augenblicklich wurde es still. Er fand bald heraus, wie der Streit entstanden war und welche zwei Wehrmänner ihn vom Zaun gebrochen hatten. Der Bärtige sowie Jakob wurden von Militärpolizisten in Gewahrsam genommen und in das Gefangenenabteil im Wagen in der Mitte des Zuges gebracht. Kurz danach, der Zug fuhr gerade in Giswil ein, erschien ein Hauptmann der Militärjustiz. Er sprach die beiden freundlich an und fragte, was denn los sei.

Der Bärtige begann draufloszusprechen, doch der Offizier konnte seinem Redefluss nicht folgen und sah zu Jakob. Dieser schilderte in klaren Sätzen, weshalb es zu der verbalen Auseinandersetzung gekommen war. Der Hauptmann fragte den Bärtigen, ob das alles stimme.

«Nicht alles», sagte der Bärtige kleinlaut.

«Ist es richtig, dass Sie die hektografierten Blätter an die Wehrmänner ausgeteilt haben?»

«Ja, das ist doch mein Recht.»

«Das werden wir noch abklären», beschied der Hauptmann dem Bärtigen. «Stimmt es, dass danach Jakob Am Bach protestiert hat?»

«Er ist regelrecht ausgerastet. Er hat den Bundesbrief schlecht- und die Leute, die ihn verfasst haben, lächerlich gemacht.»

«Was hat er denn gesagt?»

«Das weiss ich nicht mehr wortwörtlich.»

Der Hauptmann fixierte Jakob Am Bach. «Was meinen Sie dazu?»

«Ich habe Ihnen, Herr Hauptmann, geschildert, was geschehen ist. Ich bleibe bei meiner Meinung. Es gibt noch weitere Zeugen. Es liegt an Ihnen, diese zu befragen.»

«Ich möchte mich nicht zum Inhalt Ihrer Aussagen äussern. Sie klingt für mich plausibel. Doch heisst das natürlich nicht, dass ich Ihre Meinung teile.»

Dann sah der Hauptmann zum Bärtigen. «Wir beschlagnahmen die Blätter, die Sie ausgeteilt haben. Es ist generell untersagt, im Militärdienst politische oder religiöse oder andere Propaganda zu machen. Das heisst nicht, dass ich Ihre Meinung als falsch betrachte. Gehen Sie in Ihren Wagen zurück, für mich ist das, was Sie eben verbrochen haben, erledigt.»

«Und ich?», erkundigte sich Jakob.

«Sie bleiben vorläufig hier. Ich werde Ihren Fall mit dem Obersten besprechen.»

Jakob wartete und wartete, bis der Zug in Luzern einfuhr. Dann kam die Lautsprecherdurchsage: «Alle aussteigen, begeben Sie sich möglichst rasch an Ihren Bestimmungsort. Sie finden ihn im Aufgebot.»

Was sollte er nun tun, fragte Jakob sich.

Nach einigen Minuten kam die zweite Ansage: «Bitte verlassen Sie alle den Zug, er fährt wieder nach Interlaken zurück.»

Jakob stieg aus und trottete den Soldaten hinterher. Das waren mehrere hundert, offensichtlich war der Zug bis auf den letzten Platz besetzt gewesen.

Laut singend marschierten die Wehrmänner zur Kaserne auf der Allmend. Jakob sang nicht mit. Er hasste diese Lieder, sie verherrlichten das Soldatendasein.

Zahlreiche Schaulustige spendeten den Einrückenden Applaus. Einige wunderten sich und riefen ihnen laut zu: «Was macht ihr eigentlich hier? Warum reist ihr nicht an die Grenze. In unserer Stadt wollen wir keinen Krieg.»

Als Jakob nach einer halben Stunde das Kasernenareal betrat, wurde er von einem Gefreiten der Militärpolizei angehalten. «Ihren Marschbefehl, bitte.»

Jakob suchte ihn in der Rocktasche und nahm sich Zeit dabei.

«Machen Sie schon», befahl der Milizpolizist genervt und fuhr mit Schimpfen weiter. «Sie verdammter Leimsieder! Wenn Sie sich weiter so zögerlich verhalten, sind Sie der Erste, der durch einen Schuss des Feindes ins Gras beissen muss.»

Jakob hielt mit Suchen inne. «Sie sind nicht befugt, mir Beleidigungen anzuhängen.»

Dem Angesprochenen verschlug es für einige Momente die Sprache. Er streckte den Drohfinger in die Höhe. «Passen Sie auf, solche Frechheiten lassen wir uns nicht bieten. Sind Sie etwa einer dieser dämlichen Pazifisten? Ich werde Sie weitermelden.»

«Nur zu, Kamerad. Tu, was du nicht lassen kannst. – Nun habe ich das Aufgebot gefunden.» Er reichte es dem Gefreiten.

Dieser nahm einen Notizblock aus seinem Hosensack und notierte etwas darin. Er gab Jakob das Aufgebot zurück mit der Aufforderung, sich beim Tisch A anzustellen. Es waren so viele Tische auf dem Hof, wie das Alphabet Buchstaben hatte. Vor dem Tisch A wartete ein halbes Dutzend Wehrmänner.

Jakob erhielt einen Zettel, auf dem stand, in welcher Baracke er die kommende Nacht zu verbringen habe. Wo und um welche Zeit das Nachtessen ausgegeben werde. Rot unterstrichen war der Abschnitt «sanitarische Eintrittsmusterung». Dieser Ort musste zuerst aufgesucht werden.

Beim Eintritt musste er heftig husten. Der Grund war die Chloratmosphäre, um Läuse auszurotten. Wehrmänner, die keine Läuse hatten und davon befallen würden, bekämen grosse Probleme beim Schlafen, argumentierte der Arzt, ein Hauptmann. Und eine Armee konnte sich keine unausgeschlafenen Soldaten leisten. Alle, die eine «Sanitätsbaracke» verliessen, seien hundertprozentig lausfrei, hiess es.

Jakob hatte keine Läuse, aber als Asthmatiker war für ihn das Einatmen von chlorhaltiger Luft eine Qual. In der darauffolgenden Nacht bekam er einen Asthma-Anfall und wurde ins Krankenzimmer verlegt. Er war nicht der Einzige, der wegen dieser Eintrittsmusterung in medizinische Behandlung geschickt werden musste.

In der kommenden Nacht schlief Jakob wieder bei seiner Kompanie im Raum mit hundertfünfzig Pritschen. Sein Husten war vorüber. Am nächsten Morgen wurde er um fünf Uhr geweckt. Er werde zu einem wichtigen, höchst geheimen Einsatz abkommandiert. Dazu würden ein Dutzend Männer mit Erfahrung als Bergsteiger benötigt. Er sei für diese wichtige Mission ausgewählt worden. Nach der kurzen Morgentoilette wurde ihm ein gutes Frühstück serviert. Fünf Armeejeeps standen bereit, Jakob wurde in den vordersten verwiesen. Die Fahrt ging durch die Stadt, über die Seebrücke, Richtung Küssnacht am Rigi und dann dem rechten Ufer des Vierwaldstättersees entlang bis nach Brunnen, wo die ausgewählten Gebirgsfüsiliere in ein Motorschiff verladen und über den See an die Schiffländе «Rütli» transportiert wurden. Dort wurden sie von einem Hauptmann freundlich in Empfang genommen. Jakob hatte keine Ahnung, warum er hierhinbeordert worden war. Doch fragen durfte man in der Armee nicht, ohne dazu aufgefordert worden zu sein.

Die zwölf Gebirgsfüsiliere wurden vom Offizier auf einem Fussweg zu einem Bauernhaus auf der Anhöhe über dem See geleitet. «Wir sind jetzt fünfhundert Meter über Meer. Die Höhe des Seespiegels: vierhundertfünfunddreissig Meter. Im Osten der See, im Westen ein Felsen mit der oberen Höhe von gut tausend Metern.»

Der Major teilte jedem Soldaten ein Blatt mit einem Kartenausschnitt aus. «Jeder hat ein Kreuz auf der Karte. Das sind die Beobachtungsposten, auf die Sie jetzt klettern müssen. Drei sind im Felsen drin, die restlichen neun darüber. Was erwartet Sie dort?» Der Hauptmann zeigte auf Jakob. «Was glauben Sie, warum haben wir Ihnen diesen verantwortungsvollen Auftrag gegeben?»

Jakob lächelte. «Das frage ich mich schon seit dem frühen Morgen. Ich schätze, es kommt eine wichtige Person mit einem Schiff an, und wir müssen dafür sorgen, dass ihr nichts passiert.»

«Sie haben ein helles Köpfchen, Füsilier Jakob Am Bach. Eine wichtige Person, ohne Frage. Die wichtigste, die wir derzeit im Lande haben. Wer also?»

«Der General.»

«Genau, aber er kommt nicht allein, sondern mit sämtlichen höheren Offizieren vom Major an. Es werden sich rund sechshundert hohe Stabsoffiziere auf der Rütliwiese einfinden, und Henri Guisan wird zu Ihnen sprechen.»

Der Hauptmann zog ein Blatt aus seiner Rocktasche, las es durch und schaute in die Runde, fixierte jeden der Reihe nach. «Ich habe noch zwei Fragen und eine Anweisung an Sie. Spricht jemand von Ihnen Französisch?»

Niemand antwortete. Auch Jakob nicht, obwohl er nach einem einjährigen Welschlandaufenthalt durchaus der französischen Sprache mächtig war.

«Zweite Frage: Fühlt sich einer von Ihnen nicht in der Lage, dieser Mission nachzukommen? Ich meine nicht, ob er will oder nicht. Ich meine, ob er sich aus gesundheitlichen Gründen diese Klettertour nicht zutraut.»

Alle sahen sich ratlos an, schüttelten die Köpfe. Niemand sagte ein Wort darauf.

«Nun die Anweisung. Es ist Ihnen strengstens untersagt, mit einer anderen Person ausser mir über diesen Auftrag zu sprechen. Auch morgen nicht, auch in zehn Jahren nicht, nie ... Was für Material benötigen Sie? Wir haben zwölf grosse Säcke mit je einem Pickel, einem Seil und weiteren Kletter-Hilfsmitteln, je sechs Blendgranaten, je zwei Liter Wasser. Heute scheint die Sonne, sodass es im Felsen sehr heiss wird. Beobachten Sie eine Person mit einem Gewehr oder sonst etwas Verdächtigem, zünden Sie die Blendgranate und werfen Sie sie über den Felsen. Leute, die sich in einem Boot auf dem See befinden, sind keine Gefahr. Die Versammelten werden sich nicht in Sichtdistanz zu allfälligen Schützen auf dem See befinden. – Sobald eine Blendgranate abgefeuert wurde, kommt von der Rütliwiese die Antwort, ebenfalls in Form einer Blendgranate. Wir gehen davon aus, dass, sollte es sich um eine bewaffnete Person handeln, mehrere Granaten abgefeuert werden. – Hat einer von Ihnen eine Frage?»

Jakob meldete sich. «Wie steht es mit einem Flugzeug, das sich dem Rütli nähert?»

«Gute Frage. Das hören und sehen wir auch, ganz besonders, sollte es sich der Rütliwiese gefährlich nähern. Dann werden wir handeln. Zwei Fliegerabwehrkanonen haben wir in der Nähe der Versammlung getarnt stationiert.»

Um ein Uhr am Nachmittag befanden sich Jakob und all seine Kameraden auf ihren Beobachtungsposten. Um zwei Uhr legte der Raddampfer «Stadt Luzern» bei der Lände an. Eine halbe Stunde später begann der General zu sprechen. Seine Position war so gewählt, dass niemand auf dem See seine Worte verstehen konnte. Anders war es im oder über dem Felsen. Jakob verstand dank des Arena-Effekts alles, obwohl der Redner gut sechs- bis siebenhundert Meter Luftlinie von ihm entfernt war. Nun wusste er auch, weshalb der Hauptmann die erste Frage gestellt hatte. Jakob war froh, dass er nicht darauf reagiert hatte.

Er stenografierte die ganze Rede und war darüber sehr aufgewühlt. Guisan hatte einiges preisgegeben, das ihn empörte. Jakob versteckte das Steno-Protokoll in seiner Jackentasche. Niemand durfte es zu Gesicht bekommen. Wenn er wieder zu Hause war, würde er den Rütli-Rapport des Generals auswerten. Allerdings rechnete er damit, dass diese Rede geheim blieb. Einige Tage später würden Presse und Radio vielleicht darüber berichten.

Eine Woche später wurden Jakob und ein grosser Teil seiner Kameraden wieder nach Hause entlassen.

Erst dann begannen die Medien darüber zu informieren. Allerdings kaum über den Wortlaut. Vieles, das Jakob bemerkenswert fand, kam nicht an die Öffentlichkeit. Denn es waren keine Journalisten zugelassen, die darüber hätten aussagen können. Die anwesenden Offiziere, sie wurden ausdrücklich darauf hingewiesen, dass diese Rede streng geheim sei, befolgten das Schweigegebot weitgehend.

Jakob stellte gut einen Monat später, Mitte August 1940, für sein Archiv einen Bericht mit Erklärungen Guisans – er hielt seine Rede zum Teil auf Französisch, zum Teil im Deutschschweizer Berner Dialekt – zusammen, die Jakob dann auch kommentierte.

Henri Guisan bekommt von den Medien nach dem Rütli-Rapport einen Heiligenschein. Da stellt man sich die Frage, wer war dieser Mann, bevor ihn die Bundesversammlung zum Oberkommandierenden der Schweizer Armee wählte?

Ein politischer Offizier mit einer grossen Affinität zum Militarismus und zum Faschismus. Nicht bloss ein Kritiker, sondern ein vehementer Gegner der parlamentarischen Demokratie.

Es gibt dunkle Flecken in Guisans Biografie, auf die hinzuweisen nach seiner Wahl zum General ein Tabu ist.

Die militärische Besetzung der Stadt Zürich. Am 6. November 1918 waren 8000 Soldaten in der Stadt stationiert. Guisan war Stabschef der 2. Division sowie gleichzeitig Kommandant des Infanterieregiments 9. An strategischen Orten wurden Maschinengewehre in Stellung gebracht. Wehrmänner aus ländlichen Regionen wurden vor Amts- und Dienstgebäuden, Banken, Konsulaten, auf Brücken und Strassenkreuzungen postiert und fuhren mit aufgepflanzten Bajonetten auf den Plattformen der Strassenbahnen mit. Infanterie und Kavalleriepatrouillen schüchterten die Bevölkerung in den Aussenquartieren ein. Das war der Beginn des Landesstreiks, der am 14. November 1918 endete. Dutzende Arbeiter wurden bei den Auseinandersetzungen mit Truppen verletzt, nur drei fanden dabei den Tod, das, weil die unbewaffneten Streikenden überall dort, wo es nur ging, einer Konfrontation mit den waffenstarrenden Armeeangehörigen aus dem Weg gingen.

Das Treffen zwischen Mussolini und Guisan 1937, als das faschistische Italien Mussolinis noch nicht mit dem Dritten Reich Hitlers verbündet war. Doch Italien hatte wie Deutschland aufseiten Francos in den Spanischen Bürgerkrieg eingegriffen. In einem gemeinsamen Statement von Mussolini und Guisan, damals Korpskommandant, stand unter anderem: «Ich, Henri

Guisan, Kommandant eines Schweizer Armeekorps, bewundere Mussolini und Franco, sie sind wahre Kämpfer gegen den Kommunismus …»

<u>Zur Rede des Generals.</u> Warum hatte er dazu gerade das Rütli gewählt? Er war wohl, entgegen den vorliegenden historischen Erkenntnissen, voll davon überzeugt, dass die Rütliwiese die Geburtsstätte der Eidgenossenschaft sei. Guisan glaubte auch an die Existenz von Tell als helvetischem Freiheitsheld, wusste schlicht nicht, dass Tell die Figur eines dänischen Märchens aus dem 11. Jahrhundert war. Guisan war im Gymnasium nicht ein brillanter Schüler, dürfte sich kaum für Geschichte interessiert haben. Nach der Matura schrieb er sich als Medizinstudent an der Universität Lausanne ein. Da ihm Medizin nicht zusagte, wechselte er über Naturwissenschaft und Recht auf ein landwirtschaftliches Studium, welches er dann in Lyon beendete. In der Schweiz gab es Ende des 19. Jahrhunderts an der Eidgenössischen Technischen Hochschule bereits die weltweit beste Ausbildung in Agrarwissenschaften. Der Lehrgang dort war aber nichts für Bummelstudenten, wie Henri Guisan einer war.

In seinem Rütli-Rapport trug Guisan Sätze vor wie: «Unsere Armee wird weiterhin an der Grenze bereitstehen, aber nicht in grosser Stärke. Das Gros der Truppen verschanzt sich im Alpenraum. Wer es wagt, in unser Territorium einzudringen, muss mit massivem Widerstand rechnen, Kämpfen mit grossen Zerstörungen für den Angreifer. Das ist doch die Mühe nicht wert. Wäre es nicht vernünftiger, sich mit uns zu arrangieren? Wir denken als Schweizer und handeln als Schweizer. Die Schweiz ist ein neutrales Land. Als Schweizer zu handeln heisst, unserem Land zu dienen. Wir respektieren den Menschen als Nachbarn, wir respektieren seine Überzeugungen.»

Als Guisan diese Worte von sich gab, wusste ich nicht so genau, was er damit meinte. Aber eines war mir klar. Er wollte einen Krieg mit Nazideutschland unbedingt vermeiden. Und siehe da, am Tag danach verkündete das Oberkommando der

Armee, dass zwei Drittel der über sechshunderttausend Aktivsoldaten nach Hause geschickt würden, damit sie ihrer Arbeit nachgehen könnten. Die Bauern müssten, um die Nahrungsmittelproduktion wieder zum Laufen zu bringen, ihre Felder bestellen und das Vieh besorgen, die Arbeiter in den Fabriken lebenswichtige Güter bereitstellen können.

Eine Woche nach Guisans Rede auf dem Rütli unterzeichnete der Bundesrat ein Wirtschaftsabkommen mit dem Deutschen Reich. Da wurde wohl noch gefeilscht wie auf einem orientalischen Basar. Es ging um ein gegenseitiges Geben und Nehmen. Das von Deutschland verhängte Kohlenembargo musste bis zur einbrechenden Winterkälte wieder aufgehoben werden. Als Gegenleistung hatte die Schweiz durchaus etwas zu bieten. Deutsche Güter durch die beiden grossen Alpentunnel ins befreundete Italien zu transportieren, Strom und Waffen zu liefern. War das sichergestellt, würde die Regierung in Berlin keinen Grund finden, die Schweiz anzugreifen – vorläufig nicht.

Am 7. Mai 1945 meldete Radio Beromünster in den Abendnachrichten, der deutsche Generaloberst Alfred Jodl habe die bedingungslose Kapitulation aller deutschen Truppen unterzeichnet. Das bewog Jakob, etwas niederzuschreiben, was sich schon lange in seinem Kopf festgesetzt hatte.

Dass die Achsenmächte, Deutschland und Italien, den Krieg verlieren würden, war mir nach der verlorenen Schlacht von Stalingrad im Winter 1942/43 klar. Ob das dem General und dem Schweizer Bundesrat auch klar war, weiss ich nicht mit Bestimmtheit. Doch ich denke, es war so. Trotzdem hielt unsere Regierung am Abkommen mit Hitlerdeutschland fest. Noch mehr als das: Tausende von Flüchtlingen, viele davon mosaischen Glaubens, wurden an den Grenzen rund um die Schweiz in den sicheren Tod zurückgeschickt.

Im Vertrag mit dem Dritten Reich war festgelegt, dass keine

Truppen von Deutschland und Italien über die Alpenübergänge Gotthard und Lötschberg-Simplon transportiert würden. Wie wurde dieses Abkommen eingehalten? Ein befreundeter Arbeiter der Munitionsfabrik Thun informierte mich im August 1944 – streng vertraulich –, dass er und drei Dutzend weitere militärdienstpflichtige Kollegen eines Nachmittags an ihrem Arbeitsplatz von Militärpolizisten abgeholt und am Bahnhof Thun in einen Güterzug verladen worden seien. Es sei ein streng geheimer Einsatz, über den sie später mit niemandem reden dürften. Das trug sich zufällig am Bundesfeiertag, dem 1. August 1944, zu. Nach dem Bahnhof Kiesen hielt der Zug an. Die Arbeiter mussten aussteigen und gewahrten vor sich zwei Lokomotiven und gegen zehn, teils entgleiste deutsche Güterwagen. Darauf waren Kanonen, Schützenpanzer und Jeeps. Etwa dreissig Zivilisten standen herum, es waren deutsche Passagiere.

Ein Major erteilte den Arbeitern den Befehl, mit den deutschen «Zugbegleitern» die entgleisten Wagen wieder auf die Schienen zu stellen. Auf gar keinen Fall dürfe über Politik und Privates geredet werden.

Ein Materialzug mit den dafür notwendigen Werkzeugen und zwei Kränen standen auf dem Gegengeleise bereit. Die Deutschen waren, das stellte sich bald heraus, Wehrmachtssoldaten, die nicht in ihren Uniformen durch die Schweiz reisen durften. Nach etwa zwei Stunden konnte der deutsche Militärzug Richtung Lötschberg wieder abfahren.

Damit war der Einsatz beendet, und die Arbeiter der Munitionsfabrik Thun wurden angehalten, bevor sie den Zug nach Thun bestiegen, die Nationalhymne zu singen. Nur ein kleiner Teil leistete diesem Befehl Folge. Als der Major dann noch ein Papier aus seiner Jackentasche nahm und begann, den Bundesbrief zu rezitieren, kam höhnisches Gelächter auf.

Im Chor riefen die Arbeiter immer und immer wieder: «Jetzt reicht es. Halt endlich dein dummes Maul, du Idiot.»

17

Bassi zitierte Brawand erneut zu sich. «Mein lieber Adrian, glaubst du, dass wir in den nächsten Wochen den Mordfall Am Bach aufklären können?»

«Ich sehe Licht am Ende des Tunnels.»

«Ich möchte dir gerne glauben, doch ich vermag dir nicht zu folgen. Ich sehe noch keines.»

«Ich glaube, mit Steffen Holenstein den Mörder von Benjamin Am Bach gefunden zu haben.»

«Das ist eine Spekulation. Mehr nicht. Du legst dir dabei eine Theorie zurecht, die nach meinem Dafürhalten aus den Fingern gesogen ist. Ich brauche Belege. Und diesbezüglich ist sozusagen nichts vorhanden.»

Brawand wollte protestieren, Bassi winkte ab. «Bring mir Belege, dann sehen wir weiter.»

«Es gibt Dinge, die wir noch nicht wussten, als wir das erste Mal den Namen Sergio lasen. Doch jetzt wissen wir, wer Sergio ist.»

«Aber wir haben ihn noch nicht dingfest gemacht.»

«Stimmt. Aber ich bin dran. Der Kerl heisst jetzt anders, nachdem man ihn durch ein Zeugenschutzprogramm geschleust hatte. In Bellinzona, dem Standort der Tessiner Polizei- und Justizdirektion, ist man zurückhaltend. Der neue Name von Sergio darf nicht mit dem alten in Verbindung gebracht werden. Und da der Mann seine Strafe abgesessen hat und mit einer anderen Identität ausgestattet worden ist, fiel die Überwachung weg.»

Bassi sah Brawand herausfordernd an. «Einmal kriminell, immer kriminell. Das wagt hierzulande niemand in ein Gesetz zu schreiben, nicht einmal im Tessin. Ich bin ja gespannt, ob die dortige Kripo herausfinden wird, wo dieser Sergio tatsächlich herumgeistert.»

«Kann ich nachvollziehen. Ich warte die Antwort aus Bellinzona ab. Das hält mich aber nicht davon ab, mich an die Fersen von Holenstein zu heften. Ich werde ihm demnächst einen Besuch abstatten.»

«Dann tu das. Aber festnehmen darfst du ihn vorläufig nicht, es sei denn, er gibt aus freien Stücken einen Mord zu, was er ganz sicher nicht tut.»

An einem Vormittag Mitte April läutete Brawand, begleitet von einem anderen Polizisten, wie er in Zivil, an der Haustüre der Villa Holensteins in Ringgenberg – mehrmals. Niemand öffnete.

Da hörten sie eine Stimme von gegenüber. «Suchen Sie etwa die Holensteins?»

«Ja, die suchen wir», rief Brawand zurück.

«Die Holensteins sind abgereist.»

«Wir hätten da ein paar Fragen. Vielleicht können Sie uns helfen.»

«Gerne.»

Karl Gertsch stand in seinem Garten und schnitt Sträucher. Brawand stellte sich und seinen Kollegen vor.

«Kriminalpolizei? Interessant, aber nicht mal so weit hergeholt. In Ringgenberg wird neuerdings gemordet. Die Holensteins reisten …» Gertsch überlegte. «Sie flogen am vergangenen Wochenende nach Málaga.»

«Für wie lange?»

«Sie kommen Ende April zurück.»

«Sind Sie sicher, dass sie zurückkommen?», fragte Brawand nach.

«Ja, da bin ich mir sicher. Meine Gattin und ich schauen während ihrer Abwesenheit zur Liegenschaft. Wir haben einen Schlüssel, machen morgens und abends einen Rundgang durch Haus und Garten.»

«Danke, Sie haben uns mit dieser Auskunft sehr geholfen», sagte der etwas enttäuschte Brawand und verabschiedete sich.

Zur Mittagsstunde informierte er Bassi. Der sagte: «Diese Rückmeldung wundert mich nicht. Natürlich will ich damit nicht behaupten, Holenstein habe mit der Sache nichts zu tun.»

«Am liebsten würde ich jetzt eine Hausdurchsuchung am Wohnsitz von Holenstein machen.»

Bassi sah zur Decke, dachte nach, um sich dann doch zu einer Antwort durchzuringen. «Heikel. Die Staatsanwältin würde eine solche Aktion nicht gutheissen. Du müsstest es in aller Heimlichkeit tun. So gefundene Beweise würden vom Gericht als ungültig erklärt.»

«Vor Gericht schon, aber nicht im Verlauf der Ermittlungen. Solche Tricks sind nicht unüblich. Man kommt ohne sie nicht aus.»

«Mich hast du niemals um Erlaubnis gefragt. Ich weiss nichts von der Sache. Alles ist in deiner Verantwortung. Wenn es schiefläuft, dann gnade dir Gott.»

Brawand strahlte. «Danke, Luca.»

Um die Hausdurchsuchung unbeobachtet durchzuführen, mussten zunächst die Nachbarn Gertsch überwacht werden. Sie führten ein geordnetes Leben. Jeden zweiten Nachmittag fuhren sie nach Thun, machten dort Einkäufe, spazierten am Aareufer entlang bis zum See und zurück, kehrten frühabends beim Restaurant «Waisenhaus» ein, wo sie sich ein mehrgängiges Nachtessen genehmigten. Zu Hause waren sie üblicherweise um einundzwanzig Uhr.

Einige Tage nach dem Gespräch mit Gertsch fand die klandestine Hausdurchsuchung statt. Sie begann um fünfzehn Uhr. Man sicherte viele Spuren, sichtete eine Menge von Dokumenten, einige davon wurden separiert, um sie in Thun näher zu prüfen. Zudem fand man auch ein Mobiltelefon in Holensteins Schreibtisch. Er hatte es wohl zu Hause gelassen, da es ihm in Spanien wenig dienlich war.

Anders als ihrer Gewohnheit entsprechend, kehrten die Gertschs eine Stunde früher zurück. Die Zufahrt zu Holensteins Herrschaftshaus an der Beundenstrasse wurde überwacht. Die Zeit reichte nicht, das Gebäude Holensteins bis zum Eintreffen der Gertschs zu verlassen. Die Polizisten versteckten sich in Schränken, die sie von innen zuschlossen. Die Gertschs parkierten ihren Wagen vor ihrem Hause, fuhren ihn nicht wie üblich in die Tiefgarage. Dann betraten sie die Liegenschaft Holensteins, machten einen Rundgang durch das ganze Haus. Plötzlich hielt Frau Gertsch inne. «Etwas kommt mir eigenartig vor. Da liegt ein Papiertaschentuch am Boden. Das war heute Morgen noch nicht da.»

«Stimmt», bemerkte Herr Gertsch. «Ist jemand eingebrochen? Das hätten wir doch gesehen. Alles ist ordentlich, bis auf dieses Taschentuch.»

«Vielleicht ist es durch einen Windstoss von einem Möbel hinuntergeweht worden, wir haben ja heute Morgen die Fenster kurz geöffnet», mutmasste Frau Gertsch.

«Plausibel», murmelte er. «Um sicherzugehen, wiederholen wir jetzt den Rundgang und sehen uns noch mal alles genau an.»

Die Gertschs verliessen das Heim der Holensteins, betraten kurzzeitig ihr Haus, gingen nach wenigen Minuten und fuhren wieder weg.

«Das war verdammt knapp», meinte Brawand. «Und jetzt nichts wie los, wir hauen ab.»

Brawand liess Holensteins Handy von einem Fachmann kopieren.

Die Kopie wurde von den IT-Spezialisten der Berner Kripo untersucht. Was dabei an die Oberfläche gelangte, war ergiebig.

Es gab mehrere Telefonate mit Sergio, der nun Giulio Amato hiess. Der Beleg, dass Sergio derjenige war, der in den achtziger Jahren mit Benjamin Am Bach und Jonas Jaberg Geschäfte gemacht hatte, war leicht zu erbringen.

Im Speicher des Smartphones fanden sich zahlreiche SMS, die mit Sergio unterzeichnet waren. Darin tauchten mehrfach

Am Bach und weitere Namen auf. Die SMS stammten aber von einer Nummer mit dem Namen Giulio Amato.

Nun musste Brawand den Wohnort Amatos herausfinden. Bei der Registrierung des Mobiltelefons musste auch der angegeben werden. Es war Ascona. Brawand setzte sich mit der Tessiner Kripo in Verbindung.

«Nehmen Sie an, Herr Kollege, Amato sei der Mörder von Am Bach und Krummen?», fragte der Tessiner.

«Sicher sind wir nicht, aber ein Verdächtiger ist er», antwortete Brawand.

Man kam überein, ihn festzunehmen und zur Vernehmung ins Regionalgefängnis Thun zu überstellen, was aber nicht zustande kam, weil der Gesuchte seinen Wohnort gewechselt hatte. Wo er nun lebte, stimmte mit den Angaben, die er beim Wohnungswechsel gemacht hatte, nicht überein.

Die IT-Spezialisten fanden mittels Handyortung heraus, dass Amato sich in der Jugendherberge beim Bahnhof Ost in Interlaken aufhielt.

Bassi staunte, als Brawand ihm das mitteilte. Brawand belehrte ihn, dass seit einiger Zeit gerade ältere Leute Jugendherbergen als Unterkunft einem Hotel vorziehen würden, da der Aufenthalt dort preislich sehr günstig sei.

«Wollen wir ihn gleich festnehmen?», fragte Brawand.

«Zunächst müssen wir herausfinden, für wie lange er dort ein Zimmer reserviert hat. Wenn das für längere Zeit ist, müssen wir uns überlegen, ob eine sofortige Festnahme sinnvoll ist. Sein Auftraggeber, das kann nur Holenstein sein, könnte dadurch gewarnt werden.»

«Das wäre ein Grund, noch zuzuwarten. Auf der anderen Seite können wir nicht sicher sein, ob Holenstein nicht doch informiert ist, dass wir hinter ihm her sind. Dafür genügte ein Anruf von ihm bei Gertsch. Wir müssen also Gertschs Telefon überwachen, was natürlich auch nicht ganz legal ist …» Er verkniff die Lippen.

«Richtig. Amato würde dann Hals über Kopf von der Herberge in Interlaken abreisen und eine andere Bleibe aufsuchen. Ich meine, diese Risiken müssen wir auf uns nehmen. Wir werden via Handyortung herausfinden, wo er sich aufhält. Dann hätten wir noch mehr gegen Holenstein in der Hand.»

«Meinetwegen. Das leuchtet mir ein. Warten wir also ab.»

Polizisten brachten in aller Heimlichkeit das Handy und die beschlagnahmten Dokumente wieder in Holensteins Haus zurück.

Am Abend hielt sich Brawand noch in Bassis Büro auf, als ein Gespräch vom IT-Spezialisten auf Bassis Handy geleitet wurde.

Gertsch rief Holenstein an und teilte ihm mit, er wisse es zwar nicht, aber er vermute, dass die Polizei heimlich sein Haus durchsuche.

Anschliessend klingelte bei Amato das von der Kripo abgehörte Telefon, der Anrufer war Holenstein. «Du musst unverzüglich dein Zimmer verlassen. Brawand, dieser Schnüffler, könnte dir auf den Fersen sein.»

«Gottverflucht. Wie hast du das herausgefunden?»

«Stell mir bitte keine solchen Fragen. Bleib mit mir in Kontakt. Über die Nummer, von der ich dich gerade anrufe. Es ist nicht mein normales Handy. Ich gehe mal davon aus, dass Brawand von diesem Gerät nichts weiss und wohl auch nichts von deinem, sonst wärest du jetzt schon festgenommen.»

Brawand entging die triumphale Miene Bassis nicht. Er brauchte nicht einmal zu sagen, wie recht er doch gehabt hatte. Brawand bemerkte: «Und ich lag mit der Annahme richtig, dass Holenstein Wind von der Sache bekommen hat.»

Das Telefonat zwischen Sergio und Holenstein lief weiter.

«Du hast drei Identitätskarten. Nimm die, die auf Aldo Fini lautet. Gehe gleich ins Hotel Oberland. Es ist dort ein Zimmer für dich reserviert und für drei Wochen bezahlt. Halt dich so oft wie möglich im Zimmer auf. Gehe nur nach draussen, um Einkäufe im Coop zu machen. Mittagessen, Abendessen und

Frühstück nimmst du im Hotel ein. Trage stets eine Sonnenbrille und bei deinen Einkäufen einen Hut. Deine graublond melierte Haarfarbe sollte ja noch mehrere Wochen halten. Lass dich ja nicht auf Gespräche mit anderen Gästen ein.»

«Wann soll ich dich zurückrufen?»

«Nie. Du wirst von uns rund um die Uhr und auf Schritt und Tritt beobachtet. Noch etwas, ich hätte es beinahe vergessen. Melde dich in der Jugendherberge nicht ab.»

«Aber wir haben ja dort für vierzehn Tage im Voraus bezahlt. Die schulden uns noch eine Stange Geld.»

«Uns? Wie dämlich bist du eigentlich? Du hast keinen Rappen davon bezahlt. Mach einfach, was dir befohlen wird.»

Holenstein beendete den Anruf, ohne sich zu verabschieden, was Brawand zur Bemerkung verleitete: «So intelligent ist dieser Holenstein auch nicht.»

Bassi seufzte. «Warten wir ab. Holenstein ist nicht auf den Kopf gefallen. Ich gehe aber davon aus, dass Holenstein wie Sergio nur Befehlsempfänger ist.»

«Das kommt für mich jetzt überraschend. Ich werde darüber nachdenken.»

Bassi streckte Brawand die Hand entgehen. «Ja. Wir treffen uns morgen Nachmittag um drei Uhr.»

Das Gespräch zwischen Bassi und Brawand dauerte lange. Bassi war derjenige, der zögerte, rasch Massnahmen zu ergreifen. Brawand konnte es nicht schnell genug gehen. Allerdings in einem waren sie gleicher Meinung: Holenstein hing in der Sache drin und gab Amato Befehle. Und dieser war in den Augen beider der, der wohl einen Mord oder allenfalls zwei begangen hatte. War auch Benjamin Am Bach ihm zum Opfer gefallen, oder hatte Arnold Krummen Benjamin Am Bach auf dem Gewissen? Das stand noch in den Sternen. Dazu kamen weitere Fragen. Wie lernte Holenstein Amato kennen? Überhaupt: Was war das Tatmotiv beim Mord an Benjamin Am Bach und/oder bei dem an Krummen? Das wollte Bassi von Brawand wissen.

«Ich denke, bei Am Bach ging es um den Bundesbrief. Niemand sollte wissen, dass und wie der Bundesbrief gefälscht wurde.»

«Man könnte dir jetzt vorwerfen, dass du damit reichlich spät kommst. Aber dem wäre entgegenzuhalten, dass das Motiv vielleicht gar nicht dieses war. Jetzt sieht es eher so aus, am Anfang der Ermittlungen aber gar nicht.»

«Wer hätte dann das grösste Interesse am Tod von Benjamin Am Bach gehabt? Könnten es die Leute im Bundesbriefmuseum sein?», fragte Bassi.

«Es könnte ebenso gut der Kalte Krieger Holenstein sein. Für solche Leute wie ihn ist das eine Frage der nationalen Ehre. Die Rechtsnationalen sehen im Bundesbrief von 1291 ein eidgenössisches Heiligtum. Er steht für die Identität der Schweiz.»

«Deswegen einen Mord begehen?» Bassi wiegte den Kopf hin und her. «Ich schliesse das nicht aus, doch es könnte etwas anderes dahinterstecken. Da ist einmal dieser Amato, der in seinen Kreisen immer noch Sergio genannt wird. Er war ein Mafioso und ist es offensichtlich heute noch. Solche Typen arbeiten im Dienste einer organisierten Bande. Dass an dieser Stelle Holenstein als Einzelmaske stehen sollte, will mir nicht in den Schädel. Warum sollte dieser Holenstein nicht auch ein Mafioso sein, ein hierarchisch höherstehender als Sergio? Stimmt, Holenstein ist ein rechtsextremer Ideologe, ein Blut-und-Boden-Enthusiast. Aber könnte das nicht auch ein Mittel zu einem anderen Zweck sein?»

Brawand überlegte. «Dann wäre die Fälschung des Bundesbriefs gar nicht der Grund, weshalb Benjamin Am Bach umgebracht wurde?»

Bassi warf Brawand einen ernsten Blick zu und nickte. «Ich will es aber auch nicht ausschliessen.»

«Was denkst du, wie soll es weitergehen?»

«Das frage ich dich. Du machst die Vorschläge, und ich genehmige sie oder nicht.»

Brawand tat so, als ob er überlegen müsste, doch er hatte sich bereits etwas ausgedacht. «Wir überwachen Sergio und Holenstein, wenn er dann wieder zurück in Ringgenberg ist, rund um die Uhr.»

«Genehmigt.»

Brawand lächelte. «Noch ein Gedanke schwirrt in meinem Kopf herum. Wir haben Hinweise, dass Benjamin Am Bach vor vielen Jahren für Jaberg Bilder gemalt hatte, die denen Hodlers ähnlich waren. Jaberg hat diese zu Geld gemacht und Am Bach nur den Selbstkostenpreis vergütet. Dasselbe könnte er auch für Holenstein gemacht haben.»

«Ich weiss es nicht», antwortete Bassi. «Doch so viel ich bis jetzt über ihn erfahren habe, scheint mir eine solche Vorstellung nicht abwegig. Am Bach war ehrgeizig, er liess sich zu Spielereien verlocken. Er hatte einen Berufsstolz. Wenn er in der Tat einen Hodler gefälscht hätte, wäre es ihm ein Anliegen gewesen, ihn täuschend echt zu schaffen. Aber er hätte dafür nie Unsummen verlangt.»

«In diesem Zusammenhang denke ich an einen berühmten Fall in der Kriminalgeschichte.»

«Adrian, an wen denkst du?»

«An Wolfgang Beltracchi.»

«Ist mir ein Begriff, auch wenn ich als Kriminologe bislang nie mit Kunstfälschungen in Kontakt gekommen bin. Beltracchi hat Bilder des Malers Max Ernst und weiterer Berühmtheiten des 20. Jahrhunderts gefälscht. Man kam ihm erst auf die Schliche, als er sich so ein Vermögen von geschätzten fünfzig Millionen ergaunert hatte. Davon wäre allerdings ein Benjamin Am Bach meilenweit entfernt gewesen.» Bassi schmunzelte. «Also, Kumpel, gehe dieser Sache nach. Ich bin gespannt, was daraus wird.»

Brawand verkroch sich in sein Büro und wälzte erneut die Akten von Benjamin Am Bach, die er nach seinem Tod in dessen Wohnung sichergestellt hatte. Einen halben Tag setzte er auch ein, um selber noch einmal das Haus von Am Bach zu durchsuchen. Zwei Polizisten halfen ihm dabei. Drei weitere wurden zu den Holensteins nach Málaga geschickt. Alle drei waren Abkömmlinge von spanischen Fremdarbeitern und so der spanischen Sprache mächtig. Der Ausflug an die Costa del Sol kam einer Gratwanderung gleich, die rechtlich auf tönernen Füssen stand. In einem anderen Land Personen zu überwachen war ohne Zustimmung der örtlichen Behörden nicht erlaubt. Doch nicht nur die Kripo eines Schweizer Kantons setzte sich über dieses Gebot hinweg, das war in jedem Staat gang und gäbe. Brawand hatte alle Vorkehrungen getroffen, dass seine Leute dort unbehelligt blieben. Es war nicht das erste Mal, dass sie einen solchen Einsatz leisteten.

Bei der versteckten Hausdurchsuchung der Ferienwohnung in Málaga fanden die Polizisten einen Zettel mit drei Namen. René Hostettler, Bruno Walker und Helmut Morgenthaler, darauf der Vermerk: «Nach der Rückkehr aus Spanien sofort zu diesen Herren Verbindung aufnehmen.» Sie machten ein Handyfoto davon, erkundigten sich auch bei Bewohnern in der Nachbarschaft und erfuhren dabei, dass die Holensteins seit Langem hier Mieter waren. Nach übereinstimmenden Aussagen mochte man diese Gäste nicht. Sie verweigerten die Erwiderung der Grüsse, nähmen sich nicht die Mühe, die Sprache zu erlernen, was sonst bei Ausländerinnen und Ausländern, die sich häufig in diesem Quartier aufhielten, üblich sei. In den Restaurants der Umgebung seien sie dafür bekannt, nie Trinkgeld zu geben.

Nach der Rückkehr meldeten sich die drei Abgesandten bei Brawand – desillusioniert und entsprechend kleinlaut. Brawand tröstete sie. Der Zettel mit den drei Namen, den sie gefunden hatten, könnte unter Umständen wichtig sein.

Brawand hatte nämlich bei seiner Besichtigung des Hauses an der Gartenstrasse interessante Funde in einem Wäschekorb im Estrich gemacht. Er hatte Beschreibungen und Fotokopien von Bildern gefunden. Die Fotos stammten von Bildern, die

Am Bach als Imitate von Klee, Hodler und Anker gemalt hatte, wie man den Begleittexten entnehmen konnte.

Die Haupterkenntnis war nicht neu, aber jetzt bestätigt: Benjamin Am Bach hatte Bilder gemalt, die von Klee, Hodler und von Anker hätten sein können. Das vermutete er seit den Informationen von Rolf Schwab und Nguyên Ho Tung, auch wenn das einseitige, nicht überprüfbare Quellen waren.

Aus den Unterlagen im Wäschekorb ging auch hervor, dass er sich dazu Leinwände und Farben aus der Schaffenszeit der jeweiligen Künstler besorgt hatte. Die Bilder wurden von namhaften Instituten analysiert. Sie wurden für echt, also von Hodler, von Anker und von Klee stammend, befunden. Auftraggeber dieser Prüfung waren drei Personen, deren Namen in der jeweiligen Begutachtung geschwärzt waren. In den Beschreibungen stand, dass die Auftraggeber Benjamin Am Bach die Bilder zu einigen tausend Franken abkauften, nachdem sie ihn gebeten hatten, sie zu malen. Dazu wurden Quittungen gefunden.

Die Dokumente der Prüfstellen zeigten, dass die Imitate mit «wahrscheinlich echten» Signaturen versehen worden waren. Sie mussten also erst nach dem Eintreffen bei den Auftraggebern signiert worden sein. Benjamin Am Bach hatte sich ja geweigert, sie zu signieren.

Brawand informierte nach diesen Erkenntnissen Bassi. Der war hocherfreut. «Adrian, jetzt dürfte dir wieder mal aufgehen, was die Arbeit eines guten Kriminalisten auszeichnet. Er muss immer und immer wieder neu suchen. Das mit dem Wäschekorb an der Gartenstrasse ist typisch. Ein Beispiel, das in ein Lehrbuch der Kriminalistik gehört.»

Bassi warf Brawand einen fragenden Blick zu. «Wer sind die Auftraggeber? Dass die Anschriften dieser Herren fehlen, ist ein Hinweis auf die Methode, wie Benjamin Am Bach seine Geschäfte abwickelte. Sich absichern, sich um die Einnahmen kümmern war für ihn nebensächlich. Beschlich Benjamin Am Bach denn kein Verdacht, dass die Bilder später wahrscheinlich für ein Vielfaches verkauft wurden?»

Für Brawand ging nun die Suche nach den Auftraggebern los. Ein Bild von Benjamin Am Bach, wie aus den Unterlagen herrührte, wurde 2012 an H. M., eines 1999 an B. W., eines 1998 an R. H. verkauft. Alle durch Vermittlung von Steffen Holenstein. Benjamin Am Bach hatte von jedem Werk Fotos gemacht. Doch die Identität der drei Auftraggeber und Wiederverkäufer stand noch nicht fest. Die Käufer der Bilder konnten zwar ausfindig gemacht werden, doch alle lehnten es ab, Brawand mitzuteilen, wer ihnen die Werke verkauft hatte.

Es sollten insgesamt zehn Werke sein, vielleicht auch noch mehr, die Am Bach gemalt hatte. Das ging aus zehn Aufnahmen von Bildern hervor, Quittungen dafür und Initialen der Auftraggeber gab es nur von dreien.

Brawand besprach dieses Problem mit Bassi. Und dieser konnte ein hämisches Grinsen nicht unterdrücken. «Das ist nachvollziehbar. Die betrogenen Käufer haben nur Nachteile, wenn herauskommt, dass sie geprellt wurden. Ihnen gefallen die Bilder. Sie werden so lange stolze Besitzer eines Klees, Hodlers oder Ankers sein, bis bekannt wird, dass sie in ihrer Wohnung ein Falsifikat aufgehängt haben. Und auffliegen wird es nur, wenn sie als Geschädigte klagen. Das werden sie wohlweislich unterlassen. Auch von Beltracchi sollen, nachdem er als Betrüger enttarnt wurde, immer noch Bilder im Wert von zehn bis zwanzig Millionen in Museen, Direktionszimmern und privaten Wohnungen hängen. Und das ist nun sieben Jahre her.»

Brawand seufzte. «Gibt es denn keine Möglichkeit, die Käufer der Bilder zu zwingen, die Namen der Verkäufer bekannt zu geben?»

Bassi schüttelte unwillig den Kopf. «Das hat mir gerade noch gefehlt. Warum stellst du so eine blöde Frage, die du mindestens so gut wie ich beantworten kannst.»

«Ich will damit nur sagen, dass wir genau bei diesen Käufern ansetzen müssten. Auch wenn wir hinten und vorne keine Beweise haben, dass Benjamin Am Bach wegen eines oder mehrerer Bilder, die er gefälscht hatte, ins Gras beissen musste, ist doch das als Tatmotiv zum Greifen nahe.»

«Das bestreite ich ja nicht», räumte Bassi ein. «Aber erklär das einmal der Staatsanwältin. Verlange von ihr, dass sie die Käufer der Fälschungen unter Druck setzt, sie allenfalls sogar festnimmt. Sie wird dich in Stücke reissen. Wir müssen einen Weg finden, an die Käufer heranzukommen.»

«Die Drahtzieher sind aber wichtiger», hielt Brawand dem entgegen.

«Genau, aber das ist jetzt dein Job, um den ich dich nicht beneide. Kopf hoch, du wirst es schon schaffen.»

Brawand stöhnte. «Typisch Bassi.»

Er ging in sein Zimmer und schloss es ab, legte den Hörer des Tischtelefons neben die Gabel und stellte sein Handy auf stumm. Eine Stunde dachte er intensiv nach. Vor ihm lag ein Zettel mit sechs Namen: René Hostettler, Bruno Walker, Helmut Morgenthaler sowie Hanspeter Geiser, Udo Bannwart, Ursus Binz. Die ersten drei Namen stammten vom Zettel, der in der Ferienwohnung der Holensteins in Málaga gefunden wurde, die anderen drei waren die letzten Besitzer, deren Identität der Polizei bekannt war.

Brawand rief nun Bassi an, der ihn unwirsch anfuhr: «Wo hast du denn gesteckt? Dein Telefon war besetzt, aber dein Büro war verschlossen. Ich rief mehrmals vor der Bürotüre deinen Namen.»

«Ich habe es gehört, aber sah mich nicht in der Lage zu öffnen, denn ich musste nachdenken.»

«Und? Ist etwas herausgekommen?»

«Ja. Jetzt brauche ich einen Haftbefehl für Amato.»

«Begründung?»

«Amato könnten die Namen Hostettler, Walker und Morgenthaler etwas sagen. Ich sehe das als einzige Möglichkeit, an diese drei Käufer der Bilder zu kommen.»

Bassi überlegte einige Augenblicke. «Wenn's nicht anders

geht, werde ich dein Begehren der Staatsanwältin schmackhaft machen.»

Brawand schlug mit der Faust auf die Tischplatte und sagte: «Danke.»

Kaum war Brawand aufgestanden, klingelte sein Diensthandy.

Es war ein Polizist aus seinem Team. «Schlechte Nachricht. Wir haben eben Sergio alias Amato verloren …»

«Sag, dass das nicht stimmt. Himmelherrgott … Wie konnte das passieren?»

«Das kann ich derzeit noch nicht sagen.»

«Wann fand die letzte Kontrolle statt?»

«Um zehn Uhr.»

«Und jetzt ist halb zwölf. Habt ihr das Zimmer im Hotel ‹Oberland› durchsucht?»

«Ja, einige persönliche Sachen von ihm sind noch dort, Unterwäsche, Pyjama, Necessaire. Es fehlen das Tablet und das Handy.»

«Und was ist mit der Handyortung?»

«Die funktioniert nicht mehr.»

Brawand trommelte mit der einen Faust auf den Tisch. «Das heisst, ihr habt keine Ahnung, wo sich Amato jetzt aufhält?»

«Nein, wir haben keine Ahnung.»

«Ich rufe in einer Viertelstunde zurück. Dann möchte ich Antworten auf folgende Fragen: Erstens: Wer vom Überwachungsteam hat Amato als Letzter gesehen? Wo war das? Zweitens: Von wo kam Amato zu diesem Ort. Drittens: Wer vom Überwachungsteam hat Amato als Zweitletzter gesehen? Wann war das?»

Brawand rief zurück und bekam die Antworten. «Heute Vormittag um elf Uhr fünfzehn. Zu diesem Zeitpunkt betrat Amato die Buchhandlung an der Bahnhofstrasse», sagte der diensthabende Unteroffizier.

«Wo war der Bewacher?»

«Er stand auf der gegenüberliegenden Strassenseite.»

«Und was unternahm der Bewacher?»

«Er blieb dort stehen und wollte warten, bis Amato den Buchladen wieder verliess. Irgendwie musste er ihn verpasst haben. Eine Viertelstunde später betrat er das Geschäft, doch von Amato keine Spur mehr. Er fragte beim Personal nach. Er beschrieb den Mann, doch niemand konnte sich an ihn erinnern.»

«Komisch, soweit ich mich erinnere, hat der Laden nur einen Ausgang», bemerkte Brawand ätzend. «Und der Bewacher vor ihm, wann und wo hatte er die Spur von Amato aufgenommen?»

«Nahezu eine halbe Stunde früher betrat Amato den Interdiscount am Höheweg 1. Der Bewacher ging kurz danach in den Laden und beobachtete, wie die Zielperson ein Handy kaufte. Das beanspruchte längere Zeit. Er wartete draussen, bis Amato nach circa zwanzig Minuten das Geschäft wieder verliess.»

«Was war es für ein Gerät?»

«Eines von Apple, das neueste.»

Brawand ächzte. «Wer war der Bewacher?»

«Reto Aeschbacher ... er hatte Amato dann bis zur Bödeli-Buchhandlung verfolgt.»

«Hol mir Aeschbacher bitte ans Telefon.»

«Er ist derzeit nicht greifbar.»

«Dann gib mir seine Handynummer.» Brawand notierte sie.

Es waren wenig schmeichelhafte Worte, mit denen Brawand Aeschbacher bedachte. «Warum hast du einen Untergebenen geschickt, um mir deine Missgeschicke mitzuteilen? Der Mutigste bist du ja nicht gerade. Ein solches Verhalten ist feige.» So ging es weiter, Schlag auf Schlag. Die sonst liebenswürdige, milde Stimme Brawands wurde messerscharf. «Du hast einiges gutzumachen. Immerhin. Viel ist nicht verloren. Trotzdem, eine solche Panne bei der Überwachung ist unverzeihlich. Wir werden Amato fassen. Du gehst jetzt schnurstracks in den Interdiscount. Dort erfährst du, was dieser Ganove für ein Mobiltelefon erstanden hat. Er musste seine Koordinaten hinterlegen.»

«Ich nehme nicht an, dass Amato seinen richtigen Namen angegeben hat.»

Brawand lachte laut. «Ach so, nun beginnt der Aeschbacher tatsächlich nachzudenken … Aber ist dir bewusst, dass jede Person, die ein Handy mit einer SIM-Karte kauft, sich auch ausweisen muss?»

«Natürlich weiss ich das, aber dieser Amato ist nicht so bescheuert, dass er ohne gefälschten Ausweis ein iPhone kauft.»

«Ich benötige die Rufnummer, die Kopie des gefälschten Ausweises, den genauen Typ des Mobiltelefons. Dann gebe ich diese Angaben weiter, und wir sind in der Lage, die Gespräche abzuhören. – Bist du sicher, dass Amato keinen Verdacht schöpfte, er könnte beobachtet werden?», fragte Brawand.

«Sein Verhalten liess nicht darauf schliessen. Allerdings hat er ein neues Handy gekauft. Das könnte ein Hinweis sein, dass er damit rechnete, abgehört zu werden.»

«Reto, da würde es reichen, die SIM-Karte jeweils wegzuschmeissen.»

«Nicht unbedingt. Eine SIM-Karte allein ist in der Regel schwieriger zu kaufen. Sie muss auch auf die schon erfassten Daten auf dem Handy abgestimmt sein. Auch in alten Handys könnte es Informationen geben, die gefunden werden, wenn nur eine neue SIM-Karte eingesetzt wird.»

«Ist allerdings nicht sehr wahrscheinlich. Aber du hast recht, möglich ist es», fuhr Brawand fort, «Holenstein, der wohl von seiner Hausdurchsuchung Wind bekommen hat, scheint nun Vorkehrungen zu treffen. Seitdem sind wir in der Lage, seine Telefonate zu belauschen. Dabei fiel kein einziges Wort, das ihn belastet. Er gab nur Belanglosigkeiten von sich. Und bei Sergio dasselbe. Die beiden riefen sich seitdem kein einziges Mal an, dennoch müssen sie miteinander in Kontakt gestanden haben. Fragt sich nur, wie. Auch wenn Amato uns gerade entwischt ist. Ein grosser Fehler könnte ihm und Holenstein jetzt unterlaufen sein.»

«Könnte?», fragte nun Aeschbacher.

«Ich hoffe es zumindest, schliesse aber nicht aus, dass Holenstein eine weitere Show abzieht, um uns zu täuschen. Doch ich erhoffe mir, dass wir nun Gespräche zwischen Holenstein und Amato abfangen können. Denn auch Holenstein wird sich wieder ein neues Handy beschafft haben.»

«Wenigstens wissen wir dann, wo sich die beiden aufhalten.»

«Stimmt, und das wird uns weiterhelfen.»

Das Mobiltelefon von Amato wurde angezapft mit dem Ergebnis, dass man von nun an seinen Aufenthaltsort weitgehend kannte, ausser er liesse es in seiner Wohnung liegen. Die Wohnung war in einem Mehrfamilienhaus in Matten, wenige Kilometer vom Hotel «Oberland» beziehungsweise von der Jugendherberge in Interlaken entfernt.

Auch die Erwartung, dass Holenstein mit ihm telefonisch Kontakt aufnahm und einen Treffpunkt durchgab, bestätigte sich. Für den nächsten Montag, um neun Uhr am Vormittag, in der Wartehalle des Bahnhofs Interlaken West. Darauf hatte Brawand lange gewartet. Er liess in der Wartehalle Richtmikrofone installieren und hoffte, das Gespräch zwischen Holenstein und Amato aufnehmen zu können.

Die beiden Zielpersonen liefen am festgelegten Ort aufeinander zu, blieben, ohne sich anzublicken und ohne miteinander Worte zu wechseln, kurz nebeneinander stehen. Diskret schob Holenstein Amato einen Zettel in die Gesässtasche. Dieser begab sich zur nahen Schiffsstation, setzte sich dort auf eine Bank, nahm die Notiz, die ihm Holenstein übergeben hatte, hervor, las sie aufmerksam, mehrere Male. Dann nahm er ein Feuerzeug aus seinem Hosensack, entzündete das Papier und warf die Asche ins Wasser. Danach bestieg er ein Kursschiff. Zwei Überwacher folgten ihm.

Brawand berichtete am späten Nachmittag Bassi über die neuen Erkenntnisse. «Was sollen wir jetzt tun?»

«Ich bin nicht überrascht. Holenstein rechnet anscheinend damit, dass auch seine Gespräche mit dem neuen Handy abgehört werden. Ganz nach Mafia-Manier gibt er seine Instruktionen nun auf Zetteln weiter. Die altbewährte Methode hat offenbar nicht ausgedient, und sie ist immer noch sicherer als die digitale Übermittlung von Nachrichten.» Er seufzte und sah Brawand an. «Wie wollen wir weiter verfahren?»

«Weiter die Gespräche abhören.»

«Und darauf warten, dass Holenstein einen weiteren Fehler macht?»

«Weiteren Fehler?», fragte Brawand nach.

«Die hat er bereits mehrmals gemacht. Der lupenreine Mafioso benutzt ein Handy anders. Immerhin hat er uns verraten, dass er nach wie vor Amato Instruktionen gibt.» Bassi hielt einen Moment inne und fragte: «Was ist aus seinem Schiffsausflug geworden?»

«Amato fuhr mit dem Schiff nach Thun, dann kehrte er im ‹Freienhof› ein, genehmigte sich ein Mittagessen, trank mehrere Biere, zum Abschluss einen Kaffee mit Schnaps. Später ging er zum Bahnhof und fuhr mit dem Zug nach Interlaken. Dort traf er kurz vor drei Uhr ein und begab sich zu Fuss in seine Wohnung nach Matten.»

Bassi musterte Brawand. «Glaubst du, dass wir so weiterkommen?»

«Da bin ich mir nicht so sicher. Doch derzeit sehe ich keinen anderen Weg.»

«Ich erinnere mich noch an deinen Vorschlag, Amato festzunehmen.»

Brawand schüttelte den Kopf. «Das war einmal. Wir haben ihn unter Kontrolle, er geht uns nicht mehr durch die Lappen.»

«Das will ich doch hoffen.»

Brawand war wieder zurück in seinem Büro. Kaum sass er an seinem Schreibtisch, schrillte das Telefon. Es war einer seiner Polizisten. «Eben ist ein Anruf von Amato – er nannte sich Sergio – hereingekommen.»

«Amato hat sich bei euch gemeldet? Höre ich richtig?»

«So ist es. Er hat uns gebeten, ihn an seinem Wohnort in Matten aufzusuchen und unverzüglich festzunehmen. Er fühle sich an Leib und Leben bedroht. Aus seinem Fenster habe er gesehen, dass ein Volvo beim circa fünfzig Meter entfernten Parkplatz angehalten habe. Zwei Typen seien ausgestiegen, hätten aus dem Kofferraum je eine Maschinenpistole genommen und seien nun auf dem Weg zum Haus, wo er wohne.»

«Um Himmels willen. Was habt ihr unternommen?»

«Ich habe die zwei Bewacher, die sich in Rufweite des Gebäudes befinden, informiert. Sie begeben sich jetzt diskret zum Hauseingang.»

«Wenn das nur gut geht. Ich bleibe am Apparat, wo bist du gerade?»

«Im Haus gegenüber der Wohnung von Amato.»

«Ich bleibe am Apparat und warte ab, was geschieht.»

«Die beiden mit den automatischen Waffen sind jetzt am Eingang. Sie läuten, die Tür öffnet sich. Sie verschwinden im Hauseingang, lassen die Türe offen …»

Brawand hörte zwei im Bruchteil einer Sekunde abgefeuerte Schüsse. Schreie, Gepolter. «Wer hat geschossen?», fragte er.

«Die Bewacher, sie stehen vor der Türe. Ich sehe nicht in den Korridor, doch unsere Leute haben die Angreifer von hinten auf der Treppe erwischt. Es macht den Anschein, dass sie rücklings gestürzt sind.»

Dann hörte Brawand eine Stimme. «Achtung, Achtung, der eine Typ ergreift die Waffe und legt sie auf uns an.»

Brawand hielt den Atem an.

«Übung vorüber», rief der Polizist nach unendlich langen Augenblicken. «Es hat sich noch ein dritter Bewacher in einer Nische des Korridors aufgehalten. Er hat den Gangster mit einem Taser kampfunfähig gemacht.»

«Gut, Jungs. Ich bin erleichtert, das ist noch mal gut gegangen. Ich avisiere einen Rettungshelikopter. Gibt es in der Nähe einen Landeplatz?»

«Einen Heli für zwei kaputte Beine?», hielt ihm der Polizist entgegen.

«Aber sicher doch. Es braucht nur ein kaputtes Bein. Bei einer Schussverletzung auf jeden Fall. Um Himmels willen, hast du das ernst gemeint. Kennst du unsere Vorschriften denn nicht?»

«Akzeptiert, Boss. Ja, in einem Abstand von fünfzig Metern befindet sich eine Wiese, gross genug, damit ein Hubschrauber landen kann. Wir werden sie sofort absichern.»

Die beiden Eindringlinge waren an den Kniekehlen getroffen worden und wurden ins Berner Inselspital geflogen, wo ein Operationsteam sie erwartete.

Amato wurde ins Bezirksgefängnis von Thun überstellt. Er wurde kurz nach seinem Eintreffen von Bassi und Brawand verhört.

Brawand begann die Fragen zu stellen. «Warum haben Sie uns angerufen und uns gebeten, Sie zu verhaften? Sie hätten doch nur Hilfe anfordern können?»

Amato schüttelte den Kopf. «Die anderen wussten zu diesem Zeitpunkt, dass ich überwacht werde. Und ich natürlich auch. Ich rechnete so oder so mit der baldigen Verhaftung.»

«Sie hätten sich ja früher stellen können, offensichtlich plagte Sie ein schlechtes Gewissen.»

Ein breites Grinsen huschte über Amatos Gesicht. «Ein schlechtes Gewissen, das fragen Sie mich?» Er musterte Brawand, dann Bassi. «Nicht das Gewissen hat mich dazu bewogen, es war nackte Angst.»

«Angst vor wem?»

«Halten Sie mich eigentlich für bescheuert? Sie wissen doch genau, vor wem ich Angst habe. Sie haben mich seit Tagen bespitzelt, meine Handygespräche abgehört. Und nicht allzu viel erfahren, aber immerhin: Ihnen musste klar sein, dass ich gezwungen wurde, Befehle von Holenstein auszuführen.»

«Was haben Sie denn für Befehle ausgeführt?»

«Das möchten Sie wohl wissen. Ich kann Ihnen das nur sagen, wenn Sie Holenstein im Griff haben. Wenn er in Untersuchungshaft ist.»

Bassi und Brawand sahen sich fragend an. Dann ergriff Bassi das Wort. «Sie waren vor Jahren in einem Zeugenschutzprogramm, bekamen nach einer Gefängnisstrafe eine neue Identität. Was für einen Namen bekamen Sie eigentlich? Das ist ja jetzt Ihr offizieller Name. Es ist nur noch eine Frage der Zeit, bis wir aus Bellinzona eine Antwort darauf bekommen. Sie würden uns die Arbeit erleichtern, verrieten Sie uns Ihren gesetzlichen Vor- und Nachnamen.»

«Pietro Bandini.»

«Sie lügen. Wir glauben den Namen zu kennen, der Ihnen von den Behörden gegeben wurde.»

«Doch vorhin haben Sie gesagt …»

Bassi winkte ab. «Sie heissen offiziell Giulio Amato. Wir wollten nur sichergehen, ob Sie wirklich gewillt sind, mit uns zu kooperieren. Schon beim ersten Test haben Sie versagt.»

Amato schluckte verlegen. «Nun ja, ich hatte mehrere Decknamen, und diese sind mir jetzt durcheinandergekommen …»

«Das mit den Decknamen können wir nachvollziehen. Wir sprechen Sie von nun an mit Amato an, aber wir möchten die anderen Namen auch erfahren.»

Bassi schob Amato einen Zettel hin und reichte ihm einen Stylo. «Schreiben Sie uns bitte die Namen auf, die Sie seit Ihrem Zeugenschutzprogramm benutzt haben. Geben Sie auch an, wann, wo und weshalb und was Ihnen dazu sonst noch einfällt.»

Amato warf Bassi einen ratlosen Blick zu.

Bassi schmunzelte. «Ich verstehe, das können Sie nicht einfach aus Ihrer Hand schütteln. Wir bringen Sie jetzt in Ihre

Zelle zurück. Dort haben Sie einen ganzen Tag Zeit, sich alles zu notieren.»

Brawand zog einen Notizblock aus seiner Mappe. «Ich denke, Herr Amato braucht dazu mehr Papier. Normalerweise gilt in unserem Gefängnis ab zehn Uhr abends Lichterlöschen. Sie sind vorläufig weniger eine Person in U- als eine in Schutzhaft. Ich kann Ihnen versichern, unser Knast ist nicht nur ausbruch-, sondern auch einbruchsicher. – Sie werden sich in unserem ‹Haus› wohlfühlen. Die Räume sind sauber und klimatisiert. Nach dieser Vernehmung wird Ihnen das Essen in die Zelle gebracht.»

Bassi musterte Amato wohlwollend. «Morgen Mittag wird ein Wärter den Schreibblock wieder abholen. Wir sind gespannt, was Sie notiert haben.»

Amato sagte nichts darauf.

Am nächsten Morgen fuhren Bassi und Brawand in die Gefangenenabteilung des Inselspitals Bern, um die beiden Inhaftierten vom Vortag zu vernehmen.

Sie lagen in ihren Betten im selben unterirdischen Raum. Hasserfüllte Blicke empfingen Bassi und Brawand bei ihrem Eintreten. Die beiden Ermittler begrüssten die Häftlinge freundlich. Keiner erwiderte etwas. Im Zimmer waren noch der Stationsarzt und ein Pfleger.

Die Polizisten schauten den Arzt fragend an. Dieser erklärte: «Die Muttersprache der Gefangenen ist offensichtlich Italienisch. Doch sie sind des Deutschen mächtig und sprechen leidlich den Zürcher Dialekt. Wir möchten aber der Vernehmung beiwohnen. Die beiden sind erheblich verletzt und stehen noch unter dem Einfluss von Schmerz- und Beruhigungsmedikamenten.»

Bassi gab sich erstaunt. «Der leitende Arzt der Gefangenenabteilung hat uns versichert, die beiden seien vernehmungstauglich.»

«Wenn der Chef das sagt, wird es wohl stimmen. Dann gehen wir jetzt», erwiderte der Stationsarzt, blieb aber stehen.

«Wir nehmen das Gespräch mit diesem Ding auf.» Brawand hielt ein schwarzes Kästchen in die Höhe.

Er sah den älteren Häftling, einen etwa Vierzigjährigen mit schütteren, ungepflegten schwarzen Haaren, an. «Wie ist Ihr Name?»

«Das würde Ihnen gerade so passen, gäbe ich darauf eine Antwort. Übrigens, ohne Anwalt bringen Sie aus mir kein Wort heraus.»

Brawand nahm sein Handy hervor und tippte eine kurze Mitteilung hinein. Augenblicke später klopfte es. Im Türrahmen stand ein schick gekleideter Herr, der sich als Gustav Brunner, Rechtsanwalt, vorstellte.

«Das hat mir gerade noch gefehlt», protestierte der Mann, an Schläuchen hängend und mit hochgelagertem rechten Knie im Bett liegend. «Ich verlange einen Anwalt meiner Wahl.»

Bassi hob drohend den Finger. «Die erste Vernehmung findet bei uns in der Regel ohne Anwalt statt. Na ja, auf Verlangen des Festgenommenen können wir einen ‹Anwalt der ersten Stunde› engagieren. Wir machen das jetzt.» Er richtete sich an den Stationsarzt, der immer noch dastand. «Holen Sie mir bitte den leitenden Arzt dieser Abteilung.»

Der Chefarzt kam nach fünf Minuten und sagte salopp: «Machen diese Kriminellen Probleme?»

«Ob es Kriminelle sind oder nicht, entscheidet das Gericht. Bis es so weit ist, gilt die Unschuldsvermutung», stellte Bassi richtig. «Doch eine Bitte habe ich an Sie, Herr Doktor. Bringen Sie die beiden je in ein Einzelzimmer. Ich möchte nicht, dass sie sich gegenseitig absprechen.»

Der leitende Arzt verzog das Gesicht. «Mit dem haben wir nicht gerechnet.»

«Damit gerechnet oder nicht: Es geht hier um Verbrechen an Leib und Leben. In solchen Fällen ist eine Isolationshaft oft zwingend. Ob sie Einzelzimmer oder Fünferzimmer anbieten, ist nicht unser Problem. Doch wenn wir als Ermittlungsbehörde festlegen, der Untersuchungshäftling soll allein in einem Raum untergebracht werden, haben Sie dieser Anordnung Folge zu leisten.»

«Jetzt gerade?»

«Ja, wir gehen unterdessen in die Cafeteria, danach setzen wir die Vernehmung fort, ohne Anwesenheit von Spitalpersonal.»

«Gut, wenn Sie die Verantwortung übernehmen», entgegnete der Chefarzt gereizt.

Die Vernehmung wurde eine Viertelstunde später wieder aufgenommen. Anwalt Brunner war auch zugegen.

«Ich habe Sie nach dem Namen gefragt», begann Brawand. «Sind Sie jetzt bereit, ihn mir zu verraten?»

«Nein.»

Brawand zog sein Handy aus der Jackentasche, tippte etwas ein. Dann eröffnete er: «In der Kantine, das war vor einigen Minuten, erhielt ich eine interessante SMS. Darin wurde mir die Identität von Ihnen und Ihrem Kollegen durchgegeben. Der alten, bewährten Methode der Fingerabdrücke sei Dank, Herr Augusto Mancini. So heissen Sie doch?»

Mancini hob erstaunt die Augenbrauen.

«Ihr Kollege trägt den Namen Bianchi, Fausto Bianchi. Von Ihnen beiden gibt es umfangreiche Akten in der länderübergreifenden Kriminalstatistik. Beide italienische Staatsangehörige mit Aufenthaltsbewilligung in der Schweiz. Das macht uns die Sache leichter ...»

«Von mir erfahren Sie trotzdem nichts», antwortete Mancini trotzig.

«Warten wir mal ab. Sie können noch grau werden bei uns. Irgendwann werden Ihre Wunden verheilt sein, und Sie kommen in ein gewöhnliches Gefängnis mit steinharten Haftbedingungen.»

«Ich wurde gestern von Ihren Schergen zum Krüppel geschossen. Ich werde mein Knie nie mehr bewegen können», jammerte Mancini.

«Kollateralschäden. Sie sind oft nicht zu vermeiden.»

«Das war kalkulierte Absicht», bemerkte Mancini.

«Das ist ein anderes Thema. Über Ihre Verletzungen wollen wir uns jetzt nicht mehr unterhalten. Warum haben Sie sich mit einer entsicherten Waffe in das Haus begeben, wo der Mann, auf den Sie es abgesehen hatten, wohnte?»

Mancini verzog den Mund, antwortete aber nicht.

«Herr Mancini, Sie haben einiges auf dem Kerbholz. Ihnen droht zudem die Auslieferung nach Italien. Die Straftaten, wegen derer Sie dort gesucht werden, wiegen wesentlich schwerer als die, die wir Ihnen derzeit zur Last legen.»

Mancini überlegte. «Waffentragen? Das ist doch eine Lappalie.»

«Mit einer entsicherten Maschinenpistole in ein Haus eindringen aber nicht. Das tut man nicht zufällig. Dahinter steckt eine Absicht. Wir unterstellen Ihnen, dass Sie den Mann in Matten, er heisst übrigens Amato, umlegen oder entführen wollten. Ein geplantes, nicht ausgeführtes Verbrechen. Eine Straftat, ohne jede Frage.»

«Das Strafmass?»

«Ein, zwei Jahre Gefängnis. Auf Bewährung oder unbedingt. Doch darüber urteilt die Justiz. Das läuft in unserem Land nach strengen Regeln.»

«Wie ist es dann mit der Auslieferung nach Italien?»

«Unsere Gerichte entscheiden darüber, ob jemand ausgeliefert wird.»

«Spielt es eine Rolle, ob man in einem Schweizer Strafverfahren mit den Ermittlungsbehörden kooperiert?»

Brawand warf Bassi einen fragenden Blick zu. Dieser antwortete: «Grundsätzlich sind das zwei verschiedene Angelegenheiten. Es kommt in erster Linie darauf an, ob ein Gewaltverbrechen der Grund des Auslieferungsbegehrens ist. Doch es könnte durchaus zum Nachteil des Delinquenten eine Rolle spielen, wenn er sich halsstarrig verhält. Auf jeden Fall zahlt es sich nicht aus, eine Kooperation zu verweigern. Und bedenken Sie, Herr Mancini, ein Schweizer Knast ist zwar kein

Luxushotel, doch darin lebt es sich um einiges besser als in den Kerkern Ihres Landes.»

«Müsste ich eine Strafe zuerst in der Schweiz absitzen, bevor ich nach Italien ausgeliefert würde?»

«Ja.»

«Danach würde ich ausgeliefert?»

«Nicht unbedingt. Darüber würde ein Schweizer Gericht entscheiden. Dann käme alles auf den Tisch. Die Führung im Schweizer Strafvollzug, das Delikt, weswegen Sie in Ihrer Heimat verurteilt wurden.»

Mancini bat Bassi und Brawand um Zeit, die er benötige, um sich alles abermals durch den Kopf gehen zu lassen.

«Wir kommen morgen Nachmittag noch mal vorbei. Danke, Herr Mancini, dass Sie in Erwägung ziehen, mit uns zusammenzuarbeiten», sagte Bassi. Die beiden Ermittler verabschiedeten sich freundlich.

Als sie im Auto sassen, um nach Thun zu fahren, bemerkte Brawand: «Ich will hoffen, dass uns der Kerl nicht zum Narren hält.»

«Ich bin zuversichtlich. Die Personen, die die Drecksarbeit machen, wie Leute umlegen, tun das selten aus freien Stücken, sie handeln unter Druck. Die wirklichen Halunken sind ihre Auftraggeber. Meist angesehene Leute: Unternehmer, Anwälte, Richter, Staatsanwälte, sogar Ärzte und vor allem Politiker, die kaum je in ein Strafverfahren verwickelt werden.»

«Kann ja sein, aber wer schiesst oder zusticht, wird hierzulande verurteilt.»

«Das bestreitet niemand. Doch was geschieht mit den Auftraggebern? Und in unserem Fall interessieren wir uns vor allem für diese. Wir glauben ja zu wissen, wer das ist. Aber solange wir keine Beweise haben, können wir nicht handeln.»

«Ich bin überzeugt, die Beweise können wir uns beschaffen.»

«Das will ich doch hoffen. Es ist deine Aufgabe, diese vorzulegen.»

Am Tag danach, um zwei Uhr nachmittags, betraten Bassi und Brawand die Zelle Mancinis.

Der Häftling begrüsste sie mit erhobenen Händen. «Ich habe mich entschieden. Ich werde kollaborieren.»

«Sehr gut. Dann darf ich mit den ersten Fragen beginnen?», fragte Bassi.

«Ja.»

«Sagt Ihnen der Name Holenstein ... Steffen Holenstein etwas?»

«Nein. Noch nie gehört.»

«Wer war der Typ, der mit Ihnen Verbindung aufnahm, um den Mann in Matten zu liquidieren?»

«Warum nehmen Sie an, wir hätten den Auftrag bekommen, einen Typen umzubringen? Wir hätten ihn ebenso gut entführen können.»

«Meinetwegen. Wie hiess dieser Mann?»

«Sergio.»

«Wie bitte? Das verstehe ich nicht. Es war Sergio, den Sie hätten entführen oder erschiessen sollen. Und dieser Sergio hat Ihnen den Auftrag gegeben, ihn selbst umzulegen?»

«Nicht Sergio hat den Auftrag gegeben. Er hat mir lediglich eine in einem verschlossenen Couvert enthaltene Nachricht, die er nicht kannte – er durfte diesen Brief gar nicht öffnen –, zukommen lassen. Sergio war also nur der Briefträger. Unter Umständen kann man das eigene Todesurteil weiterleiten.»

«Kennen Sie Sergio überhaupt?»

«Ich habe ihn einmal angetroffen. Nicht eigentlich gesehen. Er besuchte mich in einem Hotelzimmer in Interlaken. Er trug eine Maske. Seine Stimme ist mir aber geblieben. Unverwechselbar, hoch, quietschend.»

«Würden Sie ihn auf der Strasse erkennen?»

«An seiner Art, sich zu bewegen, auch die ist eigenartig, aber sicher, wenn er reden würde.»

«Hätten Sie ihn bei Ihrem Besuch in Matten erschossen?»

«Nein.»

«Warum trugen Sie dann eine entsicherte Uzi?»

«Zur Selbstverteidigung. Sergio hätte ja auch eine Waffe zur Hand haben können. Er ist ebenso gut ausgebildet, mit solchen Dingern umzugehen, wie wir. Deshalb sind wir ja zu zweit aufgekreuzt.»

«Was hatten Sie mit ihm vor?»

«Wir hatten den Auftrag, ihn zu neutralisieren.»

«Töten – weshalb?»

«Nein, ihn zu verhören, danach allenfalls festzunehmen.»

«Weiter …! Was hätten Sie ihn gefragt?»

Mancini wirkte verlegen. Er suchte nach Worten. «Das war alles detailliert in der Anweisung geschrieben, die wir erhalten haben.»

«In der Anweisung, die Sie ausgerechnet von Sergio erhalten hatten? Hat Sergio Sie zu diesem Anlass besucht?»

Mancini lächelte verschmitzt. «Bei uns läuft das professionell ab. Sergio hat die Nachricht in einem toten Briefkasten hinterlegt.»

«Was ich nicht verstehe: Sergio hat Ihnen also den Auftrag zukommen lassen, ihn zu ermorden?»

«So ist es nicht ganz. Darin stand nichts von Umbringen.»

«Wie haben Sie denn gewusst, dass die Nachricht von Sergio stammte?»

«Noch einmal: Sie stammte nicht von Sergio, sondern von seinem Auftraggeber. Hinten auf dem Couvert stand ein grosses S, das Erkennungszeichen von Sergio. Auftraggeber dürfen wir nicht kennen, doch wir kennen sie meistens trotzdem. Nur den Namen des Überbringers der Nachricht dürfen wir wissen. Das ist eben in unserer Firma so.»

«Was meinen Sie mit ‹Firma›?»

«In der ‹Firma› sitzen die Auftraggeber, deren Namen wir nicht kennen beziehungsweise nicht nennen dürfen.»

«Wie heisst denn die Firma?»

Mancini überlegte. «Der Name der Firma soll ‹Ritter der Rütliwiese› heissen.»

Bassi und Brawand sahen einander verdutzt an.

«Eigenartig, das tönt aber nicht nach Mafia», sagte Bassi.

Nun lachte Mancini. «Mafia ist offenbar für Sie italienisch. Muss es aber nicht sein. Doch der Aufbau und die Vorgehensweise dieser ‹Firma› stimmen weitgehend mit dem überein, wie die Mafia ursprünglich angefangen hat.»

Bassi antwortete leicht pikiert: «Wir wissen sehr wohl, dass es auch eine Schweizer Mafia gibt. Doch uns irritiert die patriotische Etikette. Nach unserer Erfahrung beschränkt sich ihr Tätigkeitsfeld auf die Wirtschaft, insbesondere auf KMUs wie Gaststätten, Hotels, Verkaufsläden, Baufirmen, Autogewerbe sowie Finanzdienstleistungen. Oft verknüpft mit dem Drogenhandel. Dass es auch einen Zweig mit einer politischen Stossrichtung gibt, ist für uns neu.»

Mancini wedelte nervös mit den Händen. «Von Politik verstehe ich wenig. Ich weiss nur, dass es in Italien eine Gladio gab. Eine Geheimarmee mit Verbindungen zu den höchsten Offizierskreisen und einer grossen Anzahl von Bürgermeistern, Abgeordneten und gar Ministern. Der Gladio wurden Sympathien zu den Neofaschisten nachgesagt.»

«Das war in den 1960ern bis Ende der 1980er», warf Bassi mit fragendem Unterton ein.

«Es soll immer noch Restbestände davon geben.»

«Warum haben Sie bei den ‹Rittern der Rütliwiese› mitgemacht? Gibt es einen Grund, dass Sie sich für diese Art Organisierter Kriminalität entschieden haben?»

«Ich wusste es ja: Die Schweizer Justiz und Polizei verstehen das Wesen der Mafia nicht.»

«Inwiefern nicht?»

«Leute wie ich spielen in der untersten Liga. Wir werden einfach eingeteilt, von einer ‹Firma› in eine andere verschoben. Wir können, wenn uns das Leben lieb ist, nicht wählen, nicht einmal Nein sagen. Ich begann als Koch in einer Pizzeria und landete schliesslich in einem ‹Dienstleistungsbetrieb› des politischen Lobbyings, mit Schwerpunkt Erpressung, Entführung und Weiteres, das den Umgang mit Waffen erfordert. Mehr sage ich nicht.»

Bassi und Brawand nickten vielsagend.

«Das war der Anfang. Wir werden Ihnen in den nächsten Tagen weitere Besuche abstatten. Danke für die Zusammenarbeit», schloss Bassi die Vernehmung.

Danach gingen sie zu Fausto Bianchi. Er war, wie sich bald herausstellte, der Mitläufer von Mancini. Als Bassi ihm eröffnete, dass Mancini sich bereit erklärt hatte zu kooperieren, gab er klein bei. Er bestätigte weitgehend die Aussagen Mancinis und versicherte, Bassi und Brawand im Sinne von Mancini Rede und Antwort zu stehen. Ein wenig resigniert murmelte er: «Was bleibt mir anderes übrig.»

«Danke, Herr Bianchi, Sie lernen schnell und begeben sich auf den richtigen Pfad», erwiderte Bassi in versöhnlichem Ton.

Bassi und Brawand fuhren nach Thun, um sich Amato vorzunehmen.

Auf der Fahrt ins Oberländer Bezirksgefängnis schwiegen Bassi und Brawand zunächst. Brawand steuerte den Wagen, Bassi vertiefte sich in die Notizen, die er während der Vernehmung Mancinis gemacht hatte. Schliesslich begann er doch zu sprechen. «Mir graut. Ich fürchte, da kommt einiges auf uns zu. Wir begeben uns auf Neuland: Politik verknüpft mit Organisierter Kriminalität.»

Brawand gab Gas, und Bassi erklärte: «Der Tacho springt nach oben, nun bist du auf über einhundertvierzig, kommst du so in eine Kontrolle, verlierst du dein Billet für drei Monate. Deine Funktion als Polizeioffizier dient dir in diesem Fall nicht als Ausrede.»

Brawand nahm den Fuss vom Gaspedal.

Bassi und Brawand bereiteten im Besprechungsraum der Haftanstalt die Vernehmung von Sergio alias Amato Giulio vor. Das beanspruchte gut eine Stunde. Man kam überein, dass Brawand das Verhör leiten und Bassi sich mit Zwischen- und Rückfragen einbringen sollte.

Als die beiden Ermittler den Verhörraum betraten, sass Amato nägelkauend am Tisch. Er machte einen sehr nervösen Eindruck. Vor ihm zwei dünne Stösse mit einem Bostitch zusammengehefteter A4-Blätter. Der eine war die Kopie des Originals.

«Guten Tag, Herr Amato. Wie geht es Ihnen? Haben Sie sich gut eingelebt bei uns? Wie war die Nacht?»

«Danke, mir geht es den Umständen entsprechend gut. Geschlafen habe ich nicht viel. Immerhin zwei, drei Stunden.»

«Wie war das Essen?»

«Das Essen war in Ordnung.»

Bassi zeigte auf die beiden Papierstösse. «Reichen Sie sie uns. Wir möchten sie jetzt lesen.»

Amato gab Bassi das Original und Brawand die Kopie, Amato hatte beim Schreiben ein Durchschlagpapier dazwischengelegt.

Nachdem er das Papier durchgelesen hatte, sah Bassi auf, sprach Amato an: «Das ist ein interessanter Bericht. Mein Kollege, Adrian Brawand, wird Ihnen zunächst einige Fragen stellen. Wir nehmen das Gespräch mit unseren Handys auf. Bei der Gerichtsverhandlung, sollte es überhaupt dazu kommen, würde es formaler ablaufen. Doch das brauche ich Ihnen nicht zu erläutern. Es wäre ja nicht der erste Prozess, dem Sie sich unterziehen.»

«Herr Amato», begann Brawand, «Sie haben sich seit Ihrem Zeugenschutzprogramm 1998 neun ‹Identitäten› zugelegt, daneben die Ihnen rechtlich zustehende hin und wieder verwendet. Das ist eine Zeitspanne von zwanzig Jahren. Warum sind Sie nicht beim Namen Amato geblieben?»

«Ich bin ein Kind der Mafia. Meine Eltern, meine Verwandten hatten ihre Wurzeln dort. Ich wurde angeworben von einer ‹Firma›. ‹Du bist einer von uns. Anderswo hast du keine Chance, deinen Lebensunterhalt zu bestreiten. Wir sorgen für dich, und du machst die Arbeit, die wir dir zuteilen. Wir bestimmen, wie du heisst.› Ich hatte keine Wahl.»

«Danach setzten Sie Ihre Tätigkeit als Krimineller fort. Was haben Sie denn alles verbrochen?»

«Sie können, Herr Brawand, von mir doch nicht erwarten, dass ich Ermittlern mein Sündenregister auftische. Das ist Ihre Aufgabe, dieses zu eruieren. Die Taten, die nicht geahndet wurden, liegen als ungelöste Fälle in den Akten der Polizeistationen. Kein Delinquent wird sie aus freien Stücken bekennen.»

Bassi brachte sich ein. «Das kann ich nachvollziehen. Sie befinden sich nicht wegen dieser ungelösten Fälle in Haft. Es geht uns darum, zwei Morde aufzuklären. Wir suchen die Täter. Sie sind einer der wenigen, die uns diesbezüglich helfen könnten. Wenn Sie wollen, dass wir Sie beschützen, müssen Sie das tun.»

Bassi übergab die Gesprächsleitung wieder an Brawand.

«Hatten Sie etwas zu tun mit den Morden an Benjamin Am Bach und Arnold Krummen?»

Amato schüttelte den Kopf. «Diese Frage werde ich, aus den eben erwähnten Gründen, nicht beantworten.»

«Ihre Antwort kann ich aufgrund Ihrer Logik verstehen. Ich musste diese Frage stellen. Sie kommen ja auch als Täter in Frage. Wer ist die Person, die Ihnen Anweisungen erteilt hat?»

«Das dürfte ich eigentlich gar nicht wissen. Aber ich bin mir fast sicher, es muss Steffen Holenstein sein.»

«Kennen Sie Steffen Holenstein?»

«Wie man einen Auftraggeber der ‹Firmen› unserer ehrenwerten Gesellschaft kennen kann. Ich habe Holenstein im Garten seiner Villa in Ringgenberg, wo er mich hinzitiert hatte, einmal zu Gesicht bekommen.»

«Wann war das?»

Amato überlegte. «Vor circa zwei Jahren. Das genaue Datum weiss ich nicht mehr.»

«Wie verhielt er sich Ihnen gegenüber?»

«Von oben herab, wie die Auftraggeber von ‹Firmen› unserer Branche gegenüber Ihren Befehlsempfängern eben auftreten.

Die Hochnäsigkeit von Holenstein war allerdings besonders penetrant, so penetrant, wie ich sie noch nie erlebt hatte.»

«Was hat er zu Ihnen gesagt?»

Amato lachte. «Ein Ritual, das bei jedem neuen Stellenantritt in unserer Gesellschaft etwa gleich abläuft. Absoluter Gehorsam, absolute Verschwiegenheit. Niemals dürften die Namen von Personen der Firma genannt werden. Ich sei Eigentum der Firma. Ich würde auf Schritt und Tritt beschattet. Immer hätte ich greifbar zu sein. Es sei allein Sache der Firma, mich anderswo zu vermitteln. Würde ich die Satzungen der Firma brechen, hätte das harte Strafen, die bis zur Liquidation reichen könnten, zur Folge.»

«Und jetzt befürchten Sie eine Liquidation?»

«Ja.»

«Warum eigentlich?»

«Ich wurde von der Polizei enttarnt. Seitdem werde ich von der Polizei überwacht. Das ist dem Sicherheitsdienst unserer Firma nicht entgangen. Solche ‹Mitarbeiter› werden in unserer Gesellschaft entsorgt. Ist jemand in den Händen der Justiz, wird er zur Bedrohung für die ‹ehrenwerte Gesellschaft›. Bei den Verhören kann er aussagen und ‹Geschäftsgeheimnisse› verraten. In einem solchen Fall halten auch die rivalisierenden ‹Zweigniederlassungen› zusammen.»

«Offensichtlich haben Sie sich zum letzten noch möglichen Zeitpunkt an uns gewandt. Wann fand Ihr ‹Sicherheitsdienst› heraus, dass Sie von uns überwacht wurden?»

«Genau weiss ich das nicht. Es dürfte dann geschehen sein, als ich von der Jugendherberge Interlaken Ost abgezogen wurde.»

«Dann frage ich mich, weshalb man Sie nicht bereits bei dieser Gelegenheit umgebracht hat.»

Amato ächzte. «Ein Mord ist auch in unseren Kreisen die härteste Strafe. Sobald die Behörden eine Leiche finden, ordnen sie eine Ermittlung an. Wo sie in diesem Falle suchen müssten, stand derzeit schon fest. Deshalb haben sie meine

Liquidation minutiös geplant, was eine bestimmte Zeit beanspruchte.»

«Noch einmal zu Steffen Holenstein. Wo steht er auf der Hierarchieleiter der ‹Firma›?»

Amato überlegte. «Ich weiss es nicht. Ich nehme an, er ist weit oben, vielleicht sogar der Boss.»

«Was wissen Sie überhaupt über Holenstein?»

«Mehr als seinen Wohnort und seine äussere Erscheinung kenne ich nicht.»

«Kennen Sie andere Leute, die für die ‹Firma› tätig sind?»

«Möglicherweise, ja. Aber von den Personen, die ich kenne, weiss ich nicht, ob sie in der Firma arbeiten.»

Bassi und Brawand sahen einander an, Bassi nickte.

«Das war es fürs Erste», sagte Brawand.

Amato hob den Zeigfinger. «Ich habe mich in diesem Haus ein wenig umgeschaut. Mein Eindruck ist, dass es nicht allzu schwierig wäre, zu türmen. Das tue ich sicher nicht. Aber es könnte nicht allzu schwierig sein, dass jemand hier eindringt, jemand, der es auf mich abgesehen hat. Das beunruhigt mich.»

«Sie haben hier noch längst nicht alles gesehen. Sorgen Sie sich deswegen nicht», bemerkte Bassi schmunzelnd.

Amato wurde von einem Wärter abgeholt.

Und Bassi fragte Brawand: «Wie soll es nun weitergehen?»

«Wir müssten mehr wissen über Holenstein. Was uns Amato alias Sergio preisgegeben hat, ist nicht viel.»

«Du sagst es. War auch nicht zu erwarten. Amato wirkte glaubwürdig. Ich kaufe ihm ab, dass er nicht mehr über Holenstein weiss. Wir müssen unbedingt die Biografie Holensteins nochmals genauer ansehen. Aber eben, Holenstein gilt offiziell immer noch als unverdächtige Respektsperson. Und er hat, das vermute ich wenigstens, Freunde, wenn nicht sogar Spitzel bei den Ermittlungsbehörden. Ich denke, bei ihm laufen, was die Morde an Benjamin Am Bach und Arnold Krummen betrifft, viele Fäden zusammen.» Bassi sah Brawand mit zusammengekniffenen Augen an. «Glaubst du, das schaffen zu können?»

«Ja.»

«Was muss ich dafür tun? Wie lange dauert es, bis du mir einen brauchbaren Lebenslauf von Holenstein abliefern kannst?»

«Erstens: Ich benötige ein paar Leute. Einige davon müssen in Internetrecherchen versiert sein. Dann Ortskundige, die in der Lage sind, an seinem Wohnort herumzufragen und über Jahre zurück in Erfahrung zu bringen, was er dort getrieben hat. Zweitens: Wie viel Zeit brauchen wir dafür? Vielleicht zwei, drei Tage, vielleicht einen Monat. Ich weiss es nicht.»

Bassi schlug kräftig mit den flachen Händen auf den Tisch. «Genehmigt.»

Eine Woche danach überreichte Brawand Bassi die Biografie von Steffen Holenstein.

18

Jakobs Sohn, Benjamin Am Bach, hatte gerade die Holzbildhauerschule in Brienz erfolgreich abgeschlossen.

Das Arbeiten mit Holz gefiel ihm. Eine wertvolle Grundausbildung, auf die er sein späteres Berufsleben aufzubauen gedachte. Er wollte aber mehr – tiefer in die Geheimnisse des Kunstgewerbes eintauchen.

Er nahm sich vor, das Handwerk eines Restaurators, Vergolders und Konservators zu erlernen. Ein Glück, dass er genau die richtige Werkstätte fand, um sich diese Fertigkeiten anzueignen. Das ehemalige Kloster Muri im Aargau mit seinen über nahezu tausend Jahren angesammelten Schätzen der bildenden Kunst. Der Grundstein der Benediktinerabtei Muri wurde um 1030 gelegt.

Nicht nur Restaurieren, Vergolden und Konservieren hatten es Benjamin angetan. Auch das Theater. Und so keimte in ihm der Wunsch auf, Bühnenkünstler zu werden. Er sah sich nach Geldgebern um, aber niemand war bereit, ihm eine Schauspielschule zu finanzieren. Hatte Benjamin sich etwas in den Kopf gesetzt, war es nahezu unmöglich, es ihm auszureden. Er besprach sein Anliegen mit dem Pfarrer von Muri, der ihm bei seinem Wirken in der Klosterkirche zuschaute. «Arbeite in deiner Freizeit weiterhin bei uns. Du wirst so viel verdienen, dass du für deine Ausbildung in Zürich aufkommen kannst. Sieh das nicht als Geschenk, es ist eine Gegenleistung, so bleibst du uns nach der Lehre für weitere Jahre erhalten.»

Benjamin bestand das strenge Aufnahmeverfahren der Schauspielschule Zürich. Hundertfünfzig standen dort an. Am Schluss waren es noch ein Dutzend, die mit dem Studium beginnen durften. Mit Begeisterung stürzte er sich in die Ausbildung. Es war eine harte Arbeit, er bewältigte sie erfolgreich. Nach drei Jahren schloss er den Lehrgang ab.

Am Tag nach der Abschlussprüfung an der Schauspielschule – es war im Frühling 1968 – gönnte er sich im Restaurant «Vorbahnhof» beim Hauptbahnhof Zürich ein reichhaltiges Zmorge. Dazu gehörte auch eine ausführliche Zeitungslektüre. In der Zürcher Zeitung stiess er auf einen Artikel, der ihn fesselte.

Darin wurde ein Bergweg unter dem Sigriswilergrat hoch über dem rechten Ufer des Thunersees beschrieben. Benjamin fand zwar eher Gefallen an den Gipfeln auf der linken Seite des Thuner- und Brienzersees. Sie waren höher und den Hochalpen näher. Doch der Pfad, auf den er ausgerechnet in Zürich aufmerksam gemacht wurde, fand sein Interesse wegen etwas Eigenartigem. Er führte am Schafloch vorbei. Das Schafloch war ursprünglich eine Eishöhle. Im Zweiten Weltkrieg fiel sie der Schweizer Armee zum Opfer und wurde zu einem Teil der gigantischen Alpenfestung, einem Réduit, ausgebaut. Dass dann daraus ein richtiger Stollen wurde, der das Sigriswiler Rothorn von Nord nach Süd durchstach, wollte sich Benjamin doch mal ansehen und auch, ob noch etwas vom ursprünglichen Eis übrig geblieben war.

Gegen Mittag bestieg er in Zürich den Schnellzug nach Bern. Die Fahrt ging nach einer kurzen Umsteigezeit weiter nach Interlaken Ost, wo er mit der Brünigbahn um halb fünf in Oberried ankam. Zwanzig Minuten später klopfte er an die uralte Haustür des elterlichen Heimetlis, wo ihn seine Mutter herzlich in die Arme schloss. Sie und ebenso Vater Jakob waren ungemein stolz auf ihren Sohn.

Er eröffnete ihnen, dass er gedenke, sich am kommenden Morgen zu einer kleinen Bergtour aufzumachen. Als er ihnen das Ziel verriet, starrten sie ihn fragend an.

«Schafloch? Noch nie gehört», bemerkte Jakob. «Du warst ja schon immer einer, der auf eigenartige Ideen kam.»

Das finde sie gar nicht, wehrte sich die Mutter für Benjamin. Was denn komisch daran sei, eine unbekannte Eishöhle in der Umgebung aufzusuchen. Sie finde es wertvoll, die Geheimnisse der Heimat zu lüften.

Ein absonderliches Geheimnis sei das fürwahr, sagte Benjamin. «Dass unsere Armee damit riskiert, ein Werk der Natur zu verpfuschen, finde ich beklemmend.»

«Aus gutem Grund. Es geht um unsere Freiheit», erwiderte Jakob.

«Vater, nun kriechst du den Militaristen auf den Leim. Die haben sich weniger um unser Land als um ihre Eigeninteressen gekümmert. Im Zweiten Weltkrieg wurden gut zwei Drittel der Soldaten in die Alpen verlegt. Dort lebten einige hunderttausend Menschen, während der Rest, gegen neunzig Prozent der Bewohner, der deutschen Wehrmacht schutzlos ausgeliefert gewesen wäre. Das hört sich doch so an, als ob die Bevölkerung ihre Armee schützt statt umgekehrt.»

«Schon gut», murmelte Jakob. «Vielleicht hast du ja recht. Ich werde sicher nicht über etwas streiten, von dem ich zu wenig weiss.» Dann schüttelte er lächelnd den Kopf. Sein Gesichtsausdruck verriet, dass er mit Benjamin einer Meinung war.

Jeweils um sieben in der Frühe ass man bei den Am Bachs. Das, nachdem der Vater den Stall besorgt hatte. Und das musste er tagtäglich, auch an den Wochenenden, an Weihnachten, Ostern und Pfingsten.

War Benjamin bei seinen Eltern zu Besuch, hielt er sich nicht immer an die Zeit, er verschmähte meist das Frühstück. Doch heute – es war an einem Sonntag – griff er für einmal zu. Brot, Butter, Konfitüre – alles von der Mutter selbst gemacht, dazu Kaffee mit etwas Ziegenmilch. Das reichhaltige Zmorge bekam ihm gut, denn er hatte sich eine wahre Strapaze vorgenommen. Er packte den kleinen Rucksack: eine Thermosflasche mit Pfefferminztee, einen Laib Brot, ein Stück Ziegenkäse und einen Apfel.

Kurz nachdem vom Kirchturm sieben Glockenschläge über das Dorf erklangen, pedalte er Richtung Interlaken. Der Wind wehte das Tal hinunter, und entsprechend kam er mit seinem Velo in Fahrt. Mit dem Motorrad, das ihn im Nachbarort Niederried überholte, konnte er nicht mithalten. Der Fahrer trug einen Militärhelm und hatte ein Sturmgewehr umgehängt.

Benjamin seufzte, und es entwischte ihm ein Fluch. «Herrgottstärne, an diesem Sonntag ist ja das obligatorische Schiessen für jeden Wehrmann. Das Knallen von den Scheibenständen landauf, landab ist so nervtötend, ich könnte darauf verzichten. Ich habe es wieder mal vergessen, nun bekomme ich das Aufgebot für das Nachschiessen.»

Am Anfang des Dorfes Goldswil, beim grossen Parkhotel, wo die Steigung von Interlaken endet, fiel ihm derselbe Töfffahrer auf. Er kam aus der Gegenrichtung den Stutz hinaufgedonnert.

Die Strasse führte direkt nach Interlaken. Es war die einzige durchgehende Verbindung für Fahrzeuge über Grimsel, Susten und den Brünig. Am Schluss der Abfahrt musste Benjamin abrupt bremsen. Ziemlich spät hatte er realisiert, dass sich die Bahnbarriere zu schliessen begann. Zentimeter davor kam er zum Stillstand. Ein fünfminütiger Unterbruch, dann fuhr er wieder los, bis er in den Höheweg einbog, die Prachtstrasse Interlakens mit den noblen Hotels. Dort hielt er Ausschau nach einem Kiosk, um eine Zeitung zu kaufen. Er fand gleich einen und kaufte die gestrige Berner Zeitung.

Er setzte sich auf eine der vielen Bänke an der stark befahrenen Strasse, blätterte in der Zeitung und stiess auf einen Artikel über das Problem, das ihn gerade beschäftigte.

Wie lange gibt es in unserem Land noch ein obligatorisches Schiessen?

Gegen zweihunderttausend Wehrmänner absolvieren dieses Wochenende das Feldschiessen an den Scheibenständen überall im Land. Vielen Menschen geht diese Knallerei unglaublich auf die Nerven. Immer mehr Stimmen werden laut, sich von dieser nun bald hundertjährigen Tradition zu verabschieden.

Dann lenkte ihn das laute Stampfen eines Motorrads ab. Er sah über den Seitenrand, gewahrte wieder den Mann mit dem

Militärhelm und dem umgehängten Sturmgewehr. Dieser äugte beim Vorbeifahren auffällig zu ihm hinüber.

Was will denn der von mir, fragte sich Benjamin.

Er schob die Zeitung in seinen Rucksack, klemmte diesen auf den Gepäckträger, schwang sich behänd auf das Velo, fuhr an die hundert Meter zurück, wählte eine schmale Gasse nach Unterseen. Auf dieser, so nahm er an, konnte der rätselhafte Mann ihm nicht folgen. Benjamin trampelte durch das mittelalterliche Städtchen auf der rechten Seite der Aare, bog danach auf die Seestrasse Richtung Gunten-Thun ein. Auf der Höhe von Sundlauenen wurde er vom selben Töff neuerdings überholt. Nun merkte er sich den Typ. Es war eine schwere BMW.

Bei der Station Beatenbucht machte Benjamin halt. Er schulterte sein Velo und stieg damit in die Standseilbahn nach Beatenberg. Zwanzig Minuten später kam er oben an. Es war dort noch heisser als am See unten. So genehmigte er sich im Garten des «Buffet» ein kühles Mineralwasser. Dann las er weiter in der Zeitung.

Doch, da war es wiederum, das Stampfen der BMW. Das Gewehr, das der Fahrer umgehängt hatte, gab Benjamin zu denken. Was sollte er dagegen tun? Wieder nach Hause zurückkehren? Er entschied sich, die geplante Tour fortzusetzen. Das leichte Gefälle auf der Strasse zur Alp Grön war angenehm abkühlend. Käme ihm die BMW entgegen, würde er sie von Weitem hören und hätte genügend Zeit, sich irgendwo neben dem Weg zu verstecken.

Die Strasse vom Grön bergwärts ins Justistal war für Motorfahrzeuge gesperrt. Würde es sein Verfolger wagen, das Fahrverbot zu missachten? Benjamin glaubte eher nicht an diese Möglichkeit, die Sennen dort würden ihn wohl bei der Polizei anzeigen. Doch so sicher, dass das geschehen würde, war er nicht. Ihm wurde ein bisschen mulmig zumute.

Nach einer halben Stunde – er musste wegen des steilen Strässchens das Velo schieben – zweigte der Bergweg zum Sigriswiler Rothorn ab. Das Velo liess er am Beginn des Pfades stehen. Um die Mittagszeit erreichte er verschwitzt, aber unbehelligt das Schafloch.

Nichts Spektakuläres, fand er. Von Eis keine Spur mehr. Einige Requisiten, die mit seinem vergangenen Verwendungszweck als Festung zusammenhingen. Er verwarf die ursprüngliche Absicht, den Stollen bis zum Nordende zu begehen.

Benjamin trat vor die Kaverne und sah sich das wunderbare Panorama an. Unvermittelt wurde er durch einen Schuss erschreckt. Winzige Felsbrocken fielen ihm vor die Füsse. Er musste ein kleines Stück oberhalb des Eingangs eingeschlagen haben. Augenblicke später krachte es wieder. Diesmal trafen ihn die herunterfallenden Kiesel am Kopf und den Schultern. Es schmerzte unmerklich, die Fallhöhe war zu klein. Benjamin warf sich zu Boden in der Annahme, dass ihn der Schütze nicht mehr sehen konnte. Er robbte zurück in die Höhle und drängte sich an die felsige, feuchte Wand, um sich ausserhalb der Schusslinie aufzuhalten. Danach traf eine Schnellfeuersalve den Eingangsbereich. Einige Kugeln mussten in die Decke eingeschlagen haben. Es regnete Steine. Dann wurde es still.

Benjamin wartete. Ihm kam es wie eine Ewigkeit vor. Plötzlich hörte er ein Dreiklanghorn, das immer lauter wurde, aus der Richtung Sigriswil. Vorsichtig schlich er vor den Eingang. Es war ein Fahrzeug der Polizei. Es bog, eine Staubwolke hinter sich herziehend, in die Justistalstrasse ein. Auf der Höhe der Einmündung des Bergweges blieb es stehen. Zwei Landjäger entstiegen ihm und suchten die Gegend mit einem Feldstecher ab. Sie eilten auf den gegenüberliegenden Hang zu. Eine Viertelstunde später kamen sie zurück. Obwohl die Entfernung gut ein, zwei Kilometer war, konnte Benjamin erkennen, dass zwischen den beiden Uniformierten ein Mann mit Helm ging.

Nun konnte Benjamin den Abstieg ins Tal wagen. Sein Velo lag unbehelligt an der Abzweigung des Pfads, der zum Schafloch führte. Er radelte zur Grönhütte hinunter, fuhr die Steigung nach Beatenberg hinauf, passierte die Endstation der

Bahn, bis er nach weiteren drei Kilometern am Polizeiposten eintraf. Dort klingelte er.

Zwei Uniformierte öffneten. Der ältere, mit Schmerbauch, stellte sich als Korporal Gafner, Postenchef, vor. Der jüngere als Polizeimann Jaun.

Der Empfang war ziemlich frostig. «Was macht denn der junge Langhaarlümmel da?», wollte Gafner wissen.

Benjamin errötete. Aufgebracht entgegnete er: «Sagen Sie mir bitte, wo in unseren Gesetzen steht, man dürfe keine langen Haare tragen.»

Das geriet Gafner in den falschen Hals. «Kerlchen, Befehle nehme ich von dir nicht entgegen.»

Benjamin streckte Gafner die Hand entgegen. «Benjamin heisse ich. Wie ist dein Name?»

Gafner war einige Momente perplex. Dann polterte er los: «Ein derartiger Frechling ist mir noch nie begegnet.»

Auch in Benjamin kochte es. Er war nicht zum Posten gegangen, um zu streiten, sondern um Hilfe zu suchen und allenfalls eine Strafanzeige einzureichen. Er blieb eine Antwort auf diese Provokation schuldig, zuckte mit den Achseln und fuhr sehr freundlich fort: «Ich bin zu Ihnen gekommen, um einen Angriff auf mich zu melden. Man hat heute Morgen vor dem Schafloch auf mich geschossen.»

Das wirkte. Gafner stand wie angewurzelt vor Benjamin und sah ihn ungläubig an. «Wirklich?»

«Ja.»

«Dann kommen Sie bitte herein.»

Man führte ihn in einen kleinen Raum mit einem runden Tisch, auf dem ein Telefon, eine Schreibmaschine und eine Schachtel mit Notizblock und Schreibzeug standen. Alle nahmen daran Platz.

«Erzählen Sie mir jetzt detailliert, warum und wie Sie zum Schafloch hinaufgestiegen sind. Von wo Sie gekommen sind. Jaun wird ihre Aussagen protokollieren. Sie sind gebeten, nach jedem Satz zu warten, bis Jaun ihn getippt hat.»

Offenbar musste Gafner die Meinung über Benjamin geändert haben. Seine Aussagen waren präzis und stimmig. Am Schluss nickte der Korporal anerkennend. «Eine Frage hätte ich noch. Sind Sie sicher, dass es zwei Polizisten waren, die den Schützen gestellt haben? Es könnten auch Wildhüter gewesen sein.»

Benjamin beschrieb das Fahrzeug, mit dem sie das Justistal hinaufgefahren waren. Gafner rief den Posten Sigriswil an. Man bestätigte dort die Schiesserei im Justistal.

«Haben Sie noch etwas beizufügen, Herr Benjamin Am Bach?», erkundigte sich Gafner.

«Hmmm ... darf ich nach dem Namen des Schützen fragen? Weiss man überhaupt, wie er heisst?»

«Wir wissen, wer er ist. Doch uns dazu äussern dürfen wir nicht. Ich hoffe, Sie verstehen das.»

«Selbstverständlich. Darf ich mich jetzt verabschieden?»

«Noch nicht ganz. Jaun muss vorher noch Ihre Personalien aufnehmen.» Gafner erhob sich und schüttelte Benjamin freundlich die Hand. «Wir werden Sie über unsere Ermittlungen informieren. Bis es so weit ist, können mehrere Wochen vergehen. Falls Ihnen noch etwas einfällt, was Sie hier noch nicht preisgegeben haben, sollten Sie uns das noch berichten.»

Benjamin war guter Dinge, als er am späten Nachmittag wieder bei seinen Eltern war. Er entschied sich, ihnen über den Vorfall beim Schafloch nichts zu erzählen.

Es vergingen mehrere Wochen, bis Benjamin eine Rückmeldung von der Polizei erhielt.

Kantonspolizei Bern, Kriminalabteilung Oberland, Thun

Donnerstag, 27. Juni 1968

Sehr geehrter Herr Benjamin Am Bach,
wir beziehen uns auf den Vorfall vom Sonntag, den 26. Mai 1968, im Justistal, wo ein Mann mit seinem Sturmgewehr in Ihre Richtung geschossen hat.

Der Schütze, A. K., konnte eine halbe Stunde nach der Tat von einer Polizeipatrouille in Gewahrsam genommen werden. Er ist geständig.

Da Schussabgaben von Zivilpersonen ausserhalb von Schiessanlagen ein Offizialdelikt darstellen, ist eine Anklageerhebung durch die Staatsanwaltschaft zwingend. Eine Strafanzeige von privater Seite wird nicht weiterverfolgt. Das Amtsgericht Thun verurteilte A. K. zu einer Busse. Ihm wurde klargemacht, dass er im Wiederholungsfall eine Haftstrafe zu gewärtigen hat.

Im Prozess bestritt A. K., absichtlich auf Sie gezielt zu haben. Nach seinen Aussagen hat er Sie nicht gekannt. Die polizeilichen Ermittlungen bestätigten seine Angaben.

Der Gerichtspräsident des Amtsbezirks Thun
Sig. Bratschi

19

Steffen Holenstein wurde am 10. Februar 1951 geboren. Sein Vater war Direktor der Bödeli Bank, einem kleinen Geldinstitut, das heute nicht mehr existiert.

Die Eltern Steffen Holensteins waren wohlhabend. Seine Vorfahren gehörten über mehrere Generationen dem Berner Oberländer Geldadel an und lebten seit Menschengedenken in Ringgenberg. In den 1930ern liess der Vater ein Haus bauen, das weitherum als das ausgefallenste und aufwendigste galt. Obwohl in Seenähe liess der Bauherr Tonnen von Erde für ein grosses Schwimmbecken ausbuddeln. Er war noch Junggeselle, heiratete erst 1945 die Tochter eines reichen Pferdehändlers, die spätere Mutter des Einzelkindes Steffen.

Steffen wuchs behütet auf. Sein Lebenslauf war bereits bei der Geburt vorgezeichnet. Er sollte dereinst die Stelle seines Vaters einnehmen. Dazu war eine gute Allgemeinbildung vonnöten. Das Lehrerseminar Muristalden in Bern konnte das bieten. 1967 bestand er die Aufnahmeprüfung für das Seminar, 1971 schloss er seine Ausbildung als Volkschullehrer ab. Er nahm eine Stelle in der Primarschule von Niederried an, wenige Kilometer von seinem Wohnort entfernt. Das vor allem, um sich während seiner Militärdienstzeit ein Einkommen zu sichern. Der Staat Bern, wie auch die anderen Schweizer Kantone, sorgte für eine Stellvertretung während der Militärdienstzeit und zahlte dazu noch den vollen Lohn. Militärisch hatte Steffen Ambitionen, sein Berufsleben wollte er nicht in der Schulstube verbringen.

Im Frühjahr 1972 besuchte er die Offiziersschule in Thun, die er erfolgreich absolvierte. Im Mai desselben Jahres wurde er als Leutnant der Infanterie vereidigt. Danach trat er in die Bank seines Vaters ein. Fünf Jahre später war er Hauptmann der Miliz. 1981 Major. Nach dieser Beförderung bekam er ein

Aufgebot zu einem Generalstabskurs in der Dufourkaserne von Thun, den er ohne Probleme abschloss.

Einem seiner Kursleiter, Gaston Wäfler, ein Oberst der Luftschutztruppen, fiel der junge Holenstein auf. Anders als die meisten seiner Kollegen hatte er eine gefestigte politische Meinung. Er wünschte sich einen autoritären Staat ohne Einfluss der politischen Linken. Die sozialdemokratischen Parlamentarier und Gewerkschafter würden für die Schweiz eine Gefahr bilden und ihm schlecht anstehen, betonte er immer wieder. Es müsste Mittel und Wege geben, sicherzustellen, dass die Rechten die Zügel in der Hand behielten. Diese Meinung machte dem Kursleiter einen nachhaltigen Eindruck.

Wäfler nahm Holenstein eines Tages zur Seite, bat ihn um eine längere Unterredung. Dabei sagte er ihm, es sei nicht immer ratsam, seine Meinung so offen kundzutun, wie er es tue. Doch Holenstein sei auf dem richtigen Weg. Was er denke, wünsche er, Wäfler, sich auch. Doch man rede nicht darüber, sondern handle. Mehrere Armeeoffiziere, einige wenige Politiker und Wirtschaftsführer seien daran, eine Truppe aufzubauen, die genau diese Ideen in die Tat umzusetzen gedenke. Diese Truppe sei absolut geheim. Kein einziger aktiver Bundesrat wisse davon, lediglich eine Handvoll Parlamentarier sei eingeweiht. Er, Holenstein, sei in diesen Reihen willkommen.

Holenstein machte grosse Augen. Er könne es kaum glauben. Es sei ihm eine grosse Ehre, an diesem edlen Vorhaben mitzuwirken.

Er solle sich heute Abend um neunzehn Uhr in seinem Büro melden – in der Ausgangsuniform. Man mache zusammen einen kleinen Ausflug, beschied ihm Wäfler.

Wäfler und Holenstein fuhren zusammen zum Motorfahrzeugpark Burgdorf der Schweizer Armee. Circa hundert Meter südlich davon war der Weiler Lochbach. Dort hielten sie vor einem kleinen Bauernhaus an. Wäfler drückte die Falle der Eingangstür, die nicht verschlossen war. Beide standen in einer altertümlichen Küche. Einige Soldaten ohne Rangabzeichen sassen am einfachen Holztisch und jassten. Sie nahmen von den Eintretenden keine Notiz. Wäfler ging zur Tür gegenüber, öffnete sie. Ein kräftiger, muffiger Windstoss rauschte durch den Raum und wirbelte die Spielkarten auf dem Tisch auf. Nun reagierten die Soldaten, einige derbe Flüche flogen Wäfler entgegen. Eine Ungeheuerlichkeit gegenüber einem hohen Offizier, doch Wäfler wiegelte, sich nach Holenstein drehend, ab. Er solle sich nichts daraus machen, hier herrschten andere Sitten. Die Jungs da seien Wäfler und Holenstein nicht bös gesinnt, sie machten einfach ihren Job, und das sehr gut. – Das unauffällige Bauernhaus sei die Zentrale der Geheimarmee P-26, in der er, Holenstein, eine wichtige Funktion übernehmen werde.

Von der Küche führte eine steile, lange Treppe in den Untergrund. Unversehens standen Wäfler und Holenstein in einer riesigen Kaverne. Zwei grosse zweistöckige Armeebaracken und ein beinahe zierliches Holzhäuschen standen darin. Wäfler ging auf das Häuschen zu. Am Türrahmen des Eingangs war ein kleines Kästchen angebracht. Wäfler tippte einige Zeichen auf die kleine Tastatur. Die Tür öffnete sich. Dahinter stand ein lächelnder älterer Mann.

Licio Gelli. Wäfler stellte ihn vor. Der geistige Vater der Gladio, von der wir, die P-26, ein Ableger sind. Eine der stärksten, zuverlässigsten und linientreusten Geheimarmeen in Europa. Das wahre Bollwerk gegen den Kommunismus, gegen die Sowjetherrschaft und den Sozialismus im Westen. Die P-26 werde diese roten Vaterlandsverräter das Fürchten lehren, verkündete Wäfler mit triumphierender Miene. Auch in der Schweiz sei sie aktiv.

Gelli umarmte Holenstein. Gaston habe ihn, sagte er zu Holenstein, über den Klee gelobt. Nun werde er, Holenstein, sich fragen, wer der alte Mann, der vor ihm stehe, sei. Man sage sich im trauten Zusammensein immer Du, nicht so in der Öffentlichkeit.

Gaston Wäfler nickte. Bei der P-26 habe jedes Mitglied einen Tarnnamen.

Dann ermahnte Wäfler Holenstein. In der Kaserne sei er für ihn nicht Gaston, sondern der Herr Oberst. Und er bleibe der Herr Major. Er, Wäfler, heisse in der Geheimarmee Nero. Und Steffen? Er werde Brutus genannt. Es sei eine besondere Ehre, antike Namen zu tragen. Die meisten würden mit gewöhnlichen wie Hans, Fritz, Karl, Melchior ... angeredet.

Ein schallendes Lachen perlte über Gellis Lippen. In der Gladio sei er der Plinius. Gelli musterte Holenstein mit zusammengekniffenen Augen. Gar nicht so schlecht, dass der Name Gelli ausserhalb noch nie aufgefallen sei. Denn in einigen Schweizer Printmedien habe man Schlechtes über ihn geschrieben. Er stelle sich deshalb lieber selbst vor. Nicht beschönigend.

Gelli zog aus seiner Jackentasche ein zerfleddertes Papier, maschinengeschrieben, und reichte es Holenstein. Er bat ihn, sich zu setzen.

Holenstein las den Text laut vor. Wäfler und Gelli hörten ihm dabei zu.

Ich wurde 1919 in Pistoia geboren. Pistoia ist eine wunderschöne Stadt in der Toskana. Mein Vater war Besitzer einer kleinen Fabrik. Gutbürgerlich. Er war bereits fünfzig Jahre alt, als ich, Licio, auf die Welt kam. Mein Vater nahm 1922 am Marsch auf Rom teil, den Mussolini anführte. Er starb im Januar 1943, in diesem schrecklichen Winter, als die Achsenmächte die Schlacht von Stalingrad verloren. Aufseiten der Deutschen kämpften auch viele Italiener, mehrere Freunde von mir. Keiner von ihnen kehrte lebend zurück. Benito Mussolini, mein Mentor, ist der wichtigste Verbündete von Adolf Hitler gewesen. Hätte der «Führer» auf Benito gehört, wäre es nie zum Russlandfeldzug der deutschen Reichswehr gekommen.

Wäfler unterbrach Holenstein. Den Text könne er zu Hause fertig lesen.

Gelli musterte Holenstein. Wie er das finde, was er eben gelesen habe?

Er sei überwältigt, antwortete Holenstein.

Wäfler schmunzelte, enthielt sich eines Kommentars.

Steffen sei heute noch aus einem anderen Grund in den Bunker von Lochbach eingeladen worden, erinnerte ihn Gelli. «In der Schweiz fehlt noch etwas, eine Unterorganisation der P-26. Wie wäre es mit einem Verein, der den Namen ‹Ritter der Rütliwiese› trägt? Das klingt doch eidgenössisch.»

Holenstein warf einen fragenden Blick zu Wäfler.

Das mache Sinn, urteilte Wäfler. Um eine Organisation wie eben die «Ritter der Rütliwiese» aufzubauen, brauche es auch – Wäfler rieb den Daumen am Zeigefinger der rechten Hand – «Moneten».

Darüber, wie man Gelder für solche Projekte eintreibe, habe er ein grosses Wissen. Er werde ihm, Steffen, mit Rat und Tat zur Seite stehen. Gelli machte ein neckisches Gesicht. Steffen sei Lehrer und Offizier und verstehe etwas von Banken. «Was würdest du machen, wenn dir jemand eine grosse Geldsumme anbietet?»

Er würde fragen, von wo das Geld stamme, antwortete Holenstein.

Das sei richtig, bemerkte Gelli. «Und wenn die Antwort lautet ‹aus Quellen, die sich nicht überprüfen lassen›? Was antwortet der clevere Banker?»

Holenstein überlegte einige Augenblicke. Das sei ein Risiko und könnte etwas kosten. Zwanzig Prozent der anzulegenden Summe, allenfalls noch mehr.

Holenstein streckte seine Hand aus. Gelli schlug ein und murmelte: «Dreissig Prozent.»

Holenstein klatschte.

Man müsse bescheiden beginnen, sagte Gelli. «Mit einer kleinen Summe. Hunderttausend Franken. Bringst du es zustande, mir siebzigtausend saubere Tausendernoten zurückzugeben, ist es mir das wert.»

Holenstein war verblüfft und rang nach Worten.

Er solle sich nicht das Gehirn zermartern, bemerkte Gelli. Ihm werde dabei geholfen. Man schicke ihm, wenn sein militärischer Kurs zu Ende gegangen sei, zwei Herren. Ob er Italienisch spreche?

Wäfler kicherte.

Er verstehe die Sprache recht gut, sagte Holenstein. Das mache die Sache einfacher, hob Gelli hervor. «Die zwei Herren können sich auch in Deutsch verständigen, doch ihre Muttersprache ist Italienisch.» Wenn er sich mit ihnen auf Italienisch unterhalten könne, schaffe das Vertrauen. Und Vertrauen sei in heiklen Angelegenheiten immer von Vorteil.

Aufgeräumt fuhren Wäfler und Holenstein in die Dufourkaserne Thun zurück. Zwei Wochen später endete der militärische Kurs für Holenstein.

Ende Mai erhielt Holenstein den angekündigten Besuch der beiden Herren, die ihm Licio Gelli vermittelt hatte. Er wohnte mittlerweile mit seiner Angetrauten in einer luxuriösen Wohnung am Höheweg in Interlaken. Neben seiner zeitlich aufwendigen Tätigkeit als Offizier wirkte er mehr schlecht als recht in der Bank seines Vaters, dem es gesundheitlich nicht besonders gut ging.

Die beiden Herren fuhren mit einem Porsche an Steffen Holensteins Wohnort vor. Sie waren entsprechend edel gekleidet. Anzüge der teuersten Marke.

Sie stellten sich als Aldo und Amintore vor. Kurz entschlossen lud Holenstein die beiden zum Nachtessen ins «Victoria-Jungfrau» ein.

Während des Nachtisches mit einem sündteuren Whisky überreichte Amintore Steffen ein dickes Briefcouvert, das er einem mitgebrachten kleinen Koffer entnommen hatte.

Holenstein öffnete es.

Seine Augen kullerten ihm beinahe aus den Höhlen. «Tausendernoten …», wisperte er.

So sei es, sagte Aldo. Hundert solcher Riesen.

Amintore überreichte Steffen zwei weitere Couverts in derselben Grösse.

So viel habe er nicht erwartet. Aber weshalb er nicht einen Scheck bekomme?

Aldo und Amintore sahen einander belustigt an. Bei ihnen gebe es immer nur Bargeld. Er solle damit tun, was ihm Plinius gesagt habe, flüsterte Amintore. Dann würden neunzig bei ihm bleiben.

Holenstein reagierte hilflos. Ob das wirklich ernst gemeint sei, erkundigte er sich.

Sicher. In solchen Angelegenheiten würden sie keinen Spass verstehen. Er solle jetzt die Kohle nehmen. Genau in drei Wochen würden sie wieder bei ihm aufkreuzen.

Amintore erhob sich, schritt zum Stuhl, wo Holenstein sass, legte ihm beide Hände auf die Schultern und sagte: «Du wirst es schaffen. Willkommen in der ehrenwerten Gesellschaft.»

Nun stand auch Aldo auf und sagte: «Viel Glück.» Sie verabschiedeten sich, drehten sich auf dem Absatz um und verliessen den Raum.

Holenstein hatte es sich schwieriger vorgestellt. Im Laufe der nächsten zwei Wochen wurden die dreihunderttausend Franken von einem auf ein anderes Konto überwiesen. Niemand fragte nach, offenbar schöpfte niemand Verdacht. Danach hatte er dreihunderttausend Franken weisses Geld. Es ging so weiter.

Ende Oktober 1981 war sein Privatvermögen um eine halbe Million grösser. Anfang November kamen seine Eltern bei einem Verkehrsunfall ums Leben. Im Januar 1982 verkaufte Steffen das Geldinstitut seines Vaters zu einem guten Preis und zog mit seiner Gattin in die elterliche Villa Ringgenberg am Brienzersee. Sie erfreute sich am Einkommen ihres Mannes und fragte nie, wie es zu diesem Geldsegen gekommen war.

Doch Holenstein war klar, dass sein immenser Vermögenszuwachs irgendwann die Aufmerksamkeit der Steuerbehörden auf ihn lenken würde. Er musste sich etwas einfallen lassen. Eine Firma gründen, die in keiner Weise rentieren konnte, aber mit seinen illegalen Einkünften so verknüpft werden konnte, dass seine Einkünfte für den Fiskus einen plausiblen Anstrich bekamen. Er kaufte den einen oder anderen unrentablen Gastrobetrieb und einige Hotels auf und gründete eine Versicherungsgesellschaft. Diese subventionierte er mit seinen «Nebeneinkünften». Und das funktionierte. Nur in Interlaken fragten sich einige, weshalb dieses oder jenes Hotel rentiere, es waren kaum Gäste zu sehen. Doch kein Finanzvorsteher einer Gemeinde fragte nach, warum Holenstein so hohe Einkünfte ausweise, um viele Steuern zu bezahlen. Holenstein stand vor einer finanziell abgesicherten Zukunft.

Die «ehrenwerte Gesellschaft», die Holenstein unter ihre Fittiche genommen hatte, funktionierte weiter. Holenstein nahm immer wieder Geldbeträge entgegen und säuberte sie nach allen Regeln der Kunst. Er hielt den Kontakt mit Gelli aufrecht, bis zu dessen Tod 2015.

Holenstein lebte unbehelligt. Sein Reichtum war beträchtlich. Die Ermittler Bassi und Brawand schätzten ihn auf circa fünfzig Millionen Schweizer Franken.

***

Bassi zitierte Brawand zu sich. «Danke, Adrian, für deine umfangreiche Recherche. Nun steht für uns fest, dass Holenstein kriminelle Geschäfte gemacht hat. Doch weswegen wir ihn suchen, wegen der Ermordung Benjamin Am Bachs und Arnold Krummens, können wir ihn noch nicht belangen. Beweise dazu fehlen uns. Abgesehen davon, dass seine Vermögensdelikte und Betrügereien so weit zurückliegen, dass sie wohl verjährt sind. Kommt dazu, dass Geldwaschen in unserem Land lange als Kavaliersvergehen eingestuft wurde.»

Brawands Miene verriet Enttäuschung. «Heisst das, dass eine Festnahme von Holenstein nicht möglich ist?»

«Ja. Wir müssen weiterermitteln. Etwas scheinen wir noch übersehen zu haben. Wir müssen auf eine zufällige Entdeckung hoffen.»

Brawand biss sich auf die Lippen. «Ich fahre weiter. Holenstein ist ein Verbrecher, der endlich aus dem Verkehr gezogen werden muss.»

«Da würde ich dir gerne zustimmen. Aber sag das nicht laut, man könnte dich sonst wegen Verleumdung zur Rechenschaft ziehen.»

20

«700 Jahre Eidgenossenschaft, 1. August 1991».

In Bahnhöfen, Busstationen, an Plätzen hingen Plakate mit diesem Schriftzug. Doch viele dieser Aushänge wurden heruntergerissen oder verunstaltet, aufgerissen oder beschrieben mit Sprüchen wie: «WER AN DEN TELL GLAUBT, GLAUBT AUCH AN DEN STORCH» – «DA GIBT'S NICHTS ZU FEIERN» – «KRIMINELLE GEHEIMARMEE P-26 UND MAFIA – DIE LÜGE VOM RÜTLISCHWUR».

Benjamin Am Bach nervte die Bundesfeier – jedes Jahr. Einmal wegen des Kraches, dann wegen des Anlasses als solchem. Etwas zu feiern, auf das er mitnichten stolz sein konnte, sondern sich vielmehr schämen sollte, dachte er.

Für den siebenhundertsten Geburtstag der Eidgenossenschaft liess er sich etwas ganz Besonderes einfallen. Eine Zusammenkunft auf der Wiese unter der Burgruine Unspunnen. Er kündete die Veranstaltung nicht als Feier, sondern als Besinnung an und lud mehrere hundert Leute aus der ganzen Schweiz dazu ein.

Es kamen hundertfünfzig Personen, darunter sogar zwei Dutzend Junge unter dreissig Jahren.

Den Ort hatte Benjamin mit Bedacht ausgewählt. Die Burg Unspunnen wurde gegen Ende des 12. Jahrhunderts auf einem Felssporn über der Siedlung Wilderswil errichtet. Mehrere Adelsfamilien wechselten sich als Besitzer ab, bis in der Mitte des 14. Jahrhunderts der Stadtstaat Bern die Anlage übernahm. 1533 wurde sie aufgegeben.

In der Nähe der Wiese, wo das Unspunnenfest – ein Alphirtfest, das seit 1805 abgehalten wird – gefeiert wird, finden auch die Tellspiele statt. Benjamin musste schmunzeln, wenn er daran dachte, wie Friedrich Schiller die Gründungsgeschichte der Eidgenossenschaft, ein Nationalmythos über den Freiheitshelden Wilhelm Tell, der nie in den Waldstätten gelebt hatte, schilderte.

Seine Feier am 1. August 1991 begann um acht Uhr abends.

Benjamin eröffnete den Anlass und umriss in wenigen Worten, was an diesem Abend stattfinden sollte. Eine Darbietung, die Freiheitshelden betreffend, die in der offiziellen Geschichtsschreibung vorkamen.

Benjamin war mit seiner Einführung noch nicht zu Ende, als die Zuhörer ihre Blicke gegen den Himmel richteten. An einem Gleitschirm hing ein Mann in ältlicher Kleidung, an seinem Rücken trug er eine Armbrust. Nachdem er noch drei Runden über den Köpfen gedreht hatte, schickte er sich an, zu landen, in einem auf der Wiese abgesteckten Kreis. Gekonnt ging er zu Boden.

«Guten Abend, Wilhelm Tell, schön, dass du gekommen bist, und dazu noch sehr pünktlich. Darf ich dir einige Fragen stellen?», sagte Benjamin Am Bach.

«Ich bin ganz Ohr.»

«Du kommst direkt vom Himmel, wo du nun», Benjamin runzelte die Stirn, «wo du nun fast siebenhundert Jahre lebst.»

Wilhelm Tell schüttelte heftig den Kopf. «Nicht siebenhundert Jahre, länger, viel länger. Ich wurde im Jahr 960 in Dänemark geboren. Ich habe am 1. November 987 mit meiner Armbrust auf den König Harald Blauzahn gezielt, der Pfeil hat sein Herz durchbohrt.»

Benjamin bemerkte erstaunt: «Du hast also gar nicht den Landvogt Gessler in der Hohlen Gasse am Vierwaldstättersee erschossen?»

«Damals war ich schon viele Jahre im Himmel. Ich starb 1018 eines natürlichen Todes. Mein richtiger Name war Toko. Um 1470 benannte mich ein Schreiberling in Stans in Tell um.»

«Ich verstehe überhaupt nichts mehr. Ich bin sprachlos», klagte Benjamin in weinerlichem Ton.

«So erging es mir auch. Doch lass mich erzählen, warum ich Harald Blauzahn ins Jenseits befördern musste. Ich war ein

Gefolgsmann Blauzahns. Wie viele andere vor mir fiel ich bei ihm in Ungnade. Er begann mich immer mehr zu quälen. Als er mich dann noch zwang, mit der Armbrust einen Apfel auf dem Kopf meines geliebten Sohnes wegzuschiessen, war das Mass voll. Obwohl der Pfeil den Apfel sauber durchbohrte, entschloss ich mich, Harald Blauzahn umzubringen. Nach einem Tag schritt ich zur Tat. Der Apfelschuss und der gewaltsame Tod des Königs waren in aller Munde und hielten sich viele Jahre im Gedächtnis des Volkes von Dänemark, das Blauzahn als Tyrannen hasste.»

Wieder richteten die Zuschauer ihre Blicke gen Himmel. Erneut glitt ein Segler auf den weiss umrandeten Landeplatz. Er trug einen langen Talar mit weissen Bäffchen. Als er die Erde berührte, wehte als Vorbote eines Gewitters ein heftiger Windstoss über die Matte und hob ihn einige Meter in die Lüfte. Das sah sehr komisch aus, denn der Talar umhüllte sein Oberteil samt dem Kopf. Einige Sekunden später hatte er endlich festen Boden unter den Füssen.

Benjamin verkündete mit lauter Stimme: «Das ist Simeon Uriel Freudenberger, ein bernischer Pfarrer, der am 3. September 1705 in Bern getauft wurde und am 21. März 1768 verstarb. Simeon Uriel, du bist vom Himmel geschwebt, um endlich etwas richtigzustellen, das dir seinerzeit die Gnädigen Herren des Alten Bern unter Strafandrohung zu enthüllen verboten.»

«So ist es, Benjamin. Danke, dass du mich gerufen hast. Was eben Wilhelm Tell alias Toko berichtet hat, wurde nicht einfach so herumerzählt. Nein, es wurde schwarz auf weiss festgehalten. Um 1190 schrieb der Historiker Saxo Grammaticus die Geschichte des Apfelschusses und des Tyrannenmordes, beides von Toko ausgeführt, in Latein nieder, und so blieb diese Begebenheit der Nachwelt erhalten. Den Beinamen Grammaticus erhielt Saxo im Hochmittelalter wegen seines unüblich geschliffenen und korrekten Lateins.»

«Und du konntest diese Schrift lesen?»

«Klar doch, ich hatte das Rüstzeug dazu. In der Lateinschule zu Bern unterrichtete damals ein exzellenter Lateinlehrer. Die wichtigsten Überlieferungen aus dem Mittelalter und zum Teil auch in der Neuzeit waren in dieser Sprache geschrieben. Kein Student wurde in die Hohe Schule von Bern aufgenommen, wenn er sich nicht in Wort und Schrift in Latein ausdrücken konnte.»

«Glaubst etwa auch du, dass Tell keine historische Figur war?»

«Das ist nicht eine Sache des Glaubens, sondern eine des Wissens. Der Freiheitsheld Wilhelm Tell ist eine Erfindung von Schweizer Geschichtsschreibern im ausgehenden Mittelalter. Um 1760 veröffentlichte ich anonym eine Abhandlung über die wirkliche Geschichte dieses falschen Nationalhelden. Ich stellte darin die These auf, es handle sich beim schweizerischen Wilhelm Tell um die Nachbildung der Toko-Episode aus den ‹Gesta Danorum›, der Geschichte Dänemarks. Ich schrieb alles absichtlich in Latein, um zunächst eine Diskussion unter Gelehrten zu entfachen.»

«Und warum hast du dann trotzdem deinen Namen verheimlicht?»

«Einige, wenn auch verschwindend wenige der Gnädigen Herren waren des Lateins mächtig und alle meine Berufskollegen. Darunter gab es auch konservative Hohlköpfe.»

«Dann fandest du einen Weg, dass das Papier doch der Öffentlichkeit zugänglich wurde …»

«Ja, ich hatte einen Freund, der das für mich besorgte. Gottlieb Emanuel von Haller übersetzte meine Abhandlung ins Französische und veröffentlichte sie unter seinem eigenen Namen.»

«Dann war dieser Gottlieb Emanuel von Haller mutiger als du?»

«Das würde ich nicht so sagen. Von Haller war in der Hierarchie der Bernburger ganz weit oben und dadurch weniger angreifbar als ich, der lediglich ein Zuzüger dieser edlen Gesellschaft war. Mein Vater verdiente sein Brot und das der

Familie noch als Schuhmachermeister. Ich heiratete eine Bernburgerin, die ihren Gatten im Söldnerdienst verloren hatte. Weitaus die meisten Absolventen der Hohen Schule zu Bern ohne gewichtigen Stammbaum bekamen damals die Bürgerrechte durch Einheirat in eine Patrizierfamilie. Nur so erhielt man eine Stelle als Pfarrer oder als Anwalt oder als Arzt im Dienste der Republik Bern.»

Ein breites Grinsen überzog Benjamins Gesicht. «Nachvollziehbar. Man sehe sich doch mal die Pfarrhäuser in den Berner Gemeinden an. Die meisten von ihnen sind Herrschaftshäuser mit grossen Landgütern, einige machen gar den Anschein, Schlösser zu sein.»

«Da triffst du den Nagel auf den Kopf. Im Alten Bern war der Pfarrer eine sehr wichtige Person im Dienste der Gnädigen Herren. Er war der mächtigste Mann in der Gemeinde.»

«War dir immer wohl dabei als Abkömmling der Unterschicht?»

«Du, Benjamin, sprichst etwas an, das mir oft Gewissensbisse machte. Doch als Geistlicher konnte ich viel für die Gerechtigkeit bewirken. Und ich tat es auch. Aber ich kannte meine Grenzen. Es war mir bewusst, dass ich diese nicht überschreiten durfte. Die Gnädigen Herren von Bern waren unerbittlich. Verstiess man gegen ihre Regeln, kannten sie keine Gnade.»

«Stimmt es, dass du auch ‹Heimlicher› ernannt hast?»

Simeon Uriel Freudenberger legte die Hände übers Gesicht und schluchzte. «Das schmerzt mich immer noch. Was das Thema ‹Heimlicher› betrifft, habe ich mich versündigt wie wohl jeder evangelische Pfarrer der Staatskirche des Alten Bern. Im Rhythmus von zwei Jahren mussten wir damals eine festgelegte Anzahl von Bürgern bestimmen – in meinem Fall waren es ein Dutzend –, die ich mit der Aufgabe betraute, mir Männer oder Frauen zu melden, die schlecht redeten über den Kleinen oder den Grossen Rat oder über den Landvogt oder über den Richter oder über den Pfarrer. Jeder ‹Heimlicher› wurde verpflichtet, im Laufe seiner Amtszeit von zwei Jahren fünf Personen zu melden. Und das taten sie auch. Die Identität des Heimlichers durfte nur dem Landvogt preisgegeben werden. Zuwiderhandlungen gegen diese Anordnung wurden mit schweren Strafen sanktioniert.»

«Waren auch der Bundesbrief oder die Personen, die mit der Gründung der Eidgenossenschaft etwas zu tun hatten, Gegenstand von Rückmeldungen der Heimlicher?»

«Nicht oft, aber es kam ab und zu schon vor. Im 17. Jahrhundert gab es in der Republik Bern bereits Schulen. Auch Menschen aus dem einfachen Volk konnten lesen und schreiben, wenn auch oft nur mangelhaft. Nach der Schulordnung von 1675 waren die Gemeinden und die Kirchen für den Unterricht in den Schulen zuständig. Das hiess: Die Pfarrer waren für die Bildung des Volkes verantwortlich. Schriften, die der bernischen Staatsräson widersprachen, galten als subversiv und durften nicht konsumiert werden. 1747 wurde ich Pfarrer in Frutigen, 1752 versetzte mich die Kirchenbehörde nach Ligerz am Bielersee. Und in Ligerz erhielt ich eine Heimlicher-Anzeige betreffend einer Gründungsurkunde der Eidgenossenschaft. Es war eine Flugschrift, die in der Kirchgemeinde Aufsehen erregte.»

«Kirchgemeinde? Gab es die damals schon?»

«Offiziell hiess sie ‹Kirchspiel›. Sie war, anders als heute, ein beratendes Organ. Doch im Allgemeinen wurden ihre Ratschläge umgesetzt. In diesem Fall blieb mir nichts anderes übrig, als zu handeln. Nach dem Sieg in der Schlacht bei Villmergen 1712, dem letzten Bürgerkrieg in der Alten Eidgenossenschaft, errangen die reformierten Orte die Überhand in der Tagsatzung. Bern als mächtigster Staat beeinflusste damit entscheidend die Geschicke des Staatenbundes Schweiz. Als Gegenleistung wurden die vier Waldstätte Uri, Schwyz, Unterwalden und Luzern als ursprüngliche Staaten der Eidgenossenschaft anerkannt. Tell, von Attinghausen, Stauffacher, Fürst, Melchtal und wie sie noch alle hiessen, waren von da an auch in den reformierten Ständen als Gründerväter Helvetiens unbestritten. Und das stellte der Verfasser des Pamphletes in Frage. Es sei eine Geschichtsfälschung.»

«Wie reagierte man auf die aufrührerische Flugschrift?»

«Der Autor, ein bernischer Fürsprech und Patrizier namens Benedikt Knecht, wurde zur Rechenschaft gezogen. Zur Strafe für den ketzerischen Aufruf musste er barfuss von seinem Wohnort in Ligerz zum Schloss des Landvogts in Biel gehen, sich dort kniend entschuldigen und wieder ohne Schuhe und Socken auf Kieswegen zurück nach Hause marschieren. Zwei berittene Landjäger begleiteten ihn dabei.»

«War dieser Vorfall der Anlass für deine Flugschrift?»

«Ja, Benedikt Knecht war ein Freund von mir. Ich sass oft mit ihm zusammen und liess mich von ihm über die wahre Gründungsgeschichte der Eidgenossenschaft informieren.»

Kaum hatte sich Benjamin bei Simeon Uriel Freudenberger bedankt, öffnete sich ein grosses Loch mitten in der Unspunnenwiese. Vier erbärmliche Gestalten mit versengten Kleidern entstiegen ihm.

Schnellen Schrittes begab sich Benjamin dorthin und zeigte mit dem Finger auf die vier Männer. «Ich stelle vor: Die vier falschen Helden von 1291. Walter Fürst, Werner Stauffacher, Arnold von Melchtal und Freiherr Werner II. von Attinghausen. Stauffacher, Fürst und Melchtal, daher bitte! Stellt euch in einer Reihe dahin.»

Die drei standen um das Loch.

«Was habt ihr getan, 1291 auf der Rütliwiese?»

Alle drei hoben ihre rechten Armstummel in die Höhe. «Wir haben geschworen.»

«Blödsinn», wies sie Benjamin zurecht. «Geschworen habt ihr schon, zu jeder Zeit, fast überall, nur nicht auf dem Rütli. Die meisten eurer Schwüre waren Lügen. Deshalb wohl hat euch der Leibhaftige die Schwurhände abgehackt. Doch nicht nur die falschen Schwüre habt ihr zu verantworten. Ihr seid keine Helden, vielmehr Missetäter. Stauffacher, du warst Landammann von Schwyz; Fürst, du warst ein Mitstreiter des berüchtigten Landammanns von Uri; Werner II. von Attinghausen. Arnold von Melchtal, du warst Landammann von Unterwalden. Alle habt ihr das Volk, das euch hörig war, masslos ausgebeutet. Es ging euch nie um die Freiheit der Menschen, die unter eurer Fuchtel litten. Es ging euch um die eigene Freiheit gegenüber euren übergeordneten Fürsten, den Habsburgern, den Savoyern und den Burgundern. Haut ab, alle drei!»

Drei verschwanden wieder im Erdloch. Einer stand noch da. Freiherr Werner II. von Attinghausen. Benjamin bohrte ihm den Zeigefinger in die Brust. «Von Attinghausen. Du warst der Schlimmste von allen vieren, die aus dem Loch gekrochen sind. Du hattest eine grosse Anzahl von Leibeigenen, warst der mächtigste Grundbesitzer der damals noch Drei Waldstätte, hast das Volk von Uri verachtet und es masslos ausgenutzt. Du hast viele Menschenleben auf dem Gewissen. Geh wieder zum Teufel!» Benjamin gab von Attinghausen einen Schubs, er stürzte ins Loch und war weg. Die Anwesenden klatschten.

Drei Geiger kamen und spielten zum Tanz auf. Bald schon verdüsterte sich der Himmel, das Donnergrollen wurde lauter, grosse Regentropfen klatschten auf die versammelten Feierteilnehmer. Man suchte Schutz in den Felsennischen unter der Burg Unspunnen.

21

Es war Anfang Mai 2018, als sich Paula Rothenbühler und Birgitt Ramseyer in einem Café in Dürrenast privat trafen.

«Ich mache mir Sorgen über den Fall Am Bach. Es läuft einfach zu wenig», klagte Paula.

«Wie wahr! Seit Wochen gehen die Ermittlungen schleppend voran», stimmte ihr Birgitt zu.

«Ich habe mir gestern die Unterlagen betreffend Spurensuche vom 8. und 9. Februar nochmals angesehen. Und weisst du, was ich festgestellt habe?»

«Nein, aber ich ahne es. Diese Suche war offenbar schlampig.»

«Du sagst es. Schlampiger als schlampig.»

«Und Adrian? Hat er es nicht bemerkt? Hat es auch Luca nicht bemerkt. Was sagst du dazu?»

«Adrian ist ein guter Fahnder, doch vor einigen Leuten hat er zu viel Respekt. Die Spurensucher, die er engagierte, sind alte Hasen. Sicher machen sie einen guten Job, aber es passieren ihnen halt auch Fehler. Im Bericht steht zum Beispiel, dass sie kreuz und quer durch den Garten gegangen sind, Spuren entdeckt und diese ausgewertet haben. Gut und recht. Aber ob jemand vor der Tat etwas vergraben hat, daran scheint man nicht gedacht zu haben.»

«Und es gab auch einen Mordfall Krummen, der ebenfalls noch nicht aufgeklärt ist. Er treibt im Windschatten des Falles Benjamin Am Bach.»

«Birgitt, du nimmst es vorweg. Auch im Fall Krummen habe ich meine Zweifel über die Zuverlässigkeit der Spurensuche.»

«Also suchen wir auch da nochmals?»

«Unbedingt. In Oberried war dasselbe Spurensicherungsteam wie an der Gartenstrasse am Werk. Auch in diesem Bericht sind mir Unstimmigkeiten aufgefallen.»

«Über Krummen habe ich einiges in den Unterlagen des Mordbüros gefunden», sagte Birgitt. «Das Verbrechen könnte mit dem Mafioso Amato, der Sergio hiess und in seinen Kreisen immer noch so genannt wird, zusammenhängen.»

«Richtig. Er wird jetzt als Kronzeuge gegen Holenstein gehandelt und von Bassi und Brawand wohlwollend angefasst in der Untersuchungshaft. Was Amato betrifft, er könnte ebenso der Mörder von Benjamin Am Bach sein. Um es noch komplizierter zu machen. Auch die beiden anderen Mafiosi, die Amato nach dem Leben trachteten, stehen im Verdacht, Krummen umgebracht zu haben. Ganz abgesehen davon, dass vielleicht noch andere Am Bach oder Krummen getötet haben könnten. Eines scheint mir wahrscheinlich. Holenstein war der Auftraggeber dieser Verbrechen.»

«Ein Mord ist nicht aufgeklärt, wenn man nur weiss, wer der Auftraggeber ist. Auch der Mörder oder die Mörderin muss bekannt sein.»

Paula stöhnte. «Die Mörderin in den beiden Fällen? Das hätte gerade noch gefehlt. Ich kann mir schlicht nicht vorstellen, dass eine Frau für diese Taten in Frage käme.»

Birgitt lachte. «Das habe ich nicht gemeint. Geschlechtergerechtigkeit in allen Ehren. Müssten wir auch noch nach einer Frau suchen, würde ich den Bettel hinwerfen.»

Paula wies darauf hin, dass noch etwas fehle. Wahrscheinlich nicht etwas sehr Wichtiges, aber es gehe in diesem Fall um Gerechtigkeit. «Wer sind die Herren René Hostettler, Bruno Walker und Helmut Morgenthaler? Sie haben für teures Geld gefälschte Bilder gekauft. Wir sollten sie ausfindig machen und informieren, damit ihnen gerichtlich das Geld für die Falsifikate zugesprochen wird.»

«Zugesprochen wohl, aber erhalten sie es auch?»

«Tja, das dürfte das Problem sein. Doch sollte Holenstein festgenagelt werden, es zu einem Prozess kommen, dürfte genügend Vermögen sichergestellt werden, um die Käufer der gefälschten Bilder zu entschädigen.»

Birgitt empfahl, gleich zu versuchen, die drei Käufer ausfindig zu machen. Paula war damit einverstanden. Beide starteten ihre Laptops und loggten sich in den Polizeicomputer ein. Nach dem Eintippen des Namens Hostettler René kamen zwei Dutzend. Darunter waren nicht nur die Einträge des Festnetzes, sondern auch die der Mobiltelefonanbieter.

«Die Anzahl ist zu gross, wir können diese Anschlüsse jetzt nicht alle anwählen. Probieren wir es nach Feierabend», schlug Paula vor.

Paula und Birgitt waren sich in der Einschätzung von Bassi und Brawand einig. Sie seien gute Ermittler, doch bisweilen vergässen sie das Hauptziel der Fahndung, und das sei das Aufstöbern der Mörder. Aber unter diesen könnte sich eben auch Amato, der jetzt von Holenstein, dem Hauptverdächtigen, bedroht werde, befinden. Ermittlung sei die eine Sache, Haft die andere. Man könne Amato im Gefängnis schonen, aber die Untersuchung gegen ihn dennoch weiter vorantreiben. Unterlasse man das, verliere man Zeit und riskiere, dass Beweise gegen ihn verschwänden.

«Das sehe ich genauso. Wir könnten jetzt schon damit beginnen.»

«Wir müssen zuerst die Zustimmung von Brawand einholen. Gehen wir morgen vor Arbeitsbeginn zu ihm.»

Als Birgitt an Brawands Bürotür klopfte und leicht öffnete, sagte er: «Herein! Was fällt denn Dringendes zu dieser frühen Stunde an?»

Birgitt und Paula traten ein.

«Guten Tag, Adrian», sagten beide gleichzeitig, dann: «Ja, es ist dringend.»

Paula brachte das Anliegen vor und begründete es ausführlich.

Brawand war überrumpelt. «Mit dem habe ich nicht gerechnet. Wie stellt ihr euch das vor?»

«Birgitt und ich sind ausgebildete Kriminalpolizistinnen.

Wir haben den Kurs ‹Spurensuchen› absolviert. Wir trauen uns zu, die Tatorte in Oberried und in Ringgenberg noch mal nach Spuren zu durchsuchen.»

Brawand dachte eine Weile nach. «Eigentlich spricht nichts dagegen. Einen Versuch ist es wert. Weiht mich nicht in die Details ein. Meldet euch, wenn ihr Hilfe braucht. Ich bin gespannt auf das Ergebnis.»

«Vielen Dank. Das ist mehr, als wir uns gewünscht haben.»

Paula und Birgitt verzogen sich in ihren Arbeitsraum.

«Hättest du diese Reaktion von Adrian erwartet?», fragte Birgitt.

«Ich habe sie mir erhofft.»

«Mit welchem Fall beginnen wir?»

«Ich schlage vor, mit dem von Krummen. Ich verspreche mir bei diesem mehr Erfolg. Er liegt weniger weit zurück als der von Am Bach. Und Krummen verkehrte bisweilen am Stammtisch, Am Bach nie.»

«Das kommt mir gelegen. Ich kenne nämlich jemand in Oberried. Eine Kollegin aus der Polizeischule.»

«Wo arbeitet sie jetzt?»

«Sie studiert Rechtswissenschaft an der Universität Fribourg. Ich werde sie heute Abend anrufen. Oberried ist klein. Ich nehme an, dass für sie Krummen kein Unbekannter war. Sie kann mir vielleicht wertvolle Auskünfte über ihn geben. Sie dürfte die Örtlichkeit, wo er gewohnt, die Person, die ihm die Wohnung vermietet hatte, kennen. Mit diesem Vermieter möchte ich reden, bevor wir hingehen.»

«Vermieter?»

«Ja, es ist ein Mann, wie aus den Unterlagen hervorgeht.»

«Ist die Wohnung schon wieder vermietet?»

«Nein, sie soll übernächste Woche von der Staatsanwältin freigegeben werden. Sie befindet sich am Lauenengässli, mitten in Oberried.»

«Da haben wir ja noch Glück gehabt.»

«Wie beginnen wir in Sachen Benjamin Am Bach?»

«Da sehe ich folgendes Vorgehen. In den Unterlagen habe ich unter anderen den Namen Walo Oppliger, ein Neffe des ermordeten Benjamin Am Bach, gefunden. Er betreut derzeit das Grundstück an der Gartenstrasse und scheint der nächste Nachkomme von Am Bach zu sein. Er soll schon zu Lebzeiten engen Kontakt mit seinem Onkel gehabt haben.»

***

Birgitt fand ohne Schwierigkeiten Kontakt mit Krummens Wohnungsvermieter. Ein älterer, wortseliger Kleinunternehmer namens Grossmann. Ohne dass sie ihn aufgefordert hatte, breitete er ihr die Lebensgeschichte von Krummen im Detail aus.

Das meiste, was Grossmann erzählte, wusste Birgitt aus der Lektüre der Mordbürounterlagen. Einzelheiten waren für sie aber neu. Die Sippe der Krummens sei im ganzen Oberland hoch angesehen. Arnold sei leider das schwarze Schaf der Krummens gewesen. Da er, Grossmann, die Verwandtschaft Krummens gut kenne, habe er Nachsicht mit Arnold gehabt. Eine tragische Figur, die es in ihrem Leben nicht leicht hatte. Grossmann deckte Birgitt mit Bibelsprüchen über Nächstenliebe und Vergebung ein.

Zu Paula sagte Birgitt nach diesem Gespräch, das in dessen Wohnzimmer stattfand, eigentlich nur Gutes. Der Mann sei zwar evangelikal, ein begeisterter Freikirchler, doch ein warmherziger Mensch, dem sie alles glauben könne.

Paula und Birgitt recherchierten nach den Käufern der Bilder. Nach zwei Stunden hatten sie die Anschriften und Handynummern von René Hostettler und Helmut Morgenthaler gefunden. Walker konnten sie nicht ausfindig machen.

Am nächsten Morgen rief Paula Hostettler an, Birgitt Morgenthaler. Hostettler lebte in Goldswil, Morgenthaler in Iseltwald.

Paula schlug, nachdem sie Hostettler aufgeklärt hatte, um was es ging, ein Treffen an dessen Wohnort vor. Er möchte sich darauf vorbereiten, antwortete er, dazu benötige er gut drei Wochen. Sie war damit einverstanden.

Birgitt vereinbarte mit Morgenthaler einen Termin nach vierzehn Tagen in Interlaken.

Sie sprachen noch kurz über die bevorstehenden Treffen. Es sei schade, dass sie so lange darauf warten müssten. Aber wichtiger sei, dass sie überhaupt zustande kämen. Sollte es zu Prozessen in den beiden Fällen kommen, was Paula und Birgitt hofften, könnten sowohl Morgenthaler wie Hostettler wichtige Zeugen sein.

«Ich nehme nicht an, dass wir unsere Ermittlungen in den nächsten Wochen abschliessen können», mutmasste Paula. «Die Auskünfte von Morgenthaler und Hostettler dürften aber dazu beitragen, die Täter zu identifizieren.»

Dann suchten Birgitt und Paula gemeinsam die Wohnung am Lauenengässli in Oberried auf. Sie entfernten die rot-weisse polizeiliche Absperrung vor der Haustür. Die Wohnung war klein, ziemlich unordentlich, aber einigermassen sauber.

«Das Spurensuchteam hat diese Räume nur oberflächlich inspiziert», sagte Paula.

Das sei auch ihr Eindruck, meinte Birgitt. Das widerspreche einer modernen, sachgemässen Kriminalistik.

Die beiden Frauen durchstöberten die zwei Zimmer, die Küche, das WC und den der Wohnung zugeteilten Keller den ganzen Tag. Die Ausbeute sah mager aus, doch etwas fanden sie: ein Feuerzeug. Es lag unter dem Bett. Krummen war kein Raucher. Es musste von einem Gast stammen, vielleicht vom letzten, der Krummen aufsuchte, dieser Meinung jedenfalls waren Birgitt und Paula.

Es gab auf dem Feuerzeug mehrere Fingerabdrücke, die aber beschädigt waren und nach Ansicht der beiden Frauen nur in einem kriminalistischen Labor identifizierbar wären. Birgitt setzte sich mit dem Forensischen Institut Zürich, der Nachfolgeorganisation des Wissenschaftlichen Dienstes der

Stadtpolizei Zürich, in Verbindung. Man war dort an diesem Asservat interessiert und lud Birgitt ein, es persönlich vorbeizubringen. Sie dürfe auch bei der Untersuchung dabei sein.

***

Am nächsten Tag reiste Birgitt mit dem Feuerzeug nach Zürich. Dabei brachte sie auch die realen Fingerabdrücke von mehreren verdächtigen Personen mit. Nachdem die Oberfläche des Feuerzeugs gründlich untersucht war, traute Birgitt ihren Augen nicht.

Eruiert wurden zwei Übereinstimmungen mit Verdächtigten: Fausto Bianchi und Augusto Mancini. Die zwei Mafiosi, die wahrscheinlich von Holenstein angeheuert wurden, Amato alias Sergio zu beseitigen.

Auf der Zugfahrt von Zürich nach Thun rief Birgitt Paula an und erzählte ihr vom Befund.

«Das ist der Durchbruch im Fall Krummen. Gratuliere. Hast du Adrian bereits informiert?»

«Nein.»

«Tue es jetzt. Nun ist es an der Zeit, sich an die Gartenstrasse in Ringgenberg zu begeben. Ich rufe Walo Oppliger an, um einen Termin zu vereinbaren.»

Am Montagmorgen, den 7. Mai 2018, kamen Paula und Birgitt an der Gartenstrasse an. Oppliger erwartete sie dort bereits. Die beiden Polizistinnen brachten einen Pickel, eine Schaufel und einen Metalldetektor mit. Oppliger geleitete sie in den Garten und erkundigte sich, ob er bei der Suche auch dabei sein dürfe.

«Liebend gerne», sagte Paula.

Bereits nach wenigen Minuten piepste der Detektor.

«Lassen Sie mich das machen», bemerkte Oppliger zu den beiden Polizistinnen. Einige Hiebe mit dem Pickel, und es gab ein metallenes Geräusch. Man begann zu schaufeln und fand einen Tresor. Er war ziemlich schwer. Oppliger, ein grosser, starker Mann, vermochte ihn nur mit Mühe zu heben.

Paula und Birgitt klatschten in die Hände. Oppliger stampfte ausgelassen auf den Boden.

«Herr Oppliger, haben Sie einen Schlüssel dazu?»

«Leider nicht. Er hat mir keinen hinterlassen, er rechnete ja nicht mit einem gewaltsamen Tod. Er vergrub den Tresor wohl, um zu verhindern, dass ihn jemand stehlen würde.»

«Nun ist es an der Zeit, Brawand um Hilfe zu bitten», gestand Paula. «Diesen Tresor können wir nicht knacken. Es gibt Spezialisten dafür in Brawands Team.»

Paula rief Brawand an und erzählte ihm von dem Fund.

Brawand sagte: «Phantastisch, in circa einer Stunde bin ich an der Gartenstrasse.»

Brawand kam mit zwei Polizisten. Sie wurden von Walo Oppliger in die Küche gebeten, wo Paula und Birgitt auf ihn warteten. Auf dem Tisch stand der Tresor.

«Ich habe zwei Spezialisten mitgebracht, die sich mit Tresoren auskennen. Sie werden einige Zeit benötigen. In der Zwischenzeit führen Sie, Herr Oppliger, mich zu der Stelle, wo der Tresor gefunden wurde.»

Brawand erkundigte sich, wie gut er seinen Onkel gekannt habe. Den habe er sehr gut gekannt, er sei oft bei ihm zu Besuch gewesen.

Brawand wollte mehr wissen. Was Benjamin Am Bach in seinem Ruhestand unternommen habe. Ob er ein Hobby gepflegt habe.

Walo Oppliger lächelte. «Ja klar. Mehrere. Die Tätigkeit, der er die meiste Zeit widmete, war das Malen.»

Was er denn gemalt habe, wollte Brawand wissen.

Oppliger warf die Hände in die Luft. «Leider verstehe ich von dieser Kunst nichts. Ich kann allenfalls einen Klee von einem Anker unterscheiden. Doch damit hat es sich.»

«Wie kommen Sie gerade auf Klee und Anker?»

Oppliger überlegte. «Typisch Tschugger. Die wollen alles genau wissen.»

«Ich verlange nicht, dass Sie mir darauf eine Antwort geben.»

«Doch, doch, ich verweigere sie nicht. Ich bin ja selber daran interessiert, dass der Mord an meinem Onkel aufgeklärt wird. Mir hat er erzählt, dass er sowohl Anker wie Hodler gemalt habe.»

Brawand sah Oppliger fragend an und stellte sich dumm. «Das verstehe ich jetzt nicht ganz. Ein Anker wurde von Albert Anker gemalt, ein Hodler von Ferdinand Hodler.»

Oppliger lächelte. «Herr Brawand, kennen Sie den Fall Beltracchi?»

«Ich weiss bestens über ihn Bescheid.»

Oppliger sah Brawand mit offenem Mund an. «Sie werden es nicht für möglich halten, doch mein Onkel hat etwas Ähnliches verbrochen. Anders als Beltracchi ist er nicht in den Kunsthandel eingestiegen, um damit Geld zu machen. Er hat einfach seinen Spieltrieb ausgelebt ... mit einer unersättlichen Lust, sich in andere Menschen zu verwandeln.»

«Das finde ich ungemein spannend», flüsterte Brawand. «Erzählen Sie mir bitte ausführlicher davon.»

«Zum Beispiel: Mein Onkel wollte Ferdinand Hodler sein und so malen wie Hodler. Und verdammt noch mal, er musste es wirklich gekonnt haben. Es gibt Leute, die ein von ihm nachgemachtes Bild in ihrer Wohnung aufhängen und es als eines von Ferdinand Hodler ausgeben.»

«Hat er Bilder von Hodler abgezeichnet oder abgemalt? Das machen natürlich einige und geben sie statt als Kopie als echt aus, was strafbar ist.»

«Viel raffinierter. Er malte Bilder, die Hodler nie gemalt hatte. Aber genau im Stil von Hodler. Eben wie es Beltracchi mit Max Ernst und andern gemacht hatte.»

«Klärte er die Leute, denen er diese Bilder verkaufte, über die wirkliche Herkunft auf?»

«Ich weiss nur von einer Person, der er seine Werke verkaufte, und die kannte sich sehr gut aus.»

«Zu welchem Preis verkaufte er sie?»

«Zum Selbstkostenpreis. Er verdiente nichts daran, erklärte

er mir jedenfalls. Die Herstellung solcher Bilder war natürlich aufwendig. Er malte sie auf eine gleichartige Leinwand, wie Hodler sie verwendete. Gleich alt. Gar nicht einfach, sie zu bekommen. Die gleichen Farben, was deren Zusammensetzung, deren Alter betraf, und vieles andere mehr.»

«Wem hat er diese Werke verkauft?»

«Steffen Holenstein. Eine zwielichtige Kreatur, wenn Sie mich fragen. Stinkreich. Wie er zu seinem immensen Vermögen gekommen ist, scheint niemand zu wissen. Doch es wird viel darüber getuschelt. Mit lauteren Dingen ist das wohl nicht zugegangen.»

Ein Fenster öffnete sich am Haus über dem Garten. Ein Kollege von Brawand steckte den Kopf hinaus. «Wir haben den Tresor geöffnet.»

Zufrieden musterte Brawand Oppliger. «Sehen Sie, meine Leute sind wirklich Profis. Nun bin ich gespannt wie ein Pfeilbogen.»

Der Tresor war vollgestopft mit Papieren. Brawand breitete sie auf dem Tisch aus. Es waren Dokumente in Klarsichtmappen und in Briefcouverts. Er, Paula und Birgitt öffneten einige Briefe.

«Ich bin entzückt. Da habe ich ein Schreiben in Händen, das Holenstein an Benjamin Am Bach geschickt hat», offenbarte Birgitt.

«Das fängt schon gut an», bemerkte Brawand.

Paula schlug vor, nach Thun in den Besprechungsraum des Bezirksgefängnisses zu fahren und gemeinsam den Inhalt des Tresors zu durchforsten. Dazu sei ein riesiger Tisch, um die Schriftstücke darauf auszubreiten, von Vorteil. Sie und Paula hätten sämtliche Unterlagen des Mordbüros durchgesehen und wären nun in der Lage, die Dokumente herauszufischen, die zu einer Lösung des Falles Am Bach beitragen könnten.

«Ein guter Vorschlag», sagte Brawand leicht gequält.

Brawand fasste Oppliger ins Auge. «Ich möchte mich mit meinen Mitarbeitern über den Inhalt des Tresors hermachen.

Doch zuerst muss ich um Ihre Zustimmung bitten. Sie sind ein Nachkomme Benjamin Am Bachs, und der Tresor scheint jetzt Ihnen zu gehören.»

«Ja, er gehört jetzt mir. Nun ja, mein Onkel hatte keinen direkten Nachkommen. Ich bin lediglich ein indirekter. Aber derjenige, der ihm am nächsten stand. Nehmen Sie all diese Unterlagen mit nach Thun und sichten Sie sie. Wenn Sie etwas finden, würde mich das dann natürlich sehr interessieren. Könnte sein, dass noch Unterlagen vom Familienarchiv drin sind. Diese würde ich gerne zurückhaben. Ich verwalte nämlich dieses Archiv. Benjamin Am Bach hat das in seinem Testament festgehalten.»

«Versteh ich. Wollen Sie bei der Besichtigung dabei sein?»

«Danke für das Angebot. Lieber nicht, ich würde nur stören. Ich vertraue darauf, dass Sie, Herr Brawand, mich ausführlich orientieren.»

Die zwei Polizisten hievten den Tresor in das Polizeifahrzeug und fuhren damit nach Thun.

Zwei Stunden später sassen Birgitt, Paula und Brawand mit gebeugten Rücken im Besprechungsraum über den Papieren des Tresors. Sie trugen alle Gummihandschuhe, machten sich auf Post-its Notizen und klebten sie an die Dokumente. Auf einem A4-Block machten sie Einträge.

Was im Tresor fehlte, war das Familienarchiv. Doch auf einem auffallend roten Dokument, bezeichnet als «sehr wichtig», stand:

Die Familiengeschichte ist im gedruckten Buch von Viktor Guggisberg «DIE GESCHICHTE DER AM BACHS» festgehalten, erschienen im Marktgasse-Verlag, Bern 1910. Das Buch wurde von Manuel Am Bach, dem letzten aktiven Verwalter des Familienarchivs, in Auftrag gegeben. Manuel war bis zur vorletzten Jahrhundertwende Stadtarchivar von Bern.

Paula machte Brawand darauf aufmerksam.

Birgitt warf ihm einen wohlwollenden Blick zu, hob den Daumen in die Höhe und sagte: «Dieses Buch hast du ja entdeckt – zufällig.»

Inzwischen war es Mittag geworden. Brawand sammelte die Blöcke ein. «Um vierzehn Uhr treffen wir uns wieder in diesem Raum. Dann wollen wir weitersehen.»

Alle drei waren zur abgemachten Zeit dort.

«Ich bin beeindruckt, Paula und Birgitt. Aufgrund eurer Blockeinträge und Post-its bin ich auf mehrere brisante Schreiben gestossen. Darunter ist die Kopie eines Briefs von Benjamin Am Bach an Steffen Holenstein vom Januar 2001. Ich lese ihn vor.»

Werter Steffen,
ich habe dir gestern das bestellte Bild gebracht. «Bahnhof Leissigen um 1910». Vor dem historischen Bahnhofsgebäude der Bahn Thun–Bönigen steht ein Personenzug, gezogen von der Tender-Lokomotive Ed 3/3 Nr. 2 der Thunerseebahn, gebaut 1892. Ganz im Stil von Ferdinand Hodler. Der Künstler hätte dieses Bild eher nicht gemalt. Wenn schon, hätte er sich statt für eine Dampflokomotive für eine Kutsche entschieden. Doch wenn man es anschaut, könnte es tatsächlich von ihm stammen. Hodler verbrachte damals seinen Sommerurlaub im Finel, einer Herberge auf der Meielisalp, hoch über dem Dorf Leissigen. Dort entstand auch das berühmte Bild «Thunersee von Leissigen».

Ich habe das Bild nicht signiert. Es steht dir frei, es als «Ferdinand Hodler» zu signieren. Allerdings darfst du dann das Bild nicht verkaufen. Käme es als Hodler in den Handel, würdest du dich strafbar machen.

Ich verlange nur den Selbstkostenpreis. Es war nicht ganz einfach. Ich habe mir die Leinwand und die Farben aus dieser Zeit beschafft. Sollte jemand auf die Idee kommen, eine wissenschaftliche Altersbestimmung davon zu machen, käme er auf eine Herstellung von 1910 plus/minus zwanzig Jahre. Wie ich die Farben zusammengemischt habe, verrate ich nicht. Es wird immer mein Geheimnis bleiben.

Ich benötige für die Materialien tausend Franken.

Besten Dank und viele Grüsse
B. Am Bach

«Unsere Ermittler haben schon früher herausgefunden, dass das Bild ‹Bahnhof Leissigen mit Personenzug› für den stolzen Betrag von hunderttausend Franken gekauft wurde. Der Käufer wollte uns den Namen des Verkäufers nicht verraten», kommentierte Brawand den Brief. «Ein weiteres Schreiben stammt vom 25. Januar 2018, also zwei Wochen vor dem gewaltsamen Tod Benjamin Am Bachs. Ebenfalls die Kopie eines Briefes von Benjamin Am Bach an Steffen Holenstein.»

Werter Steffen,
zufällig habe ich etwas erfahren, das mich ungemein empört. Du erinnerst dich sicher noch an mein Bild «Bahnhof Leissigen um 1910». Ein Hodler-Imitat. Ich habe es Anfang 2001 gemalt und dir danach unter Auflagen verkauft. Das Bild dürfe nicht mit «Ferdinand Hodler» signiert in den Handel gelangen. Genau das ist jetzt aber geschehen. Ich werde nun öffentlich bekannt machen, dass dieses Gemälde nicht von Hodler stammt.
B. Am Bach

Brawand legte seine Brille ab, sah zuerst Birgitt, dann Paula an. «Im Tresor haben wir keine Antwort auf dieses Schreiben gefunden. Ein Hinweis darauf, dass Holenstein dieses Bild als echten Hodler veräussert und sich damit eines Delikts schuldig gemacht hat. Uns ist ebenfalls bekannt, dass eine ganze Reihe von Imitaten Benjamin Am Bachs in den Handel kamen, insgesamt für einen Betrag in siebenstelliger Höhe. Hätte sich Benjamin Am Bach an die Öffentlichkeit gewandt, wäre der

Wert der Gemälde auf wenige tausend Franken geschrumpft. Ein Tatmotiv für den Mord an Benjamin Am Bach, ohne Frage.»

Brawand setzte seine Brille erneut auf und warf einen Blick in sein Notizbüchlein. «Was steht noch an?», fragte er. «Gibt es Hinweise, dass sich Benjamin Am Bach nach seinem Brief an Holenstein bedroht fühlte? Wird irgendwo ersichtlich, weshalb Am Bach sich entschloss, den Tresor im Garten zu vergraben? Er muss einen triftigen Grund dafür gehabt haben, und den müssen wir jetzt herausfinden.»

Sie durchforsteten den ganzen Nachmittag weiter den Inhalt des Tresors.

Am nächsten Tag erschien Brawand aufgeräumt zum Treffen. Ein älterer Polizist begleitete ihn. «Das ist Vital Ganz, erfahrener Kriminalpolizist und Mitglied des Mordbüros. Paula und Birgitt, ihr kennt ihn sicher vom Sehen her.»

Birgitt sagte: «Ich habe nichts gegen Vital Ganz. Aber er war gestern gar nicht dabei und ist deshalb nicht auf dem neuesten Stand.»

Ganz lief rot an. «Was für eine Unverschämtheit? Wie lange ist die Dame überhaupt bei der Kripo? Wie lange bin ich dabei?»

Brawand schluckte leer, der Zwischenfall war ihm offensichtlich unangenehm.

«Paula, jedes Mitglied des Mordbüros hat das Recht, an einer Sitzung wie dieser teilzunehmen. Ich erstelle sowieso ein Protokoll davon und schicke es dem Mordbüro. Vital Ganz hat zufällig erfahren, dass du und Birgitt im Garten der Liegenschaft von Benjamin am Bach einen Tresor gefunden habt. Übrigens: Der Hinweis, nach dem wir gestern Nachmittag suchten, wurde tatsächlich gefunden. Eine handschriftliche Notiz Benjamin Am Bachs über ein Gespräch mit seinem Neffen Walo Oppliger.» Brawand las vor:

Walo Oppliger machte mich gestern auf etwas Beunruhigendes aufmerksam. Er habe den Eindruck, dass Leute mein Haus beobachten würden. Ein Volvo habe etwa dreissig Meter östlich des Hauses an der Gartenstrasse gewartet, als er zu mir zum Nachtessen kam. Die Person am Steuer habe mit einem Fernglas in Richtung meines Grundstücks geschaut. Die Nummer des Wagens müsse wohl gefälscht sein, SZ 875233 sei völlig unrealistisch. Es gebe im Kanton Schwyz sicher nicht mehr als 200'000 Autos. Schliesslich sei der Wagen weggefahren. Wenige Minuten später sei ihm ein Alpha Romeo mit italienischen Kontrollschildern genau an derselben Stelle aufgefallen. Die Nummer dieses Fahrzeugs habe er sich nicht notiert. Auch von diesem Wagen habe der Fahrer mein Grundstück mit einem Feldstecher abgesucht. Walo fragte mich, wer das wohl sein könnte. Ich habe ihm geantwortet, dass ich durchaus einen Verdacht habe. Es könnten Zuträger von Steffen Holenstein sein. Es sei in Ringgenberg kein Geheimnis, dass Holenstein mit einer kriminellen Organisation zusammenarbeite und dieser vielleicht sogar angehöre. Ich erzählte meinem Neffen dann vom Bild, das ich im Auftrag von Holenstein als Hodler-Imitat gemalt und ihm verkauft hatte.

«Das ist das wichtigste Dokument, das mir in die Hände gekommen ist. Immerhin waren im Tresor hundertfünfzig Schriftstücke. Danke, dass ihr sie alle gelesen habt. Natürlich sind noch weitere bemerkenswert, etwa die Briefe von Benjamin Am Bach an Holenstein. Was einen irritiert: Unter den Dokumenten stammt kein einziges direkt von Holenstein. Der Kerl scheint darauf bedacht zu sein, keine Spuren zu hinterlassen, was uns das Recherchieren nicht leichter macht. Dennoch ist ihm das nicht durchwegs gelungen. Ich komme noch darauf zurück. Doch zuerst zu den anderen Briefen von Benjamin Am Bach an Holenstein. Wem von euch ist darin etwas Spezielles aufgefallen?»

Paula meldete sich. «Auf meiner Beige fand ich zehn dieser

Briefe. Jeder bezog sich auf ein Bild, das Benjamin Am Bach als Hodler-, Anker- oder Klee-Imitat gemalt hatte. Sie waren alle im freundlichen Ton gehalten. Sehr detailliert, mit präzisen Formulierungen, aber leider gab er darin nicht preis, wie er die Farben gemischt, die Leinwände aufgetrieben hatte.»

«Zwischenfrage», unterbrach Brawand Paula, «glaubst du, dass Holenstein sie gelesen hatte?»

«Eher nicht, für Holenstein zählte nur, ob die Bilder als echt angesehen wurden. Er hat von jedem ein Echtheitszertifikat verlangt. Vom Doerner Institut in München. Sämtliche wurden als echt befunden. Die Farbe stimmte, das Alter stimmte, die Leinwand stimmte. Wirklich beeindruckend. Benjamin Am Bach hat zu jedem Gemälde festgehalten, wie er es gefertigt hat.»

«Wer hat das jeweilige Gutachten bezahlt?»

«Holenstein. Und es waren grössere Beträge, meist in vierstelliger Höhe. Für jedes Bild hat Benjamin Am Bach Holenstein einen Dankesbrief geschrieben.»

«Wie hat Holenstein darauf reagiert?»

«Darüber haben wir keine schriftlichen Angaben gefunden.»

Vital Ganz meldete sich. «Das hört sich oberflächlich so an, als ob Holenstein der Schurke sei. Doch vieles muss man hinterfragen. Zum Beispiel die Briefe Benjamin Am Bachs an Holenstein. Hat Benjamin Am Bach sie überhaupt an Holenstein geschickt? Mir scheint dieser Benjamin Am Bach ein komischer Kauz gewesen zu sein. Vielleicht hat er den Inhalt darin erfunden.»

Brawand musste nachdenken, bevor er antwortete: «Unsere Rechercheure haben Bilder ausfindig gemacht, die von Benjamin Am Bach stammen könnten. Am Bach hat in seiner vergrabenen Hinterlassenschaft diese Bilder mehr oder weniger detailliert beschrieben. Das ist immerhin ein Hinweis darauf, dass er sie wohl gemalt hat. Wir müssten diese Bilder nochmals von einer kompetenten Stelle untersuchen lassen. Von einem

Institut, das dem von Doerner gleichwertig ist. Wir sind an dieser Sache dran. Die Schwierigkeit ist, dass die Besitzer sich derzeit noch weigern, uns diese Bilder für eine Echtheitsüberprüfung auszuleihen.»

Statt zu antworten, lachte Ganz höhnisch.

«Es gibt Leute», beteuerte Brawand, «die uns diesbezüglich helfen könnten. Ich denke da an Walo Oppliger. Nach der Durchsuchung der Unterlagen im Tresor dürfen wir davon ausgehen, dass er noch mehr weiss.»

«Walo Oppliger ist doch ein Erbe von Benjamin Am Bach. Auf seine Aussagen würde ich nicht viel geben», sagte Ganz.

«Vital, nun tust du Oppliger unrecht. Immerhin hat er mitgeholfen, den Tresor auf dem Grundstück der Gartenstrasse zu finden.»

«Hast du Belege, dass dieser Tresorfund nicht eine abgekartete Sache ist? Vielleicht hat ihn Oppliger selbst vergraben», sagte Ganz.

«Wie bitte? Das musst du mir jetzt erklären.»

«Die Bilder, die von Hodler, Klee und Anker aufgetaucht sind und nun von Benjamin Am Bach als seine Imitate ausgegeben werden: Steht überhaupt fest, dass sie nicht von diesen drei Künstlern stammen? Kann schon sein, dass Holenstein sie weiterverkauft hat. Doch Holenstein ist im Nebenberuf Kunsthändler. Die ganze Story, die aus diesem Tresorinhalt hervorgeht, könnte zum Himmel stinken.»

«Danke für deine Einwände. Wir werden allem nachgehen. Gibt es weitere Fragen oder Einwände?» Brawand sah in die Runde. «Alles klar?»

Niemand meldete sich.

«Dann schliesse ich die Sitzung. Ihr werdet weiter von mir hören.»

Brawand klopfte an die Bürotür von Bassi. Nach dem «Herein» ging er raschen Schrittes zum Schreibtisch Bassis, wo dieser sass und in Papiere vertieft war.

«Luca, ich möchte dich über den Inhalt des Tresors, den wir im Garten von Am Bach gefunden haben, informieren. Ich denke, wir sind jetzt der Lösung unseres Kriminalfalles um einiges näher gekommen.» Brawand reichte Bassi das kleine schwarze Gerät, das zur Aufzeichnung der Sitzung mit ihm, Paula, Birgitt und später Ganz gedient hatte. Er legte auch die Zusammenfassung der Notizen, die Paula und Birgitt gemacht hatten, bei. Brawand hatte zur Sichtung dieser Schriftstücke und zum Abhören des Audios die halbe Nacht gebraucht und das Bassi auch kundgetan.

Bassi musterte Brawand leicht von oben herab. «Ich sehe und höre mir heute diese Unterlagen an, schlafe darüber. Wir treffen uns morgen in diesem Raum.»

***

Brawand erschien bereits um halb acht in Bassis Büro. «Adrian, dein Gesicht ist ein wandelndes Fragezeichen. Du willst offensichtlich wissen, was ich vom Inhalt des Tresors halte. Bemerkenswert, aber noch kein Durchbruch in den Ermittlungen. Etwas befremdend finde ich die Einschätzung von Vital Ganz. Er ist ja schon ab und zu als Superpatriot aufgefallen. Er steht wohl Holenstein recht nah und hat ungute Gefühle gegenüber Querschlägern. So einer wie Benjamin Am Bach mit seinen langen Locken wirbelt halt schon einiges auf, haut die alten, liebgewonnenen Helden so mancher Schweizer und Schweizerinnen vom Sockel und kratzt auch an der Selbstzufriedenheit unseres Kollegen. Aber in einer Beziehung hat er nicht ganz unrecht. Solange die Käufer der Imitate sich nicht beschweren, können wir, was die Bilder betrifft, nicht gegen Holenstein vorgehen. Natürlich glaube ich auch, dass es sich dabei um Imitate handelt. Aber glauben und beweisen sind zwei verschiedene Sachen. Weiter kommen wir, wenn wir es beweisen können. Diesbezüglich musst du dir noch etwas einfallen lassen.»

Als ob er von einer Nebelwolke umgeben wäre, ging Brawand wieder an seinen Arbeitsplatz. Vor der Türe warteten Paula und Birgitt auf ihn. Ohne sich zu erkundigen, warum die beiden ihn überhaupt erwarteten, eröffnete er überschwänglich: «Der Tresorfund an der Gartenstrasse war sehr wichtig im Fall Am Bach, herzlichen Dank, Birgitt und Paula. Wie weit seid ihr im Fall Krummen gekommen?»

«Darüber wollten wir dich schon gestern informieren. Doch es lief derart viel, dass wir nicht dazu kamen.»

Paula sah Birgitt an. «Erzähle du es ihm.»

Birgitts Augen wurden feucht, so strahlte sie. Als sie von den beiden Matches mit den Fingerabdrücken auf dem Feuerzeug erzählt hatte, sagte Brawand, der noch immer stand: «Ich muss mich setzen, um das alles zu verdauen.»

Augenblicke später fuhr er weiter. «Wir haben eine Mordkommission mit Dutzenden von Fachpersonen. Die haben einfach herumgeeiert, später kommen zwei unerfahrene Kriminalpolizistinnen dazu und lösen die beiden Fälle im Handumdrehen. Paula und Birgitt, ihr seid spitze.»

Paula unterbrach ihn. «Lass das. Wir sind gar nicht so unerfahren.»

«Das mit dem unerfahren nehme ich zurück», bemerkte Brawand schuldbewusst. «Macht einfach so weiter.»

«Guter Ratschlag, werden wir tun», sagte Birgitt. «Aber wie geht es weiter mit dem Fall Krummen. Damit sind wir noch nicht zu Ende.»

«Stimmt», sagte Brawand. «Jetzt seid ihr aber am Zug. Was ist euer Vorschlag?»

«Darüber haben wir bereits nachgedacht», enthüllte Paula. «Erstens: Wir möchten Bianchi und Mancini verhören. Zweitens: Wir möchten Amato verhören.»

Birgitt ergriff das Wort. «Amato mag der Kronzeuge im Fall Benjamin Am Bach sein. Deshalb muss er geschützt werden. Aber Amato könnte auch der Mörder von Am Bach sein. Und diesen Mörder haben wir noch nicht dingfest gemacht. Wir,

Paula und ich, haben uns vorgenommen, weiter nach ihm zu suchen.»

Brawand sah zur Decke, so als ob er eine Anweisung von oben erwarten würde. Nach einer Pause gab er eine Antwort. «Dagegen spricht nichts. Es sieht ganz danach aus, dass wir kurz vor der Aufklärung des Mordes an Krummen stehen. Was die Täterschaft betrifft: Mancini und Bianchi. Das macht Sinn. Beide waren in Krummens Wohnung. Vielleicht findet ihr beide heraus, auf wessen Anweisung sie Krummen ins Jenseits beförderten. Ihr habt freie Hand. Eine Streife bringt euch beide nach Bern.»

«Vielen Dank für dieses Angebot», sagte Paula. «Wir müssen uns auf diese Vernehmung vorbereiten. Ich schlage vor, dass wir uns Bianchi und Mancini morgen Nachmittag vornehmen.»

«Ein weises Anliegen. Ihr habt doch die Unterlagen über die beiden?»

«Ja, haben wir ausgiebig konsultiert.»

«Noch fehlt der Mörder von Am Bach. Was habt ihr beide für diesen Fall vor?», fragte Brawand nach.

«Anfang Februar wurde Benjamin Am Bach erschossen. Damals hatte man noch wenig Ahnung von den möglichen Tätern, man wusste nichts von Sergio alias Amato, man wusste nichts von Mancini und Bianchi. Heute ist das anders. Die Gartenstrasse in Ringgenberg ist so klein nicht. Aus den Unterlagen geht hervor, dass man Anwohner vernommen hatte. Einige wollen tatsächlich eine Person gesehen haben, die sie nicht kannten, einen auffallend kleinen Mann mit einer grossen Nase. Es war zwar schon ziemlich finster, aber die Gartenstrasse war beleuchtet. Amato ist auffallend klein und hat eine grosse Nase.»

Brawand fragte bissig. «Wollt ihr jetzt die Gartenstrasse noch mal abklopfen? Glaubt ihr, die Leute würden sich noch daran erinnern, was sie Anfang Februar gesehen haben? Nach so vielen Wochen, ja Monaten?»

«Wir sind auf Protokolleinträge von Personen gestossen, die angaben, den kleinen Mann mit der grossen Nase gesehen zu haben. Wir können diese aufsuchen und ihnen Bilder von Sergio zeigen. Es wäre nicht das erste Mal, dass Zeugen Monate nach einem Verbrechen aufgrund von Fotos den Täter identifizieren.»

«Das bestreite ich nicht. Geht der Sache nach. Viel Glück.»

«Damit werden wir gleich morgen früh beginnen», gab Paula zur Antwort.

***

Um neun Uhr fuhren Paula und Birgitt mit einem Streifenwagen an der Gartenstrasse vor. Sie hatten fünf Adressen. Bei vier davon ging die Wohnungstür auf. Es waren ausschliesslich Frauen, die öffneten. Paula erklärte, weshalb sie geläutet hatten. Alle bekundeten Mühe, sich zu erinnern, was sie seinerzeit den Polizisten, die sie befragten, zu Protokoll gegeben hatten. Birgitt zog Fotos von mittelalterlichen kleinen Männern hervor, darunter war eines von Giulio Amato. Nur eben, lediglich einmal fiel die Wahl auf dieses Bild.

Desillusioniert stiegen sie ins Auto, um nach Thun zurückzufahren. Das Handy von Paula klingelte.

«Frau Rothenbühler, ich rufe Sie wegen Ihrem Besuch von vorhin an. Eben hat mir die Nachbarin in der unteren Wohnung berichtet, ihr Mann habe am 8. Februar, dem Mordtag von Benjamin Am Bach, das neueste Smartphone gekauft und vom späten Nachmittag bis zum Abend unzählige Aufnahmen gemacht. Diese seien direkt auf seinen PC weitergeleitet und dort gespeichert worden. Er sei von dieser Technik hell begeistert. Es befänden sich darunter auch Fotos von Passanten der Gartenstrasse.»

«Herzlichen Dank», sprach Paula. «Dürfen wir gleich noch mal vorbeikommen?»

«Gerne, läuten Sie bitte in der unteren Wohnung.»

Zwei ältere Damen nahmen sie dort in Empfang. Dahinter stand ein noch betagterer Herr. «Kommen Sie in mein Arbeitszimmer», forderte dieser Paula und Birgitt auf. «Gerne zeige ich Ihnen diese Bilder am PC. Ein echt moderner HP-Computer. Unglaublich, was man heute mit diesen Handys hinkriegt. Sogar bei schlechten Sichtverhältnissen.»

Es waren gegen hundert Fotos. Etwa zehn Aufnahmen von Passanten.

«Halt», rief Birgitt. «Könnten Sie dieses Bild vergrössern?»

Der Mann tat dies.

Paula griff in ihre Jackentasche, nahm das Bild von Amato heraus und verglich es mit dem Bildschirm. «Ich fasse es nicht. Sie haben tatsächlich den Mörder von Benjamin Am Bach fotografiert.»

«Dölf», so die Gattin des Mannes, «du hättest seinerzeit gescheiter meinen Rat befolgt und wärest mit diesen Bildern zur Polizei gegangen. Die suchen seit Monaten nach dem Täter. Weisst du, wie viele Steuergelder wegen deiner Sturheit nun verpufft sind.»

Birgitt legte der Frau die Hand auf die Schulter. «Seien Sie nicht so hart zu Ihrem Angetrauten. Er hat fast alles richtig gemacht.»

Bevor sie nach Thun wegfuhren, Birgitt sass am Steuer, rief Paula Brawand an und erzählte ihm vom sensationellen Fahndungserfolg.

«Sobald ihr in Thun ankommt, stattet Giulio Amato einen Besuch im Bezirksgefängnis ab. Er sitzt dort noch in der bequemsten Zelle ein. Habt Ihr einen guten Ausdruck des Fotos von ihm an der Gartenstrasse?»

«Kopien des Fotos haben wir, in zehn Exemplaren. Bis bald.»

Amato schien überrascht, dass ihn zwei Frauen besuchten. Er konnte sie offenbar nicht einordnen.

Paula sah Birgitt an. Birgitt nickte und musterte Amato. «Ich habe einige Fragen an Sie. Erinnern Sie sich an den 8. Februar 2018?»

Eine eigenartige Unruhe erfasste Amato. Nervös rutschte er auf dem Stuhl herum. «Sind Sie von der Polizei?»

Die beiden nickten.

«Ich muss nachdenken.»

«Nachdenken? Wirklich, Herr Amato?»

«Tut mir leid. Mir fällt dazu nichts ein.»

«In der Abenddämmerung dieses Tages wurde Benjamin Am Bach erschossen.»

«Wie soll ich denn das wissen? Ich habe nichts mit diesem Verbrechen zu tun», seufzte Amato betreten.

Paula öffnete ihre Ledermappe und zog die A4-Kopie des Fotos, das sie soeben erhalten hatten, hervor. Sie legte es vor Amato auf den Tisch und zeigte mit dem Finger unten rechts auf die Zeitangabe der Aufnahme: «18:40, 8.02.2018». «Um circa neunzehn Uhr wurde Benjamin mit einer Pistole erschossen. Der Verdacht ist gross, dass es sich beim Täter um den Mann auf diesem Foto handelt. Und dieser Mann sind eindeutig Sie.»

Amato erblasste. Er wollte darauf antworten, doch die Sprache versagte ihm.

«Wir möchten jetzt ein Geständnis von Ihnen», bat ihn Birgitt.

«Darauf können Sie noch lange warten», bemerkte Amato mit leiser Stimme.

«Ein Geständnis ablegen ist freiwillig. Liegen für eine Tat eindeutige Beweise vor, ist es im Sinne des Angeklagten. Was ich Ihnen jetzt vorlege, ist ein eindeutiger Beweis. Ein Geständnis kürzt das Verfahren ab und wirkt sich in der Regel strafmildernd aus.»

«Ein eindeutiger Beweis? Stimmt das Datum auf diesem Bild überhaupt?»

«Wir werden das Datum der Aufnahme nachprüfen. Wir haben das Handy, mit dem sie gemacht wurde. Ich würde mich wundern, wenn die Zeitangabe falsch wäre. Gesetzt den Fall, das Datum wäre richtig, kommt es zu einer Mordanklage auch ohne Geständnis.»

«Ich verweigere ohne Anwalt jegliche Auskunft.»

«Das ist Ihr gutes Recht. Wir erscheinen in den nächsten Tagen mit einem Anwalt. Bis dahin können Sie sich überlegen, ob Sie sich in das Unvermeidliche schicken wollen. Wir haben keine Zweifel an Ihrer Schuld.»

Birgitt und Paula verliessen die Zelle und fuhren zu Brawand an die Allmendstrasse 18.

Es war kurz vor Mittag. Auf dem Besuchertisch stand ein grosser Kuchen, es roch fein nach Kaffee. Brawand und Bassi hatten bereits Platz genommen.

«Statt Sandwiches besteht unser Mittagessen nun aus Kaffee und Kuchen. Ich weiss doch, dass wir alle vier auf Süssigkeiten stehen. Ihr seid eingeladen. Es geht auf Kosten der Mordbüros Am Bach und Krummen», gab Bassi gönnerhaft bekannt.

«Und das in meinem Arbeitszimmer», schickte Brawand nach.

«Nun haben wir den Mordfall Am Bach schon fast gelöst», verkündete Bassi.

«Diesen Fortschritt haben wir den beiden Damen zu verdanken. Leider gelang es uns noch nicht, den Haupttäter dingfest zu machen», gab Brawand zum Besten.

«Das wird in den nächsten Tagen geschehen», bemerkte Bassi.

Man tat sich am Kuchen gütlich und sprach nicht mehr über die beiden Kriminalfälle.

Um dreizehn Uhr sah Paula auf die Uhr. «Unsere Arbeit geht weiter. Wir ziehen noch unsere Uniformen an und bewaffnen uns. Danach, Adrian, sollte uns ein Fahrer, wie du versprochen hast, ins Inselspital nach Bern bringen.»

«Der Wagen steht samt Chauffeur im Vorhof bereit.»

Es war vierzehn Uhr nachmittags, als die beiden Polizistinnen die Zelle Mancinis in der Gefangenenabteilung des Inselspitals betraten.

Mancini gab sich erstaunt. «Schönen Tag, meine Damen. Werde ich jetzt zu einer psychiatrischen Untersuchung abgeführt, von uniformierten Polizeihelferinnen, weil diese in einem anderen Spital stattfindet?»

«Falsch geraten, Herr Mancini. Wir beide sind Kriminalpolizistinnen und haben den Auftrag, Sie zu verhören.»

«Das ist wirklich komisch. Vernehmungen fanden bislang nur mit männlichen Personen in Zivil statt.»

«Diesmal handelt es sich um eine Ausnahmesituation. Es gibt gute Gründe, weshalb wir uns für diese Visite schützen müssen. Das geht am besten in Uniform mit persönlicher Verteidigungswaffe.»

«Ich bin nun schon zwei Wochen in Untersuchungshaft und war dabei noch nie gewalttätig.»

«Lassen wir diese Diskussionen. Wir haben viele Fragen an Sie und möchten noch vor dem Abend mit dem Verhör fertig werden», sagte Paula Rothenbühler, die sich bei dieser Gelegenheit mit ihrem Namen vorstellte, danach fragte, ob die Vernehmung auf Deutsch oder Italienisch stattfinden sollte.

«Gerne werde ich mich im örtlichen Dialekt mit Ihnen unterhalten. Meine Firma legt Wert darauf, dass ihre Mitarbeiter in Aussenstellen die Sprache, die dort üblich ist, beherrschen.»

Paula und Birgitt konnten ein Lachen nicht mehr unterdrücken.

«Ich habe schon alles erzählt, was meinen Aufenthalt hier betrifft», fuhr Mancini weiter.

«Wirklich?», fragte Birgitt lächelnd. «Dann sagen Sie es ein zweites Mal.» Sie warf Paula einen Blick zu. Diese nickte.

«Sagt Ihnen der Name ‹Krummen› etwas?», fragte Paula.

Das Gesicht Mancinis erstarrte. Die Frage schien ihn auf dem falschen Fuss erwischt zu haben.

«Krummen? Noch nie gehört.»

«Kennen Sie sich in Oberried aus? Zum Beispiel das Lauenengässli?»

«Wie sollte ich?»

«Ich zeige Ihnen jetzt etwas.» Paulas Hände griffen in die grosse rechte Seitentasche ihrer Hosen. Sie zog einen Gegenstand heraus und reichte ihn Mancini.

Mancinis Gesicht verlor die Farbe, und seine Stimme versagte. Dann kam es stotternd. «Me... me... mein Feuer...zeug.»

«Dass Sie im Lauenengässli waren, können Sie nicht mehr bestreiten. Das ist jetzt bewiesen. Sie stehen damit in Verdacht, Krummen erschossen zu haben.»

«Frau Rothenbühler, wo haben Sie dieses Feuerzeug gefunden?»

«Unter dem Bett von Krummen.»

«Sie werden das jetzt erstaunlich finden, aber es gibt auch für einen Mafioso Situationen, wo er seine Waffen streckt. Ich könnte das alles leugnen. Es käme zu einem Indizienprozess, und ein Schuldspruch wegen Mordes wäre angesichts der Beweislage wahrscheinlich. Ich habe schon bei der Vernehmung durch Bassi und Brawand klar zu erkennen gegeben, dass ich kooperieren werde. Und das verspreche ich Ihnen jetzt. Ich bin bald fünfzig, seit der Schiesserei in Matten körperlich behindert und mag nicht mehr. Ich ziehe einen Schweizer Knast einem italienischen vor. Dort würde ich so oder so umgebracht. Ich gestehe, Krummen getötet zu haben. Auf Befehl von Steffen Holenstein.»

Mancini begann zu schluchzen.

«Schon gut, Herr Mancini. Ich hätte Ihr Geständnis nicht so rasch erwartet. Wir werden für Sie tun, was in unseren Möglichkeiten liegt. Das Strafurteil fällt ein Gericht, nicht wir. In Ihrem Fall könnte es von Mord zu Totschlag gemildert werden. Das bedeutet zehn Jahre Freiheitsentzug. Bei guter Führung zwei, drei Jahre weniger. Sie würden danach eine neue Identität erhalten und nicht nach Italien ausgeliefert werden.»

Birgitt stellte dann Fragen über Zeitpunkt und Vorgehen

der Tat, über die Mithilfe von Bianchi und die Anweisungen Holensteins. Alles wurde mit dem Handy von Paula aufgenommen. Eine Stunde später lag das Geständnis in schriftlicher Form vor. Mancini unterzeichnete es.

Die Vernehmung Bianchis dauerte etwas länger, da er sich zu Beginn halsstarrig verhielt. Doch als er das Geständnis Mancinis gelesen hatte, brach auch er zusammen und bezichtigte sich als Mithelfer des Mordes.

Am nächsten Morgen klopften Paula und Birgitt an Brawands Bürotür.

Brawand las die Geständnisse. Dann eröffnete er: «Paula und Birgitt, ich habe euch beide falsch eingeschätzt. Was ihr in den letzten Tagen vollbracht habt, ist grossartig. Eure Verhörmethoden unterscheiden sich von denen, die bislang bei uns üblich waren. Sie sind einfühlsam, dennoch hart und wirksam. Ihr tretet den Delinquenten mit Respekt und Menschlichkeit gegenüber.»

Kaum hatte Brawand das gesagt, summte sein Handy. Er nahm das Gespräch an. «Ausgezeichnet, senden Sie mir eine Kopie per Mail.»

Brawand schüttelte ungläubig den Kopf. «Eben erhalte ich die Meldung, dass Amato ein handschriftliches Geständnis abgelegt hat.»

22

Kaum hatten Paula und Birgitt sich von Brawand verabschiedet, lärmte sein Telefon erneut. Es war die Frau von Walo Oppliger. «Mein Mann ist heute Morgen nicht von seiner Arbeit zurückgekehrt. Er arbeitet als Nachtwächter in der Industriezone Interlaken Ost. Ich kann ihn über sein Handy nicht erreichen. Beides, dass er nicht zurückkommt und dass sein Handy abgeschaltet ist, ist aussergewöhnlich, ist bislang noch nie vorgekommen. Ich befürchte, dass ihm etwas zugestossen ist.»

Brawand rang nach Worten. «Danke ... danke für diese Information. Haben Sie sich beim Polizeiposten Interlaken Ost gemeldet?»

«Ja, ich habe vor einer halben Stunde dort angerufen. Man werde sich darum kümmern. Sollte er in einen Unfall verwickelt worden sein, würden sie sich melden. Er stellte sich als Korporal Müller vor.»

«Frau Oppliger, wir nehmen diese Vermisstmeldung sehr ernst. Ich werde mich gleich darum kümmern. In den nächsten Minuten erhalten Sie von mir eine Rückmeldung. Wer genau ist der Arbeitgeber Ihres Mannes?» Brawand notierte Adresse und Telefonnummer.

Er tippte die Nummer ein und erkundigte sich nach Walo Oppliger. «Herr Oppliger hat sich bei uns um sechs Uhr in der Früh abgemeldet wie üblich.»

«Trug er bei seinen Rundgängen eine Waffe?»

«Ja, einen Schlagstock und Pfefferspray. Er hat beide bei uns abgegeben. In seinem Bericht, den er nach seinem letzten Rundgang schriftlich bei uns hinterlegt hat, steht ... einen Moment ... ‹keine besonderen Vorkommnisse›.»

Brawand dachte einige Augenblicke nach, dann stand er auf und rannte in Richtung Büro Bassi. Er klopfte nicht einmal an. «Luca, unser Informant, Walo Oppliger, ist seit heute früh vermisst. Das Letzte, was wir von ihm wissen: Er hat sich um sechs Uhr bei seinem Arbeitgeber abgemeldet. Ich befürchte, dass sein Verschwinden mit dem Tresorfund zusammenhängt. Seine Frau hat mir versichert, dass so etwas noch nie vorgekommen sei.»

Bassi pfiff leise durch die Zähne. «Du könntest recht haben. Wir müssen handeln. Aber wie?»

«Oppliger scheint eine zurückhaltende Person zu sein. Kennen dürften ihn allenfalls die Menschen, die mit ihm beruflich zu tun haben oder aus seinem persönlichen Umfeld stammen. Er hat mir übrigens versprochen, den Fund des Tresors vorläufig geheim zu halten, seiner Frau werde er es sagen, diese sei aber verschwiegen. Wer wusste sonst noch vom Fund in seinem Garten? Du, Luca, ich und die Kriminalpolizistinnen und -polizisten, die den Inhalt des Tresors untersuchten.»

Bassi nickte schwach. «Ich verstehe, du befürchtest das Leck in unseren Reihen?»

«Genau, und ich tippe auf Ganz.»

«Wir müssen den Mann überwachen. Er hat ein mobiles Telefon für seine Arbeit bei der Polizei und ein privates. Er ist verheiratet, und seine Frau hat wohl auch ein Handy. Zudem hat das Ehepaar Ganz auch einen Festnetzanschluss. Ich werde veranlassen, dass all diese Telefone überwacht werden. Wir untersuchen, wer in letzter Zeit angerufen hat oder angerufen worden ist. Ich werde die Staatsanwältin des Verwaltungskreises Oberland Ost informieren.»

«Das geht doch ohne richterliche Genehmigung?», fragte Brawand.

«Für die ersten Tage schon, ja. Aber die Abgehörten müssen informiert werden, sollte sich herausstellen, dass sich der Verdacht gegen sie als Irrtum erweist.»

Um halb zwölf gab Brawands Telefon an. Es war Bassi. «Komm gleich zu mir herüber.»

Brawand tat das.

Triumphierend sagte Bassi. «Eine erste Spur hätten wir. Gestern Abend um sieben Uhr wurde von Frau Ganz' Handy Holenstein angerufen. Wir hoffen auf weitere Telefonate zwischen Holenstein und Ganz», sagte Bassi mit einem Anflug von Triumph.

«Aber von Oppliger fehlt jede Spur.»

«Wir bleiben also dran?»

«Ja, und wie.»

«Abgemacht.»

Um eins am Mittag gab Bassi Brawand das nächste Telefonat von Ganz an Holenstein durch.

«Wir haben heute Morgen Oppliger gekidnappt. Alles lief nach Drehbuch.»

«Wurdet ihr dabei beobachtet?»

Ganz lachte laut. «Ich bin in solchen Sachen ein Profi. Es würde mich wundern, wenn diese Aktion jemandem aufgefallen wäre.»

«Wo habt ihr diesen Kerl hingebracht?»

«Festung Waldbrand, Beatenberg.»

«Ist der Besitzer informiert?»

«Ganz sicher nicht. Der würde uns gradewegs bei der Polizei verpfeifen.»

«Wie hast du dir den Zugang verschafft?»

«Ich kenne einen Festungswächter. Er hat mir einen Schlüssel ausgeliehen. Ohne sich zu erkundigen, was ich vorhabe.»

«Sei vorsichtig. Ich kenne diese Festung. Sie wird häufig besucht.»

«Weiss ich. Aber nicht alle Bereiche sind öffentlich zugänglich. Über der Festung gibt es noch eine zweite. Ganz hinten in der langen Kaverne führt eine lange Treppe in den oberen Teil. Der ist vollständig verlassen. Die Besucher steigen dort nicht hinauf. Oppliger haben wir dort in einem Raum eingeschlossen. Er kann brüllen, toben und stampfen. Niemand wird unten etwas davon hören.»

«Sieh dich vor, Vital. Oppliger darf nicht krepieren. Wir brauchen ihn noch.»

«Keine Sorge. Er hat genügend Nahrungsmittel, ausreichend Wasser. Ein Bett mit vielen Wolldecken. Sogar einen Fernseher.»

«Wann verhörst du ihn?»

«Übermorgen.»

«Wir haben schon darüber gesprochen. Ich lege dir nochmals nahe, was ich wissen möchte. Erstens: Hat er vom Tresor gewusst, als Benjamin Am Bach noch lebte? Zweitens: Was weiss er eigentlich von den Bildern? Drittens: Was weiss er über mich und meine Beziehungen zu Benjamin Am Bach? Hat er davon noch weiteren Menschen erzählt? Du kennst dich bestens in den Verhörmethoden aus. Oppliger könnte als Kronzeuge gegen mich auftreten. Das gilt es vorläufig zu verhindern.»

«Was soll mit Oppliger geschehen, wenn die ganze Geschichte mit dem Ableben von Benjamin Am Bach überstanden ist?»

«Das fragst du mich? Du kennst dich weit besser im Entsorgen von gefährlichen Zeitgenossen aus.»

«Das ist ja unglaublich. Jetzt haben wir Holenstein am Wickel und auch Ganz. Ich komme rasch zu dir hinüber, um das weitere Vorgehen zu besprechen.» Brawand stürzte zu Bassis Büro hinein und schrie: «Was machen wir mit Ganz?»

«Gemach, gemach, Adrian. Ganz ist so oder so geliefert. Ihn zu verhaften finde ich nicht gerade das Dringendste. Warten wir ab, bis er in die nächste Falle tappt.»

«Meinetwegen. Das entscheidest du.»

«Nicht ich allein, auch die Staatsanwältin. Du kennst sie ja. Leute wie Holenstein zählt sie zu ihrem Freundeskreis.»

«Gut, Luca, jetzt bist du am Zug …»

Bassi lachte verhalten. «Mich berührt das Schicksal von Walo Oppliger. Er ist in Gefahr. Denk darüber nach, wie und allenfalls wann wir ihn aus der Festung Waldbrand herausholen können.»

«Darüber habe ich mir bereits den Kopf zerbrochen. Holenstein und seine Lakaien glauben, ihn als Pfand in der Hand zu haben. Und sie wollen auch weitere Infos aus ihm herausholen, vermutlich durch Foltern. Doch wie ich sein Wissen einschätze, weiss er nicht mehr, als Holenstein bereits jetzt bekannt ist.»

«Dieser Meinung bin ich auch. Entwerfe einen Befreiungsplan und bring ihn mir bis halb drei. Das kriegst du hin.»

Pünktlich zum festgelegten Termin sprach Brawand bei Bassi vor. Er reichte ihm ein Papier. Zwei A4-Seiten. Bassi las es und sah danach Brawand anerkennend an. «Einverstanden. Hört sich gut an. Ich werde ebenfalls dabei sein. Doch du leitest den Einsatz. Man kann viel vorausplanen, leider nicht alles.»

Um halb fünf fuhren zehn neutrale Wagen von Gunten aus nach Sigriswil hinauf. Die Zwischenräume waren gross, es fiel nicht auf. Zwischendurch hielten die Fahrzeuge, die eher langsam fuhren, an, um Autos hinter ihnen vorzulassen. Im Dorf Sigriswil bog die lockere Kolonne auf die schmale Strasse, die zur Alp Grön führte, ab, wo sie kurz vor fünf ankam. Danach setzten die Autos die Fahrt in Abständen von hundert Metern fort, über die schmale, teilweise direkt am Felsen klebende Strasse zur Abzweigung Waldbrand am westlichen Ende der Siedlung Beatenberg. Zehn Minuten später standen alle Fahrzeuge auf dem grossen Parkplatz vor dem nicht befestigten Weg zur Festung. Zwei davon fuhren gemächlich los und zweigten Richtung Waldbrand ab. Drei Minuten danach waren sie knapp hundert Meter vor dem Eingang der Festung. Auf dem Vorplatz parkierten zwei Vans.

Der Leiter der Vorhut meldete das dem Einsatzleiter auf dem Parkplatz: «Nähert euch ganz langsam dem Eingangstor bis auf circa fünfzig Meter. Befinden sich Personen in den beiden Wagen?», wollte Brawand wissen.

«Wir stehen jetzt im festgelegten Abstand vor der Anlage. Beide Wagen auf dem Vorplatz sind leer.»

«Zwei Männer aus dem hinteren Wagen bewegen sich nun in geduckter Haltung zum Eingang. Ihr werdet beobachtet von unseren vier Leuten im Gelände oberhalb der Festung. Nach deren Rückmeldungen soll die Luft rein sein. Entsichert die Waffen.»

«Wir stehen jetzt vor dem Eingang.»

«Öffnet das Tor. Ist Licht im Innern?»

«Geöffnet, finster.»

«Betätigt den Lichtschalter, rechts vom Eingang.»

«Das Licht geht an.»

«Löscht es wieder. Wartet im Innern, bis die nächsten Anweisungen kommen. Haltet euch in der Nähe der Tür auf, damit ihr nicht in ein Funkloch geratet. Zieht die Tür zu, ohne sie abzuschliessen.»

Zehn Minuten später standen auf dem Vorplatz der Festung zwanzig mit Maschinenpistolen bewaffnete Polizisten, darunter auch Brawand. Bassi hielt sich mit dem Rest der Einsatztruppe in den Wagen auf dem Parkplatz auf. In der Gruppe in der Festung waren auch zwei Telekommunikationsspezialisten, die zwischen Brawand und Bassi eine Funkverbindung herstellen konnten.

Das erste Funksignal von Brawand zu Bassi kam nach wenigen Minuten zustande. «Ich bin mit einer Gruppe von einem Dutzend Männern nun zweihundert Meter im Innern. Wir marschieren so lautlos wie möglich zum hinteren, dem nördlichen Ende der unteren Festung. Von dort aus werden wir über die lange Treppe in den oberen Teil steigen. Ich schätze, in einer Viertelstunde sind wir im Raum, wo wir Oppliger vermuten. Ich fürchte, er wird gerade von den Leuten Holensteins verhört.»

«Viel Glück, Adrian.»

«Danke, das brauche ich.»

«Wir müssen auf jeden Fall ein Blutbad vermeiden.»

Es gelang dem Trupp, die Quäler Oppligers, es waren insgesamt vier, mit der Elektroschockpistole handlungsunfähig zu machen. Sie fielen zu Boden. Beinahe wäre die Aktion doch noch misslungen. Aus einer Nische heraus hörte man eine Stimme: «Hände hoch, ich knalle euch alle ab.» Doch darauf waren die Polizisten vorbereitet. Blitzschnell warf einer eine Blendgranate in Richtung des Rufers. Er wurde geblendet, drückte dennoch ab. Einer von Brawands Männern schoss auf ihn. Dann war der Spuk zu Ende. Allerdings mit drei Verletzten, dem Schützen aus dem Hinterhalt und zwei Polizisten.

Brawand machte unverzüglich eine Meldung an Bassi. «Wir sind in eine Schiesserei geraten und brauchen zwei Rettungshelikopter, die drei Verletzte in das nächste Spital bringen. In einer Viertelstunde sind wir beim Festungseingang. Holt die Verletzten mit zwei Wagen ab. Sorgt dafür, dass der Waldbrandweg passierbar ist, damit die Wagen vor der Festung wenden und unbehindert bis zum Parkplatz fahren können. Die Helis können auf dem Parkplatz landen.»

«Ich werde das gleich veranlassen», sagte Bassi. «Noch eine Frage. Wo ist Oppliger?»

«Er ist in unserer Obhut. Malträtiert, aber ansprechbar.»

Zwanzig Minuten danach waren die Verletzten auf dem Vorplatz und wurden auf die Hintersitze der zwei Vans gelegt, betreut von zwei Rettungssanitätern. Um Viertel vor sechs Uhr hoben die Helikopter mit den Verletzten und Oppliger ab. Da nicht klar war, wie schwer die Verletzungen waren, entschloss man sich, das Inselspital Bern anzusteuern. Bassi flog mit, im Heli, in dem sich Oppliger befand.

«Darf ich Ihnen einige Fragen stellen, Herr Oppliger? Sind Sie in der Lage zu antworten?»

«Ja, ich tue mein Bestes. Ich denke, meine Verletzungen sind nicht schwerwiegend, aber einen Schock habe ich schon.»

«Wir suchen jetzt die Auftraggeber Ihrer Entführer. Können Sie mir Hinweise geben?»

«Dass Holenstein meine Entführung veranlasst hat, dürfte Ihnen wohl klar sein.»

«Richtig. Seine Verhaftung war auf siebzehn Uhr an seinem Wohnort in Ringgenberg geplant. Leider ist er zuvor abgehauen. Wir haben ihn zwar rund um die Uhr observiert, doch ich vermute, jemand aus unserem Team muss ihn gewarnt haben. Es ist mir peinlich, dass das geschehen ist. Haben Sie eine Ahnung, wohin er geflüchtet sein könnte?»

Oppliger schüttelte den Kopf.

«Tut mir leid, das war ja eine dumme Frage von mir …»

In diesem Moment summte Bassis Handy. «Gibt es etwas Neues, Adrian?»

«In der Tat. Wir zerbrechen uns den Kopf, fragen uns, wohin Holenstein sich abgesetzt hat. Offenbar wurde er benachrichtigt, als wir die Justistalstrasse Richtung Beatenberg hinauffuhren. Er befand sich wohl vor der Festung Waldbrand und wartete auf das Vernehmungsprotokoll seiner Häscher, die Oppliger in der oberen Festung piesackten. Es blieb keine Zeit mehr, seine Leute vor uns zu warnen. So suchte er fluchtartig das Weite. Er fuhr mit seiner Entourage weg. Dabei muss ihm ein Missgeschick passiert sein. Er vergass die Strassenkarte, auf der sein Fluchtweg, den er sich zuvor zurechtgelegt hatte – so nehme ich jedenfalls an –, vermerkt war. Die Aufzeichnung auf der Karte mit Wegmarken fanden wir in einem der beiden Wagen, die vor der Festung abgestellt waren. Es war folgende Route: Waldbrand – Beatenberg – Interlaken – A8 Richtung Luzern – Hauptstrasse 6 von Brienzwiler in Richtung Meiringen Innertkirchen, Hauptstrasse 11 über den Sustenpass bis Wassen – Hauptstrasse 2 bis Andermatt – Hauptstrasse 19 bis Disentis/Mustér – Lukmanierstrasse – Biasca – Locarno. Vor Locarno unweit des östlichen Ufers des Lago Maggiore steht ein Flugplatz, der Aeroporto Cantonale di Locarno. Zwischen dem See und der Landepiste befindet sich ein grosses ebenes Feld. Dort ist ein weisses Kreuz eingezeichnet, das hat uns ein Sprecher der Kriminalpolizei des Kantons Tessin mitgeteilt.»

«Was ziehst du für Schlüsse daraus?»

«Holenstein will nach Italien flüchten. Ein Fluchtweg, den er wohl schon lange geplant hat.»

«Das kann ich nachvollziehen. Wie willst du ihn daran hindern?»

«Im Moment sehe ich keine andere Lösung, als nach Locarno zu fliegen. Mit einem kleinen Transportflugzeug der Armee, das vom Militärflugplatz Unterbach bei Meiringen aus starten müsste. Auf der Matte zwischen dem Flugplatz und dem Ostufer des Lago Maggiore dürfte ein Heli landen, um die Holensteins auszufliegen. Wann? Das können wir nur ahnen. Wenn sie den auf der Strassenkarte aufgezeichneten Weg nehmen und sich an den Plan halten, dürften sie in drei Stunden dort sein.»

«Einverstanden. Ich werde mich mit Unterbach in Verbindung setzen. Dort kenne ich mich aus. Mach dich mit vier Leuten auf den Weg Richtung Meiringen. Wenn du in Unterbach ankommst, wird das Flugzeug bereitstehen. Das Weitere werde ich organisieren», sagte Bassi.

Zwei Stunden danach landete Brawand mit vier seiner Leute auf dem Flugfeld Locarno. Zehn weitere Polizisten, die die Kantonspolizei Tessin zur Verfügung stellte, erwarteten sie bereits. Die fünfzehn bis an die Zähne bewaffneten Männer verschanzten sich in einer kleinen Hütte am unteren Rand der grossen Matte mit dem Kreuz. Durch ein kleines Fenster, von wo aus er die Wiese vollständig überblicken konnte, spähte Brawand hinaus.

Die Sonne stand schon tief am Himmel. Plötzlich tat sich etwas. Zwei grosse schwarze BMW-Limousinen hielten am unteren Ende der Wiese an. Die Strasse verlief parallel zu ihr. Sie fuhren auf die Wiese. Die Wagen blieben nebeneinander stehen. Die Nummernschilder begannen mit BE. Innerhalb einer halben Minute fand er die Identität des einen Besitzers heraus. Brawand schöpfte Hoffnung. Der Wagen war registriert auf den Namen Karl Gertsch, Ringgenberg.

«Ich kann es fast nicht glauben. Wir sind auf der richtigen Spur. Das muss der Nachbar von Holenstein sein. Und Holenstein sitzt drin», flüsterte Brawand. Seine Leute entsicherten ihre Maschinenpistolen. «Erst schiessen, wenn ich das Zeichen dafür gebe. Doch ich rechne nicht damit, dass es ausser einigen Warnschüssen zu einem Massaker kommt», ergänzte er.

«Wie viele Leute befinden sich wohl in beiden Wagen?», erkundigte sich einer der Polizisten.

Brawand lachte kaum vernehmbar. «Wenn ich das wüsste. Es sind fünfplätzige Pkws. Ich denke Holenstein und seine Gattin, Gertsch als Fahrer, dazu Holensteins ‹Leibgarde›. Ich rechne mit einem halben Dutzend schwer bewaffneter Männer. Wir werden erst eingreifen, wenn Holenstein im Heli ist. Unsere beiden Scharfschützen werden den Rotor unter Feuer nehmen. Wir stürmen mit gezogenen Waffen aus der Hütte, Gruppe eins umzingelt den Hubschrauber, Gruppe zwei die beiden Pkws. Holensteins Schutztruppe dürfte sich noch darin aufhalten. Sie werden überrascht sein und sich ergeben. Hoffen wir es.»

Etwa eine Viertelstunde geschah nichts. Dann hörte man Motorenlärm. Aber nicht von einem Helikopter, sondern von einem Boot auf dem See.

«Verdammt», stöhnte Brawand. «Mit dem habe ich nicht gerechnet. Jetzt müssen wir improvisieren.»

Der Einsatzleiter der Tessiner Polizisten legte Brawand die Hand auf die Schulter. «Nicht die Nerven verlieren. Ich kenne jeden Stein dieses Ufers, jede Untiefe. Übergib mir das Kommando.»

Das Boot fuhr in eine kleine Bucht, etwa fünfzig Meter vor der Hütte, wo sich die Polizisten verschanzten. Gleichzeitig stiegen zwei Zivilisten aus einem BMW, das Ehepaar Holenstein. Hinter ihnen zwei mit Uzis bewaffnete Leibwächter.

«Lassen wir die Holensteins zuerst in das Schiff steigen», sagte der Einsatzleiter.

Brawand ergänzte: «Dann treten unsere beiden Scharfschützen in Aktion und zerstören den Motor des Bootes. Tut das von der Seite der Hütte aus, die nicht im Blickwinkel der beiden Leibwächter steht.»

Brawand zeigte auf zwei seiner Leute. «Ihr schiesst den Leibwächtern in die Beine, achtet darauf, dass ihr nicht die Knie trefft.»

Die beiden Wächter hatten die Aufgabe, die Holensteins in

das Boot zu hieven. Das lief offenbar nicht ganz nach Wunsch. Sie mussten mit den Holensteins einige Meter durch das Wasser waten und stürzten dabei mehrmals. Als das Ehepaar endlich im Boot war, begann die Beschiessung des Schiffmotors. Dann zwei weitere Schüsse. Die beiden Leibwächter sackten zusammen. Danach lief alles nach Plan.

Die Besatzung der beiden BMW-Vans ergab sich ohne einen einzigen Schuss. Brawand liess es sich nicht nehmen, Holenstein in Handschellen zu legen.

«Herr Holenstein, hiermit ist unsere Ermittlung zu Ende. Wir übergeben Sie jetzt der Justiz. Einige Fragen liegen mir aber noch auf der Zunge. Was war Ihr Motiv als Auftraggeber der Morde von Ringgenberg und Oberried? Der Bundesbrief oder Gewinnsucht bezüglich der Bilder?»

«Ich kämpfte für den Bundesbrief von 1291, für die Ehre unseres Landes. Ich habe dem alles untergeordnet. Ich bereue nichts.»

Elender Lügner, Heuchler und falscher Patriot, dachte Brawand. Holenstein hatte ja bei der Fälschung selbst die Finger mit im Spiel. Im Moment war anderes vordergründig. «Hinter dieser Frage steckt aber noch mehr. Was hatte Krummen mit dem Bundesbrief zu tun? Weshalb musste er sterben?»

«Krummen war ein tragischer Versager. Er war Mitglied unserer Vereinigung ‹Ritter der Rütliwiese›.»

Brawand verdrehte die Augen. «Wirklich? Das haben wir nicht gewusst.»

Ein höhnisches Grinsen huschte über Holensteins Gesicht. «Wie wahr. Sie und Ihresgleichen wissen längst nicht alles. Krummen hatte wie alle ‹Ritter der Rütliwiese› sehr viel mit dem Bundesbrief von 1291 zu tun. Es wäre seine Aufgabe gewesen, wie es in unseren Leitsätzen steht, dieses heilige Dokument gegen jegliche Infragestellung zu verteidigen. Das hat er nicht getan.»

«Vielen Dank, Herr Holenstein. Sie haben damit unter Zeugen ein wichtiges Geständnis abgelegt. Sie geben mit dieser

Aussage zu, der Auftraggeber des Mordes an Krummen gewesen zu sein.»

Holenstein versuchte die gefesselten Hände vors Gesicht zu halten, was ihm nicht gelang.

«Jetzt kann ich Ihnen ins Gesicht sehen. Und das verrät mir einiges. Sie tun so, als ob es nur um den Bundesbrief gegangen wäre. Das kaufe ich Ihnen nicht ab. Was ist mit dem Brief mit dem Wortlaut: ‹Sieh dich vor, wir kommen dich heute Nachmittag besuchen. Steffen und Sergio›, der Am Bach kurz vor seinem Tod zugeschickt wurde?»

Holenstein reagierte heftig. «Was heisst das schon? Das ist doch kein Beweis. Ist es ein Schreiben mit einer Unterschrift? Ganz sicher nicht. Ich unterschreibe nie mit meinem Vornamen.»

«Es muss nicht ein Beweis, es kann auch ein Indiz sein. Mehrere Indizien zusammen können zu einer Beweiskette verknüpft werden. Und solche Ketten haben wir nun mehrere. Da geht es um Am Bachs Drohung, die Bildfälschungen öffentlich zu machen. Aus Sicht der Ermittlungsbehörde ein glasklares Motiv für den Mord an Benjamin Am Bach. Dazu kommt noch das Geständnis von Amato. Warum? Ihm blieb nichts anderes mehr übrig. Offensichtlich fühlt er sich in einem Schweizer Gefängnis sicherer als in Freiheit.»

Holenstein gab verhalten lachend von sich: «Ob die Staatsanwältin das auch so sieht?»

«Herr Holenstein, das Spiel ist aus. Auch die Staatsanwältin wird sich einer solchen Beweislage nicht entziehen können.»

Personenverzeichnis

Fiktive Personen

Aeschbacher, Reto – Polizist im Team von Brawand

Aldo und Amintore – Mitarbeiter des Faschisten, Geheimarmisten und Mafiabosses Licio Gelli

Amato, Giulio – alias Sergio, Mafioso

Am Bach, Albrecht – Urgrossvater von Benjamin Am Bach, Verantwortlicher des Familienarchivs, das um 1910 in Flammen aufging, 1880–1940

Am Bach, Benjamin – Schauspieler, Restaurator, Kunstfälscher, 1944–2018

Am Bach, Heinrich – Politiker, aktiv in der Schweizer Revolution von 1848

Am Bach, Jakob – Vater von Benjamin Am Bach

Am Bach, Jeremias der Ältere – Stammvater der Am Bachs, wurde am 1. August 1291 auf der Rütliwiese hingerichtet

Am Bach, Jeremias der Jüngere – Sohn von Jeremias dem Älteren, Gründer des Familienarchivs, wirkte nach 1291

Am Bach, Lukas – verfasste 1481 den Bundesbrief mit Datum 1291

Am Bach, Manfred – Hauptmann der Armee des Stadtstaats Bern, Abgeordneter der Republik Helvetien, 1812 ermordet

Am Bach, Manuel – Archivar der Stadt Bern von 1880 bis 1900

Am Bach, Neidhart – Offizier der Stadtrepublik Bern, später einer der Kommandanten des Heeres, das im Bauernkrieg 1653 gegen die Aristokratie kämpfte

Am Bach, Roman – Offizier in der Armee der Stadtrepublik Bern von 1500 bis 1530, Söldner des Königs von Frankreich

Am Bauen, Oswald – Schreiber von Unterwalden, Stans um 1480

Auf der Mauer, Kaspar – Staatsarchivar von Schwyz in den 1970er bis 1990er Jahre

Aschwanden, Maria – Witwe des Leiters des Bundesbriefmuseums in den 1980er Jahren

Baer, Rosa – Staatsanwältin des Verwaltungskreises Thun

Baerlocher, G. – Kommissar Stadtpolizei Bern

Baerlocher, T. – Kommissar der Stadtpolizei Bern, 1812 ermordet

Bangerter, Herrmann – Inhaber eines Mal- und Restaurations-Ateliers in Lyss

Bassi, Luca – Chef von Brawand, Kriminalpolizei Berner Oberland

Betschart, Annelise – Leiterin des Bundesbriefmuseums ab 2010

Bianchi, Fausto – Mafioso

Binder, Pius – Schreiber auf dem Posten der Kantonspolizei Thun

Brawand, Adrian – Fahnder, Kriminalpolizei Berner Oberland

Brawand, Silvia – Gattin von Adrian

Brunner, Gustav – Rechtsanwalt, amtlicher Verteidiger

Fankhauser-Rindlisbacher, Amelie – Witwe von Herbert Fankhauser

Gafner – Korporal, Postenchef Beatenberg der Kantonspolizei Bern, in den 1970er Jahren

Ganz, Vital – Kriminalpolizist im Berner Oberland

Gertsch, Karl – Nachbar von Steffen Holenstein

Grossenbacher, Willi – Lebenspartner von Paula Rothenbühler

Grossmann – Vermieter der Wohnung von Krummen

Gruber, Olivia – Gattin von Tom

Gruber, Tom – Captain der Philadelphia Police

Holenstein, Steffen – Oberst a. D. der Schweizer Armee

Hostettler, René – Käufer von Bildern Benjamin Am Bachs

Hulda – Tante von Amelie Fankhauser-Rindlisbacher

Inglin – Kursleiter, Bundesbriefmuseum, Gegenwart

Jaberg, Jonas – Kunsthändler, Auktionator in Lyss, 1970er bis 1980er Jahre

Jaun – Polizeimann, Posten Beatenberg

Knecht, Benedikt – Fürsprecher im Alten Bern, um 1750

Krenger – Polizist von Ringgenberg

Krummen, Arnold – ausgebildeter Volksschullehrer, später Dachdecker, Oberried, 1944–2018

Lotta – Wirtin des «Jägerstübli» in Lyss

Mancini, Augusto – Mafioso

Marrat, Nicolas – Oberst der französischen Armee 1798, Freund von Manfred Am Bach

Morgenthaler, Helmut – Käufer von Bildern Benjamin Am Bachs

Nguyên, Ho Tung – Zeichnungslehrer, Kalligraf, *1934

O'Bryen, Michael – Kunsthistoriker im National Constitution Center von Philadelphia

Oppliger, Walo – Neffe von Benjamin Am Bach

Ramseyer, Birgitt – Kriminalpolizistin im Team von Brawand

Rothenbühler, Paula – Kriminalpolizistin im Team von Brawand

Schlegel – Hauptmann Kriminalpolizei St. Gallen, 1980er Jahre

Schwab, Heidi – Gattin von Rolf, Gegenwart

Schwab, Rolf – Journalist

Sebastian – Mönch im Kloster Einsiedeln 1481

Sergio – Mafioso, der nach einem Zeugenschutzprogramm den Namen Giulio Amato erhielt

Silvio – Mafioso

Stalder, Van Bien – Physiker, Lebenspartner von Birgitt Ramseyer

Turmann, Ruedi – Söldner aus Altdorf (Uri), als Verräter von Novara in die Geschichte eingegangen, um 1500

von Moos, Ursus – Delegierter von Unterwalden an der Tagsatzung zu Stans von 1481

Wäfler, Gaston – Oberst, Leiter eines Generalstabskurses auf dem Waffenplatz Thun

Wagemann, Otto – Schriftsteller, Gemeinderat von Beatenberg

Walker, Bruno – Käufer von Bildern Benjamin Am Bachs

Reale Personen

Bonaparte, Charles-Louis-Napoleon – * 20. April 1808, † 9. Januar 1873, während der Zweiten Republik von 1848 bis 1852 französischer Staatspräsident und von 1852 bis 1870 als Napoleon III. Kaiser der Franzosen

Bonaparte, Napoleon – * 15. August 1769, † 5. Mai 1821, Kaiser Napoleon I.

Dachselhofer, Niklaus – * 18. November 1595, † 12. Februar 1670, Schultheiss der Stadtrepublik Bern während des Bauernkriegs

Emmenegger, Hans – * 7. Juni 1604, † 23. Juli 1653, Generaloberst des Heeres der Aufständischen im Bauernkrieg von 1653, zeitweise Landeshauptmann des Entlebuchs

Ernst, Max –* 2. April 1891, † 1. April 1976, Maler, Grafiker und Bildhauer deutscher Herkunft

Francisco, Franco – * 4. Dezember 1892, † 20. November 1975, Diktator des Königreiches Spanien

François I. – * 12. September 1494, † 31. März 1547, König von Frankreich

Fürst, Walter – * spätes 13. Jahrhundert, † frühes 14. Jahrhundert, Bauernführer und Grossgrundbesitzer. Schwörer vom Rütli 1291?

Gelli, Licio – * 21. April 1919, † 15. Dezember 2015, italienischer Unternehmer, Faschist und Verschwörer

Gieng, Hans – * um 1500, † 1562, grösster Schweizer Bildhauer der Neuzeit, Bürger von Fribourg, dort errichtete er sieben öffentliche Renaissancebrunnen. Ab 1540 arbeitete er auch in Bern, wo er mindestens drei der Figurenbrunnen, darunter den Gerechtigkeitsbrunnen in der Berner Altstadt, schuf. Er war auch tätig in Solothurn und St. Gallen.

Grew, Nehemiah – * 26. September 1641, † 25. März 1712, war ein englischer Arzt, Botaniker und Pflanzenanatom. Als Erster beschrieb er die Fingerabdrücke.

Guisan, Henri – * 21. Oktober 1874, † 7. April 1960, während des Zweiten Weltkriegs General und damit Oberbefehlshaber der Schweizer Armee

Gutenberg, Johannes – * um 1400, † 26. Februar 1468, eigentlich hiess er Gensfleisch. Gutenberg gilt als Erfinder des modernen Buchdrucks mit beweglichen Metalllettern (Mobilletterndruck) und der Druckerpresse.

Hodler, Ferdinand – * 14. März 1853, † 19. Mai 1918, Schweizer Maler des Symbolismus und des Jugendstils

Klee, Paul Ernst – * 18. Dezember 1879 in Münchenbuchsee, † 29. Juni 1940 in Muralto, Berner Maler mit deutscher Staatsbürgerschaft

Leuenberger, Niklaus – * um 1615, † 27. August 1653, Anführer der Berner Untertanen im Schweizer Bauernkrieg und Bundesobmann der Aufständischen

Louis XII. – * 27. Juni 1462, † 1. Januar 1515, König von Frankreich

Mussolini, Benito – * 29. Juli 1883, † 28. April 1945, faschistischer Diktator Italiens

Schiner, Matthäus – * um 1465, † 1. Oktober 1522, war Bischof von Sitten und Kardinal

Schybi, Christian – * um 1595, † 7. Juli 1653, Anführer der Luzerner Untertanen im Schweizer Bauernkrieg und zeitweise Landeshauptmann des Entlebuchs

Sforza, Maria Francesco – * 4. Februar 1495, † 24. Oktober 1535, von 1512 bis 1515 Herzog von Mailand

Sforza, Maria Ludovico – * 27. Juli 1452, † 27. Mai 1508, Herzog von Mailand, bekannt durch den Verrat von Novara

Stauffacher, Werner – * spätes 13. Jahrhundert, † frühes 14. Jahrhundert, Landammann von Schwyz, Schwörer vom Rütli 1291?

von Attinghausen, Werner II. – * um 1255, † 13. August 1329, zwischen 1322 und 1329 Landammann in Uri. Er nannte sich auch Werner von Schweinsberg.

von Erlach, Karl Ludwig – * 10. November 1746, † 5. März 1798, General der Eidgenössischen Armee in der Schlacht vom Grauholz 1798

von Flüe, Niklaus oder *Bruder Klaus* – * 1417, † 21. März 1487, war ein einflussreicher Schweizer Bergbauer, Hauptmann beim Massaker von Greifensee im «Alten Zürichkrieg», Einsiedler, Asket und Mystiker. Er gilt als Schutzpatron der Schweiz und wurde 1947 heiliggesprochen.

von Habsburg, Leopold I. – * 4. August 1290, † 28. Februar

1326, war Herzog von Österreich und der Steiermark. Er amtete als Schirmherr der Waldstätte.

von Habsburg, Maximilian I. – * 22. März 1459, † 12. Januar 1519, vom 4. Februar 1508 bis zu seinem Tod römisch-deutscher Kaiser, damit auch Oberhaupt aller Eidgenossen

von Habsburg, Rudolf I. – * 1. Mai 1218, † 15. Juli 1291, erster römisch-deutscher König aus dem Geschlecht der Habsburger

von Haller, Gottlieb Emanuel – * 17. Oktober 1735, † 9. April 1786, ein Schweizer Historiker, ältester Sohn des Universalgelehrten Albrecht von Haller, studierte von 1747 bis 1753 in Göttingen, wo sein Vater lehrte, Medizin und Botanik

von Melchtal, Arnold – * spätes 13. Jahrhundert, † frühes 14. Jahrhundert. Möglicherweise Landammann von Unterwalden, für Arnold von Melchtal gibt es keine zeitgenössischen Quellen, die ihn als historische Persönlichkeit ausweisen. Schwörer vom Rütli 1291?

von Silenen, Arnold – * 1275 in Altdorf, vermutlich † nach 1318, Landammann von Uri

Werdmüller, Hans Konrad – * 1606, † 1674, Zürcher Aristokrat, stand an der Spitze des eidgenössischen Heeres bei der Niederwerfung des Bauernaufstandes von 1653

Glossar

Altdorf – politische Gemeinde und Hauptort des Kantons Uri, Einwohner: 9600

Attinghausen – politische Gemeinde im Kanton Uri, Einwohner: 1700. Attinghausen existierte bereits im 13. Jahrhundert. Der fälschlicherweise als Freiheitsheld gehandelte Werner von Attinghausen eignete sich den Namen dieses Ortes an, ursprünglich hiess er von Schweinsberg.

Béliers (französisch) – Widder, Schafböcke, Rammböcke, Sturmböcke; Jugendorganisation der jurassischen Separatisten im Jurakonflikt

Bleniotal/Valle di Blenio – erstreckt sich vom Lukmanierpass bis zur Mündung des Brenno in den Ticino bei Biasca im Kanton Tessin

Bonifacio – Hafenstadt an der südlichen Spitze der französischen Mittelmeerinsel Korsika, Einwohner: 3200

Brienz – politische Gemeinde im Verwaltungskreis Interlaken-Oberhasli des Kantons Bern, Einwohner: 3000

Briga – keltischer Name der Ortschaft Brig, wo der Bischof von Sitten 1215 den Marktflecken gründete, Einwohner: 12'000

Brünigpass – verbindet das Haslital im Berner Oberland mit dem Sarneraatal im Kanton Obwalden

Chilbi oder Chilbenen – schweizerische Bezeichnung für Jahrmärkte und Feste auf Rummelplätzen. «Chilbi» geht zurück auf altalemannisch «kilchwîhi», was «Kirchweihe» bedeutet.

Disentis/Mustér – politische Gemeinde in der Region Surselva im Kanton Graubünden, Einwohner: 2000

Dürrenast – Quartier der Stadt Thun

Echallens/Tscherlitz – politische Gemeinde und Hauptort des Distrikts Gros-de-Vaud des Kantons Waadt, Einwohner: 6000. Echallens war eine der ersten Städte der Romandie, die im 15. Jahrhundert von Truppen der Republik Bern erobert wurden.

Einsiedeln – politische Gemeinde im Kanton Schwyz, Einwohner: 16'000

Entlebuch – das im Kanton Luzern gelegene grosse Haupttal der Kleinen Emme, Einwohner: 17'000. Das Entlebuch war ein Austragungsort des Bauernaufstands von 1652/53, einer der blutigsten Bürgerkriege.

Fähnlein – Unterformation eines Landsknechtsregiments. Ein Fähnlein bestand aus bis zu vierzig Rotten, eine Rotte aus zehn Landsknechten. An der Spitze dieser etwa vierhundert Landsknechte stand ein Hauptmann. Der Begriff wurde später durch Kompanie ersetzt.

Finel – Bergrestaurant und Pension auf der Meielisalp, über dem Dorf Leissigen am Thunersee

Frutigen – politische Gemeinde und Hauptort des Verwaltungskreises Frutigen-Simmental-Saanenland im Kanton Bern, Einwohner: 7000

Goldswil – Dorf am rechten Ufer des Brienzersees zwischen Ringgenberg und Interlaken

Grandson – Kleinstadt im Distrikt Jura-Nord Vaudois des Kantons Waadt. Der frühere deutsche Name Gransee stammt von der Besetzung durch Berner Truppen im 15. Jahrhundert während der Burgunderkriege. In der Schlacht von Grandson standen eidgenössische Söldner dem Stadtstaat zur Seite, unter wohlwollender Beobachtung des Königs von Frankreich, der weniger an guten Beziehungen mit dem Staatenbund Eidgenossenschaft als an der Republik Bern interessiert war. Bern bot sich als

Pufferzone zwischen den Habsburgern, Savoyern und Frankreich an.

Grauholz – nach der Schlacht von Grauholz am 5. März 1798 gab es die Alte Eidgenossenschaft nicht mehr. Grauholz ist eine Anhöhe in Sichtweite der Stadt Bern.

Hellebarde, auch Helmbarte – Hieb- und Stichwaffe, Kombination aus Axt und Spiess. Sie diente als Stangenwaffe der Fusssoldaten (Füsiliere) vom 14. bis zum 16. Jahrhundert. Erfolgreich wurde sie vor allem von den Eidgenossen eingesetzt, die damit ganze Reiterheere besiegten.

Herrgottstärne (schweizerisch) – grober Fluch

Huttwil – politische Gemeinde im Verwaltungskreis Oberaargau des Kantons Bern, Einwohner: 5000. Von der Kleinstadt Huttwil aus nahm 1652 der Aufstand der ländlichen Untertanen aus dem westlichen Mittelland und dem Entlebuch durch die Gründung des Bauernbundes seinen Anfang.

Interlaken – politische Gemeinde und Hauptort des Verwaltungskreises Oberland-Ost des Kantons Bern, Einwohner: 5700

Leventina/Valle Leventina – ist ein Alpental im Kanton Tessin. Die Leventina erstreckt sich von Airolo am Südende des Gotthardpasses bis nach Biasca. Durch das Tal fliesst der Ticino.

Ligerz – politische Gemeinde im Verwaltungskreis Biel/Bienne des Kantons Bern, Einwohner: 550

Locarno – Stadt am Lago Maggiore im Kanton Tessin, Einwohner: 16'000

Marignano – Die Schlacht bei Marignano in der Lombardei fand am 13. und 14. September 1515 statt.

Morgarten – Weiler am östlichen Ende des Ägerisees im Kanton Zug. Beim Morgarten soll im Jahre 1315 eine Schlacht stattgefunden haben. Literarisch wurde die Schlacht von

Morgarten in dem Roman «Der Halbbart» von Charles Lewinski verarbeitet.

Morgenstern – eine Schlagwaffe, die im Mittelalter und in der frühen Neuzeit zum Einsatz kam. Sie besteht aus einem circa sechzig Zentimeter langen, massiven Holz- oder Metallstab als Griff, an dessen Ende der Kopf aus Holz mit zehn bis zwanzig Zentimeter Durchmesser befestigt ist. Der Kopf ist mit bis zu fünf Zentimeter langen Dornen besetzt. Der Morgenstern war die gefürchtetste Waffe der eidgenössischen Fusstruppen.

Mostbröckli – Fleischspezialität aus Appenzell. Ein gepökeltes, geräuchertes und getrocknetes Kuh-, Rind- oder Pferdefleisch. Getrocknet wird das Fleisch nach der Räucherung und dem Salzen. Zum Verkauf kommt es meist in dünn geschnittenen Scheiben.

Muri AG – politische Gemeinde im Kanton Aargau und Hauptort des Bezirks Muri, Einwohner: 8200. Das beherrschende Wahrzeichen von Muri ist das fast 1000 Jahre alte Benediktinerkloster.

Muri BE – politische Gemeinde im Verwaltungskreis Bern-Mittelland des Kantons Bern, Einwohner: 13'000. Anders als das katholische Muri AG ist Muri BE reformiert.

Murten/Morat – Hauptort des Seebezirks im Schweizer Kanton Freiburg, Einwohner: 8300. Die mittelalterliche Zähringerstadt wird von einer Ringmauer aus dem 13. bis 17. Jahrhundert umschlossen. Die historische Altstadt von nationaler Bedeutung war am 22. Juni 1476 Schauplatz der Schlacht von Murten. Dank der Hilfe der eidgenössischen Truppen gelang es den Bernern, die Burgunder unter Karl dem Kühnen entscheidend zu schlagen. Karl der Kühne fand dabei den Tod. Die Eidgenossen wurden danach für kurze Zeit die militärische Grossmacht im Alpenraum.

Musterium – mittelalterlicher Name des Dorfes Münster im

Oberwallis. Heute ist die Ortschaft Teil der Munizipal-Gemeinde Goms.

Neuenegg – politische Gemeinde im Verwaltungskreis Bern-Mittelland des Kantons Bern, Einwohner: 5600. Die Schlacht bei Neuenegg, die gar keine war: Beim Einfall der Franzosen 1798 in das Gebiet der Eidgenossenschaft fand in Neuenegg ein Gefecht statt. Unter dem Kommando Johann Rudolf von Graffenrieds sollen nach «eidgenössischen» Überlieferungen die Berner am 5. März 1798 in dieser Auseinandersetzung über die französischen Truppen gesiegt haben. Die Berner wurden dabei von Deutschfreiburger Kampfverbänden unterstützt. Gleichzeitig erlitten sie eine Niederlage in der Schlacht am Grauholz. Beide Waffengänge waren unnötig und nicht rechtmässig gewesen, da der Rat in Bern kurz zuvor kapituliert hatte. Das Ancien Régime war damit zusammengebrochen.

Oberried – politische Gemeinde im Verwaltungskreis Oberland-Ost des Kantons Bern. Sie liegt am rechten Ufer des Brienzersees. Einwohner: 561.

Oligarchie – Der Begriff stammt von Platon (427–347 vor Christus): gesetzlose Herrschaft der Mächtigen und Reichen, die nur an ihren Eigennutz denken.

Rätien (Raetia oder Rätien oder Rhätia) – war eine römische Provinz, benannt nach den Rätern. Das Gebiet Rätiens umfasste das nördliche Alpenvorland vom Schwarzwald, dem oberen Donautal, dem Inntal und reichte im Süden von den Tessiner Alpen über Graubünden und Nordtirol bis zum Eisacktal.

Regierungsstatthalter/-in – in einigen Kantonen der Schweiz: Vertreterinnen und Vertreter der Kantonsregierung auf Bezirksebene. Im Kanton Bern werden sie vom Volk direkt gewählt und kontrollieren die Exekutiven der Gemeinden ihres Verwaltungskreises.

Reisläufer – zumeist aus der Schweiz stammende Söldner. Bis etwa 1650 standen Reisläufer im Dienste europäischer Herrscher, wo sie sich teils auf eigene Faust verdingten, teils von den Regierungen der Kantone (Stände) rekrutiert wurden.

Ringgenberg – politische Gemeinde im Verwaltungskreis Oberland-Ost des Kantons Bern, Einwohner: 2600. Das Dorf liegt am westlichen, rechten Ufer des Brienzersees.

Rotte – Gruppe von zehn Landsknechten. Die Rotte ist eine Unterformation des Fähnleins, einer Landsknechteeinheit.

Schadau, Schloss und Park – südlich des Ausflusses der Aare aus dem Thunersee in der Stadt Thun, Kanton Bern

Schafseckel (schweizerisch) – grobes Schimpfwort

Schmier (umgangssprachlich) – abwertende Bezeichnung für die Polizei

Schöllenen – eine Schlucht der Reuss im Kanton Uri auf der Nordseite des Gotthardpasses. Über den Fluss führt die Teufelsbrücke und die 1707 einem Unwetter zum Opfer gefallene Twärrenbrücke.

Schweizer Réduit – System aus militärischen Verteidigungsanlagen in den Schweizer Alpen während des Zweiten Weltkrieges. Das Réduit wurde nach offizieller Lesart zum Inbegriff des Widerstands der Schweiz gegen Nazideutschland.

Schwyz – politische Gemeinde und Hauptort des Kantons Schwyz sowie des gleichnamigen Bezirks, Einwohner: 15'500

Sigriswil – politische Gemeinde im Verwaltungskreis Thun des Kantons Bern, Einwohner: 5000. Auf dem Gemeindegebiet von Sigriswil befindet sich die ehemalige Eishöhle «Schafloch».

Söldner – siehe Reisläufer

Stände – Bezeichnung für die Kantone und Halbkantone in der Schweiz. Die zweite Parlamentskammer in der Schweiz heisst Ständerat. Jeder Vollkanton schickt zwei Ständeräte, jeder Halbkanton einen nach Bern ins Bundeshaus. Es gibt sechs Halbkantone und zwanzig Vollkantone. Die Bezeichnung Stand stammt von der Alten Eidgenossenschaft. Jeder Voll- und Halbkanton hat eine Regierung, ein Parlament und eine Justiz.

Stans – politische Gemeinde und Hauptort des Halbkantons Nidwalden, Einwohner: 8200. Stans war einer der zentralen Orte in der Alten Eidgenossenschaft.

*Stutz (*schweizerisch) – steiler Hang, steile Strasse, steiler Weg

Superiori Waldt – mittelalterlicher Name für Oberwald, die Siedlung am Fuss der Alpenpässe Grimsel und Furka. Erste urkundliche Erwähnungen des Ortes sind «de Superiore Valde (1386), de Superiori Waldt (1402) und Oberwaldt (1419)». Der Weiler gehört heute zur Gemeinde Oberwald. Das lateinische Superior und das altalemannische Waldt dürften Zeugnis der Vermischung der vom Norden und Osten eindringenden Alemannen und der ortsansässigen Lateiner sein.

Sustenpass – verbindet den Kanton Uri mit dem Kanton Bern. Die Passstrasse ist 45 km lang und wurde zwischen 1938 und 1945 gebaut.

Thunerseebahn – ehemalige Eisenbahngesellschaft, die von 1890 bis 1913 existierte. Thunerseebahn war die Bezeichnung für die Eisenbahnstrecke entlang dem linken Thunerseeufer von Thun über Spiez, Interlaken nach Bönigen.

Tremola – historischer Saumweg, später Strasse auf der Südseite des Gotthardpasses. Erst Ende des 18. Jahrhunderts konnten Kutschen die Tremola passieren.

Trub – politische Gemeinde im Verwaltungskreis Emmental des Kantons Bern, Einwohner: 1300

Tschugger (umgangssprachlich) – abwertende Bezeichnung für einen Polizisten

Turm (Wohnturm) – mittelalterlicher Turm, der zu einer dauerhaften Nutzung als Wohnung geeignet war und zugleich auch Wehrfunktionen hatte

Twärrenbrücke – 60 m lange Brücke in der Schöllenenschlucht. Über den Zeitpunkt des Baus bestehen keine gesicherten Angaben. Eine Beschreibung darüber von 1234 stammt vom Bremer Domherrn und Abt Albert von Stade.

Unspunnenfest – Schweizer Alphirtenfest, das erstmals 1805 nahe der Burgruine Unspunnen bei Interlaken durchgeführt wurde. Nach unregelmässigen Daten der Veranstaltung wurde um 2000 beschlossen, das Fest jeweils alle Dutzend Jahre abzuhalten.

Unspunnenstein – ein 83,5 kg schwerer Stein, der seit 1808 am traditionellen Unspunnenfest im Steinstossen eingesetzt wird. Bekannt wurde der Stein auch deshalb, weil er 1984 von jurassischen Separatisten (Béliers) aus dem «Museum der Jungfrauregion» entwendet wurde. Derzeit steht er wieder zur Verfügung, soll aber einige hundert Gramm leichter sein.

Unterseen – politische Gemeinde im Verwaltungskreis Oberland-Ost des Kantons Bern, Einwohner: 5800. Unterseen ist die erste Stadt an der Aare. Die Kleinstadt spielte eine Rolle bei den Reformationskriegen um 1530 im Stadtstaat Bern.

Waldbrand – historische Festung. Das Artilleriewerk Waldbrand auf der Gemeindegrenze Sigriswil-Beatenberg ist eine der grössten unterirdischen Festungsanlagen im Raum der Berner Oberländer Réduit Brigade (1939–1945).

Nachwort

Der Romanteil ist, was die Personennamen betrifft, fiktiv. Mehrere Handlungen sind aber wahr. Im Nachwort gibt es die Quellenangaben dazu.

Die grossen Lügen der Schweizer Geschichte
Was bedeutet «offiziell»? Offiziell ist zum Beispiel das «Historische Lexikon der Schweiz». Es ist eine Enzyklopädie, welche den Stand des Wissens über die Geschichte der Schweiz darstellt.

Offiziell sind auch die Geschichtsbücher in den Schulen und die amtlichen Dokumente.

Die Urheberschaft des Bundesbriefes und sein Entstehungsdatum sind wissenschaftlich nicht bewiesen. Viele Historiker behaupten und können auch begründen, dass das offizielle Gründungsdokument der Eidgenossenschaft nicht von 1291 stammt.

Es gibt zwar eine Altersbestimmung des Pergaments, auf dem der Text des Bundesbriefs steht.

Ein Ausschnitt aus einem Artikel von Roger Sablonier www.e-perodica.ch, ein Dienst der ETH Bibliothek Zürich:

Ist das einzigartige Dokument aber auch wirklich echt, d.h., ist die überlieferte Urkunde wirklich 1291 entstanden? In den «Mitteilungen des Historischen Vereins des Kantons Schwyz» von 1992 berichten Willy Woelfli und Georges Bonani über ihre an der ETH Zürich mit Hilfe der Radiokarbon-Methode (C14-Datierung) durchgeführte Zeitbestimmung am Pergament des Bundesbriefs. Der hochinteressante Bericht weist über interdisziplinäre Methodendiskussionen zwischen archäologischer und historischer Forschung hinaus und zeigt neue Möglichkeiten auf, moderne C14-Datierungstechniken anzuwenden. Nach Ansicht der beiden Naturwissenschaftler führte das ungewöhnliche Experiment zu einem klaren Resultat: Die Messungen ergaben, dass das Pergament, auf dem der Bundesbrief von 1291 geschrieben ist, mit grösster Wahrscheinlichkeit in der Zeit um 1280 gewonnen worden ist. Die Echtheit des Bundesbriefs im Sinne der Frage, ob die Urkunde tatsächlich, wie im zeitgenössischen Text selber angegeben, zu Beginn des Monats August 1291 entstanden ist, glauben sie, bestätigen zu können.

Diese Altersbestimmung ist keine Begründung für die Richtigkeit des angegebenen Entstehungsdatums. Im Mittelalter war Pergament sehr wertvoll. Alte Dokumente, zum Beispiel solche vom Ende des 13. Jahrhunderts, wurden wiederverwendet, wenn Text oder Bilder, die daraufstanden, überflüssig geworden waren. Mit einem feinen Messer rieb man ab, was daraufstand. In Bibliotheken, meistens in Klöstern, gab es bisweilen grosse Bestände an unbeschriebenem Pergament, die jahrhundertealt waren.

Eine Altersbestimmung des geschriebenen Textes im Bundesbrief scheint bislang nicht gemacht worden zu sein.

In der «Geburtsurkunde» der Eidgenossenschaft wird nicht die Gründung eines Verteidigungsbündnisses festgehalten, ebenso wenig ist der Text als Auflehnung gegen Habsburg zu verstehen. Die Schirmherren des Gebiets der Alten Eidgenossenschaft waren im Mittelalter und bis in die Neuzeit habsburgische Monarchen. Die Eidgenossenschaft war ein Teil des Römischen Reiches Deutscher Nation. Zwar gab es immer wieder Aufstände gegen die herrschenden Fürsten. Bisweilen liessen sie ihre Untertanen, geführt von Grossgrundbesitzern und städtischen Patriziern, gewähren, griffen aber dann ein, wenn diese ihre Vorgaben und Interessen missachteten.

Die sogenannten Eidgenossen waren unter sich oft uneinig. Sie schlossen Bündnisse unter- und gegeneinander, hin und wieder sogar mit habsburgischen Fürsten oder mit Frankreich. Louis XII. war der Gegenspieler der Habsburger, was sich gegen Ende des Mittelalters zum Vorteil der Eidgenossen entwickelte, aber auch zu neuen Abhängigkeiten führte. Der Stadtstaat Bern orientierte sich immer mehr nach Frankreich, die Inner- und Ostschweiz nach Österreich.

Die Alte Eidgenossenschaft war mit dieser Ausnahme der Republik Helvetien (1798–1802) ein loser Staatenbund, der zunehmend weniger gemeinsam auftrat und als Folge der Reformation in zwei Lager gespalten war: in Protestanten und Katholiken. Die Protestanten unter Führung von Bern und Zürich, die Katholiken unter Luzern und der Urschweiz. Zwischen beiden Lagern gab es immer wieder bewaffnete Auseinandersetzungen. Die letzte war der Sonderbundskrieg von 1847, der von den Protestanten gewonnen wurde.

Es gibt noch eine zweite grosse Lüge, mit der die Alte Eidgenossenschaft verherrlicht wurde. Ihre Bürger seien frei gewesen und hätten ihre Behörden und Gerichte wählen können. Mitnichten.

Im Mittelalter lebten auf dem Gebiet der heutigen Schweiz grossmehrheitlich geknechtete Menschen. Sie konnten weder wählen noch abstimmen. Ganz sicher nicht in den ländlichen Waldstätten. Es gab dort Grossgrundbesitzer, die als Lokalfürsten auftraten. Etwa die Attinghausens, die ursprünglich von Schweinsberg hiessen. Sie waren Freiherren von Habsburgs Gnaden.

Ein Leserbrief aus der «Jungfrau Zeitung»:

Peter Beutler, 3. März 2011
Keine Demokratie in der Alten Eidgenossenschaft
Wer hat die Demokratie erfunden? Der Leser Christoph Kunz findet, das seien die Alten Eidgenossen gewesen.

Also: Nach dieser Leseart gibt es in unserem Land eine Demokratie seit 1291. Das ist aber ein fataler Irrtum. Die Männer, die die Eidgenossenschaft begründet haben, waren nicht einfache Bauern und Knechte, sondern Gutsherren. Die Land-

ammänner von Uri waren zu dieser Zeit die Freiherren von Attinghausen. Sie hatten Leibeigene, also Menschen, die sie nach Gutdünken beseitigen durften. Die Urner Adelsgeschlechter unterwarfen auch das Tessin zusammen mit ihren Luzerner, Unterwaldner und Schwyzer Verwandten, ebenfalls Schlossherren oder Patrizier.

Auch im Alten Bern existierte keine Demokratie. Das Sagen hatten die Gnädigen Herren des Stadtstaates Bern, mit dem Aargau und der Waadt als Untertanengebieten. – Bis 1798, dann kamen die Franzosen und etablierten die Helvetische Republik, bei der es tatsächlich Ansätze von direkter Demokratie gab.

Vorher konnte von Demokratie keine Rede sein: Die einfachen Bauern, die Handwerker konnten höchstens in den Dörfern und Weilern ihre Meinung etwas einbringen und das auch nur dann, wenn sie über Grundbesitz verfügten. Das Land, das sich schon vor tausend Jahren einer halbwegs demokratischen Gesellschaft rühmen kann, ist Island, die Insel im Nordatlantik. Sie verfügt seit etwa 1000 nach Christus über ein Parlament.

Um solche falschen Vorstellungen endlich zu beseitigen, sollte man vielleicht in unseren Schulen die Geschichtsbücher entsorgen und den beiden Professoren Georg Kreis und Jakob Tanner den Auftrag geben, eine «Schweizergeschichte», die diesen Namen wirklich verdient, zu schreiben. Eine Schweizergeschichte ohne falsche Heldenmythen, ohne Glorifizierung der helvetischen Söldnertruppen, die einen guten Teil Europas mit Terror überzogen, was Tausende von Opfern forderte. Im Kanton Bern könnte man dann noch eine Geschichte des Alten Berns beifügen: wie in den Kerkern der Schlösser gefoltert wurde, wenn man sich gegen die Obrigkeit auflehnte. Und dass die einfache Frau, der einfache Mann, nichts zu sagen hatte, aber für die «Gnädigen Herren» Fronarbeit leisten mussten.

Quellenverzeichnis

Bücher und Monografien

Capus, Alex: 13 wahre Geschichten, München 2006

Castel, Anton: Die Bundesbriefe zu Schwyz, Volkstümliche Darstellung der wichtigsten Urkunden eidgenössischer Frühzeit. Einsiedeln 1936

Durr, Emile: Die auswärtige Politik der Eidgenossenschaft und die Schlacht in Marignano: Ein Beitrag zum Ursprung und Wesen der schweizerischen Neutralität. Basel 1915

Hohlenstein, Walter: Urschweizer Bundesbrief, 1291, Staatsarchiv St. Gallen

Kreis, Georg: Der Mythos von 1291. Zur Entstehung des schweizerischen Nationalfeiertages. Basel 1991

Kreis, Georg: Helvetia – im Wandel der Zeiten. Zur Geschichte einer nationalen Repräsentationsfigur. Zürich 1991

Kreis, Georg: Die Schweiz in der Geschichte, 1700 bis heute. Zürich 1997

Kreis, Georg: Mythos Rütli, Geschichte eines Erinnerungsortes, Zürich 2004

Kreis, Georg: Kein Volk von Schafen. Rassismus und Antirassismus in der Schweiz. Zürich 2007

Kreis, Georg: Die Geschichte der Schweiz. Basel 2014

Lewinski, Charles: Der Halbbart, Zürich 2020

Maissen, Thomas: Schweizer Heldengeschichten – und was dahintersteckt, Zürich 2015

Messmer, Kurt: Die Kunst des Möglichen: Zur Entstehung der Eidgenossenschaft im 15. Jahrhundert, Zürich 2018

Müller, Harald: Mittelalter, Oldenburg 2015

Pranzoni, Massimo; Alberici, Vincenzo: The Italian Wars Volume 2: Agnadello 1509, Ravenna 1512, Marignano, Warwick, England 2021

Sablonier, Roger: Der Bundesbrief von 1291. Eine Fälschung? Perspektiven einer ungewohnten Diskussion. Historischer Verein des Kantons Schwyz 1999

Sablonier, Roger: Gründungszeit ohne Eidgenossen. Politik und Gesellschaft in der Innerschweiz um 1300. Baden 2008

Tanner, Jakob: Geschichte der Schweiz im 20. Jahrhundert, München 2015

Wickmann, Chris, Held, Susanne: Das Mittelalter: Europa von 500 bis 1500, Stuttgart 2018

Wirz, Hans Georg: Attinghausen-Schweinsberg, Wernher II. Freiherr von. In: Neue Deutsche Biographie (NDB). Band 1, Berlin 1953

Woelfli, Willy; Bonani, Georges: Datierung des Bundesbriefes mit Hilfe der Radiokarbonmethode. In: Mitteilungen des Historischen Vereins des Kantons Schwyz, 1992

Links

Attinghausen Werner: https://stammler-genealogie.ch/showmedia.php?mediaID=9785&tngpage=3

Attinghausen Johannes: https://hls-dhs-dss.ch/de/articles/015486/2001-10-29/

Der Alte Zürichkrieg – ein Bruderkrieg macht Geschichte: https://www.antiquarische.ch/publikation/ein-bruderkrieg-macht-geschichte/

Der Bundesbrief von 1291, Schweizerische Eidgenossenschaft: https://www.admin.ch/gov/de/start/bundesrat/geschichte-des-bundesrats/bundesbrief-von-1291.html

Die fünf berüchtigtsten Kunstfälscher: https://www.barnebys.

de/blog/es-gibt-experten-die-behaupten-der-kunstmarkt-wurde

Die Landammänner von Uri: https://stammler-genealogie.ch/showmedia.php?mediaID=9809

Egger Eugen – zur bernischen Schulgeschichte: https://www.e-periodica.ch/cntmng?pid=scs-003:1953:40::1130

Emmental, Historisches Lexikon der Schweiz: https://hls-dhs-dss.ch/de/articles/008495/2018-01-18/

Festung Waldbrand: https://www.interlaken.ch/erlebnisse/poi/festung-waldbrand

Geschichte der Schweiz – Alte Eidgenossenschaft: http://www.geschichte-schweiz.ch/alte-eidgenossenschaft-1291.html

Geschichte der Tinte: https://www.tonerpartner.ch/die-geschichte-der-tinte/

Graf, Susanne: Sie reisten von Burg zu Burg; https://www.bernerzeitung.ch/region/emmental/sie-reisten-von-burg-zu-burg/story/27677302

Henri Guisan – Film ohne Klischees: https://www.swissinfo.ch/ger/ein-film-ueber-general-guisan---frei-von-klischees/8575972

Henri Guisan – grosse Reden: https://www.arte.tv/de/videos/079739-001-A/grosse-reden-henri-guisan/

Hörigkeit: https://de.wikipedia.org/wiki/H%C3%B6rigkeit_(Rechtsgeschichte)

Marignano – Redaktion «Freiburger Nachrichten»: https://www.freiburger-nachrichten.ch/wer-mit-dem-konig-paktiert-ist-nicht-neutral/

Mittelalter-Lexikon, Finanzwirtschaft: https://www.leben-im-mittelalter.net/kultur-im-mittelalter/wirtschaft/finanzwirtschaft.html

Mittelalter-Lexikon, Geldwirtschaft: https://www.mittelalter-lexikon.de/wiki/Geldwirtschaft

Seewald, Berthold: Marignano – «Der Geruch der Verwesenden verbreitete sich in alle Richtungen»: https://www.welt.de/geschichte/article200268512/Marignano-Schlacht-1515-

Stadler, Hans: Werner II. von Attinghausen: https://hls-dhs-dss.ch/de/articles/015487/2001-10-22/

Stanser Verkommnis, Tagsatzung im Dezember 1481: https://www.nvf.ch/stans.asp

Trub, Kloster: Dokumente und Geschichten zum Kloster und zur Kirche Trub; http://www.kirchetrub.ch/startseite/archiv/dokumente.html

Warum heisst die Schweiz «Schweiz»: https://www.coopzeitung.ch/themen/familie/hesch-gwusst/2015/warum-heisst-die-schweiz-schweiz--20930/

Wilhelm Tell – Freiheitsheld oder Killer?: https://www.swissinfo.ch/ger/wilhelm-tell---freiheitsheld-oder-killer-/31250326

Alle Titel von Erfolgsautor Peter Beutler:
Auch als eBook erhältlich

Weissenau
ISBN 978-3-89705-971-9

Hohle Gasse
ISBN 978-3-95451-058-0

Kanderschlucht
ISBN 978-3-95451-136-5

Morgarten
ISBN 978-3-95451-246-1

Kristallhöhle
ISBN 978-3-95451-389-5

Berner Münstersturz
ISBN 978-3-95451-711-4

Kehrsatz
ISBN 978-3-95451-967-5

Hauptwache Urania
ISBN 978-3-7408-0164-9

Der Lucens-GAU
ISBN 978-3-7408-0432-9

Der Bunker von Gstaad
ISBN 978-3-7408-0608-8

Langnauer Gift
ISBN 978-3-7408-0950-8

Die Geldwäscher
ISBN 978-3-7408-1316-1